亲

‖短篇小说集‖ 李一丹 著

让我们
在一起

中国出版集团

现代出版社

图书在版编目（CIP）数据

亲，让我们在一起 / 李一丹著. -- 北京：现代出
版社，2017.4

ISBN 978-7-5143-5936-7

Ⅰ．①亲… Ⅱ．①李… Ⅲ．①短篇小说－小说集－中
国－当代 Ⅳ．①I247.7

中国版本图书馆CIP数据核字(2017)第072046号

亲，让我们在一起

作　　者	李一丹	
责任编辑	李　鹏	
出版发行	现代出版社	
地　　址	北京市安定门外安华里504号	
邮政编码	100011	
电　　话	010-64267325　010-64245264（兼传真）	
网　　址	www.1980xd.com	
电子邮箱	xiandai@vip.sina.com	
印　　刷	北京一鑫印务有限责任公司	
开　　本	710×1000　1/16	
印　　张	19	
版　　次	2017年7月第1版　2022年7月第2次印刷	
书　　号	ISBN 978-7-5143-5936-7	
定　　价	48.00元	

目 录 —————— contents

把姐嫁出去

一

　　屏幕上有个头像执着地闪烁，凌晨有些疲于应付，她正一边喝着可乐一边在淘宝上逛着。

　　这个网友是凌晨新近交的，前天她无意接了个漂流瓶，瓶子扔过来接回去，对方冷不丁丢出一串号码让凌晨务必加为好友。

　　今天两人认识第三天了，凌晨除了知道对方网名叫武状元外，其他一切资料都无从得知，就如武状元对凌晨的资料也是一无所知一样，两人都没开通空间，不玩微博不触微信，而QQ上的资料让人一看就知道瞎掰得离谱。

　　网名：武状元，男，109岁。个性签名：我是武状元，货真价实的武状元，你信吗？信不信由你，反正我是信了。

　　反观凌晨，网名：尼玛，女，119岁。个性签名：坑爹啊，能一鼓作气整出仨，咋就造不出一个带把的。

　　这不，武状元就凌晨的签名纠结个没完没了。尼玛，你能告诉我你那签名是啥意思吗？你是不是搞陶艺的啊，带把的很难做出来吗？

　　"噗。"凌晨一口可乐喷在屏幕上。她抹了抹嘴，在键盘上狠狠敲打着。敢情这家伙是故意的不成，怎么回个话都有那么点带黄咧。尼玛，你带把了不起啊，祝你"扬威"早泄。

　　过了好一会儿，武状元才回复。玛，不如让你爹娘收了我这个干儿子吧，今年过年我就回去认祖归宗。

　　"噗。"一口可乐又喷在了屏幕上，凌晨来不及擦，就急急地回复给武状元。去死，想占我爸妈便宜啊，一个儿子抵不过三个女儿值钱咧，好歹咱还是亲生的，省省吧你。

原来是这样啊，我终于明白了，那让你爸妈再生一个呗，第四个骨肉肯定是个带把的，相信我。

你给我闭嘴，惹恼了我拉你进黑名单。

我错了，姐姐。这生不生孩子，是你爸妈的事，跟咱俩没关系，是吧。

你狗胆再说一次，别跟我嬉皮笑脸的。

我真的错了，你可千万别拉我进黑名单啊，咱好不容易于千万人之中相遇，多难得的缘分啊，姐姐。

谁是你姐，还妈呢，Deaddog, Perros Muertos.（死狗）

那我要叫你一声妈，岂不变成是狗娘养的，别给自己挖井跳啊亲爱的玛。我先隆重地自我介绍，武状元，男，24岁，未婚，现在南方的一个发展中城市打拼，我的人生格言是以后的生活无论好坏，都会对相爱的人不离不弃。完毕。

扯什么蛋啊你，都是些什么东西啊。

别动气啊，不如告诉我你的地址，我邮寄礼物作为补偿。姐姐你说，你想要什么，一句话的事，我即刻买即刻邮寄给你。怎么样？

我看你该去好好挑礼物了吧，我可没太多闲工夫跟你话痨，拜。

二

凌晨从菜市场出来，晃着袋子走在小区里。

凌渺渺在三楼靠着栏杆扯着嗓子喊，大姐你能不能走快点儿，我都快饿死了。

冰箱里不是还有些剩菜吗，你就不能自己动手啊，饿死活该。凌晨抬头毫不客气地回击道。

就不，就等你回来做给我吃。凌渺渺说完得意地朝凌晨吐吐舌头钻进屋内去了。

凌晨抬头看着天咬了咬嘴唇非常郁积地爬上了楼梯。

Big姐，你能不能买些好点的水果啊，你看这樱桃吃着就不新鲜。凌渺渺躺在沙发上看着电视说道。

嘿，这水果又没花你一分钱，你有得吃就不错了还有意见是吧。凌晨一手叉着腰一手抓着锅铲指着凌渺渺说道。

我是担心你被那些商贩给骗了，你也知道你这人缺心眼，人家说什么都相信，次货当好的卖给你，你还傻拉吭唧跟人道着谢。

那既然是这样，下次你想吃什么水果了你自己去买，反正你心眼多。

Big姐，别动肝火啊，你也知道我没钱，其实我要求又不高，大不了你以后买什么我吃什么呗，我再也不加以评论了，行吧？

我看没什么能塞住你那张嘴。

凌渺渺叹口气坐起来，盯着拎在手里的一颗樱桃说Big姐，你打算什么时候交男朋友啊。

碍你什么事啊，我看你现在是闲得慌吧，那你在学校处一个呗。

那还用说，要不是怕刺激你，我一早就带他到你出租屋来了。

不用顾及我的感受，你想带来就带来呗，正好让我给你把把关。

凌渺渺听完嘲笑道不是吧大姐，你都26岁高龄了还没谈过一次恋爱，妈都说你在爱情方面是白痴，你居然敢大言不惭地说要给我把关，你知道我谈过几次恋爱了吗？要我说让我给你做爱情顾问还差不多。

嗳，我26岁怎么着你了啊，你谈的恋爱多那又怎样，还不是谈一个吹一个，连一次善终的结果都没有过，我打心眼里鄙视你。

切，你知道恋爱的滋味吗？你连失恋的机会都不曾有过，你不觉得很可悲吗？

你……你知道什么是真正的爱情吗，你要真懂什么是爱情的话那你以前谈过的那些恋爱也就不会离你而去了。

你……我一直都在追寻着真爱，错过的那些人根本就不是我内心真正想要的，所以不是我不懂，只是我要找的那个灵魂伴侣还没有真正出现。

戚，与其像你这样乱试爱，还不如学我洁身自好咧。待我真正遇见那个对的人时，我会让所有人明白一个道理，等待真爱的出现，这个漫长的过程是值得的。

三

吃过晚饭，凌晨在网上逛着淘宝。武状元的头像闪个不停，凌晨瞟了瞟继续关注着自己想要购买的东西。手机有短信提示音，凌晨拿过手机看了看又是个垃圾信息。

她放下手机后才漫不经心地点开武状元的对话框：姐姐好，礼物我已经给你寄过去了，记得查收哦。

凌晨感到纳闷，自己明明没有告知他地址啊，一看就知道这家伙故弄玄虚。

真给我寄过来了，没有说谎？我告诉你啊，要是我没收到礼物你这大话可就成为笑话了。

哟，姐姐，你总算搭理我了，你说你干嘛老隐身啊，给你打招呼跟没看见似的，叫我一人等得多难受啊。

尼玛，原来你故意试我啊，你这遭天打五雷轰的。

姐姐，话可不能这么说是吧，我一腔热情对你，你却对我冷冰冰的，这换了谁都受不了啊，我一大老爷们儿拿热脸贴你冷屁股，按理说我总得图个什么吧，既不知道你名字又不知晓你年龄，我还一如既往对你孜孜不倦无怨无悔的，你足可以看出我这个人对你的真心了吧。

别巧舌如簧啊，说到底我也没图你个啥呀，咱俩就是一对陌生人，别对对方抱有诸多要求，合则来合不来则分，朋友多一个不算多，少一个也没亏什么。明不明白？

瞧姐姐你这话说的，对于我来说这世界上没有陌生的人，只有没来得及认识的朋友，既然在茫茫人海中你我相识，为什么不给咱们一个成为朋友的机会咧，这是我的身份证，你看一下吧。

凌晨收到一张图片，果然是一张货真价实的身份证，上面的信息都跟武状元说的一模一样，长得倒真是一副武生的样子，跟名字天衣无缝啊。

你给我发这个算什么意思啊，这也不能证明什么呀。

姐姐不是一直怀疑我的真实身份吗，我这是为了让姐姐安心的一个举动，证明我不是网络上的一个骗子。

说不定哪儿捡的一个身份证了，谁又能保证。

你可以验身啦，咱俩视频，你看看我本人，再核对身份证上的相片，不就知道真相了吗？

武状元果然发出了视频邀请，凌晨犹豫着要不要接，说实话她又好奇想看看他的庐山真面目，却又不想对方见着自己。

她左顾右盼找着一贴纸将摄像头蒙住了，然后回话给武状元说自己的摄像头坏掉了，武状元说没关系，他不怕她骗自己，然后凌晨就看见了武状元在电脑那端露出夸张的笑容。凌晨对着他一顿龇牙舞爪的，反正他也看不见。

姐姐，感觉怎么样，是不是觉得我这人特诚恳，听我声就知道我这人不轻浮吧。武状元戴着耳机笑得东倒西歪的。

切，别自我感觉良好了，也就长得人模狗样呗，像你这样的，实在是满大街多得去了。

姐姐说的是，估计姐姐绝对长得仙女模样，像咱们这种凡夫俗子哪是能轻易见着的啊。我说的对吧？对了，我还给你两个妹妹也准备了礼物。

我就是好奇你送了什么东西给我。不喜欢的话我可就扔垃圾桶了。

你会舍不得的，是我送你的呗。武状元一脸嘚瑟的笑意。

看你那副贱样，我真是没眼瞧了，关啦。凌晨关了视频，打了字说我还有点事，回聊看心情。

"呜……"武状元回复了个无比可怜的哭脸，末了还加了句最毒妇人心，翻脸快过翻书。

凌晨回了把滴着血的刀给他：闭嘴，刀不长眼，小心灭了你。

Ⅲ

Big 姐，送你回来的那个人是谁呀。凌渺渺玩着电脑探出个脑袋嬉笑着问道。

凌晨一边换鞋一边吃惊地问你怎么在啊，不是还没到周末吗？这么快钱就花完了啊，你这花钱也太大手大脚了吧，回头我让老太太给评评理，哪有这样养闺女的，到底谁是你妈啊？

大姐，你这话损不损了点，妈含辛茹苦把你和二姐养大成人几乎花光了毕生积蓄，你现在替代她照顾下我也没什么说不过去的啊，况且我学费都是 Two 姐一直在资助，不就是来你这儿蹭个吃喝嘛，我至于让你感到这么厌烦吗？你摸着良心说，你跟 Two 姐谁对我好一点。

嫌我对你差别来我这儿啊，回去找你二姐去呗。

你看你脑袋整个就一根筋，全没个大姐的样，你必须跟我这么计较嘛，拿我不当你亲妹似的句句针对我。

究竟谁针对谁啊，这事得说清楚了，你有拿我当你姐吗？

当然有啊，要不怎么没见我去别人姐家里。

那是因为你进不去呗，你以为这世上遍地是你姐啊。

行行行，啊，我拗不过你，你赶紧做饭吃吧。凌渺渺看着电脑胡乱点着鼠标好一通脾气。

我说你这是给谁脸色看呢，凌渺渺，我告诉你，按坏了照价赔偿。

凌渺渺翻着白眼，转开话题。凌大哥，你好像还没回答我送你回来的那个男人是谁咧？

钱花光了，在学校待不下去了？

戚，我说你想法能不能别这么低级，钱用完了我可以找同学借啊，总不至于会在学校挨饿。

你本事了，在我这儿要钱还找同学借钱，你这日子过得多潇洒啊，校内校外提款机无处不在啊。

啧，你能不能成熟点，说的话真是没半点含金量，你怎么就趾高气扬硬生生地活了整整 26 年了，怎么就没碰见个人治治你呢，再这样下去我可受不了你。

这也是我的心里话，我一早就受不了你了，要不是念着血缘关系……

怎样？凌渺渺挑衅地问道。

我一早……就卸下你那张大嘴拿去喂狗了。

什么？凌晨，你真是这么想的，你说你怎么能有这么变态的想法，你还是个正常人吗？你还是个女的吗？简直就是丧心病狂的女巫。

你闭上你的嘴啊，要不然我可真下手了我。凌晨恶狠狠地从厨房钻出来，手里拿着把刚剁完鱼头的菜刀，刀口上还滴着鲜血。

凌渺渺睁圆眼睛惊慌地捂住嘴，低下头让电脑挡住了她的脸……

凌晨躺在床上，电脑传来QQ有消息的声音，她以为是渺渺忘了关QQ，便爬起来准备替她下线。

却看见闪着的QQ正是自己的，而发来信息的正是武状元，她不禁有一丝惊讶。查看他俩的聊天记录，也没聊几句，不过，却相互留了电话号码。

五

Big 姐，刚才那男的我记得就是上回送你回来的那个，是你公司的同事吧？怎么也不邀请人家上来坐坐啊。

咱俩不是在冷战期嘛，你怎么不请自来了？吵架就得有个吵架的范儿，你也没说对不起，我也没原谅你，搁在一块儿不是越发不顺眼吗？今晚别睡一块儿啊，小心我撕你。凌晨警告着。

撕谁咧？看来今晚我得睡地上了。

凌晨看着凌夏裹着浴巾湿漉漉地从浴室出来，嘴张成了一个"O"字形。

有这么吃惊吗？凌夏擦着头发笑笑问道。

不是，老二，你什么时候到的啊，你总得提前跟我说一声吧。

怪谁呀，我一早就告诉她你要来的消息了，这心理准备早该做足了呗。凌渺渺插嘴道。

凌晨懒得理渺渺将三个盒子往桌上一放：拆礼物吧。

呀，Big姐，你也太好了吧，我这才说让你表扬我，你就把礼物都给我呈上了，谢谢哈。哇，DIY的巧克力嘞，好多不同的图案呢，Big姐，你什么时候这么心灵手巧啦。

你眼花啦，没看清楚那是人家寄过来的吗？

是吗？谁寄的啊，你追求者啊？玩得挺浪漫的嘛。凌渺渺一边捡起地上被拆乱的包装，一边仔细拼凑着被撕乱的地址。状……元？武状元？这谁呀叫这么一名，俗不俗啊，俗得挺接地气的。

你们俩有完没完，喜欢吃就吃，不喜欢吃就拉倒。

哎呀，我的妈呀，这不就是那个武状元嘛，我倒怎么给忘了，就是Big姐那网友。渺渺大声地向凌夏解释着。

你少装咋呼了，你以为我不知道你俩背着我互留了电话，我告诉你，凌渺渺，这笔账我还没找你算呢，你干吗偷偷上我QQ啊。

我……凌渺渺支吾着。我就是一不小心，登我自己QQ的时候，连带你的也一起给登上去了，你也知道，你又没消除密码的……

你还有理了是吧，我要存折放桌上，密码也写在那，你是不是直接就拿去把里面的钱给取了，也不用跟人说一声。

这是一回事吗？你把我当成什么人了，别得理不饶人。渺渺气愤地辩驳着。

行了啊，都少说两句，这么吵下去有意思吗？不觉得丢人吗？凌夏劝道。

不觉得。两人异口同声地回答着凌夏。

我真是不想管你俩的事，从小到大你俩就没个消停的时候，夹在中间为难的是我啊，帮谁都是错……

帮什么呀，开口就碍事……凌晨一点也不给情面。

你吃火药了啊，搭错筋了啊，你非得跟Two姐用这口气说话吗？你能不能有个做大姐的范儿啊？凌渺渺一副教训的语气。

你什么口气跟我说话啊你，你眼里真有我这个做大姐的吗？啊？你说你这性了是被谁给惯的。凌晨说到气愤处猛地拍向桌子。

被你给逼的，从小到大练出来的，你别以为这样就能吓唬到我。我告诉你，你这阵势我见多了，我可不是被吓大的。

够了！不就是几块破巧克力嘛，不就是一破网友嘛，通通都给我滚蛋。凌夏大吼着将巧克力一股脑儿全扔向了窗外。

干吗呀。正在气头上的两个人又异口同声地说道。

六

喂，什么事啊，状元兄，这不刚下课嘛。你电话追得可真够急的，弄得跟个债主似的～～

什么？哦，就是你上次DIY的那个巧克力啊，好不好吃？我……我不记得啥味了，你怎么不问我Big姐啊，她肯定记得。

你说我Big姐将你拉入黑名单啦，怎么回事啊你们？

啊？又给我寄好吃的来。那……既然都使出诱饵了，我就替你探探口风呗，那你等我消息啊～～

嗳，问你啊，你是不是很喜欢我Big姐呀，没有？那我Big姐也太失败了吧。

啊，我姐会是你生命里的那个人，你认定了她？

记得啊，我不吃辣的。

你怎么问些这么无聊的问题，是这样啊，那个，我Big姐呢，是在一个寒冬的凌晨出生的，我Two姐呢，是在一个无比炎热的夏天出生的，所以，我妈就给她们取了这样的名字，就这样啊。我啊？我有什么好说的。成交，网上现在卖得最火的那一款啊，记住了。

我吧，本来是最后一个出生的孩子，家里盼着生个男孩，所以当然是寄予了无限的希望啊，结果我妈辛辛苦苦十月怀胎生下来的还是一千金，我妈也不想再生了，我爸还冲我爷爷发了一通脾气，就算让他得一个儿子又怎样，难道这三个闺女都不要了吗？我爷爷知道我爸是铁了心不想再生了，就觉得彻底没希望了，我妈知道我爷爷那点心思，觉着给他们老凌家留后是不可能了，这个希望已经十分的渺茫，所以就给我取了这名呗。是不是听着觉得特别有感触啊？

七

渺渺睁开眼，吓了一个激灵，她 Big 姐一张熟睡的脸正横在她眼前。她向后挪了挪，仔细端详着。

这时手机响了。妈，我今儿没课，Two 姐啊，早上一醒来就没见着她。啊，您要跟 Big 姐说话啊，她正睡着呢，就在我旁边……方便，当然方便啦，我欠抽呢，我这就把她给弄醒啊。

凌渺渺坐直了身子用手机点着凌晨。喂，妈来电话了，接一下。

凌晨翻了个身继续睡。

渺渺双膝跪在床上，对着手机说道妈，信号不是很好，你得大声点来着。说完贼贼地笑起来，然后迅速地将手机附在了凌晨耳边。

“啊！”一声惊呼，凌晨捂着耳朵痛苦地呻吟着。

看着无辜被甩飞出去撞在墙上的手机，凌渺渺张大嘴好一会儿才回过神。从床上跳下去直奔手机失事地。

凌晨噘着嘴看着她。一大清早，你发什么神经啊。

你赔我手机！渺渺咬牙切齿地说道。

你有病是不是啊，干吗在我耳边弄些乱七八糟的声音啊？

我看你才是病得不轻，连老妈的声音都听不出来了，哼。

替武状元探探口风的事就丢到九霄云外去了。

八

曳，大冷天的不在家好好待着，跑外面打什么羽毛球啊你们。渺渺抱着大包小包在楼下空地上看着她两个姐姐跑过来跑过去的。

你这网友可够大方的啊，只差没把自己送给你了吧。凌晨冷嘲热讽着。

嘿，你怎么知道是网友送的啊，告诉你吧，全是好东西，嘻嘻。渺渺有些嘚瑟。

我说，你昨儿不会是和网友待了一宿吧？凌夏趁捡球的空当问着渺渺。

呃，这个嘛，前半夜咱们在迪吧喝了点酒嗨了一把，后半夜吧我和我一姐妹轮流陪着那网友在机场唠嗑，哎，别说了，这会儿我是困得不行。

机场？现在时兴捡那地儿唠嗑？凌夏狠狠挥了一球杆说道。

不是，我那网友一早的飞机得飞回去，我们不是都喝了点酒嘛，就趁清醒的时候赶紧在机场候着，这样做好了万全准备又不耽搁。

嘿，这新鲜啊，你这网友可够乐的，大老远飞过来不仅没个地儿睡吧居然连个正经聊天的地方都没有，他可真够有包容性的啊，呵呵，有趣，还真有这么傻的人。凌夏自顾着说话只见球直接朝她脑门上飞了过来，疼得她嗷嗷叫。

你懂什么呀，人家甘之如饴，能见着这么个大美女，也不枉他飞来飞去这么两趟了，人家还说了下回再来看我。

凌夏喘着气问道网恋上了？

你还打不打了？凌晨杵着球拍不耐烦地问道。

打打打……凌夏小跑着去捡球。

我不跟你俩说了，我得上去补眠了。渺渺打了个呵欠。

嗳，到底恋没恋上啊，丫头？凌夏不死心地追问道。

哼，偏不告诉你，就让你那颗八卦的心给悬着。渺渺哼着小曲一脸得意。

你看不出我这是关心你吗？恋爱的事那也是人生大事啊。

哼哼，对于我来说，不……是……渺渺神气地说完拎着武状元的礼物蹬蹬蹬地跑上楼去了。

九

凌晨捧着暖暖的杯子，盯着茶杯里冒出来的腾腾烟气。冬日的阳光照进屋子，此刻显得明亮而又安静。

当她眼神掠过桌上叠放得整齐的一堆东西时，不禁努着嘴，眼珠子转了两转。

你这是干吗咧，偷拆人家东西啊？

凌晨没注意凌夏从浴室钻了出来。什么呀，这些都是拆开了的，我就瞧瞧。

好奇心害死猫，我跟你说，一会儿瞧完了我看你怎么给人弄成原样。

弄不回原样怎么了，她还能吃了我，戚。

只听"咔嚓"一声，凌夏和凌晨同时怔了怔。

没事吧？凌夏问。

没事。凌晨答。

没事吧？凌夏重又问了问。

没事。凌晨依然没回头。

真的没事？

有事。凌晨回过身提着一机器人模型苦着脸答道。

坏了啊？嗨，没事，不就一机器人吗？你赔她一个不就得了，花不了多少钱。

老二，你可能不知道行情，现在年轻人玩的这种机器人，它……凌晨吞了吞口水。

凌夏愣了会儿笑道不是吧姐，你也有怕的时候？渺渺怎么着都拿你没辙，现一死人倒把你给治住了？

去去去，乌鸦嘴，我就是觉得花上一笔钱买这么个……啊……中看不中用的玩意儿不值，知道吗？

吵死了，还让不让人睡了？渺渺一句话犹如一声惊雷。

行行行，我们不说话了，你接着睡。凌夏忙安抚着渺渺。

凌晨吐出口气定了定惊。

Two姐，我饿了，给我整点吃的吧。渺渺翻了个身说道。

啊，就饿了？

什么就饿了啊，人家从昨天晚上到现在还没进一粒粮食到肚子里呢。渺渺微眯着眼又平躺着说道。

谁让你光顾着喝酒去了，这会儿知道饿了，怪谁啊。

怪我，行了吧。渺渺一骨碌爬起来穿上鞋去了卫生间。

赶紧，赶紧……两人一阵慌乱忙将桌上的东西放整齐。

咙，二位姐姐对我的东西感兴趣？行，君子有成人之美，喜欢的话就一人拿一样呗，甭客气。渺渺捂着有些头疼的脑袋靠在洗手间门口说道。

一听这话，凌晨赶紧将机器人模型揣在怀里。行，你说的啊，那我就要这机器人了。

什么，机器人？不行，那可是我的宝贝。渺渺一路飞奔至凌晨跟前。

嗳，你怎么说话不算话咧？凌晨护着机器人不让渺渺给夺走。

哎呀，说了不行，桌上东西任你挑，就这个不能给你。渺渺上蹿下跳地要从她大姐手里夺回她的宝贝。

我其他都不要，我就要这个。凌晨死都不撒手。

哎呀，你还我……

你别扯啊，弄坏了咋办，这个可贵着咧……哎呀，胳膊脱臼了……凌晨在

"混战"之中突地一声惊呼。

渺渺停住手，看着机器人晃荡着的一条胳膊，双手捂住发红的脸，猛地一声尖叫，吓坏了在旁边站着的凌晨和凌夏。

啊！我的钢弹，我的海牛高达，我的 MG 豪华版。啊，我要疯了。渺渺抓着头发开始满屋子跑，然后跳到床上翻滚着。我要疯了，我要疯了，我要疯啦！

看着渺渺失控的表现，凌晨和凌夏靠在一起直犯哆嗦。

终于，当床上扔得只剩下床单的时候，渺渺才算彻底消停下来。她挂着泪痕咬牙切齿地对着凌晨说道你致残了我的宝贝，你干脆把我也给弄死得了。

凌夏忙凑到她身边安抚道。没这么严重吧，咱先拿去修，整不好了姐再给你买一个，成吗？

渺渺蜷在床上抹了把眼泪说道意义能一样吗？这可是我网友送给我的礼物。

凌夏一愣。敢情姐送给你的东西还及不上你那网友送的了。

反正就是不一样，我就要这个。渺渺啜泣着从床上爬起来，走到凌晨跟前想要拿回她的宝贝，却被凌晨紧紧攥在手里。

干吗啊，坏的你也跟我争？

凌晨赶紧松开手，她哪是舍不得还给渺渺，她就是有点惊魂未定。渺渺，你别这样，姐还没见过你这阵势了，你真有点吓着我，我不是故意的，那个，你先拿去修，到时候是多少钱我给你结就是了。

凌晨话音刚落，渺渺抱着钢弹幽幽地回过身走到她跟前伸出一只手我见犹怜地说道还有你上次摔坏我手机我给垫的修理费。我嘛，不准备修了，但是你要答应我一个条件。

什么……条件啊？

渺渺吸了吸鼻子说道以后咱俩不许动不动就吵架，就算吵架你也得让着我，不许跟我冲。还有，如果我想见——某个网友，你得陪我去。

我……凌晨睁圆眼睛有些不乐意。

十

武生，这儿咧。渺渺兴高采烈地向一魁伟的男生背影打着招呼。

武状元转过身，笑看着渺渺，向她走了过去。呐，送给你的。

哇，真够义气，我就是随便这么一说，你还真买给我了，我要下次说想要天上的星星，你是不是也摘下来送一颗给我啊。

武状元有些难为情地笑了笑。

渺渺将一个精致闪亮的水晶胸针在胸前比画了会儿扣了起来。这是香水……哟，不便宜咧。渺渺喷了点香水在半空中嗅了嗅。味儿不错，我喜欢，当然啦，我姐也会喜欢的，这个是……卡包啊？好有个性哦，哇，太好看了。嗨，你小子真挺有心的啊。

武状元告诉渺渺这个卡包是他哥从意大利带回来的，香水是在法国买的……

你哥？你哥长得跟你一样吗？也是这么一副武生的模样？

没有啊，我哥长得特别帅，也挺受女生喜欢的，就是有点……有点内向，而且见着女生就脸红，尤其是见着喜欢的女生，有可能连话都说不出来。

是吗？我最喜欢帅哥咯，是不是有机会让咱们也见个面？

行啊，就看我哥有没有时间了，他们飞国际航班的。

我姐可比你大那么点儿，你要真看上了我姐，那怎么说到时候可都是一对名副其实的姐弟恋啦……你不在乎啊？嗨，这语气，有点做我姐夫的型，这范儿我挺欣赏的，呵呵……走吧，喝酒去。虽然我对你谈不上那种喜欢，但是这种喜欢倒是有点了……

说完掏出手机拨通电话：喂，赶紧地，赶紧地，我那远房哥们又过来看我了，就上次那地儿，你现在直奔那儿把酒给准备好了等我来啊……行，人越多越好，要的就是热闹，吃多少喝多少都没问题，反正我那哥们儿会结账，他人特好，没准以后就是我姐夫了咧，对啊，行了，别打听了，啰唆。

在一旁听着的状元本来有些小抑郁的脸立即放晴，成了，多少钱他都出了，就当是为追女朋友下的血本吧。

十一

Big 姐，我……给你安排了……

凌晨打断她。能有什么好事，别对我做出落井下石的事情就算不错了。

啧，这年头还真是好人难当啊。给你们看样东西，来。

渺渺从包里拿出武状元分别送给她俩的礼物。呐，Two 姐这是你的香水，Big 姐这是你的卡包，快拿着吧。

这是谁这么知我心啊，反正我猜这人肯定不是你。

渺渺看着凌晨。看不出你也有聪明的时候啊，不过你也就是质疑我没钱才这么说的，但也是因为我对你们有心，所以你们才会收到这么贴心的礼物啊。

直说吧。凌晨开门见山地说道。

是这样的，送礼物给你们的这人 Big 姐也认识……

哼，就是那武状元吧。

渺渺赔着笑脸傻笑地点点头。

好上啦？怕我生气？想安排我们和和气气坐下来见个面？没问题，怎么说我也做了一回你们的红娘，是不？

渺渺旋即收回笑脸对凌晨说道警告你，只有一样你说对了。我和武生商量了，咱们安排一个小型的相亲会，人选非你不可，我说完了。

凌晨从鼻子里轻蔑地笑出声来，呵呵，你打算卖姐啊你……

我就是想把你早点儿推销出去……

你……网络上的东西你也信？凌晨气急败坏。

信啊，为什么不信，人家表现得很诚恳，我当然相信和放心啦。

别把你卖了还不自知！

你要是担心我会被人家拐卖了，你就跟我一起去给我当保护神啊。

我有病，陪着你一起瞎疯。

说说我的意见啊，我中和，就是大家见面的目的性不要那么强烈，抱着一颗交朋友的心就行了，有点冒险的成分也未尝不可，不管认识谁都是从陌生到熟悉的，对吧？再说了，既然渺渺和他也不是第一次见面了，而且每次也都毫发无损，回来还对人家称赞有加的，你知道咱渺渺是谁呀，多古灵精怪的一丫头，谁对她抱着一颗善意的心还是恶意的态度，她能瞧不出来？所以，这见面的事，我觉得可以考虑。

凌晨烦闷地看着凌夏一通话说完。

姐，咱还年轻，有什么输不起？不就是去见个素不相识的男人吗？咱每天走在大街上能见着的陌生男人多了去了，现在只是给他们一个能面对面坐下来瞧见你的机会，看一下又不会舍掉身上的肉，你要是觉得被人家盯着看显得吃了亏，你就张大双眼恶狠狠地瞪回去呗，再不然你要是觉得烦了给他一记天马流星拳直让他眼冒金星。

渺渺拍着手掌大笑，对凌夏的话表示赞成。好，好极了！That is a good idea（这是个好主意）。

凌晨推开棋盘无语地看着她俩。总之我不管，你那什么相亲会，打死我也不会去。

那好吧，不勉强，你爱永远这么单着就单着呗。

你咒我呢，什么永远，只是暂时性的，我相信那个陪伴我一生的人迟早会出现。

还一生咧，你这一个人都浪费大半辈子了，趁还算青春靓丽的时候赶紧找个人嫁了，呃，找个好人嫁了。害怕凌晨生气渺渺赶紧补充了一句。

这么说我是非得见见你口中所说的那个好人咯？

呃，我可没这么说啊，见与不见那是你自己的事，我可没权利干涉。

哼，我还非见不可了。

十二

喂，我和我姐都到了，怎么还没看见你出现啊？什么啊？你这都是第三次来了还说对这儿不熟，你这不是玩我吗？你长着嘴不知道问路人啊，对了，问完了记得说声谢谢哦，不许对咱这城市的人不礼貌，嗯……等下，你哥叫什么名啊？武俊浩，呀，这名好听，是一个妈生的吗？你那名怎么那么怂咧，跟你人一样，算了，不提了。嗯嗯嗯，赶紧出现啊，等得可够久的了，都快冻成冰雕了，拜拜啦。

凌晨裹紧了外套双手插在口袋。哎，想不到是我以前的网友。

渺渺正准备回答她什么却突然看见武状元出现在她的视线之中，便兴高采烈地摇着手。嘿，武生，这里，快点儿。

武状元一路小跑过来，渺渺直接忽略他四处搜寻着他哥的身影。

嗨，找你找得可真是不容易啊。武状元喘着气。

凌晨看了看他，本人的出现要比网络上好看，没想到会有这么高大，站在凌晨面前整个挡住了她头顶上的一片蓝天。

你好，姐姐，今天总算见着你真人了，果真有仙女下凡的气质啊。

凌晨的心就怦怦直跳，这是 26 年来从不曾有过的。

嗳嗳嗳，就你一人啊？你哥不是也来了吗？渺渺有些心急。

在后头呢，等会儿，没办法，脸皮薄。

渺渺伸着脑袋张望着，一个修长的身影迈着缓缓的步子由远至近，一袭长的风衣在冷风中飘摆着，匀称的身材被包裹的恰到好处。脱下外套的他，一身英伦衬衫衬托得更加英气逼人，直看得渺渺一张脸喜成一幅画。

十三

吃过饭，渺渺建议去泡吧。

进了酒吧，渺渺就拉着武俊浩和着人群扭动了起来，武俊浩不是很会跳，渺渺就带着他全场不停跑动，感受周围人带来的热闹气氛，武俊浩很快就跟着沸腾起来，跟着渺渺笑着跳着。

剩下的俩，坐在那里一边喝着酒一边看着肆意的人群。

姐姐，我发现啊，你和渺渺的性格差不多，都是外向型的，只不过渺渺说话更加直接点，渺渺这人吧就感觉没有她静下来的时候，你呢，就是又外向有时候呢又保持沉默，就是大家说的那种有……双重性格吧。我说的对吗？

我有双重性格？我怎么不知道？

你是不是跟朋友们在一起的时候就特别想要热闹，但是一个人的时候呢你又能享受这样的独处，或者看着别人热闹的时候你却能让脑袋静下来想些自己的心事。

凌晨疑惑地看着武状元，不由得转动着眼珠在猜想自己究竟是不是这样的一个人。

哈哈，别想啦，是什么性格的人不重要，最重要的是让自己开心，来吧，干杯。武状元举起酒杯，凌晨迟疑了一会儿举起酒杯和他对干了起来。

我们来玩个游戏吧。

好啊，玩什么。凌晨同意了武状元的建议。而舞池里的武俊浩和渺渺早已夹在人群中不知去向。

哈哈，你输了，喝。

凌晨撑着脑袋沮丧地说道怎么又输啦，你没有耍赖吧？

酒吧里的音乐震动着耳膜，让人都不由自主地摇动着身躯跟着节奏晃动着。

凌晨干完一杯酒，摇晃着身体站了起来。我们也跳舞吧，喔乎。

周围的人似乎都嗨了起来，DJ 对着麦克风说着催情的话带动着全场。

凌晨转动着身体慢慢移向舞池中央。

哎呀，瞎了眼啊，发什么神经啊。一个尖细的女音冲着凌晨骂道。凌晨看着她二话没说抓过她的头发道你嘴巴放干净点，老娘可不是吃素的。

突然一个刺着文身的男子一把钳住凌晨的手腕吼道婊子，你找打。

来啊，杂种。凌晨毫不示弱。

男子操起一个酒瓶就冲凌晨挥了过去。一阵玻璃强烈碎掉的声音过后，全场都安静了下来，凌晨毫发未伤，武状元却捂着汩汩流血的头倒在了地上。

十四

你姐咧，她没事吧？武状元虚弱地问道。

没事，她含着歉意给你买粥去了，感动吧？不过，你更让我觉得感动，估计我 Big 姐也挺感动的吧，哎，可惜这招英雄救美白搭了，你和我姐相互之间根本就不来电。

谁说的？武状元打断她。我喜欢你姐，真的，很特别的感觉。她想热闹的时候我也能跟着她一起闹，她想安静下来的时候我也愿意陪着她一起不说话，就这么静静的，感受着两个人存在的空间，好像她的这种心思我都能懂，我也愿意去弄明白，就觉得是一种心灵上的契合。

去你的吧，这才多大的工夫，弄得跟我姐挺熟似的。还心灵契合上了咧，我跟我姐二十多年都没在思想上统一过，你一出现就吻合上了我姐的思路，放什么屁……

渺渺将那个屁字轻飘飘地带过，然后重组了一个词说道说什么鬼话了你，我才不相信，俊浩，你信吗？

嗯，我和你都能一见钟情，为什么我弟和你姐就不能产生感情呢？

出租车一路到了机场，武俊浩牵着渺渺的手两人走在前面，武状元故意走得很慢，凌晨慢慢地配合着他的脚步。

姐，跟你说个事。我说了你可不许生气，而且更不能当我说的是玩笑话。我喜欢你！嗯，送个东西给你。临分别时，武状元掏出一张卡放在凌晨手中。

十五

新年的钟声响起，渺渺跑到窗口给武俊浩打电话：新年快乐，Honey。

此时此刻，凌晨的手机也响起，她打开短信看了起来：亲爱的晨晨，新年快乐，我已经决定新年过后的第一件事就是要正式追求你了，我会让你知道我才是真正适合你的那个男人，我就是你一直要寻找的那个灵魂伴侣。

　　凌晨盖上手机，渺渺凑到她身边笑吟吟地说道收到人家的告白攻势了吧，你不怕老实告诉我，撇开他的年龄不说，你还对他哪一点不满意？

　　凌晨盯着电视不理她，渺渺依旧不死心：一个有为青年，大学毕业后第一年就做出了一个专利，赚取了人生的第一桶金十万元。说到爱疯，人家那才叫爱疯了咧，好家伙，"啪嗒"拿出十万元钱交到姐手里连眼都不带眨一下的。哎，你想啊，现在这个社会骗子满大街都是，可是人家却不管这些啊，拿出自己辛辛苦苦挣的十万元钱全交到Big姐手里，你说这得需要多大的勇气啊，万一我姐真是个骗子呢？

　　凌晨凶神恶煞地盯着渺渺。大过年的，你就不能说点吉利的，少诅咒我，我可没那么丧尽天良。

　　可是，凌晨的心里是涂了蜜一样的甜呢！

意外的旅行时光

一

马浩宇重重呼出一口气，火车开开停停可算到达目的地，这次出行算是最累的一次了，要是能有飞机直达，他绝对不坐火车。

刚下车担心发型不尽如人意，他特意去厕所照了照镜子，将顺头发自恋地摆了个最帅的POSE，想着即将和朋友们开启一段愉快的旅程他情不自禁地哼起了小调。

走出火车站，马浩宇将挎包揽在胸前，拉开计程车门坐在了副驾驶。在听说了他要去的地方后，司机即刻把他请出了车，马浩宇略带不爽地上了另一辆，却也被司机大哥毫不留情地拒绝，这下马浩宇的不悦已经挂在了脸上。

这时，有个中年男子在他身后开了腔。你是不是要去莲池，坐我的车吧。

马浩宇一回头看见了个皮肤黝黑的中年汉子，那汉子面无表情地看着他，马浩宇赌气地问道，这里这么多车，我为什么要坐你的啊？

中年汉子继续面无表情。没有一个人愿意去的……说完转身离开了。马浩宇不死心问了周边几个司机，结果真的没有一个人愿去，这下马浩宇彻底死了心，难道这些司机集体罢工吗？他踮起脚环顾四周，终于在远处发现了那个黝黑的汉子，他正蹲在车旁悠闲地抽着烟。

见他出现，汉子吸完最后一口烟，依旧面无表情。马浩宇掩饰着沮丧和愤怒，中年汉子回头看着他。走吧……

这不是你的车？要走多远啊？马浩宇疑惑地问了问。当他看见一辆三轮摩托车顶着块布满灰尘的油布出现在眼前时，他不免戏谑地苦笑道这是你的敞篷车吗？

中年汉子不理会他发动了车子，马浩宇忍着坏掉的情绪一脸嫌弃。我是坐后面还是前面？

都行……

看着狭窄的后车厢放了张矮小的木凳子，马浩宇怕委屈自己连腿都伸不直，便选择坐在了中年汉子身边。

车子一路颠簸，马浩宇突然从坏情绪中醒悟，掏出手机给朋友打电话却无人接听，他只好抖着手艰难地发了条短信。大概多久可以到？才问完车胎掉进一个土坑又顽强地弹了出来，车子使劲摇摆，振荡得马浩宇左右摇晃，他感到头晕不适心情极为不悦。这路也太烂了吧。

中年汉子没有搭理他，一副早已身经百战习以为常的样子。

我……我要吐了，停停停……这真是去莲池的路？马浩宇顿生疑虑，掏出手机可还是打不通，短信也没有回复。

还有一条路可以到达，但是花的时间会长一些。中年汉子仍是面无表情。

你早说啊，我宁愿花的时间多点，也不要在这条路上一直颠簸。my god，屁股都要开花了。

车子停住，马浩宇跟跄地爬上后车厢，一连进出好几个嗝气，一副欲呕难看的表情。到了之后你再叫我吧，我想我快死了……马浩宇说完便无力地埋下了头。

二

也不知过了多久，车子终于停下。马浩宇昏昏沉沉。多少钱？

25块。

马浩宇清醒了一点。这么便宜？不用找了，你也辛苦了。

中年汉子掏出一把皱皱的纸币筛选道我有零钱找给你。

不用啦……

中年汉子将钱硬塞在了马浩宇手里，马浩宇有些无奈，甩了甩皱皱的纸币一把揣在了屁股兜里。还要走多远？刚问完他便在路边干呕了起来。

再走几分钟就到了。中年汉子连安慰的一句话也懒得说。

马浩宇揉着太阳穴，眼前的一幕让他目瞪口呆——茂密的森林、足够的水源、平缓的山梁，一道寨门高约六尺，上附鸟兽、人像等粗雕木饰。

他看了看身后的路早已没有了中年汉子的踪影，这里和他想象中的景象完全不一样，而且朋友描述的画面也根本没有出现在眼前。马浩宇第一个反应就是被中年汉子带错了路，这让他有种破口大骂的冲动。他掏出手机电话一直拨不出去，才发现竟是没有了信号，他有种彻头彻尾受骗的感觉。怔了许久，马浩宇只得硬着头皮走进了一家小商铺。商铺房子状如蘑菇，由土基墙、竹木架和茅草顶建成。

有人吗？马浩宇又被眼前的景象给震住，商铺里只有一个小木柜，里面除了摆放着些盐，酱油，面条，手纸类，再无其他商品，最后马浩宇又在柜子的一个下角发现了几瓶不知名的酒。有人吗？马浩宇重复了几遍语气很不耐烦。

这时，从店子外走进一个小孩，怯怯地看着他慢慢靠近了柜台。不知他说了句什么，马浩宇没听懂，见没有人出现，小孩提高了嗓门，有个老奶奶终于出现，她递了瓶酱油给小孩，说着马浩宇同样听不懂的话，拿出个本子划了几笔，小孩见她写完抱着酱油瓶子撒腿就跑。

老奶奶木然地盯着马浩宇，马浩宇笑了笑开了口。老人家，请问这里是莲池小镇吗？

老人家一边摇头一边回了里屋，马浩宇张着嘴急了。老人家，老人……家……见老人不理，马浩宇显得气急败坏，他走出小商铺，放眼四周寻觅着目标。这都什么破地儿啊？看着两旁稀散的"蘑菇"，冷清的道路，马浩宇感觉自己掉进了一个深不见底的深渊。

他一路走一路问，奇怪竟然没有一个人听懂他在说什么，而且他发现这里只有老人和小孩，此刻马浩宇终于害怕了起来，他不再执著于问个究竟，他想到了逃离。

三

他朝着来时的路飞速狂奔，突然耳边传来了一个似曾相识的声音。马浩宇停下脚步张大着眼睛。你……啊，终于碰上了一个会说人话的了……马浩宇似要号啕大哭，他激动的有些语无伦次。

你是不是要去天池？眼前的人再次重复问了一句。

什……什么？天……池？马浩宇不敢相信。

看着马浩宇的表情，这个穿着一身民族服饰的小伙笑了。你是第18个因弄错地名而来到这里的游客了，我想你要去的是天池，可这里是莲池。

马浩宇撅着嘴气得在原地打转，他摸了一把脸重振旗鼓，问道，请问怎么去天池？

小伙又笑了笑。你想去天池的话得等到下个礼拜了，这里基本上不通车……

难怪在火车站的那些出租车都不肯来这儿，可是，不也有愿意来的人么，那个中年汉子。想到这里，马浩宇说出了自己的疑问。

你说的那个人叫阿苏，他一个礼拜只跑一天，至于一天跑几趟视乘客而定。

不会这么惨吧……这鬼地方哪有人愿意来啊？！马浩宇近乎哀嚎。

小伙似乎见惯了这样的场面平静地说道天快黑了，我带你去个歇脚的地方吧……

马浩宇急切又绝望地问道，如果下个礼拜没有像我一样的傻瓜要来这里的话，那阿苏他还会来吗？

小伙想了想平静地回答如果他还记得你在这里的话应该会来吧……

马浩宇觉得不可思议。我觉得这根本就是那个阿苏的阴谋，这条路俨然已被他垄断，进来容易出去难。一个礼拜之后，我必定要出个高价才能离开这里。

你想象力可真够丰富，说什么都没用了，一个礼拜后见分晓。小伙嗤之以鼻。

事已至此多说无益。马浩宇默默地跟在了小伙身后。为什么这里手机都没有信号的啊？

小伙露出苦涩的笑容没有回答，马浩宇似乎明白了什么，加快脚步追上了小伙的步伐。天池小镇和莲池小镇虽然只有一字之差，却有着天壤之别吧，那里是游客如织的旅游胜地，而这里却是落后的贫困地区。

小伙毫不惊讶也毫无掩饰。你说的没错，天池在政府的大力支持下已经将旅游业发展成最大的经济产业，因为丰厚的利益吸引，政府还在不惜余力地要将天池一部分发展为繁荣的商业地区，可这里，因为得不到政府的重视依然贫穷落后。对了，我们这里是莲池村，不是什么小镇。

马浩宇忙不迭地点头。也是，怎么看这儿都是农村风貌。

（三）

一路上，马浩宇只看见三三两两的房屋挺立在路边，有茅草房、土掌房、石灰房，如此人烟稀少，让马浩宇有些心生怀疑。喂，村子不都是应该很大吗？怎么这儿住户这么少啊？

大部分村民都在山上居住，这都是延续了老一辈的生活习性，后来才有人陆续从山上搬下来……

马浩宇认真地听着，正当他亦步亦趋跟着小伙的脚步时，小伙却停下。到家了。

这时天已经完全黑了下来。门"吱"的一声被推开，中间屋子有一口烟火不断的方形火塘，小伙熟练地点燃了煤油灯。马浩宇诧异不已，这里住的人是原始社会的吗，为什么会没有电啊？他带着一丝希望和侥幸问道是停电了吗？

是没有通电。

小伙的话犹如一记闷雷打在了马浩宇的胸口，他觉得今晚对他来说必定是个悲摧的一晚。

小伙举着煤油灯，捡起火塘旁的树枝，很快火熊熊燃烧。你是先洗澡还是先吃点东西？

马浩宇气馁道随便吧。但很快又意识到了什么略为不安地问道吃什么在哪里洗澡？

小伙起身揭开桌上的罩子，借着微弱的光看了看说道，这里还有些剩饭剩菜，应该是我妈给我留着的，热一热就可以吃了。

马浩宇不为所动。还有别的吃的吗？

小伙打开陈旧的碗柜，在一个袋子里找到了一些面条。我父母不吃面条的，这袋没吃完的面条还是我哥上个月回来吃剩的，可以吗？

马浩宇迟疑地点了点头。

马浩宇吃着面条，小伙已热好饭菜开始吃了起来。两人低头各自吃了一阵，马浩宇喝了口汤略带满足。对了，谢谢你带我来你家，我叫马浩宇，你呢？

叫我克朗好了……

克朗，你是什么族？马浩宇喝干了最后一口汤，他要让自己吃得饱饱的，担心半夜被饿醒找不到食物果腹。

哈尼族。

克朗是你的哈尼族名字吗？

克朗点点头放下碗筷走到了火塘边，将热水一瓢瓢舀进木桶，试了试水温后又掺了些冷水。初来乍到马浩宇想表现的勤快一点，他示意克朗让自己来，可木桶到了手里之后，便有些后悔自己的决定了，这盛满水的木桶沉重得就像一块石头一样，累得他龇牙咧嘴又不好意思叫出声。

就在这里洗吧。克朗带着马浩宇到了屋后将煤油灯放在地上准备离去。

马浩宇抬头看了看灰蒙蒙的天，环顾漆黑黑的四周，难以置信。你是在整我吧。

我平常都在这里洗的。克朗丢下一句。

你爸妈也是？马浩宇愤愤不平。

我爸是，我妈身体不好，平常都是我爸给她在里屋擦身子。

What？！

克朗制止着马浩宇激动的情绪。你小点声，别吵醒我爸妈了，你洗澡吧，我走了。

马浩宇似乎是抓着了一根救命稻草"垂死挣扎"道，你别走啊，你走了我怎么洗啊？

黑暗中看不清克朗脸上的表情，但从他语气中便知道他是多么的讶异。你要我……给你洗澡？

哎呀，我才没那么变态，总之你别走，我有点儿害怕……马浩宇一边利索的脱着衣服一边又哆嗦地问道，你们这里有没有狼什么的？

克朗背过身。应该没有。

哎呀，你别背着我啊，你看着我洗，这样我才有安全感。

克朗转过身别扭地说道，我没看过男人洗澡……

干吗呀，我又不是脱光了给你看，我留着内裤了，我就是希望你能和我说着话。

那我闭上眼睛……

马浩宇稍微心安道，随你，反正你别背着我就行。拿什么洗澡啊？

克朗捂着眼回答，竹条藤上搁着块肥皂。

你用过的啊？马浩宇拿在手里嫌弃道。

我爸也用过。

马浩宇倒抽一口冷气，将肥皂放回了原处。那洗头呢，用什么？

也用肥皂洗啊……

What？！马浩宇整个身体都在颤抖，他已经不抱任何希望地直接将桶里的水哗啦一下从头到脚直接浇淋下来。

这是我哥的房间，你就睡在这里吧，灯盏给你留这儿。

看着克朗转身离去，马浩宇关心道你不怕摔啦？

克朗笑了笑。

马浩宇按了按硬邦邦的床，看来今晚注定无眠了。他看了看依旧毫无信号的手机气得将其甩在了一边，幸好还有另一个玩意儿消遣，马浩宇戴上耳机看着电脑里已下载的电影。

平板电脑发出了快要断电的警报声，马浩宇烦闷不已。他摸索到手机看了下时间，凌晨3点了，可他还是没有睡意。煤油的灯光闪了闪，马浩宇一看吓了一跳，他赶紧起身提着煤油灯去找克朗。可是四围转了一圈才意识到他根本不知道克朗睡在哪里，停在两扇门面前左右为难，他怕万一进错了房间，吓到了克朗的父母。

看着快要熄灭的灯光，马浩宇有些急了，他迈开步子又停下，看了看左边又看看右边始终下不了决心。突然他挠了挠头，往身后走去，果然在他的房间旁边还有另一扇门，没想到竟被他忽略了，这下马浩宇下定了决心推门而入。

克朗被摇醒，坐起身睡眼惺忪地看着马浩宇。

灯盏快没油了。

克朗提着灯起身离开，很快便带着明亮的灯光回来了。

你怎么能睡得这么踏实呢？

克朗不予理会直接钻进了被窝。

哎，你能别睡吗？陪我说会儿话行吗？

克朗带着浓浓的倦意。我很困，我白天干了一天的农活。

你骗谁呀，谁干农活像你穿得那么干净整齐的。想起白天遇见克朗的时候他穿的那身亮丽的服饰，马浩宇话说的毫不留情。

回答他的是一阵沉默。

马浩宇来了困意扯了个哈欠，歪倒在克朗身边慢慢闭上了眼睛。

五

马浩宇醒来天已大亮，床上只剩他一人，他揉揉眼掀开被子伸了个大大的懒腰。

克朗一边整理着农具一边和父母聊着什么。见到克朗的父母马浩宇忙问着好，克朗的父母对他笑笑什么也没说。马浩宇一把扯过克朗。嗳，哈尼语怎么问好？

所门。

锁门？马浩宇嘟哝一句马上活灵活现运用在了克朗父母身上。克朗的父亲将自制的烟丝装进烟嘴里，把烟筒捧到他面前。马浩宇心领神会礼貌地回绝道，大叔，我不抽烟，您自己来，谢谢。

克朗和他父亲说了几句什么然后跟马浩宇解释道你是我们家客人，这是礼仪。

马浩宇若有所悟点点头。哇，有米粥喝？马浩宇来到堂屋一副不敢相信的表情看了看克朗，他喝了一口感叹道好喝啊。克朗只是笑了笑。这是咸菜？哇噻，米粥配咸菜，人间美味啊。

吃完早饭，马浩宇心满意足，他已全然忘了身处僻静之地的困扰。

今天咱们有什么安排吗？

克朗背起扁担挑着竹筐。去田里干活，为了等你起床，我已经耽误了很宝贵的时间。

马浩宇顿时泄了气，心不甘情不愿地跟在克朗身后。走到一半看见自己的衣服晾晒在竹竿上，他难为情地问道谁把我衣服洗了？说完回头看了看克朗的母亲。

克朗转过头说道是我洗的，我们全家人的衣服都是我洗的。

啊？马浩宇凑到竹竿前仔细端详着自己的内裤，他表情纠结语气别扭。你一个大男人干吗洗我的内裤啊，弄得我多害臊，哎呀，真是的……

克朗早已走远没有理他。

马浩宇以为所谓农活无非就是松松土撒撒种，可到了田边他才傻了眼。也不知克朗从哪儿挑来了两筐秧苗，然后卷起裤脚光着脚丫踩进了蓄满水和着淤泥的稻田里。马浩宇一脸无辜和无力。我不会干这个。

克朗指了指田边搭好的窝棚。你去那边休息吧。

马浩宇无聊地坐在田埂上，一会儿望望天一会儿扯扯田草，就是不打算起身帮一帮克朗。

马浩宇将含在嘴里的草吐了出去，用手背擦了下嘴。嗳，我口渴了……

克朗头也没回。树上挂着水壶……

马浩宇左右环顾终于在不远处的一棵树上发现了水壶，也不知克朗什么时候挂上去的。喝完水，百无聊赖的他纵身一跃攀上树，站在上面欣赏起风景来。除了蓝天白云，千层的梯田形成了波澜壮阔的景象，这让马浩宇感叹不已，可是只过了几秒他便失去了新鲜感。

你自己一个人在这儿吧，我要回去了。马浩宇跳下树略微不满。

随你……

过了一会儿又见马浩宇折返回来，他颓丧地说道怎么回去啊？我不知道路。

克朗哈哈大笑。那你只能等我干完活一起回去了。

马浩宇气急。那得等到什么时候？

我一个人的话得干到天黑……

你……先送我回去不行吗？马浩宇快要崩溃。

那会耽误我很多时间，你坐在那里不要吵我，可能我会快点儿……

马浩宇怨气冲天却又无处发泄，最终他选择了妥协，默默地脱掉鞋子和袜子，卷起裤管试着将赤脚放进淤泥之中。当他的脚触到水面时，他只是夸张地张大着嘴，可当他的脚趾头挨到泥巴的时候，他已经尖叫连连。克朗丢下秧苗赶紧过来安抚他，马浩宇抱着克朗恨不能跳到他身上。他一边跳着脚一边大叫我不喜欢泥巴，我不喜欢泥巴……

克朗有些生气地说道别跳了，你已经踩在泥巴上面了，泥巴是大自然的馈赠，你怎么能讨厌它呢，没有土地的孕育，哪有稻谷的收获。

马浩宇静下心来，不敢相信地看着自己的脚已完全陷入稀泥之中，他十分委屈地自言自语道你知道吗，我全身都在颤抖，我觉得有无数条小蛇在我的脚趾缝中游荡，我最怕蛇啦……

谁知克朗用力一推将他推倒在稻田里，看着满身的污水污泥，马浩宇已经抓狂。你干什么，我要你死……

说完爬起身要扑向克朗，克朗伸出一只腿，马浩宇便摔了个狗啃泥，这让他差点窒息。好不容易从泥水中挣扎出来吐出一口污泥，还没等他开口，克朗率先咄咄逼人。好玩吗？因为你不懂得尊重万物给予人类的一切，所以你该和它们好好亲密接触。

我要杀了你克朗……马浩宇浑身战栗地吼着。

六

临近中午，克朗暂告段落歇息。当他来到窝棚时，却发现马浩宇像死猪样躺在地上。你怎么都不洗一下。

用泥巴水洗我的脸吗？马浩宇带着怨气。

克朗收住眼角的笑意。你看起来像在做面膜。

马浩宇坐起身带着哭腔。我只是来好好享受旅行的，为什么，为什么会将自己弄成这样，我做错了什么要遭受这些，都是你，克朗，迟早一天我要杀了你……

看着马浩宇激动的情绪，克朗带着歉意。行了，你别生气了，我向你道歉，请你原谅，好吗？说完递过水壶。要不你拿喝的水洗脸吧。

马浩宇一把夺过水壶揭开盖子，停顿了会儿说道那我们喝什么？

克朗耸耸肩。哈尼地区天气变化频繁，如果下雨的话我们就喝雨水……

马浩宇望了望天。你怎么知道会下雨？下雨怎么干活？

克朗平淡地回答无论刮风还是下雨，该干的活还是要干……饿了吧……这里有盐巴，辣子，酸菜，豆豉伴冷饭。

饭是冷的？马浩宇放下怨愤准备先照顾好饥肠辘辘的肚子。

我们在田里干活的时候都这样吃。

马浩宇尝了一口，顿时被特有的风味给打败，一顿狼吞虎咽起来。

喝点酒吧。克朗给自己和马浩宇各倒了一杯。

这是什么酒？

甜白酒，也就是苞谷酒。

马浩宇若有所悟。他喝了一口感觉味道不错，不禁满意地吧唧着嘴。酒足饭饱克朗收拾好碗筷便去下田干活了，马浩宇抠了抠脸上干掉的泥巴，稍作犹豫从筐子里抓了一把秧苗下了田，并有模有样地跟着克朗学了起来。克朗抬头看看他笑了笑，一张嘴竟唱起了山歌，马浩宇不得不钦佩，这小子唱得还挺动人的。

克朗笑着说道你也唱唱吧，一边干活的时候一边唱着山歌别提多痛快了……

山歌我不会唱，你别欺负我啊，我也唱首你听不懂的歌。说完马浩宇大声唱了首英文歌，他带着挑衅的眼神看着克朗。谁知克朗不以为然，张口和声，比马浩宇标准美妙多了，把个马浩宇醉的云里雾里。

接近黄昏的时候，马浩宇已累得直接瘫坐在地，看着自己劳动换来的成果，他突然有种幸福感洋溢在身。

给你……克朗将水壶抛给了马浩宇，他仰起头灌了个底朝天。走，回家吃饭去。

哎呀，太好啦……马浩宇艰难地从地上站了起来，。克朗挑着筐大步流星走在前头，马浩宇一步一趄趔跟在后面，克朗回头看着他笑了笑，迎着落日的余晖又开始唱起山歌马浩宇看着他的背影无力地笑笑。算了，我没力气跟你比了，臭小子，剥削我劳动力，看你晚上拿什么好酒好菜招待我。

才进家门，马浩宇就被扑鼻的香味降服。

放好农具的克朗一走进厨房，便拥抱了妈妈用哈尼语夸起了妈妈的好手艺，爸爸则在火塘旁微微看着他笑，他走过去弯下腰也给了爸爸一个拥抱，洗着脸的马浩宇看在眼里内心却生出感触，长这么大，自己还从来没有拥抱过爸妈。

饭桌上一盘干巴，油炸蜂蛹，蹦炖蛋石，五香芭蕉花，蟹肉煮圆子，竹筒烧肉，竹筒鸡……

干巴是哈尼族名贵佳肴。腊制时，将肉切成条状，撒上花椒面、盐、八角粉等香料，捂腌一昼夜后，便悬挂于火塘之上，任其烟火熏烤，半月或一月后，干巴呈紫红色，喷香异常而略含鲜味，取下装进一只特制的大篾笼中，悬挂屋梁上，则一年四季都可备吃了——

油炸蜂蛹鲜香脆酥，蛋白质含量高。取出蜂蛹，用开水烫死，入碗，倒入酒腌 3-5 分钟，用凉水冲去酒味，晾干，再用开水烫后，沥干。把葱、姜拍碎对水煮 5 分钟，将汁水倒在蛹上，上味后沥干。锅上火，烧油至 5 成熟，倒入蛹，炒至沙沙声，呈金黄色，捞出装盘，盘边放椒盐上桌——

蹦炖蛋石是哈尼名菜。将石蹦破腹洗净，三七用油炸熟碾粉。蛋液入碗搅匀。将石蹦、三七、盐、胡椒、姜入土陶钵，再加入蛋清拌匀。锅上火，注入水，放上陶钵，盖上锅盖，炖 30 分钟即可。鲜美可口，营养丰富——

五香芭蕉花酥脆咸麻，鲜香味实。芭蕉树的花，具有独特的鲜甜味，制作时将芭蕉花放入沸水里煮 2 至 3 分钟，捞出放进凉水中滤去涩味并控干水份。此时把鸡蛋清和少许淀粉、盐、水和匀后，将芭蕉花挂糊并逐朵放入七、八成热的油锅里浸炸，炸成金黄色即出锅装盘撒上花椒盐——

蟹肉煮圆子哈尼人称其为"爱开加勒"。将新鲜的螃蟹去除硬壳、杂物，洗净；把螃蟹肉与苤菜根一起舂细，洒上少许清水，加入盐、辣椒粉，拌匀，然后，用手搓成拇指大小的肉丸子；将肉丸子放进沸腾的锅内煮熟，加油及其他一些调料后即可取出上桌。这道佳肴鲜中略带辣，是哈尼人招待客人的必备菜肴。

竹筒烧肉是哈尼人招待贵宾的一道名菜，肉可选用猪肉、牛肉或其他的肉类，但一般都用猪腿肉。在肉馅中加入香菇配料，而佐料大部分是野生的，如

·29·

香蓼草、荆芥等。烧肉所用的竹筒是当地特有的香竹，选用生长一年左右的青竹，长约 40 至 60 厘米，一头留节，一头开口。在开口处装入肉块或肉丝，再用香茅草或芭蕉叶塞满开口，放在炭火上烘烤，异香扑鼻，食后唇齿留香，令人回味无穷。

竹筒鸡是一道哈尼风味名菜，只有在来了高贵的客人时，热情好客的哈尼人才会用竹筒鸡招待客人，他的选料和竹筒烧肉差不多。先将一只 600 克左右的嫩公鸡宰杀后，洗净掏去内脏，鸡肉切成 2 厘米见方的块。然后将鸡块、鸡肠、鸡肝、鸡胗、火腿片、冬菇片、玉兰片，以及葱段、姜丝等装入盆内，加上白糖及油、盐、味精等拌匀入味。再取一节长 30 厘米、粗 10 厘米的鲜竹筒，放入鸡块及配食，注入适量清水，并用芭蕉叶塞紧竹筒口，斜置于明火上烧烤，边烤边翻转，约 1 小时后溢出香味即成。这道佳肴将竹筒的清香与鸡的鲜味融为一体，肉酥汁鲜，别有风味——

马浩宇口水连连，一脸疑问，克朗一一介绍。

七

不知是因为昨天辛苦劳作了一天太累还是昨晚酒喝得过了头，这一觉马浩宇直接睡到了中午，他意犹未尽地从沉睡中醒来。

马浩宇直接进入堂屋，揭开桌上盖好盖子的早饭吃了起来，不过他以为这是早饭，其实留给他的早饭克朗的父母已经在锅里热了当中饭吃掉了，这个是为他重新准备的午饭。吃完"早饭"马浩宇走出了屋外。

天气晴好，他看见两位老人一同坐在阳光下，克朗的父亲弓着腰在簸箕里筛检类似于豆子的东西，而身体欠佳的克朗母亲只是坐在椅子里一会儿看看远方一会儿看看克朗的父亲。马浩宇用仅会的哈尼语和两位老人打了声招呼，克朗的父亲似乎在和他说着什么，马浩宇听不懂不说话只是笑着回应，克朗父亲说完便又蹲下了身。

马浩宇也不知克朗去了哪儿，闲着无聊的他给自己找了个去处，哀叹一声坐在地上对着天连叫了三声。

背后是郁郁葱葱的古树丛林，周围绿竹青翠，棕榈挺拔，间以桃树梨树，梯田层层延伸到河谷底。

他不知道自己在这里坐了多久，因为坐得太累了直接躺倒在地。他哀怨自怜，他思念朋友，他仰望天空眼神疲乏，他觉得快要睡着了……他听见车轮行驶的声音由远而近，他一个激灵一跃而起，他以为阿苏来接他脱离苦海了，他兴奋不已。

车子一个急刹，马浩宇吐出满口灰尘，车主人下车连声给他道歉，马浩宇一看来人不是阿苏，但他并不失落，他已经打算搭个便车离开。

大哥，你知道天池怎么走吗？

马浩宇暗自好笑。自驾游？

对方点了点头，一看就是个涉世未深的毛头小伙。马浩宇有点担心了，还以为能乘个顺风车离开这里，看来没有想象中那么顺利。

见马浩宇凝重不语，年轻小伙以为是要给点好处费，便打开车门从皮夹抽出几张红票子。大哥，帮个忙。

马浩宇脸色更加凝重，他真想拿着红票子抽打年轻小伙的脸，然后对着他大声说道"只要你能带我离开这里，老子多给你几张红票子。"

小伙不明所以，转身从车内拿出两瓶冰啤。大哥，天热，解解渴。

小伙口气带着些讨好。看着冒着冷气的啤酒，马浩宇眼前一亮咽了咽口水。小伙一口咬掉瓶盖，准备和马浩宇碰一个，马浩宇灌了一口啤酒爽到心脾，嘴上却假以颜色地说道这才开春就喝上冰啤了，那夏天到了得怎么过啊？！

年轻小伙撇了撇嘴没说话，有些失去耐心了。大哥，给个痛快话呗，我还赶着和朋友们去狂欢。

马浩宇一听这话就来气，这不是存心来怄气我吗，全世界的人都在狂欢，剩我一个人在这儿孤单着。

Joe.

年轻小伙朝身后望了望，一个长发披肩面容姣好的女生正探出头呼唤着他，叫 Joe 的小伙子有些焦急地安抚道乖乖，你再等等，我很快搞定就过来。Joe 转过头已完全失去耐心。大哥，我真赶时间，你开个条件吧，只要告诉我天池怎么走？

马浩宇已气得脸色发白，那个叫乖乖的女生分明就是他才分手不久的前女友，两人好的时候她说这辈子一定要和心爱的人一起到天池来玩一趟，诺言言犹在耳，没想到她却跟随别的男人在这里和自己狭路相逢。我的个乖乖，你要那个女生下来，我有话问她？马浩宇冒出了河南口音。

什么？你说谁的乖乖？Joe 十分不悦地质问道。

马浩宇横视他一眼。我说我的个乖乖，你听不懂吗？

我操……

Joe 挥着酒瓶砸向了马浩宇的脑袋，鲜血顺着脸颊直流，马浩宇感觉不到疼痛，他准备大干一场。我去你妈的……

一个巴掌扇在了马浩宇脸上，他不觉得疼但他觉得受到了莫大的羞辱，他此生最痛恨的就是别人揍他的脸，这一记耳光犹如一把刀刺在了他的心脏，他一跃而起他要以牙还牙。

醒醒……克朗挟持住他的身体大声呵斥。

马浩宇不敢相信自己的眼睛，他甩开克朗，四处寻找 Joe 的身影。Joe 呢，那个 Joe 去哪了？

这里只有我，没有别人，你刚刚只是做了个梦而已。克朗恢复了平静。

马浩宇闻言十分惊诧，他仔细回想着刚才的一切，可是无论他怎么回想 Joe 的面容已模糊不清，而他的乖乖自从分手后早已不知她身在何处。马浩宇感叹自己竟然做了如此奇怪的梦境，转而他又有些后怕地对克朗不依不饶道太可怕了，我已经出现幻想了，我的意志已经被这个地方摧毁的体无完肤了，我不能再待在这里，我要马上离开，我必须得离开。

虽然你闭着眼睛胡言乱语手舞足蹈，但你只是做了个梦而已。

马浩宇不敢想象那样的画面他有些气结。这就是精神病要发作的前期表现，我不能独处我喜欢热闹，我快要被逼疯了。

孤独是一个人的狂欢，狂欢是一群人的寂寞。

马浩宇讽刺着克朗。这个时候，你对我说这种话不觉得虚伪吗？

你真是一颗顽石。克朗说完转身离去。

天色已黑，马浩宇坐在地上一动不动，他感觉有些冷抱紧了身体。

克朗提着灯出现在他的身边，语气诚恳地说道回去吧。

马浩宇固执地看着漆黑的前方冷淡地回答不用管我。

克朗脱下棉布外套盖在了马浩宇身上，马浩宇顿觉增添不少暖意，他偷偷瞟了一眼穿得单薄的克朗。

突然克朗像变戏法似的，端出来两碗热气腾腾的饭菜，还给自己和马浩宇各倒了一杯酒。我意举杯空对月，把酒迎欢苦中作乐……

马浩宇没好气地苦笑一声。天上哪有月亮，星星倒是有几颗。

克朗将一碗饭菜递到他眼前关心地说道，饿了就吃吧。

马浩宇接过饭碗狼吞虎咽猛吃几口，然后用塞满饭菜的嘴巴对着天空呐喊，是你们先丢下了我，在我最需要你们的时候。

克朗喝了口酒站起身对着天空大声说道人在寂寞的时候就会想起被丢弃的玩偶。

马浩宇喷出一口饭，拍打了一下克朗的屁股。你说什么呀，我很寂寞吗？你竟然说我的朋友是玩偶？

克朗爽朗笑笑。我知道在你心里我们连朋友都不是，但是我觉得我和你有一种惺惺相惜的感觉。

马浩宇装作受惊的样子。克朗啊，是不是该找个女人了，谁和你惺惺相惜，你这种想法是不是太恶心了……

惺惺相惜是形容恋人的吗？

马浩宇装作一本正经问道那什么词是形容恋人的？

克朗又喝了一口酒。你不觉得有些话说多了就成了废话吗？

你小子说谁呢？

马浩宇气愤难抑一杯酒撒向了克朗，克朗一边躲一边心疼地说道别浪费我的酒……

八

因为担心自己又被落单，马浩宇硬是和克朗睡在了一张床上。

天还没亮，克朗早已起床，马浩宇却睡得浑然不知，要不是昨晚说好了今天要跟着克朗出去，克朗早就不用等着天亮再叫他了。

马浩宇就着咸菜滋溜滋溜喝着热粥，心情似乎很舒畅，而克朗早已在太阳底下等待着他了。

我看到了太阳，却看不到希望。马浩宇真实的说出自己的内心。

克朗打趣道除了希望，我们还有很多事情可以做。

想起今天又被安排干农活，马浩宇提不起兴致却也无处可去，昨天在路口一直等着阿苏能出现，却不曾料想希望都被撒在了田野上。

今天天很蓝，且有微风。马浩宇自我安慰。

太阳晒着大地，微风习习吹来，很温暖很舒适。

马浩宇赞同道对呀。

克朗接下来一句话直接打击了马浩宇。适合干活。

看见陆陆续续十几个小孩背着残旧的书包出现，马浩宇一阵惊呼，他兴致高昂地和孩子们打着招呼，岂料孩子们很羞涩地跑开了。克朗朝着奔跑的孩子们说了几句哈尼语，孩子们停下脚步看着马浩宇，其中几个大点的竟然喊了他小马哥。这让马浩宇变得兴高采烈起来，他恨不能和孩子们手牵手一起玩耍。

马浩宇兴奋地挥手告别，看着孩子们离开，他竟有了一丝不舍，孤寂无聊的他觉得孩子们可以成为他新的玩伴。我可以去学校看看吗？马浩宇兴致勃勃。

克朗指着左边的一条小径。沿着这条路走2个小时就到了。

马浩宇打量着小径。大概有多远？

20公里。

马浩宇大惊。开玩笑吧，20公里两个小时能走到学校？

克朗自信地回答通常孩子们只需要2个小时。

马浩宇打了退堂鼓思量了下问道就算2个小时到达学校，可是也已经很晚了吧，孩子们不用上早自习的吗？

克朗目光黯淡了下来。因为要走这么远的路，以前孩子们天没亮就得走路去学校，可是，后来有一次下大雨河流涨水淹没了小路，有个孩子看不清路被河水给冲走了……克朗语气停顿了一会继续说道因为发生了这样的悲剧，后来其他家长要求老师把上课时间延后，以保证自家孩子的安全。

马浩宇听后沉痛不已，他无法用言语表达什么，只是感同身受地拍了下克朗的肩头劝他别太难过了。克朗看着天空整理了下情绪带着笑意道是呀，每个清晨对孩子们来说都是新的开始。

马浩宇被感染说了句自己都佩服的话语。阳光普照大地，一切都有希望。

克朗没说话看了看他，马浩宇突然觉得这句话是不是有点风马牛不相及。

今天不种稻谷吗？到了目的地马浩宇开口问道。

克朗笑笑。种玉米。说着放下锄头稍作休整便挖出个浅浅的坑。

你松土我撒种。马浩宇从布袋子里掏出种子，然后带着咨询的眼神问道，撒多少？

克朗不急不忙一边说着一边示范。很快马浩宇便心领神会。没干多久，他便觉得腰酸背疼。克朗关心地说道你去一边休息吧，我自己来就行了。

马浩宇揉了揉腰继续干着活。你知不知道很多电影里面的激情戏都是在玉米地拍摄的？

为什么？

马浩宇想了想神秘地说道因为等到玉米秸长到一人多高的时候这地方就特别隐蔽，然后男的和女的在这里面偷情，干累了一边休息一边啃着玉米，吃饱了接着干。克朗听后眼神发痴，马浩宇戏谑道是不是带着女人干过这事？

克朗面颊一红低头使劲挖着土。没有……

没有你干吗脸红？马浩宇紧追不舍。

你说得太夸张了点，谁吃生玉米啊？

马浩宇坐在田埂边啃着烙饼，克朗则站在地里啃几口烙饼又低头挖坑，见他如此争分夺秒不知辛劳，马浩宇有些看不下去了。你能不能歇会儿啊，是头牛也得歇一歇啊。

我答应了阿波今天一定要把玉米给他种完。克朗擦了把汗。

阿伯，谁家的阿伯啊？马浩宇将阿波听成了阿伯。

克朗吃完最后一口烙饼一边咀嚼一边回答道村里一位留守的老人，他的儿子今年不能回来春耕，所以我要帮他种好玉米。

你可真是个雷锋。马浩宇也吃完了烙饼站起身活动活动。

春耕不肯忙，秋后脸饿黄。耕好耙好，光长庄稼不长草。庄稼不认爹和娘，精耕细作多打粮。

马浩宇一边撒种一边看向低头挖坑的克朗，他自顾"嘿"了一声，那意思带着些嘲弄，种玉米就种玉米，还偏要卖弄下文采。

偌大一块玉米地经过两人不懈劳作，终于赶在黄昏之前完工。累得筋疲力尽的马浩宇撑着腰耷拉着走不动的脚步，克朗扛着劳动工具大步流星走在前头。

这时，几个孩子的笑声冲散了马浩宇的疲惫，看着孩子们背着书包放学归来，他犹如看到自己孩子一样高兴。

小马哥……几个男生嬉笑着喊了他一声，乐得马浩宇立刻生龙活虎。小马哥，干活累不累？

得到孩子们的关心马浩宇的身心那叫一个舒畅，他刚想夸孩子几句，岂料一个小男生对着同伴们嬉闹道你看他累得跟头驴一样。

哈哈……几个男生哄然大笑。马浩宇的脸都快气得变成猪肝色了，长这么大还没人敢这么说他呢，还没等他开口教训那几个嘲笑他的小子，克朗已经率先批评了他们，那几个男生用哈尼语回敬了几句便跑开了。

孩子们调皮，你别跟他们计较。虽然呵斥了他们，可克朗拥有着一颗护犊的心，他把这些孩子都当做自己的孩子一样看待。这里的孩子大多父母外出务工，一般都是跟着爷爷奶奶留在村子里，也有孩子被父母接走去城市生活的，虽然在城市不一定过得十分富裕，但总比待在村子里强，外面的世界一定会让他们大开眼界。

城里的孩子可比他们调皮多了。马浩宇感慨道。

希望他们不要丢了骨子里那份淳朴和善良。克朗带着些许担忧地说道。

那可很难说，等他们慢慢长大就会明白城市里面可是鱼龙混杂，各色人等事物都有，要想一个人真正出淤泥而不染，那得有多大的自制力啊……

九

又是一天新的开始，马浩宇打着哈欠蓬头垢面。

克朗给他端了盆水，马浩宇看着水面上的倒影自嘲。打扮给谁看了，我现在活脱脱就是个农民。

你可别诋毁农民，真正的农民哪像你这样，你看我。

看着克朗穿戴整齐，"华裾鹤氅"的，马浩宇不置可否。你走的是传统范，我走的可是文艺范，懂吗？

没听说过农民还有范？

马浩宇动了动嘴一副很烦的样子。都没件像样的衣服了……马浩宇在包里左翻翻又拣拣。

你怎么出门就只带几件衣服啊？

看着横七竖八躺在包里的衣服牙刷还有袜子，马浩宇不服气地说道男人嘛……不服气的马浩宇刻意将洗面奶，剃须刀裸露在外，证明自己是个讲究的男人。等克朗走出房外，马浩宇瞅着水中的脸，左瞧瞧右看看，心烦地浇了水打湿脸庞，然后挤了洗面奶倒在了手上。

马浩宇将自己打扮得干净整洁容光焕发。迎着阳光，他觉得自己简直就是这里最帅的农民。走出屋外看见克朗正握着一根木棍做刺杀状。干吗，练武术？

克朗回头佯装朝他刺杀，待看清木棍底端锋利无比的叉子时，马浩宇吓得直退。

克朗笑了笑。今天不干活，带你玩好玩的，去捉鱼。

想起不用干活马浩宇倒是一阵雀跃，总算有个娱乐活动了。

一路上马浩宇跟在克朗身后把玩着叉子。穿过一片竹林便看见一条溪流汩汩流淌。克朗脱掉鞋卷起裤管下了水，马浩宇一边观察他在水里的动作一边脱着鞋袜。下水前他探出头仔细看着水面，在阳光的照射下，水面上波光粼粼而浅水处则清澈见底，偶尔还能看见很小很小的鱼在水里游过。马浩宇心情大好，跃跃欲试。

才一下水，马浩宇就惊叫连连，冰凉的水瞬间吞噬他的脚踝，马浩宇跳着脚夸张的嗷叫，克朗笑着摇摇头。跳上岸的马浩宇恢复了下情绪，略微不满地抱怨着。

没过多久，克朗接连收获两条鱼，且个头都不小，带着胜利的喜悦对着马浩宇笑了笑，那神情在马浩宇看来简直就是一种挑衅，他的斗志被激发，在岸边给自己加油鼓劲后，心一横双脚跳进了水里。

好家伙，才一下水，克朗便又给了他一个刺激——从水里提起叉子时，一条被刺中脑袋的鱼正垂死挣扎摆动着身体。马浩宇愤恨地瞧了他一眼低头寻觅着目标。他慢慢挪动着脚步，眼睛死死盯着水面，终于，一条不知名的鱼若隐若现地出现在他的视野里，他屏住呼吸握着鱼叉蓄势待发。

我杀——水花四溅，马浩宇底气十足，可当他从水中抽出鱼叉时却大失所望。克朗看着他笑了笑，他很是恼火，逮着几次机会都一无所获。

最后他放弃鱼叉，打算徒手捉鱼。功夫不负有心人，还真被他捞着了一条半斤来重的，他高兴得放肆炫耀，可高兴劲还没过，那条鱼就挣扎着从他手中逃脱了，他奋力挽救，不想用力过猛整个身子都扑倒在水里。

从水中爬起来冷得瑟瑟发抖，这下不只克朗在笑他，连岸边不知什么时候冒出的小屁孩也在嘲笑他。

马浩宇急忙上岸脱掉上衣，克朗跟着将自己的衣服脱给他，只剩下一件红"兜兜"紧紧的，马浩宇毫无掩饰地大笑起来。克朗有些羞赧，脸上彩云飘起。

马浩宇依旧笑得毫无节制，嘲笑克朗穿的女人，声音也女人，相貌也是那样的清秀，肌肤是那样的白皙，脸颊是那样的粉嫩，身材是那样的窈窕，哈尼男子是这么人妖的吗？要是克朗你是个女的，不知有多抢手。哈哈！

克朗点燃了一堆火，马浩宇忙凑拢在火堆旁。

克朗将他的衣服拧干水，又找了树枝削剥得细细地，将鱼抹上盐巴和辣子串对好搭在临时做好的支架上烤了起来。把裤子也烘烤一下吧。

马浩宇先一愣后不怀好意道，你不是说没看过男人脱光过吗？你现在想看啦，那我脱掉啦。

克朗眼睛瞟了瞟别处。你脱掉吧，反正我也没什么损失。

哇……马浩宇夸张的大叫一声。你果然对我有意思，你果然是和我惺惺……相……惜……原来连男人也会爱上像我这样世间少有的美男子。

鸦雀无声。马浩宇自讨没趣地问道不好笑吗？

这时那个小孩跑过来。

马浩宇看着津津有味吃着烤鱼的小孩，总觉得在哪里见过似地，克朗发觉他老盯着看便问道，你认识弄斗？

他叫弄斗？喔，我想起来了……

他记起第一天在小商铺遇见的那个说着哈尼语买酱油然后没给钱的小男孩就是他，克朗了解到这一情况后笑了笑说道，弄斗的爸爸妈妈都在外打工，他跟奶奶一起生活，平时没有什么生活来源，所以买了酱油先赊账，等他爸爸回来再结。

喔……马浩宇点了点头，他又想起那个小商铺的老奶奶在纸上划了几笔原来是在记账。

马浩宇好奇弄斗怎么会出现在这里，克朗倒不觉得意外，村子里的任何角落孩子们都会四处玩耍。两人你一句我一句说了会儿哈尼语，弄斗便高兴地离开了。克朗解释给马浩宇听明天要去给弄斗家种棉花。

马浩宇停顿了会儿脸色突变大为不满。你把我当做什么了，你的奴隶吗？成天指使我做这做那，你有问过我愿意吗，我真是受够了……

没想到克朗听了马浩宇的控诉毫不示弱。我没有拿刀架在你脖子上，去不去都是你自己决定的，劳动对于我来说是件很光荣的事情，如果你不喜欢没有人强迫你。

马浩宇用手指着克朗的脸愤恨地说道，我觉得你就是故意在整我，每天就我们两个人在干活，这合理吗？什么民风纯朴，分明就是在剥削廉价工的劳力，你是不是觉得在你眼里我很廉价？

克朗背起鱼篓丢下一句"顽石"便离开了。

十

坐在草地上的马浩宇终于冷静了下来，他开始反思自己的言行，意识到自己有些过激了，不该因为不愿干农活而大发雷霆，虽然谈不上喜欢这里，但毕竟首先要学会尊重，对人的尊重及对大自然的一种敬意。

可他拉不下面子主动去找克朗，他想他若一直待到晚上都没回去的话，克朗一定会提着香喷喷的饭菜和好酒来找他的。抱着这样的想法，马浩宇在寂寥中一直坐等到了天黑，可事实却没令他如愿，克朗并没有提着饭菜出现在他眼前。

马浩宇有些慌神了，开始坐立难安，他凭着印象开始寻找着回家的路。

夜色中已分不清东南西北的马浩宇隐忍着快要失控的情绪，他打算到家之后的第一件事就是杀了克朗。可眼下，别说能回去，会不会饿死在这里都是个未知数。

就在马浩宇茫然无措的时候，不远处却忽隐忽现漂移着一个火点，这下可把马浩宇吓得不轻，莫非小说里描述的鬼火出现了？他安抚着自己的小心脏，火眼金睛地盯着那个火点连眼也不眨一下。

定下神后他果断决定豁出去。

他朝着火点一步步迈进，可是那火点好似知道他在靠近一样，就在马浩宇要接近时，它又拉开了与马浩宇之间的距离。

马浩宇停下脚步，开始变得胆怯，他抽了自己一记耳光，担心自己已被蛊惑，他不敢想象自己一觉醒来躺在墓地之中，而自己仅剩一张躯壳，灵气早被孤魂野鬼吸空。看来小说里的描述就要在自己身上应验，饥饿恐惧统统来袭，他快要不能呼吸感觉心脏将要迸出，全身冷汗直冒。

马浩宇终于能体会什么是孤立无援了，此刻脑海中想着如若克朗能及时出现，他一定为白天的事情道歉，并且磕头向他致谢。

就在他盼望奇迹能出现时，那个火点却在一步步朝他逼近。惊慌失措的马浩宇立马想到了逃跑，可越是惊慌越搞不清方向，还没逃出几步便一脚踩空摔了个屁股着地，他摸着屁股疼得龇牙咧嘴，想要站起身却动弹不了。

他祈祷那个火点不要再靠近，可事与愿违，很快那个火点与他只差几米之遥，他吓得闭上眼睛哀叫起来。

可是什么事也没发生，一阵冷风拂过他的脸庞，夜寂静得可怕。马浩宇喘着气缓缓张开眼，却发现火点就近在眼前，吓得他尖叫不断。

是我……克朗抓着马浩宇的胳膊。

马浩宇听见克朗熟悉的声音才敢再次睁开眼，待看清克朗的面目之后，他一骨碌从地上爬了起来，狠狠揍了克朗一拳。我X，你差点没把我吓死。

克朗一个趔趄差点没站稳，他揉了揉脸颊，并没有表现出生气。自觉在克朗面前颜面尽失的马浩宇气愤地骂了一气，在泄恨之后终于停住了嘴巴。

走吧……见马浩宇似乎平静许多克朗提着煤油灯说道。

马浩宇一声不吭心气不顺地跟在克朗身后，可走了几步之后他似乎有些后怕，悄悄地和克朗平行走在了一起。两个人默不作声走了段路之后，马浩宇开口道，你非得在大晚上来找我吗？我看你就是存心气我，没想到你这么小心眼。

我以为我走了你自己会回家，是我太高估了你……

你……克朗分明就是在讽刺自己，他一时被噎得说不出话。

我回去之后就去了弄斗家的棉花地，等我回到家的时候才发现你根本不在家……

听见克朗这么说马浩宇气顿时消了一半，他说话的语气也变得温和起来。不是说明天才去的吗，怎么一个人先去了？

克朗听出了马浩宇的用意，释然地笑了，马浩宇朝着他胸口擂了一拳，也释然地笑了起来。

十一

早上起床，马浩宇忙着给自己整理仪容，克朗看着他笑了笑，马浩宇不以为然地说道，看看吧，我可是莲池村最帅的小伙儿。说完得意地吹了声口哨。

迎着清晨的阳光，马浩宇特意摆了个45度角仰望天空，此刻他有种身为农民的自豪感。每天日出而作日入而息，这样的简朴生活他居然在慢慢习以为常。

临出门克朗给他打了预防针。棉花并不是像种豆子一样种下去，对你来说可不是件简单的事情。马浩宇努了努嘴一副到时候见分晓的模样。

到了棉花地，两人从克朗昨天没干完的地方接着干。克朗首先介绍着一种用铁做成的农具。这是种棉花最重要的工具，这叫罐机，用它把潮湿的泥土制成罐头状，顶部留个洞，把棉花籽撒在洞里，然后浇水，施肥……

马浩宇微微张大着嘴一言不发，克朗又补充一句道最后要用塑料薄膜将它罩起来……

大棚蔬菜？

马浩宇脱口而出，克朗若有所思点点头。差不多吧……

来呀，谁怕谁……马浩宇铆着一股子劲说干就干了起来，克朗笑了笑赞许地点点头。两人有条不紊地干着，看上去配合默契。马浩宇擦了把汗跑到一边灌了几口水下肚，他一边折返一边自嘲道我这几天的生活体验回去可以写一本小说了……哈哈……

克朗抬头笑了笑。

哎，我说，这棉花是怎么长的啊？

等过几天棉花苗就长出来了，要给它保持透风，再过几天就要盘罐子了……

等等，什么是盘罐子呀？

盘罐子就是移动这些棉花罐子，一方面把没成熟的苗剔除掉，另一面是给它供氧，再过个 20 天左右，等到棉花苗有个十厘米以上的长度就可以移栽了……

马浩宇听得皱着眉头，这工序也太长了点儿吧。

他以为到这儿所有的工序就算完事了，克朗却接着说道等到棉花苗成长了，还要给它除草锄地，等到叶子也都长全了，又得给他浇水，施肥……

行了行了，我以后又不学种棉花，听得我头都大了……马浩宇再次打断了克朗。你说棉花除了白色还有别的颜色吗？马浩宇突发奇问。

克朗正经地回答道其实棉花在白天是白色，但到了晚上，它们就变成红色的了……

马浩宇嘴巴变成了"0"字形，一副不可思议的表情。那长到几月份开始收成呢？马浩宇扭了扭腰问道。

克朗仿佛看到了一副好收成的画面，他稍稍看向远方嘴角上扬。从九月中旬一直到十一月都是收获的季节……到了那时候，大家身上穿的衣服，睡觉盖的被子几乎都是用棉花制成的，而棉花也就是这样长出来的。

哇……马浩宇由衷地感叹，他看着眼前的土地似乎也感受到了农民们无一不笑地收获着白花花的棉花。

马浩宇汗流浃背地坐在一旁喝着水，克朗擦了把汗打开了饭盒，马浩宇拿了块饼干将水递给了克朗。吃着饼两人有一搭没一搭地聊着。突然，他问着克朗，打算一直待在这里吗？为什么不学其他人一样走出去？克朗没有回答，眼神看向远方。

马浩宇似乎感觉到了克朗身上的担子，他不仅照顾着家中年迈的父母，就连那些留守在家的老人和孩子他都在尽全力帮助着他们，马浩宇突然感觉到克朗身上散发着一种迷人的光辉，是一种他认为比雷锋精神还要闪耀的光芒，这让他看克朗的眼神也变得肃然起敬，这样的无私精神让他无法用言语形容。

两人足足花了三天时间才将弄斗家的棉花地种完。在完工的那一刻，马浩宇简直比中了彩票还高兴，他忘记了一身的疲惫抱着克朗大呼小叫，那种喜悦就好像他完成了一项全世界最大的工程一样。马浩宇忽然一拍脑门大叫道惨了惨了，阿苏大哥等等我……

克朗这才想起，不知不觉一个礼拜已过。马浩宇一边飞奔一边回头召唤着克朗。

看着马浩宇的背影，克朗顿生出一丝不舍的情愫。这些天的相处，除了脾气有时暴躁了点外，不得不承认他是个不错的男人。

马浩宇站在路口喘着气期待而又焦急地张望着。克朗劝慰着他。阿苏他已经走了，下次你早点在这里等着他，就不会再错过了……

还没等克朗说完，马浩宇红着一双眼愤怒地走到他跟前。阿苏是个无赖，而你更龌龊，你们根本就是狼狈为奸。他当初分明就是故意将我带来这里，他明明知道我在这儿为什么就不能等等我，你明明知道他会来为什么不能早点提醒我，你们到底存何居心？

十二

回来啦。

一个优美的女声沁入耳膜，马浩宇瞬间被征服，眼前一位漂亮无比的姑娘正散开着如瀑布般黑亮的头发，优雅地梳妆洗漱着。马浩宇整个人顿时变得神清气爽，怨气全消。

再回头一看，姑娘已随意扎起了个马尾，没想到她扎头发的样子竟有点沈佳宜的影子，马浩宇不由得心动了一下，看来这女孩已然是他的菜。

进入厨房后，发现女孩正和克朗的父母有说有笑着。马浩宇不得其解：这位什么来头啊？莫不是克朗的女朋友？这么想着的时候马浩宇感觉自己的心有些刺痛。要真和他之间有什么暧昧，此地没什么可留恋的了……男人的私心在脸上表露的一览无遗。

女孩点燃柴火，嘴角露出一抹狡黠看着马浩宇。你烧火我做饭，我们分工合作。

克……朗……马浩宇惊异无比。

叫我小乔。

想着这些天和小乔的种种，马浩宇一夜难眠。刚有睡意袭来，他突然睁眼一惊，掀开被子直奔屋外。

还好，小乔在，换回女儿装的她正迎着阳光跳着刚健动感、舒缓柔美完美结合的中央民族大学的《民族韵律操》。今天给孩子们派发礼物，你要一起去吗？

派发礼物？马浩宇在心里感叹，善良的姑娘，善良又漂亮，体贴而能干。突然屋外响起牛叫的声音，只见弄斗牵着一头黑牛出现在禾场上。

一路走走停停，面对越发崎岖的山路，马浩宇已有些不胜体力，弄斗早已松开小乔的手冲到了最前方，马浩宇铆足劲在小乔不远处一边喘着气一边对着她露出得意的神情。

弄斗呼叫了一声小乔，小乔朝他招了招手。

你讨厌我吗？马浩宇小心翼翼地走在小乔身后问道。

小乔不理他，马浩宇声东击西地朗诵——生如夏花之绚烂，死如秋叶之静美。

此话一出，小乔带着些嘲弄的口气问道网络上学的吧，你能简单的解说下这两句话的意思吗？

马浩宇大脑飞快运转心跳加速却装作气定神闲地回答——夏花是旺盛生命的象征，生如夏花，即为活着，就要灿烂、奔放，要像夏天盛开的花那样绚烂旺盛；秋叶即为感伤、惆怅、凄美、安静，面临死亡，面对生命向着自然返归，要静穆、恬然地让生命逝去，不必轰轰烈烈，便只要像秋叶般飘落，足已，更不要感到悲哀和畏惧。

马浩宇说完这段话快要虚脱，没想到小乔却大笑起来。背诵的不错……

小乔说完继续朝前走，马浩宇察觉出了小乔的细微变化，尽管他不确定引用泰戈尔的诗文是否已经触动到小乔的内心，但他打算趁这个时机说出心中的感受。我爱上泰戈尔就如同我爱上你一样，一见钟情。

没想到小乔转身，隐忍着眼底泛出的泪光倔强地说道泰戈尔是我心中的神，而我什么都不是……

马浩宇诚挚地看着小乔一字一顿地说道，我听见爱情，我相信爱情，爱情是一潭挣扎的蓝藻，如同一阵凄微的风，穿过我失血的静脉，命，一次又一次轻薄过，轻狂不知疲倦，驻守岁月的信念。

别说了……小乔蹲下身号啕大哭。

马浩宇不知如何安慰，看着眼前的小乔如此悲恸的哭泣，他觉得在她身上一定发生了不为人知关于爱情的故事。

不知发生何事的弄斗如箭一般飞速跑回了小乔身边，露出懵懂的眼神看着马浩宇，马浩宇爱怜地抚摸着他的头。

小乔情绪转变，她在弄斗和马浩宇的注视下跑得不知所踪。

好不容易爬了一段悠长的山路，终于走上了一条平坦的石子路。站在半山腰上，马浩宇环顾着山下，他想搜寻小乔的身影，可收效甚微。

跟在弄斗身后，马浩宇才仔细打量起周围，这里居住的环境和山下差不多，只是相对来说人口比较密集，"蘑菇"也比较多。

看着弄斗带了个陌生人来，路边的妇人和老人都一动不动地看着他，弄斗则用哈尼语和她们说了些什么，人们的脸上便露出了莫名的笑意，马浩宇也点头朝她们笑笑。

十三

马浩宇突然惊醒，他急忙起身偷偷摸摸地来到了小乔的房门外。拍照片？

马浩宇回到房间在包里翻着，终于在最底层抄出了他的单反相机，来了这么久，一直提不起拍照的兴致，倒也没想到把这玩意儿给忘记了。装扮完毕，准备和小乔来个不期而遇。

梯田的壮丽风光，马浩宇早已领略，此番来他是借着拍摄美景，意图和小乔来个梯田相会。马浩宇看着小乔，她正背对着他，专注地拍着一朵小花。

马浩宇举起相机对准着小乔，小乔起身一回头发现了马浩宇。为什么拍我？

美好的事物当然要拍下来留作回忆……

你这是偷拍？

可是，你拍花花草草也没经过它们的同意？

你……不许拍我……

可是你没说不能拍？

你……厚脸皮。

看着小乔即将离去，马浩宇决定将厚脸皮进行到底。你的背影，我很喜欢。

小乔举起单反冷不防给马浩宇来了个特写：让世人记住你这张无耻的脸。

我不需要世人记得我，我只要你能记住我。

如果可以，我真想一脚踢你下山。

来吧。没想到马浩宇竟然张开双臂做好被踢下山的准备。我说过，我已经爱上你。

我想知道你有多爱我？

马浩宇盯着她的眼睛深情地回答你有多爱泰戈尔，我就有多爱你……

小乔转身就走。

泰戈尔根本不是你的神，他只是代表着你心中隐藏的一根刺，谁都希望生如夏花，死如秋叶，但我们唯有让一切都平静自然地进行。

没想到马浩宇挨了一记耳光。

看着小乔走远，他大声地说道我不知道你曾经受到什么伤害，但我要告诉你，那些伤害无关于泰戈尔，无关于我，也无关于现在的你，任凭东走西顾，逝去的必然不返……

小乔头也不回，马浩宇小声地自言自语道遇见你是天意，更是注定……

马浩宇迎着寒冷独坐到清晨，朦胧着眼，以为会迎来新的一天第一缕阳光，当他抬头时却看见小乔正低头看着自己。他一个激灵整个人顿时清醒，站起身精神抖擞地迎着小乔投来的目光。

你脑子有病吗？在这里待坐一晚。

马浩宇终究不确定小乔的心思，决定先做个试探。他看着小乔正儿八经地说道想了一晚，我就要走了，如果我们做不成恋人的话，也可以选择做朋友。说完，马浩宇伸出了手。小乔顿了一会儿，也伸出了手。

你走的时候，请原谅我不能送你。小乔松开手。

没关系，我会把一切都看淡的。马浩宇故作轻松。

那……祝你过得幸福。小乔转过脸。

如果就这么错过，你不觉得遗憾吗？马浩宇故意说得深沉。

小乔的回答只是一个背影。

想了一晚，觉得你是喜欢我的，跟我喜欢你一样，不是吗？

你说什么？小乔有些局促。

马浩宇大笑两声。男人的直觉也是很准的……我真是后知后觉啊……马浩宇语气中带着感慨。

你是从哪点看出我喜欢你的？

马浩宇邪恶地笑了一下，不由分说地吻上了小乔的唇，小乔极力挣扎，马浩宇却霸道地不肯松开。

十四

你朋友来找你了……

马浩宇脸上却没有露出欣喜的表情，虽然在过去的日子他期盼着友人们。

你小子……闹什么脾气了，还在生我们的气吗？朋友们一起来到了马浩宇身边。在这里有爱情滋润着，难怪不急着去找我们呢，你小子，真是见色忘义呢……

面对朋友们的数落，马浩宇将多日来的积怨通通爆发。为什么才来找我，早干吗去了，这里要什么没什么，你们却在吃香喝辣逍遥快活，说好一起旅行，为什么剩我一个人落单……

看着他大发雷霆，朋友们有些吓傻，这才支支吾吾道出真正缘由。对……对不起啦，都是小轩出的主意，说是要给你人生里面留下一个难忘的生日回忆，就故意说错了地名，说让你来这儿体验下不一样的生活，本来是想让你尝尝什么叫清心寡欲，可是万万没想到这儿还有个这么漂亮的姑娘……

马浩宇打断朋友的话问道，你说什么，我生日？

对呀，今天是你生日……我们特意赶来给你庆祝的……

没想到，马浩宇仰天长笑，他一把抱起小乔大声说道，老天，我真是太喜欢这个生日礼物了……我将永生难忘……

随风而逝

一

张健女友生日，邀了一班好友。男男女女灯红酒绿，打着庆祝生日的旗号暗着给单身男女一次联谊。

彩色气球飘在空中，周围张灯结彩。

郭阳手拿礼物来到小两口身边，道一句生日快乐后，把礼物送到袁丹面前。

张健拍了他一下肩膀，假装往后面望望。怎么一个人来的，刚还不是见你跟一姑娘聊得挺投机的嘛，哎，丹丹，那姑娘是不是你姐妹儿来着，得去跟她说说，我这哥们儿可是一有思想的好青年，年方29，没什么缺点就是个不太高，还带点闷骚。

郭阳不出声任由他说，今儿不给张健那也得给袁丹面子啊，不和他贫。

袁丹斜睨了张健一眼，倒是一本正经地说郭阳，你要真是看上我们这群好姐妹儿里哪个了，你跟我说一声，我帮你牵牵线也可以啊。

郭阳谢过人家好意，本想一口回绝，却又想留点幻恋，便故作轻松地环顾下四周清清嗓子道那成，我现在就去搜寻目标，有发现我一定第一时间告诉你。不过要是一见钟情，那你们就等着收喜帖好了。

袁丹笑着说行啊，那就看你本事了哦。

张健又贫上了凑到郭阳耳边。哎，我就甭理你那瞎扯淡的一见钟情了，今儿个你要是能在这成功找着一女朋友，我吃一个月的斋请你吃荤，怎么样？

郭阳也被激将了。你别看低我，让你见识见识我郭某人的情场高招，我是不出手，一出手那还没个走宝的。然后问袁赞那两口子呢，怎么没看见？

张健摆摆手，那丫竟然没经过我同意带上人家姑娘跑去看海了，说要晚上才能回来，亲手给丹丹送一串贝壳作为生日礼物，我靠。

哦……郭阳端了杯红酒，靠在一角落细心观察着四周人群，眼睛扫来扫去的，长得不是中上的姑娘他扫过一眼后就一刻都不愿意停留。

终于在另一桌上，一打扮时髦身材姣好的长发姑娘映入郭阳眼帘，在一群人之中，姑娘显现的热情奔放，和人喝酒不带眨眼的，够豪迈，就连那甩发的姿势都够迷人，难怪围着和她喝酒的尽是个面带猥琐的面孔。

可姑娘似乎没感觉到危机四伏，依然和人碰杯喝个没完。

眼看着那些个男人趁人家姑娘喝醉假扮安慰天使有吃豆腐嫌疑的时候，郭阳想是时候出现了，径直走到那姑娘身边坐下，抢下她的酒杯一干而尽，又给自个满上，对着那帮男的举杯道今天我惹我女朋友不开心了，让她一个人在这里喝闷酒，各位兄弟陪在她左右给予她安慰，我在这里先谢谢大家了。说完一仰脖咕噜一口酒下肚。

其他男人抱怀疑态度说她是你女朋友，谁信啦，她刚刚才说她失恋。

郭阳似乎有所准备。你们知道女人就是这样啊，只要惹得她不高兴了，就喜欢拿分手来做要挟。

这时，人群里有人不服气了。我们一帮哥们儿在这又是陪酒又是安慰的，你小子倒好，趁人家姑娘醉意蒙眬想借机捡个大便宜，那得先经过咱们的同意，不然你小子要是说了谎骗咱们，那可饶不了你。你说她是你女朋友，那你女朋友叫什么名字啊？

郭阳一时语塞，这时，有一声音冒出来了：你们就别在这儿瞎掺和了，人家两口子闹别扭，就让人家好好解释解释。

说话的是袁丹，她坐到那喝醉酒的女孩子身边，关心地问着菲菲你看你，今儿是我生日，都不知道你是开心的喝醉了还是不开心而醉。都怪你郭阳，你得看着人家啊，怎么做人家男朋友的。

郭阳松了口气，借机揽住菲菲的肩作势往自个儿怀里靠，众男士见这状况也就自动散了。

袁丹笑望着郭阳。行啊你，这么多人当中脱颖而出。不过你是不是算有那么点儿有勇无谋啊。

多谢你袁丹，刚才没有你，我估计真得被那帮哥们儿给扔大街上去。

袁丹扯开话题说你现在怎么安排啊，人我可以交给你，但你要是打算初次就对人家图谋不轨，最后谁吃亏我可不敢保证啊。

郭阳不解，心想人都醉成这样了，要真对她做出点什么，她还能立马跟打了兴奋剂似的，起来要我命不可。袁丹估计看穿他心思，也不说什么，起身去招呼其他客人去了。

二

郭阳听了袁丹的话，本想带这姑娘去开房休息的，后来干脆坐在这儿等这姑娘自己醒酒得了。

倒了杯温开水喂那姑娘喝，那姑娘才吞进去半口，其他含在嘴里的水"扑哧"一下全喷在郭阳身上了。郭阳一个措手不及，赶紧拎纸给自己擦，任那菲菲东倒西歪横在沙发上。

想想现在不是喜欢人家菲菲嘛，弄湿你件衣服就不管她了，再说又不是故意的。郭阳又去给人家姑娘擦擦嘴，选了个最舒适的姿势让菲菲靠在自己身上。

正当郭阳扯着呵欠精神不济的时候，菲菲醒了，抬起头微眯着眼，看着身边这个陌生的男人，再看向四周，似乎一片安静。菲菲望着他问道你谁啊，丹丹他们呢？

郭阳说不知道，估计他们忘记我们的存在了吧。

菲菲厌恶地望着郭阳，然后胡乱摸摸口袋从身上掏出手机。喂丹丹，你现在哪儿了，你怎么把我一人留这儿啊？什么，郭阳？我根本就不认识他，你干嘛让他陪着我，什么，我喝醉了硬拉着人家留下的？

郭阳听了在一边儿偷笑，随即收住了笑意，别万一被菲菲看见露了馅，那解释起来就难了，人家袁丹好不容易给创造这么个机会。

那行，我就过来，尽顾着喝酒了，现在肚子正饿着呢，什么？好吧。挂了电话，菲菲连句谢谢也没有，还极不情愿对郭阳说，那个，丹丹让你跟我一块儿去八一路那家火锅店，知道怎么去吗？

郭阳说知道，我们常去。

说着两人一前一后出了门，菲菲在前边东倒西歪地走着，郭阳拉住她胳膊想扶着她点儿，被菲菲毫不客气地甩开了。

郭阳只好悻悻地走在她后边。出了门郭阳对菲菲说我去拿车，你在这儿等一下。菲菲就说那你快点啊，说完体力不支地蹲在路边。

车子行在路上，两人都没什么话。等红灯的时候，菲菲突然说我问你啊，在那包间里你对我做过什么？说完一脸杀气地望向郭阳。

郭阳回答什么都没发生。

你以为本姑娘会相信你说的吗？我这么一大美女趁我熟睡的时候你会对我无动于衷？

郭阳吧唧下嘴。你不相信那你问我干嘛，再说了我做人也是有准则的，不清醒的姑娘我是绝不会碰的。

菲菲听了大声呵斥道你说谁是傻子了，你才是傻子呢，傻乎乎的像根木头似的坐在那里给人靠着。你说有那么傻的人嘛，肯定是贪色呗，想着占本美女便宜。

郭阳听了本想继续和菲菲争辩来着，绿灯亮了，后面的车在按喇叭催促，郭阳憋着气将车发动，心想我是不是脑袋坏了，我真喜欢上这不讲理的姑娘了？我郭阳就一标准，喜欢美女没错，但前提是得温柔。

三

到了火锅店，郭阳车才停稳，菲菲就气冲冲地下车把门狠狠一摔，嘴里还气呼呼地哼了一声，郭阳无奈地摇了摇头。

全桌人都在等这两人了，菲菲进了店张望着，袁丹起身招了招手。菲菲快步走过去，生怕后面有人跟上似的。寻了个位子坐下，也不跟人打声招呼急急地就往嘴里塞食物，又端起酒杯喝。

袁丹拦着她。还喝啊，都成酒鬼了你，知道你不开心，可别伤害自己啊。

张健也帮腔。对对对菲菲姐，不就是失个恋嘛，放宽心态，好男人多的是，可惜我这帮哥们儿都没几个钱，不然养着你这个大美女不是问题。

还没说完，迎上袁丹怒视的眼神。人家都这样了，别拿人寻开心了。

张健说我不是安慰人家嘛，别不高兴了，人要经历失恋才能体会痛彻心扉，才能感受死去活来的滋味，才能够……

袁丹在桌下踢了张健一脚。

张健痛着叫唤郭阳，大家齐齐望向门边，菲菲不用抬头就知道是那家伙来了。

郭阳一看就剩一个空位了，还是菲菲旁边，似乎刻意留着的，正准备坐下，菲菲把搁在腿上的包包往那凳子上一放，大家齐齐怔住随即又明白了什么似的，都意味深长地望着郭阳，郭阳一脸无辜状。

袁赞挪开一小地方对着郭阳说来这边坐，服务员再来张凳子。

郭阳坐定袁赞旁边，似乎有些逼仄，显得极不自在，面带愠怒射向菲菲。菲菲直接无视掉郭阳杀过来的眼神，自顾自夹着食物往嘴里塞。

一桌子的冷气氛。

大家望望郭阳，又瞟瞟菲菲。抑或是忙了一天的生日欢庆，大家有点累了，这档口都是冲着吃餐热闹的火锅放松下，这下谁也提不起劲儿化解这无声的硝烟，干脆各顾各。

袁赞照顾好女友，也不忘身边的郭阳，不时给他夹些个丸子什么的。

郭阳夹住袁赞忙活的筷子，口里说着我自己知道夹，也知道自己吃。

袁赞道行行行，那你多吃点，今儿大伙都疯了一天这会儿也饿得饥肠辘辘，party上光顾着喝酒去了。

张健也说对呀，吃饭就吃个痛快，心里边儿要憋住个气儿，肚子胀着坏了自个儿食欲不说，脸上杀鸡的表情让人见了跟着痛苦。

话一说出口，菲菲停住悬在半空中的筷子，横了一眼张健，跟着啥都没说怨气重重地往嘴里塞食物。

郭阳眼见着张健帮着自个儿说话，那小子还朝自己挤眉弄眼的，心想看样子大伙儿都知道问题不出在我这儿了，就算她们那帮姐妹不这么认为，至少哥几个知道我不是无事生非的主儿。

郭阳呼出口气，自个儿思量，算了，跟一娘们儿计较不算个爷们儿，况且咱现在对这个姑娘还有那么点喜欢的意思在里面，别太把这不是事的事当回事了。干脆把两袖一挽，叹道哎呀，这满桌子的绝色佳肴，我该如何下手呢？

一听这话，一桌人纷纷莞尔，只剩菲菲面无表情的自顾自吃着。郭阳举着双筷子在半空中似来回觅食，其实眼神时不时停留在菲菲身上，菲菲可是从他一挨桌边子那会儿就没给他一正面儿，这让郭阳更加对人家姑娘有那么点征服欲，要早早撇开心中的不快。

也就这会儿是铁了心要拿下她，就看用多少时间了。这工夫郭阳不急，兴趣来了就得慢慢耗，咱得把这感情慢慢给她耗出个自个儿喜欢的味道才是。

菲菲将一盘辣椒直接倒入火锅中，说喜欢吃辣喔，吃完它吧。

郭阳接过话辣椒啊辣椒你自己送上门来，我可就不客气了啊。

全桌人笑喷。菲菲随手拈了一根菜恶狠狠地砸向郭阳。

四

张健走出练舞房，郭阳已经等在那儿了。

他走到他身边疑惑地说哥们儿别跟我说是来找我的？

郭阳心虚地笑着说我就还真找你，一起吃个晚饭吧。

郭阳灌了口酒进肚，手中的酒杯重重地落在桌上，他红着眼睛对张健说哥们儿，你跟我说实话，你说这姑娘我要不要拿下，我喜欢她是不是跟爱情有关？

张健嗤笑一声，眯眼蒙眬地说阳子，哥们儿实话跟你说，你们俩不适合，你喜欢她是你自己的事情，但是她给不了你爱情，你更给不了她想要的物质。

郭阳直视着张健，一语不发。

张健从鼻孔里重重呼出气说女人这种动物很难分类的，我谈过那么多女朋友，漂亮张扬的，可爱机灵的，温柔贤惠的……

郭阳不满地说我和菲儿之间的事，你的那些个旧情史还是让它们早早随风而逝吧，我没带耳朵来听，给哥们儿整点招，我想采取速战速决。

菲儿？你能别恶心我吗？你们很熟了吗？阳子，我敢肯定在她那里你他妈什么都不是，你知道他前任男朋友什么身份吗？是咱们城中一个大儒商，论年龄可以喊他叔叔了，人家有家室的，菲菲不介意啊，有钱人都他妈爱玩漂亮姑娘，漂亮姑娘又他妈爱钱。哥们儿你爱上的是个破坏社会风气的小三啦，她们不谈感情的，谈感情伤钱。

郭阳颓废着一张脸，缓缓地问道那他们为什么分手？

张健站起身道我去尿尿。走了几步，回过头又说他们没分手，只是那个男人让她找个人嫁了，你觉得是那个男人玩腻了她，还是一早觉得她背叛了他找了别人？

张健问完这句话，也不等郭阳的回答，踉跄着步入洗手间去了。

郭阳现在的心情无比的沮丧，他透过落地的玻璃窗望着外面车流如注，走在街上的人们个个躯体包裹着自己真实的内心，躲在车里的灵魂却用冰坚的车壳掩饰着自己，这个社会是否已经容纳不了人们拿真心换真情了，戴着面具生活戴着面具告别，贪享物质虚空心灵。

五

菲菲和袁丹坐在露天咖啡店品着咖啡，虽然一脸精致妆容但仍显现出落寞。

　　袁丹看在眼里，知道菲菲还没从那个郁积中走出来。她对唐宏武有了依赖，她可以不求任何名分，只要自己在他身边。她甚至愿意像条温顺的小狗般舔舐他日渐干皱的躯壳，甚至更把自己打扮得雍容横秋，只为衬托唐宏武的穿着习性。

　　菲菲纤细的手指夹着一根烟，抿了一小口咖啡，似乎很满足香烟和咖啡带来的味蕾刺激。

　　袁丹爱莫能助地看着她，说还是戒了吧。

　　菲菲翘着手指吸了口烟笑了笑。其实他并不喜欢我抽烟，为这事我们还吵过架，后来我都背着他抽，有些嗜好会上瘾的，对他，我根本就戒不掉的。

　　那以后你还会找他吗？他还会给你幸福吗？

　　菲菲冷静地说道什么是幸福？说完掐灭烟头怔怔地看着袁丹。

　　袁丹知道让她彻底忘记唐宏武不是件容易的事，对于唐宏武是难以说出口道声再见的。仿佛如同一场梦，就让时间带走曾经那份喜悦，带走一切温存吧。

六

　　张健和袁赞在网球室酣战，郭阳着一身运动服坐在场外静静地看。他的思绪一直在飘，他不知道生活中到底是多了什么还是少了什么，他想伸出手抓住，却感觉自己的无助。

　　袁赞弯下腰扶着双膝，大口喘着气。我说你什么意思，老往我死角削球，不玩了啊。

　　张健得意地笑着。你看你左蹦右跳的，跑得多欢，我这是在锻炼你腰部的灵活度，不然到该使力的时候使不上力遭你家于晓曼嫌弃。

　　袁赞咻地把网拍扔向张健，被张健灵活地躲过了，袁赞见没砸中愤然地离场。

　　张健站在场中大声地叫着郭阳去打球，郭阳说没劲。

　　袁赞坐在椅子上，喝口水看着他。阳子我说你要是真没劲就带上一姑娘在家一起躺着，等你躺够了再翻个身吃肉，你说多美妙。

　　张健走过来将球拍放桌上淡淡地说你懂什么，哥们儿现在独善其身，在等一个远去的人。

袁赞惊呼尹家茜？

郭阳白他一眼。别闹了行吗？你俩还打不打，不打坐会儿就走。

张健说当然打啊，是打醒你啊，菲菲那姑娘不是哥们儿你能驾驭得了的，你越是追逐她，她只会离你越来越远，所以，还是保持友谊关系的好，别陷入暧昧不清的淤泥中，哥们儿，你玩不起。

袁赞一副心中了然的神情看着他俩，悠然地说阳子，你这情形放弃不一定是明智的，我支持你追菲菲。

话还没说完，就遭到张健一串白眼。

他接着说你看我和晓晓，那时候我真没有把握能追到手，你知道她家那个背景，还有她和我之间的差距，不论是生活中还是精神上，都不在一个领域，可是我就是发了疯喜欢上她，我丢盔弃甲无暇旁及其他，只要她肯看我一眼，我立马就能拿把刀割出胸腔里那颗血淋淋的心给她看，让她知道我封存了三十载的心脏现在只为她一个人生生地跳动。

郭阳和张健疑虑地望着袁赞。

他咳嗽一声补充道关键是诚心实意，你是不是真心，人家姑娘一眼就能看出，还别说，于晓曼见惯那些有钱公子追女仔的方式，你要知道人家不是图你的钱，人家要的是那份感觉，两颗心交缠痴缠痴恋痴心的浓浓爱意。

郭阳笑了，望着他说如果再不将一颗心赤裸，我怕丧失爱的能力。放心吧，我决定开始男欢女爱的新生活了。说完拍着张健的肩膀。支持我吧，哥们儿。

天下的姑娘都死光了吗？张健回答的铿锵有力。

袁赞不平道别说得菲菲像是一只毒蝎子行吗？就算她浑身布满毒液，相信她那毒汁也只会溅你一身，你就不能祝他们幸福。

张健反讥道是不是毒蝎子我不知道，提醒哥们儿一句，你现在一只脚已经踩在小三的阵线上了，如果觉得这条路不适合自己，早撤早离，好自为之吧。

张健话虽这么说，但也让郭阳心底稍感踏实些，三兄弟只要一人走在前线，后面永远会有两个身影默默鼎力着。

七

张健从屏幕上收回目光对袁丹说你那姐妹菲菲最近怎么样？有段时间没看见她了。

袁丹用眼神瞪着他。你什么时候开始关心起她了？

张健赔着笑脸说没事，我就问问，不是听说她失恋了嘛，你怎么不去多陪陪她。

袁丹大口咀着饭说人家用得着我天天陪吗，一早提着旅行箱放飞心情去了。

哦……张健显得语重心长。

袁丹放下碗筷一本正经地问郭阳不是喜欢菲菲吗，怎么还不见他采取行动，现在正是时候，等菲菲回来可以约她一起吃饭啊。

得了吧，你还真希望他们俩能成，我看那菲菲根本就是一个贪慕虚荣玩弄世间感情的魔女。

袁丹气急地打断他。你什么意思，怎么就觉着菲菲是那种人，不知道别瞎说，菲菲不是你想的那种女孩。

你说她是不是又看上了个比唐宏武更年轻更有钱的男人，不然人家干嘛叫她去嫁给别人，人家看开了，反正也在一起这么多年了，何必弄到现在这样啊，花着自己的钱心却在另一个男人身上，你当人家傻啊，你菲菲能找着别的男人，他唐宏武还愁找不着更年轻鲜嫩的姑娘。

袁丹忽地站起身双手拍在桌子上愤怒地看着张健。你说完了没有，我算是听出来了，我告诉你张健，就算郭阳要追菲菲，那也是人家郭阳的事，你犯得着这么诋毁菲菲吗？你要是觉得她贱，那你最好连我也一起骂了。

张健提高声音。菲菲图郭阳什么，郭阳可没有大把的钱任她挥霍，人家攒的钱可是用来成家娶媳妇的，不是拿来给小姐骗的。

张健，你今天给我说清楚了，什么小姐，我在你心里面也是这个地位吧？我图你什么，你觉得我对你的感情是假的对不对？你有没有爱过我？嗯？

袁丹带着哭腔死死地盯着张健那张脸，张健愣在那里看着她，袁丹横他一眼用力地拉开椅子走去卧室了。

手机铃声响了，袁丹正躺在床上盯着天花板，看来电显示是于晓曼，于是用手擦干眼角的泪转换了心情接通了电话。

于晓曼问她在干吗，要不要出来玩，袁丹本提不起精神但是现在又不想面对张健，于是欣然地答应了。

袁赞他们逐次点燃了一排烟花，随着"嘣"的响声，舞动的星光划破夜空，大家都虔诚地抬头望着，闪光熠熠，星星亮点尽情地相映在每个人脸上。

袁赞向袁丹热情地招呼着哎，袁丹，你来了，咦，张健呢？

袁丹回答对不住，我没邀请他，他懂欣赏烟花吗？来了只会坏人兴致。

袁赞听出些端倪于是帮着腔说对呀，那小子觉悟能有我高吗？活该他在家一个人待着，我可是帮理不帮亲，袁丹，哥，向着你这边，回头我得好好训训他。

袁丹浅浅地笑了。

于晓曼趁热打铁，你什么时候成人家哥哥了，尽给自己攀亲，你能有这么漂亮的妹妹，下辈子吧！

说完一手搭在袁丹肩上，俩会心地笑了。

不介意的话，跟我说说你俩闹什么矛盾了，我不是要这么八卦，我只是想知道点来龙去脉，到时候帮着你说话心里好有个底儿。

袁丹其实也没指望着他能帮自己，这事根本就不是他俩身上的问题。反正大家伙迟早都要知道的，于是她跟袁赞道出了原委。

原来是这样啊，其实我不反对阳子追菲菲，可能大家看人的角度不一样，或许张健那么偏激，可能只是觉得菲菲做过人家小三，他对人家去做小三存在一个排斥心理，他能接受你有这样的朋友，那么他也应该能够接受哥们儿的老婆曾经是个小三，需要时间吧。为了兄弟气走女朋友，我们仨他还是第一个……

于晓曼指着天空说袁丹，快看，好多心形嘞……话音才落，只见空中逐个出现"我""爱""你""晓""晓"字样的烟花，众人一片惊呼，于晓曼甜蜜而羞涩地看着袁赞。

八

袁赞正在和网店上的顾客交谈着，QQ头像却在下角闪个不停。

回答完顾客的问题，点开对话框，郭阳发了好几个愤怒的表情，袁赞回着干吗啊，不知道我在忙着啊，损失了一单生意你赔是不，什么事，快说。

你说我也开个网店怎么样？我把那店铺盘出去，不卖PSP了。

你有病啊，你开网店能干什么，就你那差劲的眼光，能给顾客带去如沐的效益吗，还是打住省省吧。

我都已经脱手了，钱还在手边热乎着呢，正绞尽脑汁想着发财的出路。

什么时候的事，这事你怎么一个人就做主了，也不跟哥们儿商量，你不是厌恶人身上那股铜臭味吗？

呵呵，我这不是跟你商量来着嘛，给出出主意，干什么能发大财。是大财啊！

不知道，我这会儿给不了主意，这样，我跟张健说说，咱再约一块想法子。

那行，等着你们给我带来好消息。

于晓曼在一旁边清理着店里的衣服边问郭阳那店子关门了啊，为什么啊？

袁赞说谁知道啊，还真得好好问清楚，这家伙是不是哪根筋搭错了。

想了一下袁赞迟疑地说不是这家伙出了什么事吧，这么需要钱。下午我得去趟银行，看看还有多少存款，到时候能帮多少是多少吧。

说完起身去找存折了。

九

菲菲旅行回来，到了家才给袁丹挂个电话。

袁丹听着她的声音欣喜雀跃，在电话里接连问着人家旅途好不好玩，有没有艳遇之类并不新鲜的话语，其实也就是想了解菲菲从伤痛中恢复过来没有。

菲菲明白她想知道自己的近况，于是在电话里邀请她共进晚餐，还要她把那一帮朋友也叫上，说是给他们也带了礼物，袁丹应允了，说自己负责打电话通知，回头只要告诉她地址就行了。

餐厅里，三个女人热火朝天围着一火锅，吃的汗流浃背的。

菲菲搅着锅里的菜对着袁丹。我说妹妹你要是没那呼朋唤友的本事，就跟姐姐早说，不然姐还以为你想独吞其他人的礼物。

袁丹吐了下舌头。我们都是代表来代领礼物，给不给看姐您的心情，再说我都不是冲着你那礼物来的，你知道的。

菲菲笑了，拿出礼物递给她俩。

接过礼物，袁丹迫不及待地拆开来。哇，是一对松鹤嘞，水晶的，好闪啦。谢谢哈，好姐姐。

菲菲朝她眨巴下眼。

不过……袁丹举着那对鹤盯着菲菲说松鹤代表什么呢，不都说人死了才驾鹤西去吗，你送我这个合适吗？

"噗……"菲菲一口水准确无误地喷在袁丹脸上，看来这对鹤还真是没送错人，丫的语言真是标格出众啊。

于晓曼看着她俩，忐忑地拆着，看见礼物的刹那她的心才安定下来。呀，是一只水晶犀牛呢，刚好我属牛的，做不成犀利姐，做一只犀利牛！

菲菲怔怔地看着她，觉得眼前这妞比刚才那妞还要傻，两人似乎说的都不是人话。

她翻着白眼看着袁丹。我靠，知道什么礼物适合你吗？

是什么？袁丹嬉笑着问。

新年狗屎日历。我本想买来送给你的，后来没买现在真是觉着后悔，想想你和狗屎相映成"趣"倒是让人过目不忘。

袁丹虽然不知道什么是新年狗屎日历，但是菲菲拿自己和狗屎做比也太让人气愤了，于是恨恨地回道吃吧，多吃点，好从你那属于人类的肛门里边拉出些狗屎来。

菲菲一口菜噎在喉咙里，涨红着脸咳嗽着。

于晓曼忙递去杯饮料，边拍着她的背。

袁丹也没想到菲菲会有这么大的反应，她睁着眼睛看着菲菲用力地咳嗽，手忙脚乱地递过纸巾，菲菲的眼神里露出要杀了她的凶狠，害她都不敢太靠近菲菲，生怕被她掐住脖子要了她的命。

十

这边厢，三个男人窝在清吧里小啜着清酒。

张健徐徐地说道说吧兄弟，你打算下一步怎么走？

郭阳慵懒地靠在座位上，具体的我还没想到，就是倒腾做点生意，你知道现在做生意都他妈不稳定，弄不好一大笔钱就这么无声无息沉入大海了，心还真是有点悬乎。哎，要不咱三兄弟合伙干单买卖，我去找项目，你俩入股怎么样？

张健搭着他的肩说道阳子，我打从心底盼着你早点发财，兄弟我也可以跟着你享福，不是哥们儿我不入股，我要是手头还有闲钱，我早买层楼住了，还他妈需要带着女朋友跟人讨价还价租房子住吗？

郭阳理解张健的处境，他现在教那些小孩跳舞也只是替人家打工，又不是一个很出名的舞蹈培训班，也就按部就班拿点工资维持正常支出。

袁赞从裤兜里掏出存折本，放在桌上淡然地说阳子，兄弟我能帮的也就这些了，老婆本也在里面，你放手去做之前，要时刻提醒自己做到眼光精准，目标放长远些，哥们儿等着你早点回本，到时候咱们再一起买大房子风风光光娶媳妇。

呵呵……两人勾着肩同时笑了起来。

张健急了。你们俩什么意思，撇下我啦。

郭阳揽过他的肩义气地说道放心啦，兄弟当然是有福同享啦。来，为我们幸福的将来干一杯。

三个人碰杯后一饮而尽。

这时，张健手机响了：你在哪儿啊，赶紧过来。

张健问道你们吃完饭啦，在哪儿啊？

别那么多废话，赶紧过来，就是菲菲请我们吃饭的那个火锅店，你要是不来，这餐饭今儿吃不散了。

张健挂上电话，对着他俩说一起去吧，菲菲旅行回来了。

袁赞说我知道啊，晓晓也跟她们在一块儿呢，不是说好咱这帮男人不去的吗？

张健回道现在不是咱俩说了算的，要是还不去，她们那餐饭得吃到明儿早上了。

郭阳看着他俩，张健拉他起身。走，哥们儿，不是有意瞒你，咱边走边说。

三个人坐上一辆的士，张健在前排回过头。本来菲菲今晚上是约了咱们这些人一起吃晚饭的，我知道你现在对她的感觉，也就是为了她把店子给卖了，一想到这儿我心里就是不爽，我说你身上是不是有那么股奴性，啊？是不是犯点贱才高兴。

郭阳毫不示弱。你管得着嘛，我爱谁谁，为了菲菲做什么我都愿意，我还跟你说，要不是菲菲的出现，不定我能拿出勇气为了美好的明天而奋斗。

张健不屑。行，哥们儿，我倒看着你俩怎么幸福。我先在这儿祝福你们啊。

袁赞笑着揍了郭阳一拳。小子，我也祝福你们。我是真心的。

张健回过头白了袁赞一眼。

十一

三个人一前一后进了火锅店，这时候人都走得差不多了，张健一眼就望见了袁丹她们。

我说，你们可以走了。待他们走近，菲菲看着张健冷冷地说。

袁丹和于晓曼看着菲菲，她继续冷冷地说通通都消失在我眼前。

张健受不了她那傲慢的劲，谁欠了她似的。他也不想废话，扶住袁丹准备离开。

袁丹期期艾艾地凑到菲菲身边小声地说菲菲，你别生气了，你和他已经结束了，别放在心上了。啊，咱们一起走吧。待会儿一起去唱歌，我陪你唱到天亮。

菲菲依然冷冷地口气。唱什么唱，要唱你自己去唱。

张健拉住袁丹。我说谁惹你了，犯得着这样吗？好心邀你去唱歌，不去就不去呗，好好说话不行吗？跟谁杀了你家人似的。

菲菲霍地站起身。我就这语气了，受不了给我滚！

张健顿时拉长脸，袁丹拦着他。算了，菲菲心情不好，我们还是先走吧。走吧。

袁赞牵起于晓曼的手从掌心传给她安慰，他还不清楚晓晓有没有卷进这个看似无头无尾的乱局之中。

郭阳拉过一把椅子坐了下来，他玩转着桌上的酒瓶说看样子，今儿是有人惹你不高兴了，你说出个名，我今儿要是不打爆他的头，我郭阳今后都别顶着这张脸在你面前出现。

菲菲定定地看着他轻蔑地笑了出来。哼，你以为你是谁啊，你凭什么在我面前说出这种大言不惭的话，你居然说要去打爆他的头，真是天大的笑话，我跟你说吧，你够胆动他一根指头，你连你自己是怎么被人弄死的都不知道。

张健忍无可忍。不就是一个可以做你爸爸的老头吗？不就是有点臭钱吗？你也别他妈的装清高，你能好到哪儿去，现在知道人财两空的滋味了吧，早知道这种下场，当初就别他妈的去做小三。

张健，你闭嘴。袁丹提高声音急着说道。

菲菲看着他，喘着粗气，她恨恨地看向袁丹，袁丹下意识地躲避她射过来的眼神。菲菲抓起桌上的酒瓶狠狠地摔在地上，用力踢开一张凳子，冲出火锅店，袁丹想叫住她，却没敢开口。

袁赞搂着于晓曼，怕惊吓着她。

郭阳苦笑了下，他站起身眼睛看向店外。有谁能告诉我，我是不是你们这群人中唯一的傻子，明知道我喜欢菲菲，是不是觉着我郭阳给不了菲菲幸福。

大家一片寂静。

袁丹，你告诉我，我是不是连一个老头……都不如？

郭阳，你自己别胡思乱想，感情这事勉强不了的，菲菲他只是……只是喜欢更加成熟点的男人。

你告诉我，今晚上你们是不是见着唐宏武了，他对菲菲是不是说了什么？张健问袁丹。

袁赞带着疑问看着于晓曼，于晓曼冲他点了点头。

唐宏武，在这个城市又有几个人不知道他的大名呢，做的都是和政府挂得上钩的生意，不仅生意做得风生水起，和政府官员交情也深不可测，还能时不时出现在《经济时报》的头条，可谓是城中的一个风云人物，这样遥不可及的一个人，却让这么一群小人物因为他而使得生活泛起了涟漪。

郭阳沉静地问道你们怎么遇见的？

袁丹迟疑了一会儿，她环视了下四周，才慢吞吞地说道本来我们三个人吃着火锅，但是不知道菲菲从什么时刻开始注意到唐宏武带着他太太和女儿也在这儿吃火锅，我跟她讲话也心不在焉的，就顺着她眼光望了过去，才发现唐宏武也在。

途中唐宏武起身接了个电话，回头的时候恰巧看见了菲菲，他在那儿站了会儿，菲菲就那么一直盯着他看，他只好假装打电话绕到我们这桌来了。平淡地跟菲菲说他俩缘分已尽，想开点，大家好聚好散，今后还是朋友之类的话。

菲菲就说有个请求，唐宏武开始以为菲菲无非就是想要些钱，于是很爽快地答应了，让菲菲开个价。你不知道菲菲当时听他说完握着手中那只杯子，青筋一根根暴跳着，我都担心她会拿杯子砸向他。所幸她最后只是跟他说，她想问问他老婆，究竟知不知道他的模范好丈夫在外面养了情人，他是不是真的对自己的太太那么忠心。

唐宏武听完脸都绿了，他警告菲菲，他女儿今天在，最好不要给他出什么乱子，念着以前的情分，别给脸不要脸，不然有她好看。说完愤愤地回到太太和女儿身边，不一会儿，他就携着太太和女儿离开，走的时候再也没看菲菲一眼。

听袁丹说完，其他人都带着爱莫能助的表情看向郭阳，郭阳从鼻子里呼出口气，他把双手插在裤兜里，一步一步地走向门口。

其余四人看着他落寞的背影，此刻也不知道该说什么。

到了门口，郭阳回过头对着他们说既然我决定了就不会放弃，我相信终有一天我会感动她，我愿意等她，我要让所有人知道我郭阳对菲菲的爱是真心头意的。说完冲他们挥了挥手告别。

袁赞在他身后大声鼓励。哥们儿，加油，我支持你。

张健沉默地看着夜色中的街道。

十二

菲菲推开唐宏武办公室的门，唐宏武从一堆文件中抬起头看向她。

来不及拦住菲菲的女秘书小跑着进了办公室一脸惊慌地道着歉。对不起，唐总……

唐宏武示意她先出去，她只好略带歉意地鞠了个九十度的躬轻轻将门带上了，在门即将扣上的刹那，她那怨毒的眼神毫不客气地射向了菲菲。

菲菲走到唐宏武面前，双手抱在胸前显得盛气凌人，唐宏武不理会也不邀请她坐，自顾自看着文件，完全无视她的存在。

菲菲将手提包砸向他手里的文件，唐宏武恼怒地质问她你疯了吗，你究竟想怎么样？当初我们可是说得清清楚楚，分手后就不要纠缠不清，你知道我不喜欢拖泥带水，希望你自重，别自找麻烦。

菲菲问道你是不是觉得我跟你在一起就是图你的钱，你到底有没有爱过我？

唐宏武看着她说道你是不是图我的钱你自己清楚，现在还说这些有什么意义，一切都已经过去了，我不想提起以前的事。

菲菲忍住眼泪说道难道你就真的认为我是图你的钱才和我分开的，你不觉得可笑吗，我跟了你这么几年，我是真的爱你还是爱你的钱你都看不出来吗？为什么还要怀疑我，你说啊。

唐宏武显得不耐烦了，他夺开步子来到落地窗前背对着菲菲说不要显得你有多委屈，你跟我在一起的日子我自认没亏待过你，本来我想好好照顾你这辈子，现在搞成这样也是你自找的，那栋过户给你的房子你转手卖了还能让你过上好几年的锦衣玉食，以后不要再来找我了，你走吧。

菲菲从身后搂着他带着哭腔说我不明白，我做错了什么，你不要这样对我好不好，我爱你，我爱你，你说你要我做什么，你才肯回心转意，你甚至要我为你去死我也愿意，不要离开我好不好？

唐宏武掰开菲菲的手，把她从身边推开厉声地说我唐宏武虽然是有家室的人，虽然我对家庭有所不忠，但是我的情人必须对我忠贞不贰，原以为你会一心一意留在我身边，没想到我太过信任你，你竟然背着我和别的男人……

别的男人？你从哪里听来的那些传言，我发誓我由始至终只爱你一个，你要相信我说的都是事实。

唐宏武看着她一字一句地说我亲眼所见还会有假吗？你是给我装糊涂还是真的记不清了，在金色假日酒店门口你和一个男人卿卿我我的，一同走进去开房，你自己好好想想，看我说的是不是真的。说完走到书桌前抓起电话让秘书送客。

菲菲擦掉眼角的泪，一脸茫然努力回想着一些画面。

这时候秘书进来了，菲菲丝毫没有要离开的意思，唐宏武说叫保安。

很快秘书带着两个身强力壮的保安进来，菲菲大喊着不想走。没有唐总的指示两个保安根本不理会她的挣扎，一人架一个胳膊将菲菲连拖带拽弄了出去，那个女秘书似解了一口恶气似的，在后面得意忘形地笑着。

十三

菲菲躺在床上一夜没合眼，自从离开唐宏武的办公室，她就一直在回想着他说的那段话。

只是她真的不太记得什么时候和一个男人在酒店门口亲热，恰巧又被唐宏武看见了，印象中好像真的没有这回事。

难道是唐宏武为了甩开自己而编的一个理由来迷惑自己，但是不可能啊。

菲菲绝不允许自己这么胡乱猜测唐宏武的为人，她不相信他会这么做。

她抱着自己的头，极力使自己能想起些什么，这件事一天不弄清楚，它就会一直折磨着自己。

她一定要弄出个水落石出，早日找到症结所在，她太想早点证明给唐宏武看她菲菲今生只爱他一个人，她对他的爱从没变过，她只想和他永远在一起。

十四

红灯亮了，张健牵着袁丹跟着人群过斑马线。

袁丹慢慢踩着脚下的一条条白线，张健拽着她催促。你快点，一会红灯亮了。

袁丹瘪着嘴看向他，极不情愿地跟着加快了脚步。

过了马路，袁丹抬头看着张健问道你是不是真的觉得菲菲是个坏女孩，你打心里就瞧不起她？

说这个干吗。

我就是想知道，她是我的好朋友，你会不会终有一天也瞧不起我，觉得我也……袁丹不依不饶。

张健打断她。你跟她不一样，我没权利阻止你去交什么样的朋友，但是你要学会分辨朋友，懂得洁身自好。

袁丹走到他面前问道什么洁身自好，有那么严重吗？虽然菲菲是做了人家的情人，但是她由始至终只爱那一个男人。

是吗？张健反问着她。

你是不是知道菲菲什么而我不知道的，你告诉我啊？

你不知道就算了，省的说我在背后诋毁你好朋友。

你说啊，如果她真的像你说的不是真心实意的爱着唐宏武，那么她就骗了我，骗了她最好的姐妹。

好吧，让你早点知道她隐藏在面具下的真面目也好，省的有朝一日被你的好姐妹卖了还替她数钱。

十五

袁丹将菲菲约在上次的露天咖啡厅，菲菲一副精神欠佳的模样。

这段时间她一直窝在家里，除了上厕所外就一直躺在床上，脑子里只想着唐宏武说的在金色假日酒店门口发生的那件事，只是她一直没理出个头绪，她不知道从哪里搜寻唐宏武说的那件对她来说到底是发生了还是没发生的片段。

她点燃一根烟对着袁丹说上次那事是我不对，我不该冲你发火，然后就那样走掉，之后就再也没有理你，你不要生气了。

袁丹看着她说我知道你心情不好，那事我才没放心上，只是心里面有另一件事不说出来我憋得难受。

什么事啊，是关于我的吗？你问呗。

你老实告诉我，你是不是除了唐宏武还有别的男人。

你发什么神经，你听谁说的，你宁愿相信别人也不相信我。

我是很想相信你，可是，人家说的有根有据，还……对天发了毒誓，你叫我能不相信吗？

菲菲掐灭烟盯着袁丹说那个人是谁，我他妈倒要问问看，他是哪只王八羔子眼睛看见我任芳菲和别的男人在酒店门口亲亲热热的了，啊？

我没说，你怎么知道是在酒店门口？袁丹看着她。

菲菲咽下一口气。不瞒你说，袁丹，唐宏武就是因为这件事才跟我提出分手的，我都怀疑是不是你口中所说的这个人从中作梗，就是见不得我和唐宏武好，为了达到某些利益而跑去唐宏武面前胡编乱造，不知道用了什么下三烂手段迫使他相信了这一切，你告诉我是哪个贱人，我……

袁丹不忍菲菲再这么骂下去，脱口而出，是张健。

菲菲张大着嘴巴，脏话差点呼之而出。你说是张健？他跑去跟唐宏武说的？

没有，他只跟我一个人说过，至于唐宏武我就不知道了，或许是他亲眼看见了，或许是他身边知道你俩关系的人看见了跟他说了，你也知道，毕竟酒店门口，进进出出那么多双眼睛。

菲菲问道张健去那儿干吗？

那晚他们跳舞班的几个小孩没回家，家长都找到学校来要人了，后来张健问了才知道，原来那几个小孩相约在金色酒店开了房，张健怕他们闹出事所以才赶过去，然后就看见了你，他还说那晚你特别像个招客的小姐，揽着那个男人，任那男人摸着你的胸部。后来又冒出了几对男女，看见你们一起进入了酒店。

菲菲仔细回想着，抓起手边的包包起身离去了，任袁丹在后面叫着她。

十六

郭阳拨通了菲菲的电话，菲菲气喘吁吁一边走一边接听。

郭阳听出她声音显得很急，便问道你怎么了，没事吧？

没事，你有事吗？

郭阳本来只是想打个电话给她，没特别的事，听菲菲这么一问，他倒不知说什么了。哦，没事……我……

还没说完，菲菲那边就急着收线。没事那我挂了。

郭阳坐在车里郁闷地看向窗外，突然他看见菲菲在她前方坐上辆的士走了，郭阳忙调转车头跟了上去。

菲菲在车上拨打着电话。喂，莉莉呀，我问你件事，你记不记得是不是有一晚我们一起去了金色酒店。啊，没有？你再想想，那好吧。

挂了电话菲菲又急急地拨通另一个电话。喂，康康，我问你个事，什么，说大点声，你那儿太吵了，你能不能找个安静地方跟我说话，喂，喂喂，什么破手机。

喂，淑华，我菲菲，我问你个事，你记不记得有一晚我们去了金色酒店？

哦，你说嗑药那一晚，当然记得啊。

你说什么，嗑药？菲菲大声地问道，惹得的士司机回过头来用异样的眼神看着她，菲菲也顾不得那么多了，她现在只要知道真相，究竟那晚发生了什么，自己为什么会和一个男人在一起。你能不能说详细点，你现在在哪儿呢，我过去找你，行，等着我啊。师傅，麻烦你快一点。

的士司机一脚踩在油门上，生怕后面坐着的那个女吸毒者万一毒瘾发作，自己没能及时把她送到嗑药的地点，在车上对他做出图谋不轨的行为，那就遭殃了。

车子停在了一个美容连锁机构店门前面，菲菲急急地下了车直奔里面。

郭阳刹住车，菲菲原来是急着来做美容，那要不要等她做完美容再请她一起吃个饭呢，打定主意后，郭阳拧开收音机边听歌边在车里等着。

菲菲推开 901 房间的门，淑华正躺着做面部护理，菲菲对正为淑华做护理的技师说美女，我有事跟她说，麻烦你先出去下。

菲菲问着淑华，你是说那晚喝完酒我跟你们一起去开房嗑药了？

你？戚，那晚你都醉成那样了，再给你嗑药不是整条黄泉路给你走吗？

那我为什么会出现在金色酒店门口？

你还记不记得喝酒的时候，嘉丽带了个男的过来，那男的从一上桌，眼神就没离开过你，你还跟人家一杯接着一杯地喝，完了还跨在人家大腿上喝交杯酒，那时候，我还以为你俩都看对了眼，最后你不就由着人家拉你去了酒店。

菲菲不敢相信淑华所说的一切，她觉得有些荒谬。她怯怯地问那最后呢，我和他是不是就……

那个男的是吸毒的，那晚上他带了大麻，怂恿着咱们一群人寻寻刺激，尝试飘飘欲仙的感觉，都是嘉丽那害人精，认识什么朋友不好，认识这样的朋友。后来我们才知道，那男的有艾滋，那段时间我们这帮子人个个成了医院的常客，抽血化验，做检查，生怕自己染上了绝症。后来结果出来了，所幸没事，搞得我现在仍有阴影。

啊！听她说完，菲菲脸顿时吓得苍白，包也不自觉掉落在地。那你们也得告诉我一声，万一我染上了怎么办？

淑华闭着眼笑出了声。戚，你得了吧，坐人家腿上也能传染艾滋？那我们还犯得着大费周折去医院做检查吗？

真的就这样？菲菲又有点不相信地问道。

当然不止这样，后来在酒店门口那男的起了兴，两只手在你胸前不停游走，你愣是甩了人家一大嘴巴，那声音真是清脆响亮，都不知道你当时是真醉了还是借着酒劲还以那男的颜色。

菲菲怎么也想不起这事了。她木木地问道后来呢？

后来你这一巴掌彻底激怒了那男的，为了缓和气氛，咱一群人只好拉着他开房陪他嗑药去了呗。

一番话说得菲菲不好意思了，可是那晚自己喝醉了确实不记得发生了什么事。

那你知道那个男的现在在哪里吗？

淑华睁开眼吃惊地问道你问他干吗？难不成你要去给人家道歉？拉倒吧，人家现在住院治疗呢。

别啰唆了，告诉我哪家医院？

他现在住在洪山医院感染病房，不知道情况怎么样了。

菲菲拉开门就走，走了两步又回转身。哎，那人叫什么名字？

我也不知道，但听嘉丽称呼他为佬三。

菲菲急匆匆地走了，淑华在后面喊着哎，我说你小心点啊，别靠那东西太近。

十七

郭阳看见菲菲急匆匆地出来，在街边张望着，似乎是准备拦的士。便发动车子开到她面前。去哪儿，我送你。

菲菲犹豫了下，拉开车门坐在了副驾驶。去洪山医院。

去看朋友啊。

不是。菲菲面无表情地回答。

郭阳撇了下嘴角，好好开着车。

哎，待会儿你陪我一起去，我有点害怕。

郭阳讪笑着说什么人呀，害怕就别去了呗。

你去不去，不去我喊别人陪我去。菲菲说完从包里掏出了手机。

郭阳拦住她。别介啊，我没说我不去啊，我只是担心你，你不是说害怕吗？

我是说我一个人去有些害怕，我们现在加起来不是有两个人吗？

郭阳点着头说是是是，有我在不用怕。说完开心地看着菲菲，内心一阵欣喜。

郭阳和菲菲下了车，沿路问了一个护士，然后直奔传染病房。值班护士问清他们要探访的病人后，给他们两人各发了口罩防护服以及脚套，交代他们一些注意事项并叮咛他俩探视时间不要过长。

菲菲亦步亦趋跟在郭阳身后，弄得郭阳走起来都小心翼翼的。两人走到15～16号病房，门是虚掩着的，里面很安静。郭阳轻轻推开门，15号床位是空着的，看来病人出去了。16号床位拉着遮帘，但是听见几声咳嗽声。

郭阳用手拨开帘子，一个干瘦的男人吸着氧气正望着他。

男人厌恶地问道你们找谁？

郭阳看了一眼菲菲，然后问道你是佬三，三哥吗？

我不认识你们？给我出去。

菲菲开口道我只是想问你点事，确认了马上就走。

现在就给我滚，我不会跟你们说任何事。说完去按床边的呼叫器。

菲菲急忙说我知道你治病需要钱，如果你能老实回答我，我可以考虑帮你。

佬三不置可否地看着她。出钱给我治病，我怎么相信你说的是真的。

菲菲说你只要说的是实话，我所说的也绝非儿戏。

好，你想知道什么？

菲菲看着郭阳，郭阳心领神会。那我在外边等你，有什么事大声叫我。

隔着门上的玻璃，郭阳一直盯着里面两个人，菲菲背对着他，所以看不到她的表情。但从那个男人的表情里，郭阳看到佬三一时得意地笑，一时又皱着眉。过了大概半个钟头，菲菲转过身从病房里出来了。

郭阳关心地问道怎么样了，问出什么了吗？

菲菲点了点头。

郭阳看着她笑了。那我们走吧。

菲菲犹豫了一下，问他手头上现在有50万吗？能不能先借我，我很快就还给你。

郭阳厉声问道他拿五十万跟你做交换，这也太狠了吧，我去找他理论。

菲菲拦住他。我答应了他的，你要是没有，我再想办法。

郭阳尽量使自己平复心情，他看着菲菲为难的样子安慰道好，你现在和我一起去银行，等会再给他送过来。

我不能走，我必须待在这。

郭阳无奈地看着菲菲。那好，我尽快赶回来。

十八

郭阳发动车子重重呼了口气，他手头上有 23 万，还有袁赞作为投资的 25 万在他手里，再借个 2 万应该不成问题，只是现在把钱借给了菲菲，要不要跟袁赞说一声。

郭阳挠着脑袋，转念一想，菲菲说很快就能还的，自己那笔倒不急，到时候先把袁赞那笔还上就行了，万一还不上，到时候再和菲菲一起想办法呗。郭阳给自己理顺了这条思路，脚下的油门不自觉地加大了。

菲菲回到房间，双手抱在胸前说钱待会给你送来，记得你自己答应过的事。

放心吧，我都活不长的人了，还会跟自己一条命过不去吗？

你好好记得怎么说，到时候可别给我说漏嘴。

你放心，等会那个叫唐宏武的人来了，我知道怎么说，我会还你一个清白，行了吧？

菲菲很满意他的回答。

郭阳从银行出来，手里攥着一个牛皮纸袋。过马路的时候，他拨通菲菲的手机。喂，钱我已经取出来了，你再等等，很快就给你送过来了。

一阵刺耳的刹车声划破城市上空，郭阳倒在血泊中，头上的血汩汩地往外流，他的右手紧紧地攥着纸袋，手机被甩在十米开外。

菲菲在电话里大声地喊着。喂，郭阳，你听得见我说话吗，郭阳，你回答我。

菲菲张着嘴，此刻她的脑中一片空白，有一种不祥的预感笼罩在她的心头。

道路渐渐被围得水泄不通，交警，120 很快赶到，警察散开人群疏通了一条通道……

人生若只如初见

一

茅骏捷驾着新换的别克君越行驶在高速公路上，女友卫雪靠在副驾椅背上睡着了。

手机响了，茅骏捷打开右转向灯，缓慢将车靠右停驶。喂，妈，快到了。知道了就这样。

挂了电话，卫雪已经醒来。

吵醒你啦。茅骏捷将车驶入车道。

卫雪揉了揉眼睛。还有多久到家，我饿了。

呵呵，就快到家了，妈说趁这机会咱俩一块把婚事给办了，来个双喜临门。

好啊，我巴不得呢。

你巴不得什么呀，那是妈的意思，我可没答应。

你，哼，臭男人。

茅骏捷看了一眼卫雪，他就喜欢她这份单纯，只是不知道自己究竟什么时候才能定下心来与一个女子同结连理，然后生下属于自己的孩子安稳度日，他想，终归自己还是会选择婚姻的吧，只是不知道那个能等他一起走到最后的女人会不会是此刻身旁的卫雪。

车子拐进一条横巷，几个玩耍的小孩笑着闹着从车旁闪离。茅骏捷打开后备厢，从里面拿出准备的礼品，卫雪在车内整好妆容美美地下了车。

倪美娟从窗户外看着楼下的儿子和心目中的准儿媳妇满意地收回脑袋开心宣布道：来了，上来了。说完即刻奔走至门边，茅国民坐在沙发上侧耳听着门外。

茅骏捷和卫雪刚停在门口还没来得及按响门铃，防盗门"咯吱"一声打开。两人同时愣了一下。他妈笑得一脸灿烂看着他俩。

阿姨好。卫雪有点不好意思地叫着倪美娟。

倪美娟一把揽过卫雪，开心地道着小雪，快进来，坐了一路的车很辛苦吧，来，洗洗脸准备吃饭。

我都在车上睡着了，骏捷一路开车，其实辛苦的是他。

应该的。倪美娟看了一眼茅骏捷不屑地说道，其实心里对儿子那是疼爱的不得了。

叔叔好。

茅国民一脸慈祥地看着卫雪。自从儿子年初带卫雪回家过年之后，就对这个女孩满意的不得了，姑娘表现得大方得体，又乖巧懂事，关键是儿子在她面前什么都听她的，能把儿子管得服服帖帖，老两口也就放心了。

茅骏捷夹了菜放进卫雪的碗里说道不是饿了吗，多吃点，知道你爱吃，这是妈特意给你做的酸辣鸡仔。

卫雪腼腆地笑着。

倪美娟看着他俩心里想着，多好的一对啊，真是怎么看怎么喜欢。也都怪自己儿子不懂事，都29岁的人了，每次跟他谈结婚的事就嫌自己烦，说什么需要空间，现在还不考虑结婚的事，男大当婚女大当嫁，你说人家姑娘跟着你，你不跟人家提结婚的事，这不是耽误人家姑娘嘛。可话说回来急有什么办法呢，这事逼得太紧了又怕适得其反，哎，你说做父母的图个什么，又想孩子早点安定下来，又得顺着他的性子，怕稍不注意，弄得母子关系僵裂。

卫雪帮倪美娟收拾着碗筷，倪美娟一万个不同意。茅骏捷起身道雪儿，你听妈的去休息，我来帮妈吧。

我和阿姨都去休息，你自己收拾。小雪指挥着茅骏捷。

哦，妈，你都听见了，你也去休息吧，我一个人就行了。

倪美娟擦着手，朝茅国民挤挤眼神，老两口露出对卫雪佩服的表情，看着儿子的表现，以后老两口晚上睡醒偷着乐了。

倪美娟慈母般地坐在卫雪身边。小雪啊，我们家骏捷都这么大个人了，一点也不知道长进，他要是欺负了你，你只管跟阿姨说，阿姨绝对不会偏袒，肯定狠狠地帮你骂他，直到他向你认错为止。

卫雪显得有些不好意思。

倪美娟说着说着更加煽情起来，她摩挲着卫雪的手道其实阿姨心里早拿你当自己的闺女了，我也问过骏捷他说晚点结婚，他就是贪玩，你多管管他，让他收收心，只要你们结婚，阿姨和叔叔不介意多等等。

其实这话卫雪听得出是说给自己听的，看来倪美娟是为了宽慰自己的同时也在宽慰着未来的准儿媳妇，表明她的立场，现在她们家是三个人站在统一战线上对抗着自己儿子，用行动警示着他一意孤行注定是行不通的，只是这场拉锯战谁也不知何时才结束。

茅骏捷洗完澡出来直接进卧室睡觉，倪美娟在后面喊着哎，我说你这孩子就准备这么睡了啊，你也不去大伯家走走，顺便看看奶奶，明天就是她八十大寿了。

你也说是明天啦，那等到明天不一样的就可以见着了吗？妈，我困了，先睡了。

茅骏捷关上房门，倪美娟在后面念叨着这孩子，怎么就不能懂事点。都快三十的人了。哎。

卫雪看着他。真不去啦？

明天再去，我是真困了。说完抱着个枕头倒头就睡。

卫雪坐在床沿上看着他，躺下来从背后面揽着他的腰，听着他均匀的呼吸，内心感到十分的踏实，慢慢也将自己的眼睛闭上了。

或许真累了，愿两人都有个好梦吧。

茅骏捷一觉睡醒，房间一片漆黑。他挪动了下身子，感觉自己的腰正被卫雪箍着。他轻轻地侧过身子，温柔地在卫雪的额头上吻了一下。

伸手将台灯打开，墙上的钟显示已经九点了，这时卫雪似乎醒了在他怀里蹭着，他俯下头直接吻上她的唇，蔓延至脖子，极尽温柔地抚慰着她。

当他的手熟练地解开胸衣的时候，只听见身下传来阵阵咕咕声，卫雪显得有些娇羞地看着他。他略显愤怒地说道你就那么容易饿吗，我要怎样才能喂饱你，啊？说完粗鲁地一把抽出胸衣扔得老远，俯下头霸道地吮吸着她的乳头。卫雪抱着他的头，一阵娇喘。

一阵翻云覆雨过后，茅骏捷疲惫地躺在床上，卫雪枕着他的胳膊，汗湿的发缕搭在脸上。茅骏捷侧过身子，将她脸上的头发拂到一边，体贴地问道是不是很饿，我去给你拿吃的。

卫雪乖巧地点点头。

茅骏捷来到厨房打开灯，饭桌上压了张纸条：儿子，饭菜都在冰箱，拿出来热热就可以吃了。

茅骏捷笑笑，从冰箱里端出老妈准备的饭菜放进微波炉。

二

吃过早饭，茅骏捷驾着车一家四口直奔酒店。

喜宴设在3楼，电梯开之后，一片喜气洋洋的场面就映在眼前。茅骏捷扫了一眼，酒席大概有十几桌，老中青辈的亲戚都有，估计有些远房亲戚还让茅骏捷是叫不出名的。

倪美娟和茅国民融入人群里，和一些亲戚热情地寒暄起来，领着茅骏捷和卫雪见过一些七大姑八大姨之后，来到奶奶身边，恭祝奶奶八十大寿。

茅骏捷的奶奶坐在椅子里眯眼看着他俩吐字一点也不含糊。骏捷伢子，今天喝奶奶的寿酒，明天奶奶喝你的喜酒，中不？

茅骏捷和卫雪对着奶奶笑笑。奶奶，不急，快了，再等等，啊？

茅骏捷貌似安慰着年迈的奶奶，实则带点欺骗的成分或者自己也搞不清，反正结婚这事离自己还很遥远。

你给奶奶说句实话，要等到啥时候啊，你是想让奶奶将这个念想带入土里吧，你……

大伯茅新民忙打断道妈，今天您老大寿，这么多人给您做寿来了，开开心心点，别说那些不吉利的。

茅骏捷忙拉着卫雪闪到一边，别气着了奶奶到时候成为众矢之的。

大哥茅伟诚忙着招呼客人，蓝梅在一边照顾着他们的宝贝儿子茅天佑，也就是茅骏捷三岁的侄儿。

大伯走过来看着茅骏捷和卫雪。其实你们能回来，老人家就已经很高兴了，重要的是一家团聚嘛，老人家就是心愿未了，想看着两个孙子都早点成家再抱上重孙，你们还年轻，先以事业为重没问题，为了今后生活更有保障先立业后成家无可厚非，如今时代不同了，年轻人都有自己的想法。

大伯，那大哥他不是奉子成婚吧？茅骏捷笑笑问着茅新民。

这是绝对没有的事，我和你大妈在结婚的事上从来没逼过他，是他自己决定收心了说该结婚了，我和你大妈才张罗给他找对象，不然由他以前的个性娶了人家姑娘，那不是害了别人嘛，现在娶了你嫂子，生了天佑，日子平平淡淡地过，也很好嘛。

对，大伯，大哥长进了，您和大妈是该享福了。茅骏捷看着不远处的茅伟诚，想着小时候就数大哥最皮，常常带着他和英朗惹出不少事端，每次事情穿帮总免不了挨大伯一顿揍。

老远就听见英朗在一群人身后咋喝着。喂，哥们儿我可告诉你了，我不想听你说些废话，这事你要搞不定咱兄弟也做不成了，我这还有事，就这样了。挂上电话，英朗一路走过来。大哥，二哥，都在呢，天佑，咋不叫人呢。

天佑在茅骏捷怀里嘟着嘴别过脸去。

英朗捏了把天佑的小脸。二哥，听舅妈说你换车了，我一瞅就知道外面停着的那辆君越是你小子的，这换车就跟换女朋友一样，不光外表要对的住人这里子也要过得硬啊。是不？

茅骏捷问着英朗你一个人来的？

嗯。我爸出差了，我女朋友早上起来身体不舒服，我妈留在家里照看着她，所以就我一个人来咯。

弯弯怎么了，她不舒服你应该留在家里陪着她啊。

什么弯弯，早过去式了，现在这个是乐乐，记住了。其实也没什么不舒服，就是孕期反应。

啊……哦。你小子，学会先上船后补票了啊。茅骏捷心领神会地看着英朗。

屁啦，纯属意外，我真是他妈的衰，都不知道哪个环节出了疏忽，就他妈弄了个孩子出来。我真没有心理准备想要这个孩子，可我妈说赶紧结婚等孩子出世，如果我不同意她就死在我面前，你说我有的选择吗？

茅骏捷挤挤眉。孩子是你的，妈也还是你的，你没有什么损失啊。

去，站着说话不腰疼。

哎，我说，孩子是你整出来的，可以说他的生命是你给予的，让你对一条小生命负责是有多难，除非你没想过对孩子他妈负责。

我对每个女朋友可都是认真的，我像是那种玩弄感情的人吗？

你要真懂感情，你就要懂得感恩，你要感谢上帝让你遇见你生命里的女人，感谢上帝给你们机会共同创造出你们自己的孩子。

我去你的，别给我说这些不是道理的道理。我不像你，我还年轻，我还可以多玩几年再做父亲，我不想这么早就结束我的单身生活，一旦结婚生子，你知道意味着什么吗，失去自由，激情不再没有闲钱远离一切暧昧，哎……英朗一副痛心疾首的模样。

茅骏捷笑笑。连老天都要收你，让你少祸害些无知的姑娘们，话说人活在世上都不容易，你这点不是问题的问题就别拿出来怨恨了，一大男人，又不要你顶天立地，撑起一个家怎么说也不在话下啊，是吧。你要对得起你这名，"硬朗"，对不对。嘿嘿。

二哥，你真是有够啰唆的，我先去给外婆请个安，转头再回来。

<h1 style="text-align:center">三</h1>

英朗逗着天佑。天佑，这是几？

天佑鼓着腮帮嚼着糖果，手里把玩着糖纸不搭理他。

英朗不死心半俯下身凑到天佑眼前。呐，天佑，你要是回答舅舅了，舅舅答应给你买辆遥控汽车玩，怎么样？

茅骏捷附和着成啊，天佑，一会儿工夫有了枪又有了汽车，你要不赶紧答应，等会舅舅反悔了不定会给你买了。天佑睁着水汪汪的眼睛看着英朗。

英朗嘴角浮出一丝笑意看着他伸出一根手指问道这是几？

一。天佑回答着，嘴里含着糖果没包的实，口水顺着嘴角流了出来，印在茅骏捷肩上。茅骏捷夸张地嫌弃着哎呀，我的个小祖宗呢。边说着掏出纸巾擦拭肩上的口水，又耐烦地擦擦天佑的小嘴。

英朗笑笑，冲着天佑满意地点点头，又伸出两个手指问道这是几呢？天佑嚼着糖果，眼神盯着英朗，过了片刻从他嘴里斩钉截铁回答出：两个一。

哈哈。英朗被逗乐了爽朗地笑着，拍拍他的头道小子，有前途。

茅骏捷也乐了。天佑以后再有人伸出两个手指头问你这是几，你就回答"噢耶"，懂吗？

我要枪，给我买枪。天佑对着茅骏捷哭着嚷着，手开始不安分起来，不停拍打着茅骏捷的脸。

英朗不知从哪里弄了个小风车，嘴里对着风车吹着气逗着天佑。天佑快看，是不是好好玩咧。天佑看了一眼对着风车就是一巴掌，英朗躲闪不及嘴巴被划了一下，急忙揉着嘴闪开了。

茅骏捷在货架上挑选着电动手枪，英朗在小块空地上遥控着一辆汽车，饶有兴致地玩着。喂，二哥，你说现在的小孩多幸福，要啥有啥，我们那时候想玩个高级点的玩具，是件多奢侈的事啊。

茅骏捷拖着把枪瞄准着他。我记得那时候霸王游戏机可是伴随了咱哥仨好长段时间，一到暑假寒假没日没夜地玩，因为玩得太废寝忘食，爷爷经常拉闸断电，催我们早点睡。可是等他老人家才把门关上，我们就又把电闸给合上了。呵呵。

哈哈。是呀，游戏卡换了一个又一个，那时候就是不做作业也得把那游戏玩升级，感觉比考了一百分还得意，真是怀念那时候咱三兄弟那熊样，只要能让我玩上一盘，要我做什么都行。

那时候欲望少，也没多少选择，有得玩就开心了。对了，后来，那游戏机去哪儿了？

谁知道啊，只知道后来大哥不玩这个了，剩我俩玩，那时候还庆幸少了个人和咱俩争着玩，再后来你要考好的高中，舅妈不让你玩你也收敛了，我就自己一个人玩，玩着玩着就没什么意思了，后来那游戏机去了哪儿也无人过问了。

茅骏捷笑笑摇摇头，英朗叹了口气。哎，你选好了没，我就给天佑买这个。

两人出来后，坐上茅骏捷的车。二哥，你打算什么时候结婚？

什么时候都可以，只是我现在还不想结婚。

那你又说什么时候都可以，不觉得矛盾吗？

我不知道，我的意思是只要两个人在一起相爱就好了，结不结婚只是个形式，我个人不是很在乎那张婚纸。再说有了那张纸就真能套牢一个人一辈子吗，感情的事说变就变，不爱了就是不爱了，对于变质的爱谁都无能为力。

说完这番话，茅骏捷脑海一时闪过郝思嘉的轮廓，曾经深爱过的两个人，曾经许下过的诺言，已是沧海桑田，彼此温暖过的体温随着时间变迁从此冷却如烟。

英朗问道你跟卫雪感情出问题了啊？

好得很。

那就是缅怀已逝的感情咯，还是忘不掉郝思嘉？

闭上你的嘴。

哎，初恋都是这样的，我能明白的，让我最伤心的分手也就是生命里刻骨铭心的初恋。该死的初恋，让人又爱又恨的初恋，不过到现在我都已经记不起我初恋情人的模样了，你说是不是特残酷。

应该庆幸啊，最好那姑娘也记不起你长啥模样，两人爱了散了云淡风轻的，都不用想起那个曾经在自己生命里逗留过的人渣，啥负担也没有，最怕精神负担不起。是吧。

去你的，我有那么差劲吗，话说我的初恋，不说了，我都记不清初恋发生了些什么了……

茅骏捷握着方向盘看着前方，摇头笑笑。

听你姑妈说英朗女朋友怀孕了，下个月准备结婚了。这事英朗没跟你说吗？倪美娟喝着稀饭问着茅骏捷。

茅骏捷啃着包子，喝了大口粥。嗯，我知道啊，我都跟他说好了到时候有时间的话就回来参加他的婚礼。

茅国民慢慢喝着粥，看了儿子一眼。

倪美娟放下筷子去了厨房，不一会端了两盘凉菜出来。茅骏捷夹了块萝卜放进嘴里。哇，妈，这菜是不是坏了，怎么这么酸。

人说酸儿辣女，孕妇的口味都这样，喜欢吃些重口味的。小雪，你尝尝，看合不合你口味，看你喜欢吃辣还是酸。

卫雪看着茅骏捷显得有些不知所措。

茅骏捷回答着妈，你这是干吗呀，哪儿听来的这些民间说法，再说雪儿也没怀孕，吃辣吃酸也没个准。

我这不是在做准备吗，妈就是想心里有个数。

你这不是为难雪儿吗，一盘辣的一盘酸的，你说你究竟是想要抱孙子还是孙女，不然到时候夹错了，免得惹你不高兴。

什么话啊，孙儿孙女我都喜欢，你要有能耐也学英朗给妈赶紧造个出来，你放心我和你爸负责带，到时候你和小雪只管安安心心上班就成。

茅骏捷咕噜咕噜喝完一碗粥，拉起卫雪的手。走，别吃了。

去哪儿啊？卫雪问着。

茅国民夫妇看着他俩，倪美娟有些气急。你造反了是吧，说你两句就走，我告诉你走了就别给我回来。

茅骏捷正色道我走哪儿去，是你说要我俩造人的嘛，我现在就履行你的夙愿，我和雪儿上房，满意了吧。

倪美娟顿时恢复笑脸。你个臭小子，没个正经，当爸妈不存在啊，吃饱了就去歇会吧，啊。

茅国民低下头嚼着手里的油条。

卫雪显得有些尴尬却被茅骏捷拉着进了卧房。

你疯了你，在你爸妈面前那样说什么意思啊你，弄得我好像迫不及待要跟你那样似的。关上房门后卫雪责怪着茅骏捷。

哪样啊？茅骏捷一把揽过卫雪坏坏地问着。

卫雪挣脱着。放手，我是不会从了你的。

哟，本来一大清早我还真没什么兴致的，这被你一挑逗，浑身上下来了劲了。

说完就要吻上卫雪的唇。卫雪无力地挣扎着。谁挑逗你了，明明是你自己满脑子……唔……

话没说完，卫雪的唇被茅骏捷堵住整个人被他压在身下倒在了床上……

茅骏捷关上后备厢，他妈又叮嘱着记得我秘制的那些菜，吃不完就封闭着，放冰箱也行。

知道了，妈，你都说了好几遍了，我耳朵都起茧了。茅骏捷回答着。

卫雪分别和茅国民与倪美娟拥抱了下，礼貌地和他俩告别着。茅骏捷拉开车门。爸妈，那我们先走了，你们好好照顾自己，有什么事记得打我电话。

哎，知道了。有时间就多回来。啊？

车子快驶出小巷，茅骏捷依稀从后视镜里看见父母还站在原地，不觉在心里叹了口气。古话说儿行千里母担忧，也就是这个意思吧。

五

茅骏捷端着咖啡经过秘书台，Tina 叫住他，说经理让他去办公室一趟。

Ok。茅骏捷冲 Tina 笑笑。

敲开经理室的门，茅骏捷看着经理坐在电脑前。Aaron，你找我？

Aaron 滑开椅子站起身。是的，一会儿陪我去见个客户，公司新洽谈了一笔业务，交由我们项目部跟进，所以你这个客户部主任必须得跟我走一趟，这单业务你要全程协助我，争取成功完成，把这个月业绩搞上去，年底等着多拿些奖金，哈哈。

Aaron 说完重重地拍着茅骏捷的肩膀。

对了，这里是所需要的材料，你拿回去看看整理下，一会儿收拾好了咱就出发，已经和对方约好了中午见面。Aaron 抬腕看了下时间。没多少时间准备了，你赶紧速记一下，了解个大概，一会儿到车上了再跟你详谈。

行。茅骏捷应着拿了资料。

到了餐厅门口，茅骏捷提着公文包和 Aaron 并肩走在一起。内容都了解得差不多了，到时候他这个客户主任只要通过交流看双方合作的意向，把他们的思想凝聚起来，通过双方的沟通碰撞，达成一致就万事俱备了。

Server 领着他俩来到预订的包厢，两人坐定悠闲地喝着茶。

Aaron 看了下表，往门口张望着，手指不停点击着桌子。来了。

茅骏捷听 Aaron 说完整整衣装跟着站起来迎接。

待走近，茅骏捷脸色显得有些不自然了。

对方负责人和 Aaron 的手握在一起，相互介绍着。这位是我助手。

你好，段经理，我叫郝思嘉，很高兴有机会认识你。

你好，名挺好听的，就叫你嘉嘉吧，这位是我们公司的客户部主任，茅骏捷。

郝思嘉笑看着茅骏捷。

你好，陈经理。茅骏捷友好地向他伸出手。又伸向郝思嘉，郝思嘉蜻蜓点水般地和他握了一下。

郝思嘉一身职业装正襟危坐在他对面，谈吐流利行为大方无不显示出白领的干练，记笔记的时候偶尔也拿眼神不时瞟一眼对面的茅骏捷：还是一如从前休闲装的打扮，面孔褪去了青葱，逐渐显示出职业战场上男人专有的冷峻面容，只是眼神中的清澈依旧没有改变，依然闪亮深邃。

饭桌上 Aaron 和陈经理共同商讨着项目方案，郝思嘉不时提出一些建议，茅骏捷吃着饭显得有些心不在焉，对他们的谈话似乎没什么建设性的意见。惹得 Aaron 不时拿眼神望望他。最后，Aaron 用手肘撞了下茅骏捷。Junjin，你不是订了个方案吗，拿出来给陈经理过目一下。

噢，等一下。茅骏捷从公文包里找出方案书。

趁陈经理看资料之余，Aaron 小声地问道你吃饱了没有，待会就看你的了。好好将你的计划跟人家说说，人家公司对这个项目还是非常感兴趣的，关键要突出重点，主要介绍项目的基本情况、公司主要设施和设备、生产工艺、生产力和生产率，以及质量控制、库存管理、售后服务、研究和发展等内容。

茅骏捷反问着可是这个你没有对我提到啊？

你不是吧，你第一次跟我出来见客户吗？总之，一会儿你要给我搞定。

陈经理放下方案。嗯，这个计划我看了下觉得很满意，如果大家意向一致的话，这个项目我觉得是可行的，但是现在我想听听贵公司对这个项目的前景以及规划……

陈经理和Aaron双手握在一起，双方都表示出非常满意的神情。

Aaron开心地将茅骏捷的头揽着。Junjin，好样的啊，走，请你喝酒。

茅骏捷颓色道经理，这个项目你可不可以换个搭档？

Why？ tell me。Aaron表示不解。可不可以告诉我哪个环节出了问题，抑或是因为我的原因导致你想退出？

不，是我自己的原因。茅骏捷深深叹了口气。

需要我怎么帮你，你要知道这个项目对我们团队有多重要，甚至于对整个公司都将带来很大利益，事情刚刚才有起色，我不想因为一些原因而功亏一篑，你说要我换个搭档，你也知道对方对你提出的方案非常满意了，才这么快就表示和我们合作，如果这个时候你说要退出，我真的不知道怎么跟对方解释，而且我一时半会儿上哪儿寻找一个跟你有同样构思的人才，你要我怎么决定。Junjin，留下来和我一起完成这个项目好吗，不管是什么原因，坚持将这个项目完成，我再向公司提议给你好好放个长假。

茅骏捷没有作声。

如果你还有什么要求只管跟我提，能满足的我会尽量考虑。不如，下午放你半天假，你回家好好休息。我先回公司了。就这样吧。

Aaron拍了拍他的肩膀走了。

六

今天怎么这么早。卫雪拿过拖鞋给茅骏捷换上。

今天见了个大客户，公司给放了半天假。茅骏捷拖着步伐倒在客厅的沙发里。

卫雪走到他身后给他揉着肩试探地问道嗯……很累吗？

茅骏捷睁开眼睛问道怎么了？

嗯，我想你陪我去沃森，听说那里女士专柜正在打折，顺便也帮你挑几件正装，你这老是见客户的，得有些像样的西装衬托。

茅骏捷按住卫雪的手道我才不需要西装陪衬我，有你陪衬我就好了，不是，是我甘做你身边一片绿叶，咱俩站一块得羡煞多少人啊，是不？等我洗个澡换身衣服咱再一块出门好不好？

嗯，真是我的好老公，来，亲一个。卫雪在茅骏捷背后俯下身亲了口他的脸蛋，茅骏捷扭过身子抱着卫雪的头得寸进尺的将她的唇一口含在自己嘴里。

温存过后，茅骏捷满意地放开卫雪，好像一下子精力充沛从沙发上弹起来对着卫雪道老婆，要不要和老公一起洗澡。我帮你擦背好不好？

卫雪抿嘴笑着说才不要，你快去洗啦，等会打折的东西要被别人抢完了怎么办？

茅骏捷将卫雪横抱在怀里。我们有钱，我们不买打折的，让她们去抢吧，你要很优雅地出现在那里让人服侍你，买全价我也认了。我等不及了，老婆快点给老公擦背。

卫雪箍着茅骏捷的脖子撒着娇。什么啦，不是说你给我擦背的吗？

什么时候的事，你给我擦背我给你买全价的东西，这样我才花的值嘛。

臭男人，欠扁是不是。

哈哈，老婆，脱光衣服咱再开战。

喷死你，喷死你……浴室里传来俩的打闹声和窸窸窣窣的水声。

七

茅骏捷提着好几个袋子跟在卫雪身后。来到一个男士专柜，卫雪看中一件衬衣，她招呼着服务员拿了件过来督促着茅骏捷去了试衣间，随后又送了条裤子进去。

卫雪看上了一件西装，可是没有茅骏捷穿的码子，她跑到服务台去问，随后又有一个女的也跑到服务台问同款西装的码子。

服务员打完电话对着她俩抱歉地说道，两位不好意思，我刚刚问了我们别家店的专柜，你们所要的那个码子只有一件了。而且这位小姐先问的，所以不好意思，这件衣服我们只能卖给她了。

那个女的显得有些失望，对着卫雪讨好地问道美女，你好，可不可以将这件西装让给我？

真的不好意思，我男朋友已经在试衣服了，我看上了这件西装正好搭他那一身。

或者，这件衣服你男朋友穿着不合适了？

卫雪有些愠怒地看着她，你再怎么想得到这件衣服也用不着说这种损人的话吧。那个女的朋友在一旁催促着她。思嘉走了，非得买这件吗？再看看别的不行吗？走啦。

那个女的写下一串数字递给卫雪。美女，这是我的号码若是你男朋友穿这件外套真的不合适的话，麻烦你通知我一声，你加点价钱都可以商量的。说完被友人拉走了。

卫雪觉得莫名其妙，看着手里的一串数字和名字：郝思嘉。

茅骏捷从试衣间里出来，卫雪满意地看着他。

请问一下你们那家外套要什么时候才能调货过来？结账的时候卫雪问着店里的服务员。

过两天就能调过来了，到时候货一到我们即刻通知你，好吗？服务员回答道。

茅骏捷问道还有什么衣服吗，既然要等货，那去别家买就好了。

别家的我看不上，不衬你。

是吗？茅骏捷表示怀疑。

小姐，这是订单。麻烦交下定金。

茅骏捷接过单子。哇，这么贵，你都不问我一声就给买了。

越贵才衬得起你这个客户部主任的身份，人靠衣装，坚决把包装费用在刀刃上，懂吗？你要知道刚刚我要是迟了半分钟这件外套早就被人捷足先登了呢。

是吗，哎呀，赶紧给我把那位仁兄招回来，我廉价卖给他。

去，你就想，不过是位美女，你要真想见她还是有机会的，就看你自己争不争气了。

什么意思？茅骏捷掏出钱包漫不经心地问着。

保密。卫雪回答着他将字条塞进了口袋里。

去吃西餐好不好？茅骏捷开着车问着卫雪。

回家做给你吃，你说好不好？

茅骏捷看了她一眼。为什么呀，你不是不喜欢做饭的吗？

我只是说看心情啊，我今天心情好不可以啊，表现不错犒劳犒劳你的胃。

呵呵，那请问老婆大人要给你可亲的老公做什么好吃的呢？

嗯，你不是想吃西餐吗，那我就给你做意粉和羊排好不好？

好，那先去买瓶好点的红酒吧，今晚来个二人烛光晚餐。嘻嘻。

嗯，成。去铁头的私人酒窖，Go go go！

雷欧雷欧类，老铁头，我们驾车来了。茅骏捷接着卫雪的话头自编曲子唱了起来，逗得他俩同时大笑了起来。

八

"这份市场分析的营销方案做得很详尽，投资前景十分可观，现在就派你去他们公司详谈下细节。"茅骏捷仰在椅背上，看着办公楼下车水马龙的街道。

车子停在千禧公司楼下，茅骏捷从车窗里打探着这栋气派的办公大楼。

犹豫了会，掏出手机按照纸条上的号码拨了过去，没过多久，电话接通。

Hello。

你好，我是图腾公司项目部客户主任茅骏捷，特地过来与你们洽谈关于……

骏捷，是你吗？你现在在哪里，我过来见你。

茅骏捷听着郝思嘉亲切的称呼，恍惚中回到了从前的那段日子，只是物是人非，彼此是两个世界的人。

他公式地回答道我在你们公司楼下。

好的，我这就下来。

不一会儿，郝思嘉出现在茅骏捷视线里，他从车里下来拿着文件走到她身边。

怎么到了楼下也不上去，怕我们公司一些有心的姑娘看上你啊？

茅骏捷撇了下嘴角。文件里已经很详细地将分析和营销做了规划，等陈经理回来你给他看一下，若觉得没问题我们尽早将合作文件签了。

说完转身准备走了。

这么急着走干吗，还是不想见到我。如若我们双方公司真的成了合作伙伴，我想作为这个项目的双方经理人的助手，我们见面的机会还是会经常有的吧。茅骏捷看着她。既然会经常见面，再怎么逃避也不是办法，不如大家抛开过往敞开心扉，重新做回朋友，对公司对自己不是都有利吗？

茅骏捷嘴角浮现一丝笑意。你说的也有道理，我并不是在逃避什么，只是觉得我们之间除了公事没有其他什么好谈的。

错，既然要做回朋友，那么一切可以从头开始不是吗？我们现在虽然只是生意上的伙伴，但是我们也可以成为生活上的朋友对吗？

茅骏捷不置可否地看着她。

都站着聊了这么久了，如果想叙旧或者是谈公事是不是应该找个地方坐下谈呢？郝思嘉问着茅骏捷。要不去我办公室坐坐。

我看不用了吧，都快中午了，不如找个地方坐下来一边吃饭一边谈。

对于茅骏捷的建议郝思嘉欣然默许。

咦，古龙香水，你现在喜欢这个味道的啊。郝思嘉拿起车窗前档上的香水瓶嗅了嗅。

我女朋友放的，说什么净化我车里的空气，再说我也不反感这味道。茅骏捷平静地回答着。

郝思嘉将香水放回原处，沉默了片刻。

对了，想去哪儿吃饭？你们公司附近你应该会比较熟悉吧？茅骏捷看着前方问道。

不如去你们公司附近吃吧，让我多了解下你平时都喜欢吃些什么，看看你的口味还是不是跟以前一样那么奇怪。

我以前口味很奇怪吗？

对呀，你都不知道你那时候有多难伺候，我觉得好吃的呢，你就说根本不值得一吃，而我觉得不好吃的呢，你就说是我味蕾出了问题，你不知道，为吃饭的事那时候我跟你经常闹翻。后来因为咱俩口味不一致，导致你自己钻研出一套合咱俩口味的私房手艺，逼着我跟你学，咱俩换着做饭，到最后索性被练就了一身好厨艺，不过，我有做过给我妈吃，她说味道奇奇怪怪，难吃死了。我都不知道，为什么咱俩那时候总觉得自己做的饭菜就是天下美味呢，还吃得那么津津有味，原来一直自欺欺人。

呵呵，什么啊，是因为我没在你身边监督导致你厨艺退步，不然以我的言传身教你妈尝了一定赞你。茅骏捷笑着说完，才觉得似乎说的有些忘形了。于是补充道我女朋友就经常夸我厨艺，她特别爱吃我做的饭菜，只是因为工作的关系我不常做，不然保管把她养得肥肥胖胖。

郝思嘉笑了笑。回忆起茅骏捷也对她说过同样的话，那时候两人刚刚毕业，茅骏捷好不容易先找到了一份工作，而自己因为找工作的事屡屡碰壁，心情时常低落。茅骏捷知道她是个好强的女子，凡事不想落后于人。于是每每下班回家就负责做饭，一边做着可口的饭菜安抚着她的胃一边又用恋人间的甜言蜜语安抚着她的心：茅夫人，天塌下来还有茅大爷顶着呢，不就是份工作吗，做我茅骏捷的女人，我跟你说你就是成天在家待着啥也不用做，我挣的工资全拿回来给老婆花，而且我保证把你养得肥肥胖胖，你只要一门心思服侍好你老公我就行了。

到最后郝思嘉都要被他逗乐，心中的阴霾顿时散开，就只想好好跟着这个男人过日子，不管有钱没钱。只是后来……郝思嘉不愿去多想，拿眼角的余光瞅着茅骏捷，这么些年似乎没多大变化，唯一的变化就是他身边的那个她不是自己。

九

一餐饭没吃完，郝思嘉接到公司的电话急急赶了回去。茅骏捷提议送她，被她好心回拒了，说自己已经吃不上饭了，不能害他也吃不饱饭。茅骏捷面对整桌菜也没了兴致，买了单回了公司。

才走出电梯，茅骏捷就接到英朗的电话。二哥，你现在在公司吗？

在啊，怎么了？

行，那好，等着我，一会儿就到你公司了，就这样。

茅骏捷带着一头雾水回了办公室。坐了会儿，他又乘电梯在公司楼下等着。

一辆的士停在了公司门口，茅骏捷以为是英朗，却不是。来来回回几辆的士，下来的都不是他。茅骏捷踌躇在公司门口，想着自己等在原地是不是个错误的决定，都怪那小子，不是说一会儿就到了吗？

终于，听见有个熟悉的声音传过来。二哥，你怎么知道我这会儿到。

茅骏捷不想解释直接问道你在电话里说找我有事，什么事啊？不会是特意来通知我你结婚的事吧？

这儿说话方便吗？

茅骏捷随着英朗四周看了看。什么事啊，搞得这么神秘。

那个，找你借点钱。

茅骏捷心里想着你大老远跑来就是为了找我借钱，电话里说清楚不就得了，还怕不借给你不成。可是嘴里却说道借多少，结婚搞什么排场需要那么多钱吗？

不是结婚用。十万，有吗？

不是结婚用，你一下子借这么多钱干吗？你是不是有什么事瞒着家里。

哎，其实也没多大个事，买股票亏了。

足足亏了十万？

这算什么呀，你没看人家赔的倾家荡产的，多惨。我就是买错股，权当买了个教训。我下次再把股市行情了解清楚，瞅准了再买个好股，一路飙升，赚得个盆满钵满，来个鲤鱼翻身。

你说你就要结婚了，你不好好安稳过日子，你学人家炒什么股呀，好好干好你那份工作不就得了，不愁吃穿，存点钱为了老婆为了孩子有个好的将来，你知道现在养个小孩要花多少钱吗？

你以为我不知道，我就是觉得有了小孩以后家庭负担更重，小孩出生后一天天在长，我那点固定工资又没见它怎么渐长，我就想着钱来得快点，不就跟了个玩股票的朋友一起买点股票作为投资，我哪知道会这样？

你那朋友靠谱吗，十万块钱就那么拿给人家去炒股。

二哥，我那朋友绝对信得过，这次真的是失策，你不相信他难道还不相信我吗？你说我会傻到轻易去拿十万块钱给我信不过的人放心交到他手上。

见英朗说得这么斩钉截铁，茅骏捷也不好再说什么。他对着英朗说我身上这张银行卡只有几万块钱，得回去一趟换另一张。要不你跟我回去一趟顺便拿给你。

那个未来嫂子在家吗？

茅骏捷看着他回答道我不知道她有没有去咖啡店，最近她们店里生意比较清闲，在家的时间会比较多。

那我还是别去了吧，万一碰见……

你小子，借个钱而已，这么见外干吗。

不是，那个，二哥我找你借钱的事你可不可以别跟未来嫂子说，我总觉得少个人知道安全点。

你小子，幸亏我和你是兄弟，要不然你这个说法很容易让我怀疑你是打算不还钱给我了，少个人知道不就少个证人吗？

什么呀，二哥，我是想给你写个借条来着，只是怕你觉得我见外，才没提出来的，要不咱们现在就立个字据。

呵呵，开你玩笑的，臭小子，还当真了你，那你去我办公室坐会儿等我回来。

去你办公室，不好吧。我……我……

见英朗支吾着，茅骏捷脱口道要么去我办公室等着，要么跟着我一起回去，你怎么那么婆妈呢？雪儿在家也不能把你吃了吧。

英朗听罢拉开车门坐了上去。

十

茅骏捷下了班打电话给卫雪。雪儿，晚上去哪儿吃饭？什么，你做了饭菜在家等着我。噢，我在回家的路上了，拜。

卫雪将碗筷摆好在桌上，解开围裙坐在沙发里看着电视等待。门被打开了，茅骏捷放下手提包换上鞋。

卫雪站起身。洗手吃饭了。

洗完手出来，卫雪已经将饭盛在碗里了，茅骏捷看着桌上的菜赞道，哇酸辣鸡仔。偷学我妈的手艺啊，尝尝看。说完夹了块鸡丁放进嘴里。嗯，老婆，味道不错哦。

卫雪吃着饭说道家里今天来客人了吗？

嗯？茅骏捷抬头看着她。咦，你怎么知道家里来了人，难不成你装了针孔摄录机。说完在天花板四围看了看。

卫雪瞪他一眼继续吃着饭。

英朗来找过我。卫雪看了看他。有点事，来得匆忙走得也急，所以没跟你打上声招呼，本来想着来家里能碰上你，可你又不在家。

什么事啊，走得这么匆忙，咦，是不是特意来邀请我俩参加他的婚礼的，如果是的话，那也太没诚意了吧，连我都没见一面。

喷，不是，你还没告诉我你是怎么知道家里来人了，难不成你真的在家里装了那什么……

我看见烟灰缸里的烟头了，你又不抽烟的，所以猜我也能猜个八九不离十啊。

哦，原来是留下了证据。

你还没说，英朗找你什么事呢，怎么老跟我绕来绕去的。

也没什么事，他和一哥们儿来这儿办点事，想见见二哥和未来的二嫂，所以就来家里坐坐咯。走的时候还念叨着没看见未来的嫂嫂留下了点遗憾，这小子，我都觉得他油腔滑调的。

卫雪一口吞下嘴里的饭菜。没提结婚的事吗？再怎么样，英朗来了你也应该告诉我一声啊，我也可以赶回来招呼下啊，怎么说我也是这个家的女主人。

我这不是担心你来回奔波嘛，有我招呼不就行了，再说人家这次来时间紧逗留的时间短暂。下次那小子再来，我一定将你的心意转达给他，让他无论如何都要吃餐未来嫂嫂做的饭再走，行吗？

卫雪笑着撇撇嘴，懒得搭理他的油嘴滑舌。

那他结婚咱俩回不回啊？卫雪关心地问着。

我跟他说了，可能没时间回。

是你还是我啊？

我们呗。

卫雪听着茅骏捷说完显得有些小生气。

茅骏捷忙放下饭碗紧挨着她哄着我错了，我知道我不应该不顾你的感受，不遵循一下你的意见就给你自作主张，那不如这样，我现在就给英朗打个电话跟他说一声你会代表我俩去参加他的婚礼。说完立马从裤袋里掏出手机。

卫雪一把按住。算了，你都已经跟人家说了不去了，再说我一个人去又没你陪着看看一对新人在眼前秀甜蜜我会嫉妒的，只是我真的很想看见他们幸福的模样，我想要身临其境感受那种别人带给自己的幸福感，我也想……

卫雪抬眼看着茅骏捷，而他也正脉脉地看着自己。说吧，你想干吗？茅骏捷深情地问着。

你知道的。卫雪有些娇羞地回答着。把手给我。

茅骏捷乖乖地将一只手伸出来。

闭上眼睛啦。卫雪命令着，声音里却透着兴奋。

茅骏捷装作极不情愿的闭上了眼睛，嘴里嘀咕道干嘛啊跟小孩似的。

卫雪在他手心极其认真地用手指画着：我们结婚好不好？

茅骏捷慢慢张开眼睛，卫雪用极其期盼的眼神看着他。

好。茅骏捷深沉沉地说出这个字。其实他本想避开这个话题，却不知为什么当他看着卫雪期待的眼神时却突然不忍伤她的心。

殊不知女人对于男人一旦下过的承诺是极其看重的，当你向她许诺的那一刻，作为男人就必须拿出这个决心去完成这个约定，如若不然，将会给对方造成更大的伤害。

卫雪听着茅骏捷的回答，异常高兴，吊着他的脖子就吻了上去。能和自己心爱的人一生一世，想必是每个恋爱中的人极其向往的吧。

吃完饭，茅骏捷负责洗碗。卫雪从卧房里出来冲着他喊道骏捷洗完了没有，赶紧过来一下。

看什么呢，这么开心。茅骏捷从厨房出来对着电视机前的卫雪问道。

卫雪看着他笑，站起身拿着衣服在他身上比画着。穿上试试看，合不合身。

哦，衣服到了吗？呵呵。茅骏捷听话地将衣服套在身上，俩进了卧房在镜子前观赏着。

嗯，果然我的眼光没错，穿着很适合你呢，嘻嘻。卫雪为自己独到的眼光感到高兴。

嗯，太正式了些，我还是觉得简单点好，简洁大方，穿着也舒适。茅骏捷看着镜子里的自己说道。

先生，这可是高档货，你嫌它穿在你身上不舒服吗？

不是，我就是觉得我穿衣服都比较随意，不一定要追求什么名牌，自己觉得穿着舒服就行，用不着这么正式，弄得自己好像那种周旋在各种大公司签约的老板似的，其实我每天跟客户交流用不着居高临下就行了。茅骏捷调侃着。

卫雪没好气地看着他。我不管，反正我觉得好看，你就算是为了我尝试着改变一下自己的风格好不好？

好吧。茅骏捷做出为难的表情点了点头。为了老婆开心，唯有委屈下自己了。

说完将半张脸迎向卫雪，卫雪笑脸盈盈嘟起嘴回赠他一个响亮的吻。

十一

一桌四个人觥筹交错，尤以陈经理和 Aaron 笑的特别爽朗，双方似乎都觉得这次合作是志在必得，第一次合作就能这么顺理成章，接下来的任务就是要靠双方努力达到一个双赢的阶段了。

郝思嘉和茅骏捷发挥着各自助手的效应以及陪衬着适宜的笑意。

陈经理，我突然想到今天这么晴空万里的好日子，不如赏面一起打场高尔夫怎么样？Aaron 提议着。

呵呵，想必段经理是玩高尔夫的高手了，可事先说明我只会挥两杆咯，到时候不要被你笑话就好。陈经理谦虚着。

哪里哪里，不过那里都有最好的贴身教练，我可以介绍好的老师给你，包你球技与日俱增，到时候别忘了请我这个引荐人共饮一杯就行了。

呵呵，到时别说是喝酒，我当然更希望是有"香槟"作陪啦。陈经理意味深长地回答着。

Aaron 深明其意，现在不光是球技要精锐，就连生意也牵连进来，看来这杆不仅要挥得远，而且更加要精准。

两位经理在草地上尽情挥着杆，郝思嘉和茅骏捷隔着段距离尾随着。前面有说有笑，后面俩却没那么聊得尽兴。

过得好吗？

面对郝思嘉的问话茅骏捷显得有些突兀。

我是说和你现在的女朋友相处得怎么样？郝思嘉补充着。

挺好的。茅骏捷简洁地回着。

那，什么时候可以喝到你们的喜酒，你不会打算不请我吧？郝思嘉意味犹存地问着。

时候到了自然会请你，你呢，你什么时候？茅骏捷回答完忙将话题转移到郝思嘉身上。

我，嗬，我自己都不知道，现在的男人是不是宁愿将自己的一颗心掏出来给睡在身边的女人看，都不肯向她提出求婚呢，是不是每个女人向身边的男人索要婚姻的时候他就会逃离，从此对那个女人不管不顾。郝思嘉情绪略显失控。

茅骏捷一时语塞后悔自己不该向她挑起这个话题，站在一旁不知如何去安慰。

郝思嘉很快整顿好情绪，恢复了常态。对不起，一时失态，我应当控制下我的情绪。

对不起的应该是我，我不该问你的私事的。茅骏捷赔罪道。

说完都显得有些尴尬，往事仿佛历历在目，怎能叫人说忘就忘。

十二

正当气氛有些令人局促的时候，茅骏捷的手机适时响起，他赶快掏出手机接听。

二哥，有事相求，你必须得帮我，这事你要不帮我这婚就结不了了。

茅骏捷背过身去。什么事啊，说的这么严重？

英朗叹了口气。老实跟你交代了吧，我找你借那十万块钱并不是买股票亏了，是弯弯的哥哥硬逼着要我拿出十万块钱作为给弯弯的补偿，弯弯现在人在医院住着，而且她知道我要结婚了，情绪极度不稳定，不肯配合医生接受治疗，他哥劝不住打电话给我了让我赶过去无论如何搞定这事，否则他就在我婚礼上将事情闹大。我实在是没什么办法，我要是过去了，这婚肯定结不了了，我非得被弯弯缠住脱不了身的，再说这段时间都在忙结婚的事，我也走不开啊，我走了怎么跟我妈交代。二哥，弯弯就住在华汇路的那家中外合资医院，你可不可以先代表我去探望下弯弯，稳定下她的情绪，无论如何我这婚礼得顺利进行，不然真闹大了，到时造成的伤害将不是乐乐和肚子的孩子，而是两个家庭啊。二哥，这事除了你知道，我没跟别人说过，你一定要帮我，只要把这婚结成了，到时候我自然会把我跟她之间的事处理清楚。

茅骏捷面露难色，一时不能给他一个肯定的答复，让他去安慰一个陌生的女人，而且是和表弟有瓜葛的女人，他真的还是头一遭遇见这种事，对他来说确实有些棘手。

喂，喂，二哥……还在听吗，回话呀。英朗在电话那头追问着。

你们不是早分了吗，怎么事情会变成这样？茅骏捷压低声音问着。

哎呀，这事一时半会儿跟你说不清，你只要先去医院探望弯弯，了解下她的状态代替我安抚下她的情绪，只要她肯静下来听你说，无论她提什么要求，就算再过分你都一口答应，等她卸下防备，他哥哥就不会再打电话来威胁我，然后一切事情等我来后处理。先不说了，乐乐在催我试礼服了，就这样了，有什么事再打给我。

茅骏捷悻悻地转过身，正好碰上郝思嘉问询的眼神。

没事吧，有什么能帮得上的吗？

茅骏捷牵强地扯开嘴角笑笑。没事。

真的没事？如果是男女之间的问题不妨说出来给我听哦，或许我可以给点意见。

茅骏捷挠挠后脑勺看了看郝思嘉说道我也不知道怎么跟你说，事情的具体前因后果我都是一知半解的，我怕我说不清你听的更加糊涂。

没事，慢慢说呗，我想你表达能力不至于那么差，而且你要相信我的理解能力和分析能力，一直都是那么的强悍。郝思嘉自信地说道。

茅骏捷看着她，两人同时笑了起来。

思嘉，聊什么了，这么开心，是不是和Junjin构思出一个很好的Idea。陈经理回过身来看着他俩问道。

两人对着陈经理默契地笑笑。

对了，一会儿我和你一起去吧，我想女人和女人之间会好沟通点。

茅骏捷考虑了片刻回答道那行，谢谢了。

郝思嘉笑着回答客气什么呀，不要忘了我们不只是生意伙伴。

茅骏捷抿着嘴点了点头。

十三

车子停在医院门口。郝思嘉下车后在花店买了一束花捧在怀里，茅骏捷有些恍然，自己怎么没想到，亏得还是替表弟来探望病人的。

找到弯弯住的病房，郝思嘉轻轻地敲了敲门。一个长得有些粗犷的男人开了门，睨眼看着他俩。

郝思嘉率先开口道你好，请问林弯弯是住这儿吗？

你们谁呀？男人的语气不是很友好。

我们是她的朋友。正当茅骏捷看不过眼前这个男人的时候，郝思嘉开口道，语气依旧显得礼貌。

哥，你跟谁说话呢？房内传来一个女人清脆的声音。

男人半拉开门道，外面有两个人找你，说是你的朋友。

你怎么不让他们进来？

郝思嘉和茅骏捷顺势走进了病房，男人也不好拦住，关上门跟在他俩身后。

病床上的女人长得非常清秀，不知是不是因为生病的缘故，显得特别清瘦，她此时半卧在病床上用疑惑的眼神看着眼前两个自称是自己朋友的陌生人。

茅骏捷不知如何开口，郝思嘉将花摆在她的床头，两只手握在一起似乎在给自己勇气。弯弯，你好，其实我们是代替英朗来看你的……

喔，那小子春风得意地去结他的婚，就随便打发两个人来看我妹一眼就算了事了是吗，当我妹是什么，玩玩就走人，搞到我妹现在躺在医院，为了他饭也不吃，治疗也不做，我告诉你们，要不是我妹以死相抵，我早要那小子在我妹面前死一千次了。你们走，这里不欢迎你们，不要在这里假慈悲，走走走。男人轰赶着他俩。

林弯弯坐起身说道，哥，你别这样行吗，都不关他们的事。

你傻了是不是，那个男人就不是什么好东西，他的朋友能好到哪儿去，都他妈是装出来的，只有你才相信他们假好心。

男人还在推搡着他俩，郝思嘉被推得有些受不了，茅骏捷看着她难受的表情实在忍不住了于是奋力地推开那个男人的手吼道，喂，你讲点道理好不好，我们只是代替我表弟来看你妹妹，其实发生什么事我们根本就不知道。

那你就是他表哥咯，好啊，那有什么账找你算都是一样的啦，要真有心道歉那就让我先打到你趴在地上。

说完一把拽过茅骏捷，郝思嘉尖着声音道，不要打啊。

哥，你闹够了没有，你还嫌不够丢人吗？你干吗非得这样？林弯弯大声劝阻着眼泪顺势流下。

男人松开茅骏捷，愤愤然看了她一眼。好，我多管闲事，这事我再也不管了，你爱怎样怎样好了。

说完摔门而去。

郝思嘉关切地问着茅骏捷，茅骏捷整整衣服说没事。

林弯弯擦擦眼泪哽咽道，不好意思，我哥都是因为我才这样对你们的。

没关系，我们知道你哥是因为关心你，他并无恶意。郝思嘉从床头柜上的纸筒里抽出纸巾递给林弯弯。

又看了一眼茅骏捷，坐到床沿上用眼神安抚着林弯弯。其实，感情的事谁也无法控制，爱的时候但求轰轰烈烈，不求回报用尽全力享有对方的一切，可是，随着时间的推移，再激烈的爱情也会恢复平淡，激情挥霍过度，想要维持好接下来的感情唯有两人细心经营，可是如果在这个过程中若有一方不爱了，再勉强在一起对两个人都不公平，这样只会让不愿放手的那一方受到更多伤害。

林弯弯看着她说道，我知道你的意思，不是我不愿意放手，只是在我们分手之后他又来找我，我摆脱不了他仍旧存在我心里那种熟悉的感觉，我陷在里面无法自拔，我还是那么爱他，可是他都要结婚了，为什么还要来找我，他明知道我对他毫无设限，他要我做什么我都会愿意去做。

郝思嘉怜惜地看着林弯弯，爱一个人时就算明知他心已在别处，只要他稍稍回过头，给自己一点笑容一点温暖，就会甘之如饴。

既然他现在已经要和别人结婚了，再留恋也没什么用，何不放开彼此也放过你自己，彻底忘掉他给你带来的伤害，忘掉这个人重新开始生活，要知道痛的人永远只是你自己，没有谁会在乎，你爱的那个人已经离开，就算再怎么舍不得，毕竟已是过去，曾经的那份温存真实地存在过，得到过也没什么遗憾了，真切地爱过痛过我想这是每个相爱过的人都会经历的吧，记得要好好善待自己，不懂得善待你的人就由他去好了，留在身边也只是个没有温度的木偶，只有自己振作了才有权利去追寻真正属于自己的那份幸福，能够看得见握得住的幸福，不是吗？

林弯弯从嘴角缓缓挤出一丝笑容，她看着郝思嘉，眼神中充满了柔和。郝思嘉将她的头轻轻地揽过靠在自己的肩头。

茅骏捷看着郝思嘉的背影，在她安慰着别人的时候身体里焕发出来的那种坚毅，又想着她之前在自己面前的情绪失控，如此感性的她如此熟悉的她，曾经的曾经他们也如此经历过，只是一切的一切已是过去。

十四

出了医院，已是傍晚。茅骏捷为了表示感谢邀请郝思嘉一起吃饭，但郝思嘉说没胃口想早点回去休息，于是茅骏捷开车送她回家。

途中，郝思嘉似乎不愿说话，只是看着窗外掠过的景物，茅骏捷亦一路无语，他只是不愿去打扰她，今天发生的事或许让她有所触动。

车停在楼下，郝思嘉说了声谢谢下了车。

茅骏捷打开车门看着她的身影。郝思嘉用手扶着头，走得有些虚弱。

茅骏捷关上车门上前扶住她。没事吧，是不是哪里不舒服？

有点头痛，应该没多大问题，你回去吧，我没事。说完欲挣开他的手。不想茅骏捷却抓的更牢了。不如我送你上去好了，家里有止痛药吗？

郝思嘉点了点头。

电梯门打开，进来了三三两两的人，茅骏捷扶着郝思嘉往里靠了靠，因为扶的姿势比较吃力，他将郝思嘉整个人往自己胸膛拉拢了些。

出了电梯，郝思嘉挣扎着试着让自己走，茅骏捷不敢松懈两手扶住她。

一进门，郝思嘉就躺在了沙发上。茅骏捷问着她药箱在哪里，顺着她手指的方向找了会儿，倒了杯水扶住她的头将药丸送进了她嘴里。

又将毛毯盖在她身上，自己进了厨房。

待他端着白粥到客厅的时候，见郝思嘉已经睡着。他看了看表，已经晚上七点半。这时手机响了，是卫雪打来的，他走到一僻静处。嗯，今晚要加班，可能要晚点回来，不用等我回来吃饭了。乖，拜。

张开眼，茅骏捷身上多了条毛毯。

你醒了。

茅骏捷揉了揉眼睛，郝思嘉正看着他。

饿了吧，我煮了面条，过来吃吧。

茅骏捷站起身看了下手表，十一点多了。他走到桌前，看着面条摸了摸自己瘪瘪的肚子。

嗯，味道不错哦。

呵呵，真的吗？郝思嘉半信半疑地吃了一口自己的杰作。看着茅骏捷有滋有味地吃着自己煮的面条，郝思嘉脸上露出笑容。骏捷，谢谢你陪我。

我应该要谢谢你才是，要不是因为我表弟的事，也不会搞到你头痛，还好没有什么事。

呵呵，老毛病了。

茅骏捷看着她欲言又止，他不想自己表示的太过关心。

吃过面条，茅骏捷起身告别，谢绝了郝思嘉要送他下楼的好意。

郝思嘉在阳台上看着夜色下茅骏捷的身影，一脸落寞。

茅骏捷坐上车，从车内抬头看着郝思嘉家亮着的那盏灯，他掏出手机给英朗发了条信息：事情已顺利完成，祝你新婚愉快。

十五

茅骏捷打开门，卫雪靠在沙发上睡着了，他看见桌上给他留了饭。从浴室洗完澡出来，茅骏捷轻吻着卫雪的额头，脸颊。

卫雪张开惺忪的眼睛。你回来了。

茅骏捷点点头，温柔地吻上她的唇。他将卫雪横抱在怀里，两个人就这么痴缠地吻着进入卧房。

怎么这件外套都没看你穿过。卫雪看着站在镜子前的茅骏捷说道。

茅骏捷脱下另一件外套将卫雪手里的外套穿在了身上。虽然觉着别扭，但是不能辜负老婆一片心意。

当然啦。卫雪得意地说道。

车停在路边卫雪解开安全带。店里进了一批新的咖啡豆，越南货哦，所以我要去打磨豆子，调匀出一种独特的味道，打造成店里新一季的主打口味。是不是先精神上支持下呢？

茅骏捷猛地朝她脸上亲了一口。下次来店里我要吃老婆做的芝士蛋糕。

嗯。卫雪可劲地捏了一下他的脸，说完轻快地跳下车，拐进了一个胡同。

茅骏捷摸了摸自己的脸蛋，发动车子脸上露出幸福的笑容。

十六

从 Aaron 办公室回来，茅骏捷整理好文件提着公文包出了公司。来到一个私人会所的包间，郝思嘉已经在那里等着他了。

不好意思，是不是等很久了，我没有迟到吧。才落座茅骏捷急着道歉。

呵呵，是我到得早了。要喝点什么？

随便，你喝什么我喝什么咯，对了，肚子有些饿了，可不可以叫些吃的。

当然没问题。郝思嘉笑着看着他，将服务员叫了过来。

我可以问一下吗，为什么一直这样盯着我看？

衣服女朋友买的吧，穿着显得有点……郝思嘉看着这件眼熟的外套，似乎无从评论。

是不是太严肃了点，可是我女朋友说我穿着好看。

嗯，或许你女朋友想让你尝试着改变下风格，慢慢习惯就好了吧。

怎么和我女朋友一样的说法，难道你们女生都是这么想的吗，要将自己的男友打造的风格多变。

郝思嘉开怀地笑着。哪有那样的女朋友，只不过是想看看自己的男朋友除了每天不变的造型外是否还适合其他的 Style，偶尔变一下风格也不是坏事，只是你们男人大多数懒罢了，不愿去改变。

茅骏捷被击中要害，不再说话只是一味地往嘴里塞食物。

吃饱了，现在我们分析下项目存在的投资风险吧。茅骏捷擦擦嘴说道。

好啊。郝思嘉表示无异议。

茅骏捷从公文包里拿出文件打开来。你先看下我这里，我都将数据列了出来。

郝思嘉接过文件看了起来。对了，弯弯还好吗，你后来有没有去看过她？郝思嘉将头抬起来问着对面的茅骏捷。

茅骏捷有些无措。我不知道，我……自从那次之后我没有再去看过她。

不如，等下我们再去看看她吧，我想见见她，想知道她好些了没有。郝思嘉敲着笔杆道。

茅骏捷知道她是想知道弯弯现在的心情有没有好点，是不是真的在心里放下了英朗。只是自己一直不愿去面对这个问题，明明答应替表弟去看望她，自己却因为缺乏耐心和勇气而没做到，现在又被郝思嘉提及，他也不好意思再推迟。

这次茅骏捷主动买了水果篮，郝思嘉依旧买了一束花。

敲了敲门，却没有人回应。

郝思嘉将门轻轻推开，她看见林弯弯躺在病床上正输着液。林弯弯注意到了她，挣扎着从床上坐起来。郝思嘉放好花忙帮她将枕头垫高，茅骏捷将水果篮放在桌上。

你怎么一个人，你哥呢？郝思嘉关切地问着。

他出去了，应该快回来了。

哦。

我去洗水果。茅骏捷拿了水果去洗。

谢谢你来看我，嘉嘉姐。你和英朗的表哥是一对吧，挺般配的。

曾经是，现在是朋友。郝思嘉回答着。

是吗？真好，就算分了至少你们还可以做朋友，而我和英朗……弯弯锁着眉心感叹道。

傻丫头，只要忘记你们曾经是情侣，勇敢地迈出第一步，就可以心无旁骛地做回朋友啦。

是吗，可是我做不到，嘉嘉姐你可不可以教教我。弯弯恳切着。

郝思嘉思考了会儿说道，其实如果你还爱他，而和他只是做朋友的话这个过程是很辛苦的，那种感觉就好像有根针扎在你的心上，每想到他一次心就会痛一次。

那你现在每天都看到他，而你们之间却只能以朋友相称，岂不是很痛苦。

面对弯弯的问话郝思嘉不知如何作答。茅骏捷听到她们的对话拿着水果怔在那儿，任水哗啦啦地流掉。听到她们停止说话的声音，他才记得关掉水龙头走了出来。

茅骏捷切着水果。弯弯，英朗其实让我多来探望你，但是我一直都没什么时间，所以你要怪就怪我，英朗他……有时间了就会来看你了。

弯弯笑笑说道，其实，我已经想通了，既然他已经结婚了，再让他以爱情的名义来看我也没什么意义了，这样只会让彼此觉得虚伪，连最后留在记忆里的美好都会毁掉。嘉嘉姐你说是不是？

嗯。郝思嘉对着弯弯笑道。

茅骏捷看着他俩，嘴角也浮现出一丝笑意。

来，吃水果吧。茅骏捷将水果盘递到弯弯和郝思嘉面前，弯弯拿了一块递给郝思嘉，郝思嘉又拿了一块递给弯弯，两个女孩开心地笑了起来。

十七

我表弟的事，我真的要替他好好感谢你，看着弯弯现在的状态，真的感觉你像是一个赋予人重生的天使。茅骏捷由衷地从心里感叹着。

哈，有没有你说的那么夸张。对于茅骏捷的夸赞郝思嘉觉得太令人难以置信。

不相信我说的是真的啊，我敢对着天发誓，这些都是我发自内心的话语，别人不相信那是别人的事，但是我说给你听的你就不能怀疑。

郝思嘉仍然觉得好笑。好吧，我相信你，既然想要感谢我，那就请我喝酒吧。

没问题，上车。

两人坐在车里心情舒畅地直奔酒吧。

两人喝得都有点高了，茅骏捷被郝思嘉拉扯着进入舞池中央。郝思嘉兴奋着揽住他的腰随意摇摆着身体。

茅骏捷跟着她的节奏步履显得有些趔趄，因为重力不稳不小心踩到身后的人，一个小青年气恼地揪着茅骏捷的衣领就要挥拳。

敢打我男人。郝思嘉抢先地踹了那小青年一脚，还没等人家恢复过来郝思嘉拽着茅骏捷就跑。身后传来一群男人追赶的脚步声和叫喊声。两人跑到大街上拦了辆的士迅速钻了进去，车子很快消失在街角。

两人在车内回头看着后面的街道，不禁为刚才的举动大笑起来。笑过之后，茅骏捷醉眼蒙眬地看着郝思嘉。你刚才说我是你的男人，你救了我一命。

那我是你的女人吗？郝思嘉意味深长地问着他。

曾经是。茅骏捷轻飘飘地吐出这三个字。

那以后呢，会不会是？郝思嘉追问着。

既然分手了，就不要再想着续前缘了，做好朋友我觉得很理想啊。

可是我们不是因为不爱了而分开，而是因为彼此的倔强不肯让步不肯为对方妥协……

茅骏捷沉浸在了回忆中……那一年她生日，天下着滂沱大雨，因为思念，偷偷地去到她的城市，最后却什么都没有做，一个人茫然地走在陌生的街道，任雨水一遍一遍地淋湿自己……

十八

车子很快远离，茅骏捷快步跟在郝思嘉身后。

你跟来做什么，你走。郝思嘉回过头来用力推了一把茅骏捷，茅骏捷本能的后退了几步，神情却坚定地看着她。郝思嘉不再理他，自顾走在前头，茅骏捷一言不发跟着进了电梯。

到了门口，郝思嘉用钥匙开门，身后茅骏捷的手机响了，他拿出手机看了一眼挂断了。

郝思嘉回过头说道你走吧，回去吧。

茅骏捷看着她不出声，眼里流露出一丝不舍。手机铃声再次响起，茅骏捷掏出手机直接关掉。

郝思嘉看着他，松开轻咬着的嘴唇进了屋内，茅骏捷跟在她身后"鱼贯"而入，顺手将门锁上，从背后将郝思嘉抱住。

郝思嘉的身体战栗了一下，回过身热烈地吻上了他的唇，一股热流直击茅骏捷全身，他以同样的吻热烈地回应着。

两人手忙脚乱相互解着对方的衣服，郝思嘉在他怀里喘着粗气，腾出手按亮了屋内的地灯，脚步快速指引着茅骏捷旋向卧室。

茅骏捷急急地解开裤头，突然嘴巴停止了在郝思嘉身上游走的动作，手也停止了。

郝思嘉在他身下娇喘着说套在右边抽屉里。

茅骏捷将手伸向抽屉，避孕套从盒子里跌落在地上，他用肘撑在床上另一只手去地上捡起，拿在手上后突然就没了兴致，眼睛盯着避孕套。

郝思嘉慢慢停止喘息看着他显得有些恍然。那是前任留下的。

茅骏捷听后将避孕套攥在手里，侧过身倒在了床上。

郝思嘉表情顿时变得落寞，眼眶慢慢泛红，深吸了一口气后将自己的衣服重新穿好。

茅骏捷侧眼看着她，翻过身重帜欲火一把扯掉她的衣物，继续吸吮着她的每一寸肌肤，郝思嘉顿时激情澎湃起来……

十九

郝思嘉枕在茅骏捷的臂弯里，眼神柔和地看着他。

茅骏捷看着她抿嘴笑笑将唇印在了她的额头上。

骏捷，问你个事，你刚才没有用套，你不怕我怀孕吗？

茅骏捷看着她表情略微一惊。

郝思嘉嘟着嘴用手在他胸膛上来回划过。就算怀孕，我也会去打掉的，你知道为什么吗？

茅骏捷睁着亮闪闪的眼睛看向她。为什么？

傻瓜，你难道忘了今晚我们都喝了很多酒吗，我不想生出来不健康的宝宝，这样对他不公平，我们也不配做一个称职的父母，你说呢？

茅骏捷听着她哀伤的声音只是将她往怀里搂得更紧了些。

你今天晚上陪着我，而且你又把手机关了，你女朋友联系不到你，不怕她担心你吗？

茅骏捷一脸怅然，他瞪着墙上的时钟，已经是凌晨三点，不知卫雪现在怎样，他有点担心。

我见过你女朋友，在沃森，她给你选的那件外套我也看上了，我跟她说如果她男朋友穿着不合适，希望她能让给我。想不到她的男朋友是你，我在想要是那天我们见着了面，不知道会是什么样的情景，你会是什么表情，你会不自在吗，还是为我们相互介绍呢？郝思嘉眼神里充满笑意问着他。

睡吧，我有点累了。茅骏捷轻轻阖上眼睛，眉头却没能舒展开来，不知是否在担忧着卫雪。

郝思嘉一觉醒来，身边已空出一个位置，她嗅着枕头上残留的气息，眷恋着体内熟悉的温存。

二十

卫雪斜躺在沙发上，早上的阳光射进来，房间内亮了一宿的灯光已显得微弱。

门开了，卫雪醒了。茅骏捷走向她，蹲下身吻了她的额头。我先去洗个澡。

卫雪看着他疲倦的背影，内心一阵委屈。

她站起身，拿过他的外套准备放着一起去洗，却隐隐闻到一缕香水味，她将外套放到鼻子下仔细闻了闻，直觉告诉自己这是女人才会捺的香水。听着浴室里的水声，卫雪将外套抓在手里脑袋一片茫然。

茅骏捷从浴室出来，卫雪一直待在原地。看着她站在那里一言不发，茅骏捷搂着她看着她的眼睛说道，雪儿，我……昨天不是故意不给你回话，你知道我最近接了个大单，谈完项目后陪着客户去喝酒，一直喝一直喝到最后喝高了，我心里想着给你回，可是手指连按键的力都没有了。

可是你的手机为什么关机了？要知道无论多晚你都不会夜不归宿的。

我不知道，我醒来的时候发现自己睡在酒店的房间里，手机在枕头下面，我想是不是因为经理怕吵我好心给我关掉了吧。你相信我，我是真的醉了，不然我一定会给你回电话，我知道你会担心我。茅骏捷诚恳地解释着。

是不是有女人作陪。

茅骏捷看着卫雪眼神瞬间飘忽了一下。一开始我记得没有，只是后来我醉了就不知道……

我是问你有没有找女人。卫雪提高分贝问道。

茅骏捷松开手，信誓旦旦地说道，雪儿，你这是什么意思，你知道我是不会乱来的，外面的女人我是碰都不会碰的，别的男人是怎样那是他们的事，我只是不知道你为什么要用这样的语气问我？

那就是说你整晚都在和一帮男人在一起喝酒，跟着你喝醉了就被经理送进酒店的房间里，然后一觉睡到天明是不是？

应该是这样。茅骏捷有些理直气壮。

那有没有可能有个女人一直在房间里陪着你，照顾你，而你自己却不知道。

你什么意思，你在怀疑我吗，我承认我虽然是喝醉了，但是我还不至于乱来，而且我都已经趴在床上睡着了，难不成还要派个人在那里盯着我睡觉吗？

卫雪很是失望，不想再听他解释转身走进卧房。

茅骏捷在她身后无奈地说道，雪儿，我知道这次是我不对，可是那也是因为工作的关系啊，你就不能试着体谅下我吗？

房门"砰"的一声关上。茅骏捷叉着腰站在原地。

二十一

郝思嘉坐在办公椅上，眼睛看着电脑屏幕有些心不在焉，她下意识地拿起桌上的手机看了看，又放回原处，不禁轻轻叹了口气，表情掠过一丝不易察觉的失望。

二十二

店里放着些轻音乐，坐在店里的人都在小声地交谈着，看似热闹的景象却也十分安静。卫雪和店员忙着招呼顾客，不知是不是近期推出的咖啡比较受欢迎，生意比起以往又稍好了些。趁着空当卫雪看着角落里的客人，和朋友们一边喝着咖啡一边交谈，似乎充满了对这一切的向往。

二十三

茅骏捷关上电脑，提着公文包步出办公室。

郝思嘉坐在车里手里掂着手机犹豫着要不要将电话拨通，却看见茅骏捷出现在他公司楼下，正准备下了车叫住他，他却快速地钻进自己的车扬长而去。郝思嘉放下手机，忙发动车子跟了上去。

茅骏捷拨通了卫雪的手机，却无人接听，他看着副座驾上娇艳欲滴的玫瑰和礼物，笑了起来，上次的事情雪儿还没有彻底地原谅自己，希望这次能哄得她高兴，毕竟自己心中有愧。

过了十字路口，茅骏捷的手机铃响起，他以为是卫雪回电话了，塞好耳机有些雀跃地唤道，喂，雪儿，晚上一起吃饭吧，我已经在来接你的路上了。

电话那头沉默不语，茅骏捷握着方向盘将车速减慢了。喂，雪儿？茅骏捷有些担心地问着。

他欲拿起手机准备看看是不是断线了，电话那头却传来了郝思嘉的声音。是不是让你有些失望了，看来我这个电话打得真不是时候，不会耽误你们的约会吧。

茅骏捷听出她的话语中带着哀怨。

他将车停靠在路边。我想将我女朋友摆在一个重要的位置，我不想我们之间出现矛盾，她是一个好女孩，我不想因为我而让她不高兴，我不想她受到伤害。

郝思嘉脸上露出轻蔑的笑容。你不想伤害她，那么我呢，我只不过是你在酒精的催使下发泄欲望的工具，是这样吗？就算你不再爱我，你也一样可以堂而皇之占有我的身体，还是在你心里根本把我当作了另一个林弯弯，我那么甘心情愿，你是不是觉得我很蠢，把一场成人拿来玩的游戏当了真。

你不要逼我，我现在思绪有些乱。茅骏捷回得有些无力。

我只问你一句，你还爱不爱我？郝思嘉用铿锵地语气问道。

茅骏捷闭上眼睛，很想要逃避这个问题，他真的不知道他还是否爱着郝思嘉，就算当年是因为误会而分开，可是经历这些年的分离，彼此之间的关系早已疏淡，只剩内心那份支离破碎的回忆牵拉着两个曾经相爱过的人，只是两人的再次相遇那份久违的悸动让人不愿轻易放下，自私地想从对方身上寻找到那所谓的爱情的美好。

思嘉，我爱雪儿，我承认自己处理不了三个人之间的关系，可是为了她我可以抛开一切，她不能没有我，我答应过她会和她结婚。

嗬，你不要忘了，你曾经也说过会娶我，我一心一意等着你实现对我的诺言，结果呢，你是不是要让每个爱上你的女人都失望，如果你在心里把我当作林弯弯的话，那么你女朋友会不会成为另一个郝思嘉，你说呢，骏捷？

我不明白你在说什么，我现在要去接雪儿了。说完挂断了电话。

郝思嘉看着茅骏捷停在前方不远处的车子，狠下心一脚踩向油门……

突如其来的巨大冲击力似要将茅骏捷腾空抛起，整个身体向前倾去，他惊恐地喊叫一声，头部撞在了方向盘上，又向后迅速反弹，安全带在弹拉之下勒得他有些透不过气来，也幸亏有这条安全带系着，才使得他的身体没有东倒西歪。

茅骏捷捂着受伤的额头，整个脑袋晕晕乎乎。待他抬起头想要弄明白整个事件的发生时，呈现在他眼前的是一片车水马龙。

二十四

交警大队里，茅骏捷在录着口供。他不厌其烦地向交警诉说着突如其来所发生在自己身上的事件，为了彰显自己所讲的一切的真实性，他甚至要求调看路口交通监控。

却得到交警很冷静地回答，他车子所停的路段，因为周边修建地铁的原因，已暂时停闭了交通监控系统。

茅骏捷得到这样的回答显得有些愤怒，自己车被撞坏人也受了伤，居然连肇事者是谁都查不到，一个最起码的保障都没有了，他急剧想要讨回一个说法，激动得连受伤的疼痛也不顾了。

给他做着笔记的交警试图让他冷静下来，他们交警会实地去询访，当时周围有没有目击者，损坏的车子可以向保险公司进行理赔。

茅骏捷冲他大声说道交警同志，我现在想要知道的是，是谁撞了我，让他承受法律应有的惩罚，我想要问问他为什么置别人的生命于不顾，撞完了人就跟没事一样，难道他就不怕我死在车里面吗，万一我在车里有……

卫雪从门口冲了进来。

你是他什么人？交警问道。

哦，我是他女朋友。

那正好，你先让他稳定下情绪，过后我们再接着处理这件事情。噢，对了，我看你还是先让他去医院做个检查比较好。

骏捷，发生什么事了，电话里也没说得清楚，到底怎么回事啊，你有没有伤到哪儿？卫雪关切地问着。

见卫雪一副焦急的模样，茅骏捷反过来安慰着她。我没事，雪儿，你不生我气了吗？

卫雪见他此刻还这么在乎自己的感受，也就不想再板出一张脸，现在她只要他没事就好。

二十五

茅骏捷本想说车被撞的事情还没弄清楚，转念想又因为这么个小插曲让雪儿不再生自己的气了，于是他撒着小娇顺从。可是，我头有点晕，你能不能扶着我。

卫雪一手搂着他的腰一只手被他抓着，两人亲密无间地靠在一起走着。

茅骏捷掩饰不住得意，一只手搭在卫雪的肩膀，半边身子都趴在了她背上，累得卫雪忍不住问道你需不需要个担架啊？

不需要，有你就行。

干脆我俩一起滚下去得了，我也不用像背个树熊似的，多省事啊。卫雪看着楼道的阶梯微喘着气说道。

行啊，要不我推你一把。

卫雪听后即刻用手肘朝他腹部顶过去，痛得茅骏捷捂住肚子哀鸣着。

问你个事，你说你是不是在工作上得罪了什么小人？卫雪一边搀着他下楼梯一边用艰难的语气问道。

怎么可能，我宁愿相信是被人误撞。

从医院出来，茅骏捷额头上敷着消炎止痛的药膏，走在大街上表情显得特别落寞。他拦了辆出租车直奔汽车维修公司。

到了目的地，卫雪以为他是来检查车子损伤程度好跟人商议车险理赔的事，却不想他要修车的伙计带他找到自己车停的位置，从车里拿出花束送到她面前。送给你的，雪儿。

看着支离的花瓣，卫雪有些嗔怒地接过花。你就打算用这个让我原谅你啊？

那这个呢？茅骏捷将一个盒子递到她面前。

卫雪慢慢打开盒子，一枚金闪闪的戒指映入眼帘，她不禁喜上眉梢。

戴上吧。茅骏捷伸出手将戒指套在了她的无名指上。

虽明白将戒指戴在无名指上的意义，但是卫雪还是满心欢喜地问了一句葫芦里卖的什么药呢，就这样当作订婚啦。最起码得有个仪式吧，一点诚意都没有。

我肯买戒指已经是很有诚意啦，证明我有多重视你，答应你的事我都会去做到。

什么事？卫雪有些迫不及待。

明知故问，我就快要成为你手中的风筝了，想要飞得更远些只要你一拉手中的线我就得被你活生生地拽回来，哎。茅骏捷装出一副痛苦的模样，惹得卫雪欢喜连连。

二十六

Junjin啊，我身边要是没有你在，这不是让我少了条胳膊嘛，这让我做起事来都不那么得心应手了啊。你知道咱们部门最近和千禧公司的那项合作，你不仅是参与者，更是重要的策划人之一，要知道这个时候不单是我不能没有你，就连公司少了你都不行，知道你受伤了，我是既心痛又欣慰，所幸并无大碍，不然你让我这辈子上哪儿再寻这样一个积极进取头脑灵活肯付出有抱负的有为青年啊，我呢又要做个能够深切体恤下属的好上司，所以呢，你申请休假的事就放心交给我吧，我会好好斟酌再向老板说明你休假的原因的。在家好好休息，我先代表咱们部门的员工向你表示慰问，希望你早日康复重返，再与我一起共同为公司奋斗共同为公司谋利益共同为公司开创出一个更加辉煌的将来。

听着 Aaron 慷慨激昂富有总结性的结束语，茅骏捷斜靠在沙发上附和着是，经理，我相信我们项目部在您的带领下会使得公司的前景更加一片光明。

电话那头传来 Aaron 表示赞同的肺腑笑声。

卫雪听着他虚伪的话语露出厌恶的表情，茅骏捷龇着牙无所谓的回应她，嚼着薯片看着综艺节目，嘴里不时发出一些笑声。

卫雪将洗好后的一些衣物拿到阳台上去晾晒，身影在客厅里来回穿梭，茅骏捷也只是从电视屏幕上移开视线看她两眼，犹把自己受伤的理由当做起太子爷来的资本。

卫雪在阳台上一边晾晒衣物一边看着他放松的模样，心里泛起一阵涟漪。已经有多久两人没能一起在大白天像这样闲散地待在家里了，他平时工作就忙，特别是这段时间更忙了，好在这次没什么大意外，趁这个机会由他在家好好待上几天吧，店里的事交给店员去打理，自己在家好好陪他，享受下难得的二人世界。

轻快的铃声响起。二哥，没打扰你工作吧？

英朗啊，不打扰，在家休着呢。

喔，不是说最近公司很忙吗，是不是表现好放你假啊。

别贫了，说正事吧。茅骏捷一副对英朗了如指掌的口气。

喔，那个我是向二哥你表示谢意的，这次多亏了二哥你啊，找了你的旧爱充当知心姐姐，并且以身说法。你知道弯弯怎么跟我说的吗，她说全是因为你和思嘉姐给她鼓励，告诉她人不应在爱情里计较谁付出的多少，散了就散了，没有谁欠谁的，所以她现在学会了一切朝前看，从此以后我的事再也与她无关，她也都不想再见到我，语气说得这么决绝，我都怀疑你们是不是给她换了脑袋。还别说我这一时半会儿真是难以接受她不再对我痴念的事实，我其实还真想去试试她是不是真的已经在心里完全将我放下了，不然我还可能和她叙叙旧缘。

英朗，我告诉你，你说这话小心被雷公劈，我完全有理由相信弯弯经过这次的事已经彻底将你放下，你俩已是过去式了，我奉劝你收敛自己的言行，别再去骚扰你的前女朋友，还她一个清静，你这样的行为太不道德，简直可耻。

二哥，你别说得那么好听，没错，就算我跟弯弯是完了，是过去式了，那你自己呢，我不管你和郝思嘉究竟现在是什么关系，是余情未了还是旧情复燃我也管不着，我只是提醒你一句，旧情人就像是你身上的一块疤，要么不去碰它，一旦揭开就挥之不去，劝你慎重考虑。

茅骏捷看了眼阳台上的卫雪压低声音说道，行了，我自己会处理，就这样了，挂了啊。

才挂完电话卫雪就端着空盆出现在了客厅，茅骏捷有些心虚地挠了挠脑袋。

怎么了，头又痛了吗？

茅骏捷忙回答着没事，就是头皮有点痒，该洗头发了。

卫雪有些好笑地看着他。待会儿我给你把头发洗了。

嗯，不急这会儿，你先忙你的，等该洗的都洗了再洗我的呗。

卫雪看他又贫了起来于是着手去忙没有做完的家务去了。

短信提示音响起，茅骏捷打开来看：我在开会，你车被人撞了，没有什么大碍吧，有没有伤哪儿？看着那串号码发过来的信息，想起英朗对自己的劝告，茅骏捷不知道他和郝思嘉现在是朋友关系还是比朋友更复杂些的关系。

犹豫了会他回了信息：我很好，谢谢你的关心，我想多休息几天很快就应该没事了。

真期待我们快些见面，你知道吗，因为你受伤陈经理将我们之间的合作都先搁置了，非得要等你养好伤，也拒绝了你们公司重新换个人来接手你的工作，一定要坚持沿用你的方案和无与伦比的智慧。你们段经理也表明了他和你们公司高层不同的立场，对你的工作表示百分百信任。看着郝思嘉的短信，茅骏捷有些自嘲地笑笑。

二十七

卫雪整理着一些遗漏的衣物，将它们放到一起来个彻底地大清除。在衣篮最底层，卫雪看见了给茅骏捷买的那件外套，香水余味萦绕。

自从给他买了这件衣服后是自己逼着才肯穿了那么一次，结果就那么一次生出他俩之间的矛盾，闹得自己生闷气，既然他对这衣服不喜欢，自己也不想再看见，不如干脆让它消失在他俩的世界里吧。

想想这么贵的衣服，不穿出去可惜，压箱底太浪费。卫雪像想起什么，在卧房的衣柜里翻着衣服各个口袋。

又冲进浴室，桶子篮子里面抄着翻着。

"噢"。卫雪在心里惊呼了一声。她重新回到卧房，打开挂衣间，取下那件黄色的针织套头衫。

当她掏出那张字条的时候，脸上的表情瞬间有些默哀。怎么成这样了，不知道字迹还在不在。

她小心翼翼地将字条平摊开来，手不停地舒展着那张皱巴巴的纸字条。13987657…9321，郝……思……嘉……对，是这个名字。可是中间这个数字到底是 7 还是 9 啊？嗯，让骏捷给认认看。说完攥着字条直奔客厅，可是却没有看见他在。

这时，他的手机在桌上响起，卫雪扯着嗓子喊道骏捷，你电话。

茅骏捷坐在马桶上按着游戏机回答哦，谁找我啊？

卫雪拿起手机，是一个没有姓名显示的号码，她正要跟茅骏捷说，却觉得这个号码看着如此眼熟，她将手中的字条对比着，反复核对了几次后，她终于可以肯定这串号码来自同一个人。

她看了看卫生间的门还紧闭着，于是迅速地打开他手机信息，从内容判断他俩是合作伙伴，可是言辞中却显暧昧，尤其是对方发来的。

卫雪放下手机，内心隐隐不安，她很想知道事情的真相但是她又不想贸然行动，千万别因自己一时冲动而引起一些不必要的误会。

手机短信提示响起，卫雪思维被强烈钝了一下。她拿起手机看着屏幕上的那串号码，极力克制着自己不去看信息内容。

卫生间里传来马桶冲水的声音，卫雪将手机放好，小跑到阳台上将一些衣服取下来再又重新慢慢晾晒。

茅骏捷走出来依旧玩着游戏机问道雪儿，谁找我啊？

不知道，我正准备过去接又停止响了，好像有个短信，你自己看一下。卫雪假装忙着晒衣服眼睛却观察着茅骏捷的举动。

一盘游戏结束，茅骏捷按了暂停键，将手机拿在手中看起信息来：骏捷，我开完会了，你怎么没接我电话。想见你了，一起出来吃个饭好吗？

茅骏捷回着信息：下回吧，在家陪女朋友呢，不好意思了。

我如果告诉你是谁撞了你的车，不知道你是继续在家陪着你的女朋友呢还是愿意出来见我一面。

你怎么知道是谁，不是在骗我吧？

犯得着拿这件事来欺骗你吗，我什么时候在你眼中那么小人了。反正话说到这儿了，出不出来随你。

茅骏捷想着反正自己被撞的事情没什么进展若她真的知道些眉目也能帮助自己早点揪出真凶，他盯着屏幕停顿了片刻回复道：好吧，在哪里见面？

卫雪在阳台上看着茅骏捷低头发着信息，自己也不能做什么，一切还是静观其变吧。

茅骏捷起身去了卧房，不一会儿换了身衣服出来。他看了下阳台卫雪不在，走到门口换着鞋子呼唤着雪儿，我有点事出去一趟很快就回来。

卫雪从浴室里出来问道不在家好好待着去哪儿呀？

噢，有个哥们儿出差经过我这里，很久没见着了，聚聚叙叙旧。

噢，那行，那我就不陪你去了，你自己注意着点，代我替人家问声好。

嗳。茅骏捷将门带上出去了。

二十八

茅骏捷来到约定地点，郝思嘉已经早早等候了。

卫雪尾随进去找了个好观察的位置坐了下来。

痛吗？郝思嘉伸手去摸茅骏捷的额头，他巧妙地闪开了。干嘛呀，人家是关心你。

我知道，你还是说说撞我的那个人是谁吧。茅骏捷说着自己关心的话题。

真的想知道？

别卖关子了行吗？你是真知道还是不知道。

远在天边近在眼前咯。

茅骏捷环顾下周围再看着郝思嘉。哪儿呀？

哈哈，这还瞧不出，那个人不就是我呗。郝思嘉气定神闲地说着。

开什么玩笑？别闹了行吗？

你信也好，不信也罢，反正我说的就这么多。

你这不是玩我吗，跟没说一个样。

你就那么不想见到我吗，我想见你和你说会儿话你就说我是玩来着，你能不能考虑下我心里面的感受。

我其实心里特不乐意将我们之间的关系弄复杂，我们现在有各自的生活，我有个相爱的女朋友，我觉得挺好。茅骏捷表达着自己的立场。

想不到一切都是我自作多情，我还在给自己找借口，跟自己说你不是一时冲动才和我上床的，是因为你心里还有我。现在看来，我是不是应该选择放手，你告诉我，骏捷。

思嘉，别这样好吗，我们可以依旧做朋友。

你做得到对吗，我告诉你我做不到。如果不能得到你，我的心会很难受，骏捷，你可不可以不要让我放弃你，让我一直在你身边，好不好？

思嘉，我们真的回不去了……

那晚的温存算什么，难道真的只是你酒精在作祟，我不相信，那晚你明明动了情，你骗不了我的。如果你难以在我和她之间做出抉择，我可以给你时间，只要知道你有选择我的可能，我愿意等待下去。

思嘉，我不知道怎么跟你说，对于给你造成的伤害我只能说声抱歉，我那晚确实有些冲动了，如果可以我真的宁愿什么事都没有发生，这样我见到你心里也不会感到愧疚。对不起，我先走了。

郝思嘉哭丧着脸看他离去的身影，轻轻咬了咬嘴唇，似乎欲言又止。

茅骏捷坐电梯来到地下停车场，郝思嘉也跟着下来了。骏捷，我想好了，我不求什么名分，就算你日后和卫雪结婚了，我也会送出我的祝福。我只求能每天都看见你，在我需要你的时候给我些许呵护，我就满足了。

茅骏捷紧张地看向四周，他走到郝思嘉面前说道你疯了吗，该说的我都已经说清楚了，我们之间已经结束了，就算提再小的要求我也不会答应你的，好好维持现状就好，是Partner也是朋友，但绝不会是情人。

说完转过身欲准备上车。

我怀孕了！郝思嘉在他身后大声说道。

有多久了？你……你不是说就算怀了孩子也会打掉的吗？茅骏捷质问着她。

我是想过不要这个孩子，可是当我独自一人去到医院的时候，我很害怕，我觉得愧对肚子里的孩子，他什么都不知道，还不知道外面的世界是个什么样，他连自己的爸爸和妈妈都没见到过。

如果你觉得害怕，我陪你一起上医院，无论怎么样这个孩子都不能要。茅骏捷微微叹了口气，他现在只想快点把这事给解决，省得夜长梦多。

茅骏捷，你还是不是人，你怎么可以对自己的亲骨肉这么残忍。卫雪不知从哪里冲出来对着茅骏捷歇斯底里吼道。茅骏捷惊诧之余，"啪"的一声脆响，卫雪抡起胳膊在他脸上狠狠掴了一巴掌。

郝思嘉惊呼着骏捷，你没事吧！又怒问着卫雪你疯了吗？

闭嘴，不关你事。雪儿，你听我解释……茅骏捷推开郝思嘉殷切地向卫雪诉说着。

没错，我是疯了，而且我恨我自己的愚蠢，对你死心塌地都是自找，活该。到现在才真正看清楚你的真面目，玩弄感情的伪君子。那边厢搞大人家的肚子这边厢却假惺惺向我求婚，你怎么可以这样，你究竟是个什么样的男人，和你在一起只会让我感到后怕，你不配拥有我的爱，我再也不想看见你，你让我作呕。卫雪哭泣着愤怒地取下手中戒指砸在了茅骏捷身上。

戒指顺着他的身体滑落在地，滚向不明之处。茅骏捷来不及找寻，顺着卫雪逃离的方向追了过去。郝思嘉喊着他，他已全然不顾。

二十九

进了屋，房间空无一人，一切东西井然有序，不像被人动过的样子。茅骏捷掏出手机拨打卫雪电话，却是关机。他有些六神无主，在原地踱着步。

下了车，茅骏捷冲进咖啡店，问遍所有店员，都说卫雪告了几天假。

茅骏捷颓然在大街上，电话还是打不通，他蹲在路边，表情异常痛苦。

有电话进来，茅骏捷急忙看着来电显示。看着那串号码他果断地将电话挂断了，可是电话又一再想起，茅骏捷有些恼怒地将电池取了出来。

郝思嘉握着那枚戒指，轻轻抽泣着。

一直到了傍晚，茅骏捷盯着咖啡店也没看见卫雪出现在门口，他坐上的士，直接回家，希望能见到卫雪。

他冲进卧房，衣柜有被清理过的痕迹，听见洗漱间有声音，他忙跑过去喊道雪儿，雪儿……

可是面对他的却是卫雪的好姐妹叶子，她一边清理着卫雪的生活用品一边讥讽道怎么着，还想着见雪儿啊，我是雪儿也不想见到你啦，亏得雪儿对你一往情深，你还真是会辜负人家，居然让人家姑娘怀了孕，你让雪儿这个正牌女朋友情何以堪，你想要孩子，你说一声，你怕雪儿不给你生还是怎么着，家里有一个这么如花温婉的姑娘还去外面乱搞，所以说你还真算得上是一个贱男。枉我平时高看了你，跟那些个只懂得下半身思考的男人一个德性。让让，我得走了，要不是雪儿拜托我来拿她的东西，我才不想面对你。

茅骏捷恳切地问道叶子，就算我求你了，你告诉我雪儿她现在在哪里好吗？有些话我必须得跟她当面解释清楚。

也别解释了，做都做了，孩子都有了，你还想着怎样给人家打回原形啊。

叶子提着两袋东西出了门，临走将钥匙放桌上说道，喏，钥匙还给你，以后你想给哪个女的那是你的事了。

茅骏捷跟在她身后。我送你，来，袋子给我吧。

茅骏捷，你对我殷勤没用啊，再说了，就算你把我送到家，雪儿也不在我那儿，你要是不相信你就跟着来，不过，这些东西我都得拎我男朋友那里去，我住他那儿。

茅骏捷恳求着。叶子，事情根本就不是你们想的那样，我可以和雪儿好好解释的，孩子的事只是一时冲动才有的……

哟，茅骏捷，你这话说的，什么叫一时冲动才有了孩子，难不成你还想着择个良辰吉日，那这事你怎么没和孩子他妈商量好呢？

眼看着事情被叶子这么越描越黑，茅骏捷除了感到无奈话语也略显无力，他要见着卫雪他才能一股脑儿将事情说个清清楚楚，可卫雪躲避着他根本就不给他这个机会。

到了楼下，叶子说道，怎么样，是不是决定跟我一起走？

是。茅骏捷不愿放过任何一个可以见到卫雪的机会。

喂，把车开过来，那个雪儿的前任男朋友想去你那儿拜访，你们先见个面吧。

一辆大众 polo 停在了他俩面前，叶子拉开副驾驶车门坐了进去，她的男朋友坐在车里透过车窗简单地和茅骏捷打了声招呼。

叶子催促道，我说你倒是上车啊，我看你不跟着我走一趟你也不会死心。

茅骏捷想了想最终还是没有上车，叶子说的那么信誓旦旦，而且卫雪现在有意躲着他，估计叶子所说的全部属实，既然真的没在她那里，自己也不好上门去打扰人家小两口了吧。

三十

茅骏捷坐在椅子上，该去地方都找了，认识的朋友也联系了，还是不知卫雪的去向和她的消息。

手机响了，茅骏捷赶紧接听，是交警大队打来的，告诉他有位叫郝思嘉的人自称是肇事者，愿意承担一切精神赔偿和经济损失，希望茅骏捷能到交警大队去一趟协助调查，看情况是否属实，再重新录份口供。

茅骏捷说他要撤销起诉，不管是谁做的，他对此事一概不再追究。

挂了电话，茅骏捷思绪有些混乱，头也显得特别疼痛起来。他躺到床上，疲惫地闭上眼睛。

茅骏捷摸着额头，脑袋显得特别沉重。他看着手表，早上9点多了，昨晚自己竟不知不觉睡着了。

他慢慢起身来到客厅，一切事物照旧，没有少一样东西也没有多个人出来。他倒了杯水喝，脑子里在想着今天该从哪里着手去探知雪儿的去向。

手机响起，茅骏捷一看是家里打来的，不知是什么事。喂，妈。

骏捷啊，你什么时候回来啊，怎么可以让小雪一个人就回来了，你应该陪着她一起回来的嘛。

妈，雪儿回去了吗？茅骏捷有些激动。

对呀，怎么你不知道啊，小雪跟我说你因为工作忙暂时回不来，所以她一个人回来看看我和你爸啊，对了，她还去看了英朗的孩子，妈看得出她很喜欢小孩子，你们什么时候结婚赶紧让我和你爸抱上孙子啊。

只要雪儿同意，我马上就跟她结婚。妈，雪儿还在吗？

是吗，你终于肯和小雪结婚了，哎哟，太好了，我终于可以抱上孙子了，啊哈哈哈……倪美娟沉浸在喜悦中。

茅骏捷心急地打断她。妈，你倒是告诉我雪儿在不在啊，我有话跟她说。

哦，哦，哦。她呀，她不在啊。她说还要去看个朋友，很早就走了。怎么啦，你和小雪没事吧？

没事，怎么走得这么快，你怎么也不多留她一会儿。

小雪昨晚上就到咱们家了，和妈唠了一宿的嗑，你说妈想留也不能拦着她去看朋友吧。

那她有没有跟您说去看哪儿的朋友？

这个倒没说，怎么了，你俩是不是闹矛盾了啊，你说你是不是欺负小雪了，啊？

总之，一时半会在电话里说不清，这样，妈，万一小雪再回来了你可一定得留住她，千万别让她再走了，知道吗？

这到底是怎么了，你给妈说说，啊？倪美娟在电话那头焦急起来。

妈，您先别问了，我回来再跟您说。就这样了啊。

三十一

茅骏捷清理了些衣物，随便漱了漱口用冷水抹了把脸，急匆匆地准备出门。刚打开门就看见郝思嘉立在门口，茅骏捷有些愕然。

郝思嘉有些委屈地说道骏捷，我想好了，你陪我去医院把孩子打掉吧。

你自己去可以吗，我现在有点事。茅骏捷压抑着情绪说道。

可是昨天你不是答应说陪我一起去吗，我自己一个人不敢去。

真的不行，要不你找别人陪你去，也都一样啊。

当然不一样，只有我和你才是孩子的父母，别人去会有那种感受吗？

什么感受，不就是流掉孩子吗，疼一下就好了又不会死人。茅骏捷动怒地大声说道。

郝思嘉眼泪刷刷地流了下来。是，一切都是我的错，要怪就怪你命苦，不该来到妈妈的肚子。

郝思嘉一边哭泣着一边用手捶打着自己的腹部。茅骏捷丢下袋子，走过去阻拦着她。你这是干什么，你理智点行不行，别这样啦，我陪你去医院，行了吧。

郝思嘉听话地依偎在他怀里。

茅骏捷坐在病床边给郝思嘉喂着白粥，郝思嘉嘴角洋溢出一丝幸福。

你向公司请好假没有？这几天你都不能上班，要好好休息。茅骏捷问着。

嗯，我已经跟陈经理说了，他知道我的事了。

知道？你……打掉孩子的事？

嗯。

茅骏捷搞不明白她为什么要将这件事给说出去，一个未婚女子怀了孕还打了胎，她就不怕在公司里遭到闲言闲语吗？

病房门被打开，陈经理和段经理出现在他俩眼前，茅骏捷又一次愕然。陈经理和段经理纷纷慰问着病床上的郝思嘉，段经理回头还教训着茅骏捷怎么那么不小心，明知道喝酒了就更应该采取措施啦，不然人家女孩子也不用遭受这种痛苦嘛。

茅骏捷听他说着只感觉胸口憋闷。

陈经理对着茅骏捷说道发生这样的事，以后你要好好对待我们思嘉，女孩子的心灵是很脆弱的，懂吗，年轻人。

茅骏捷木木地站在原地。

送走了两位经理，茅骏捷回到病房冲着郝思嘉发着脾气。你也太过分了，你是不是想要弄到全世界都知道这件事啊。你这么做的目的是什么，想逼我就范吗，我告诉你，就算我以前再怎么亏欠你，也跟这件事毫无关系。不要想着玩什么小花样，我是不会跟你结婚的。

说完摔门而去，留下郝思嘉在病房里束手无措。

茅骏捷到了公司楼下，在众目睽睽之下冲进了自己的办公室，洋洋洒洒地完成了一份辞职报告。他将辞职信交给 Tina 让她转交给段经理，头也不回地离开了公司。

茅骏捷对着路边的一辆车一顿乱踹，似要把一肚子愤怒全部发泄出来，车子不停发出警报，周围的人用异样的眼光看着他。他发泄完毕，大踏步汇入马路中央……

亲，让我们在一起

一

尹欣然开车赶着去见客户，路边一个男青年跳脚躲开她的车身，可是车轮已经碾着水坑溅了他一身泥水。

看着远去的车子，杜展鹏气得张牙舞爪。他将外套脱了下来，又擦了擦裤腿上的泥，鞋边也有些脏了。第一天面试就碰上这么个鬼天气，想想刚才的遭遇，觉得今天特别倒霉，都不知道等下会不会应聘得上。

看着长长的队伍，心里不禁黯然惆怅，这么多的人都等着"嗷嗷待哺"，自己胜算的概率看来微乎其微了。

从电梯出来，刚好看见有个女人一手咖啡一手公文包，胸前还抱了一大叠文件，忙将电梯门挡着好让它别那么快关上。去几楼，我帮你按吧。

23楼，谢谢。那位漂亮又显历练的女人冲他笑笑。

才进电梯，她手上的文件却稀里哗啦全掉了，杜展鹏急忙去帮她捡，电梯门却关上直接上升了。杜展鹏拾起文件笑笑。看来我有幸要做回绅士送你上去了。

尹欣然才看清小伙子有些面熟，猛然想起他就是自己开车去见客户时被溅了一身泥的人，看来他还不知道吧，不然总要被人家数落几句。你是新来的吗？叫什么名字？

杜展鹏伸出手。你好，我叫杜展鹏，是第一次来这栋大厦，算不算新来的呢？不过我是来应聘的。说完赶紧把手缩了回去。对不起，你好像腾不出手来认识我。

尹欣然觉得他有些风趣，不禁对他莞尔一笑。本想出于礼貌对他介绍下自己，不料电梯门开了进来些人，于是打消了这个念头。

到了楼层之后，尹欣然招呼着助手过来帮忙拿文件，并向杜展鹏再次表示着谢意。

杜展鹏环视着四周的环境，真是够气派。当他看见公司招牌的时候，心里不禁为之触动："非创意"广告制作公司。不知幸运会不会降临在自己头上。

怎么，对我们公司很感兴趣？见杜展鹏迟迟没走，尹欣然不禁问道。

是呀，我的简历就是投的你们公司，在学校时就听说过它的丰功伟业了，所以能在这家公司工作简直就是我梦寐以求的，呵呵。

呵呵，那祝你好运了。尹欣然伸出手对他表示祝愿。

我叫杜展鹏，今天第一次来你们公司，很高兴认识你。

尹欣然又被他逗乐了。欢迎你来我们公司，我叫尹欣然。

二

儿子，有没有哪位伯乐识中你这匹千里马？

妈，现在是千里马相中了伯乐，我早已经是脱缰的好马儿，就等哪位伯乐牵绳领我走了。杜展鹏语气轻松地对着电话那头说着。

那你赶紧回来，妈做好吃的犒劳你。万慧如说得儿子好像已经有所作为。

犒劳什么呀，不是说还要去舅舅公司报个到吗？

先别去了，你舅舅就是一个游牧人，不管好马劣马他照单全收，所以不到万不得已妈是不会让你送上门给你舅舅去饲养的。

啊？您真是……

万慧如听着儿子惊异的语气，以为他会夸自己的深明大义。

妈，人家不知道的还以为您儿子出生在牲口之家呢？

你这不是揶揄你老娘吗，我啥时候把你当畜生养了，我只是形容你舅舅不善于发现千里马，一般的马能跟我儿子比吗？万慧如有些气急地提高嗓门。

杜展鹏深深叹口气。他妈这比喻人的"智慧"真是一年高于一年。

妈，您的好马儿即刻奔腾回家，请您准备好上等的草料，千里马要归厩用膳了，嘶～～杜展鹏在电话那头以马叫声回应着万慧如，他不想在马儿的问题上跟他妈再拗，只好顺着她的意思即刻回家参见母亲大人为上上策。

万慧如"咚"一声，利索地将电话挂断了。

· 117 ·

三

嗳，我说你成天在家无所事事，不是上网就是看电视没完没了，你是能在家给老娘变出一大堆钞票来还是怎样？啊，水费、电费、煤气费、宽带费、柴米油盐哪样不要花钱，你怎么连个残疾人都不如，妈都这把年纪硬被你逼成了自强自立的老太太，换我孝敬您了，开心了吧？

杜展鹏提起十二分精神回答他可敬的母亲大人。妈，您这话说得太严重了，您就是给我吃了熊心豹子胆，我也不敢让您来孝敬您儿子我啊，我担心老天会早早收我折我寿命，我要活得比您长才能照顾好您的余生，让您享儿子的福啊。

拿钱来。

这是干吗呀？

不是说要孝敬老娘吗？

妈，钱暂时没有。

滚出去。

妈，有您这么对儿子的吗？我不就是想在家里多陪陪您吗，儿子这片孝心您怎么就看不出来呢？

我要残联来关注我们这些手无缚鸡之力的老年人，花毕生精力养大儿子，晚年生活得不到保障，这事谁来管？

那您也应该找妇联，再说咱家又没残疾人，残联的好心人士也只能是有心无力，也照顾不了咱家。

浑账东西，都说儿子长大了就该挑父亲的担子，你说你爸都快六十的人了，你还拿着个鞭子在背后使劲抽他，让他跑快点，能跑得动吗？

妈，您说您说话我怎么老听不明白呢？我啥时候拿鞭子抽我爸了？

其实想进舅舅的公司容易，可是虽然母子想法不一，但结果是一致的——不去。万慧如老觉得不靠谱，说他舅舅不在公司待着发号施令，却将自己流放在外，怎么觉着都像是在为别人做事。

杜展鹏告诉她，不是老总都得待在公司舒服地躺着老板椅，要维系公司盎然的状态，就必须得亲力亲为拿出卖命的魄力，这也是为了公司更加朝气蓬勃的发展。要与公司共存亡，不是员工才需具备的牺牲精神，恰恰身为老板更得身先殉职。

万慧如认为儿子是因为对她长期的不满而将诅咒转嫁到他舅舅身上，任杜展鹏如何解释也没用，他妈告诫他万一真的哪一天他舅舅牺牲在了工作前线，他也别想在世上苟延残喘了，直接去给他舅舅殉葬。

杜展鹏于是跑去问他爸杜国贤，爸我真是您和我妈生的？您不怕老实告诉我，我是不是您在外面的私生子，您把我亲妈藏哪儿去了？

(四)

杜展鹏想要安然地待在家里已不是那么容易的事了，除非晚上睡觉，不然大白天的时候他妈可是不允许杜展鹏出现在她视野范围之内的。

再不找着工作，她妈连饭也不会赏他一口了，自己怎么可能就找不着一份工作呢？不对，是找不着自己中意的。

杜展鹏站在角落处，看着大厦里进进出出的人，多想走进去乘着电梯直达23楼，在朝气蓬勃又日新月异的工作格间里挥洒自己的一腔激情与热血，早日达成心中所想，笃（杜）定目标，展翅高飞，鹏程万里，问鼎人生的巅峰。

杜展鹏越想内心越是澎湃，不禁畅然大笑。

嗨，又见面了，陈……展……鹏……尹欣然一字一顿叫着他的名字，生怕自己记错。

嗨，真的有缘分啦，我是陈展鹏，你是尹欣然对不对？

听着他说出自己的名字，尹欣然才确信自己没有叫错。

你……应聘了别家公司？尹欣然知道她们公司招聘活动前两天早就结束了。

为什么这样说，我说了只对你们公司有兴趣，可惜我很荣幸地落选了。

噢，看不出来你还这么执着，没有应聘上你我替我们公司感到惋惜。

你这是变相的同情，不过看得出你很为公司惜才，告诉你个秘密，因为我而感到惋惜是值得的，知道为什么吗？

尹欣然好笑地看着他。为什么？

因为……

不好意思，接个电话。杜展鹏故作神秘的话语被尹欣然突然的一个电话给打断。尹欣然挂了电话对杜展鹏说道，对不起，我有点儿事要先走了。

哦，不妨碍你了，拜拜喽。

尹欣然朝他笑笑，走了几步又停下来扭头问道你刚刚的话还没有说完，是因为什么呢？

看着尹欣然一脸探知的模样，杜展鹏却卖起了关子。如果有缘再见面的话，我再告诉你。

尹欣然皱皱眉欲离去。那你还会来吗？

那要看你能不能给我心灵感应了。

那还是算了，我可没那本事住进你的心里。

两人相视笑笑，挥手告别。

五

尹欣然颓然地靠在椅子上，Lisa 贴心地送来了宵夜。组长，先吃点东西吧，说不定灵感等会就回来了。

身为尹欣然的助理，Lisa 知道每次只要接手新的广告任务，全组成员就会跟随组长一起讨论策划然后将新的创意理念植入每个人的思想中，将意念展现成作品，再通过这个作品来表达它的艺术和观点，广告创意要求创作者要力图寻找适当的艺术形象来表达广告主题意念，如果艺术形象选择不成功，就无法通过意念的传达去刺激和感染消费者。

尹欣然放下咖啡杯，抬腕看了下时间。她拍了拍手掌以达到提起精神的效应。大家再想想，可不可以将我们大脑中的感受，情感体验和理解，渗透进主观情感，再经过一定的联想、夸大、浓缩，达到我们所要表达的一种意象呢？

包括 Lisa 在内的所有组员听尹欣然说完，虽打起精神但也有两三人相继扯着呵欠。

今天到此为止吧，大家好好回去休息，辛苦大家了。尹欣然看着疲倦的组员们宣布道。

各位似乎松了口气，撑着疲惫的身躯终于结束一天的工作了。

Lisa，坐我车回去吧，我送你。

谢谢组长，你真是体贴。

尹欣然看着她，两人很有默契地笑笑。

组长，听说小钟申请调去别的部门获上司批准了嘞，快的话下个礼拜手续就可以完成了。可是现在我们又新接了一个方案，到时候他走了岂不是少了份创意的产生？

呵呵，这个我倒不担心，我就怕上头随意给我们组插个人进来，所以，在小钟走之前我一定要争取物色到自己满意的人选，我们设计部门可不需要一般的人才。

我知道，我们要的是非一般的人才。

说完两人又十分默契地笑了起来。

噢，对了组长，那你打算从哪方面着手招纳贤才啊？是直接找老板要呢，还是搞个小规模的招聘会呀？

招聘？对了，我们公司前段时间招聘完的那批人里面，你帮我查查人事部还有没有保存他们完整的资料？

组长，你不是打算从那里面再"浪沙淘金"吧？那可都是挑剩的，还能有非一般的人才吗？

呵呵，是金子总会发光，你先别管那么多了，把那些人的资料给我整理一下，我再斟酌斟酌，看能不能挑选出我们需要的人才。

那好吧。虽表示不解，但Lisa还是得服从组长下达的指令。尹欣然思维一向独到，在她身边也能学到不少知识。

六

杜国贤和万慧如吃着早餐，杜展鹏刷完牙坐在椅子上掰开馒头吃了起来。

咳……咳……万慧如嗓子像被什么东西噎着了似的，杜国贤抬眼瞧了瞧她，继续看着自己的报纸。

杜展鹏自顾自吃着早餐，不经意抬头却碰上她妈犀利的眼神，他忙喝了几大口豆浆，手里捏了块面饼飞快地冲进卧室。我去换衣，马上出去找工作。

喂，竹竿，你工作找成啥样啦？什么？在柬埔寨体验生活？靠，得了得了，谁对你的游记感兴趣……

挂完电话，杜展鹏捂着肚子笑个不停。路边一个漂亮MM因为他夸张的举止，忍不住多看了他几眼，杜展鹏冲着人家身影大声说道妹妹你要爱了就说出来，哥哥我在这儿等着你咧。

此话一出不仅遭到那位漂亮MM的白眼，就连路过的人都无比地鄙视他。杜展鹏自我检讨，许是与社会脱节了，自己泡妞的伎俩还停留在大学时代，猖狂而又不顾后果。

他看见一个大型商场入口，有人穿着奇形怪状的服饰进行着商品促销活动，面带笑容对着来往的人群介绍产品，嘴巴说个没完两只脚不停走动没个歇息的时刻。

杜展鹏没兴趣再看下去继续向前走着。一个流浪汉正将脑袋伸进垃圾桶，在里面不停翻着什么，最后，他捞着了半个没吃完的汉堡，上面的苍蝇在他的挥赶下四处飞散，他笑得有些得意，张大嘴咬了下去。

杜展鹏直感觉胃内一阵翻涌急欲呕吐，涨红了脸却也只是从喉咙里干咳出来，他喘着气使自己渐渐平复。当他直起身，流浪汉早已经不知去向，他长长呼出一口气。

七

Lisa推开玻璃门，将一摞资料放到桌面上。海龟三个，硕士九个，另外……本科生两个，这是人事部仅存的资料，我稍微整理了下。

尹欣然拿过资料看了起来。

我初步看了一下，有两个海龟是博士生并有国外工作的经验，然后硕士生有四个已经取得了最高一级学位，至于……

尹欣然打断她。你是不是忘了我们要找的是具有广告创意头脑的人才，学历只不过是用来装饰一个人的身份的。

组长，我就知道你是这么想的，所以，我特意给了这两个本科生一个机会，是你告诉我们的嘛，机会面前人人平等，但是能不能入你法眼那就看他们的造化了。

嗯，你说的那两个已经在业界取得了一些成绩的人士，我倒可以优先考虑下。不过，越是新人越是对自己的工作有着无限的热情，很多创作灵感可能就是那么一进而发，不可收拾。

看着尹欣然满意地点着头，Lisa也将笑意挂在嘴角。

外卖适时出现，Lisa欢叫着。哎呀，肚子都快饿坏了，组长，休息一会儿，请先用餐。

好吧，先吃饭。尹欣然接过饭盒宣布着。

才吃完，就擦擦嘴翻着手边的资料。杜展鹏：大学本科，所获荣誉"三好学生""优秀团员""优秀学生干部"，本人特长"计算机""驾驶""体育"，25岁，简历上的照片略显青涩。

尹欣然粗略看了一下他的资料，对他简历的随意而有些忍俊不禁。毕竟还年轻，对一切都显得那么的不在乎。明明叫杜展鹏，发现有人叫错了姓也不当场揭穿，给对方留足面子。尹欣然在心里想想和他也算有些缘分，不如给他一次机会。

八

喂，哪位？

请问你是陈展鹏还是杜展鹏呢？明明自己姓杜氏，为什么还要在别人面前承认自己是陈氏呢？

你是……尹欣然？你怎么会有我电话？

这有什么难的，翻出你投的简历不就知道了。怎么样，还没找着工作吗？

对呀，我现在都要成毕剩客了，毕业就失业，待在家武功全废了。

呵呵，毕剩客小子，现在给你个武功施展的机会，看你是真有功夫呢还是三脚猫架势。

怎么说？杜展鹏浑身一个激灵，被对方的话语挑起了兴致。

是这样，我们设计部现在缺一个人手，我看你对我们公司挺有兴趣的……

非常向往……虽然我没有工作经验，但是我知道一个广告形成的企划流程，它的创意策略、创意发展、立体、平面、执行计划，这些我都了解，如果你仔细看完我的简历我想这些你应该都清楚。

尹欣然翻开他的简历重新认认真真看了一遍，大学期间代表学校拿过设计赛优胜奖，参加城市创意比赛得了个人成绩第一名，小组赛第一名，曾参与到一次大的广告设计，最后那个设计还在国际比赛中脱颖而出。不过这些都不足以成为他的筹码，她只需要切合时宜的协助，对这个广告有帮助才能让他得到一个展示的机会。

你是想要向我炫耀你获得了一些奖项证明你自己很不错吗？这样的想法是不是很幼稚？

不，我绝非那个意思，那只不过是一种强调，给予自己一些肯定，我是不是真的有料我想你用了就知道了。

尹欣然又被他给逗乐了。那好吧，既然你这么自信，我也就代表我们设计部对你表示期待吧！

绝不辜负你们的期望，对了，是不是马上加入你们的团队？

你暂时不需要来我们公司，我打算把创意方案先 E-mail 给你，我想先听听你的想法，对这个创意有什么意见或者建议。

九

尹欣然收到杜展鹏发来的创意概念计划，看完之后她拨通了他的电话。谈谈你的这个意念吧？

没问题。首先我的意念里面它包含了我所要表达的意向，使它具有了特定的含义和主观色彩，我认为好的意念广告，不一定是为了新奇而新奇，故弄玄虚的。好的意念有时可能会很简单，诚恳、亲切、不夸张，便叫人信服，取得成功。

尹欣然觉得这些话非常官方也很耳熟但也很耐心地听他说完。

我现在迫不及待想要把我的创意呈现给你，请你笑纳。

画面播放着一只狼正凶神恶煞地追赶着一只瘦弱的小羊，突然前面是一片悬崖，小羊瑟瑟地停下脚步，回过身看见狼凶残的眼神，它突然张大嘴说道不管遇到多大的困境，人总要活在希望里，要在困境中奋起，在失望中充满希望，你会给我希望吗？

会议室里有人拍起了手掌，Lisa 关掉投影仪。大家开始发表意见。

我觉得做得不错，抓住了吸引人眼球的重点，关键是抓住了消费者的同情心理。

我赞成 ALAN 的说法，这个创意告示人们这不并不是一个弱肉强食的年代，只要希望在人间，世界总会有奇迹的发生。BEN 附和道。

看来这家濒临倒闭的商场有救了。老诺打趣着，大家掩然一笑。

尹欣然听完大家的谈辞说道没想到得到大家这么高的评价，那大家应该也很想知道这到底是来自谁的创意吧？

ALAN，赶快认了，就是你吧。

想到这么好的点子，是不是该庆祝下，今晚 Happy Hour。

看着大家起哄，ALAN 有些晕乎。这事真跟我没关系，这么棒的创意。我的那个早已胎死腹中了。

老诺笑着说欣然，你就别卖关子了，究竟是谁，Lisa？

Lisa 看见老诺将矛头指向自己忙推托。诺哥，这么便宜的事我可不敢随便占啊，要真是我的话听见你们这么多赞美，我早乐翻天了，还用得着站这儿跟你们一样等着答案吗？

是我给公司新人的一个机会，不过还没正式录用。尹欣然掷地有声地回答解除了大家的疑问。

职场新新人类？有没有来头的？小钟打探着自己接班人的背景。

本科毕业，男，二十五岁。尹欣然简洁地回答着。

年轻人做事有冲劲，也很有想法，怎么样，是不是考虑招进来？老诺问着尹欣然。

我正考虑，论文凭他不是最高的那位，论成果他也不是最出色的，关键是没有在公司待过的经验，我怕他对公司的制度不明了有抵触。

老诺笑讽着。别闹了，欣然，说到文凭我连本科都没毕业了，论成果你是知道的，闯荡广告界这么多年，来来回回停滞在设计这一块也没几样拿得出手的作品，倒是来到这个公司加入咱们这个小组跟着一块干，才听见有人说"非创意"出了个诺哥。

有人笑出了声，大家一副轻松的状态。

老诺接着说什么公司制度，规矩是死的人是活的，就算有些规矩定在那儿也赶不上三五不时的变化，是吧？人是有弹性的，对于死的东西，人是懂得绕开的。

大家又是一阵哄笑，尹欣然也不说什么了，看样子大家心里已经默认了这个职场新人了，她自己也没多大意见，抱着试试看的心态换来了一个意想不到的结果，她觉得人生就是这么充满奇趣，偏偏不抱什么希望的却得到了一个大家都满意的结局，她喜欢这样，对未知的挑战。

十

杜展鹏的创意得到公司的认可，而且又因尹欣然力荐的关系，使得杜展鹏脱颖而出并很快正式加入到"非创意"广告制作公司，和尹欣然成为同事也是上下属关系。

杜展鹏在进公司第一天就狠了狠心请他自己所在的设计部吃了餐韩式料理，以表自己深深的谢意，并希望得到各位前辈的指教。

老诺饶味地对他说小伙子，脱颖而出前途无量啊，既然来到我们这组，我就有义务看管你，不如就收你做我徒弟吧。

是，师傅。杜展鹏很是高兴第一天进公司就有前辈这么看得起他。

警告之，我们公司呢不允许办公室恋情发生，这样会影响工作效率，就是肥水一定要流出去，懂吗？

杜展鹏微张着嘴看着BEN似乎表示不解。

BEN 揽过 Lisa 和萌萌。哎，这是我们组仅剩的两朵如花似玉的鲜花，想当初我是多么想追她们来着，无奈于公司的制度，只好将对她们的爱深埋心底深处，从此不再提及，那是一种无奈的疼痛啊，只要面对她们我就无比惆怅。

Lisa 推开他。你少来，没个正经，当心回去了宥骊姐有你好受。

众人一阵嬉笑。

只有两个吗？明明三个，我看组长也很如花似玉啊？杜展鹏此话一出，无人再接他的话茬。

尹欣然正襟危坐优雅地吃着料理，老诺手搭在杜展鹏的肩头。多吃点东西能噎着你还是怎么着？来来来，喝点酒会清醒点。

啊，我会醉，不要啦，师傅。杜展鹏一边拦着他一边拿眼神看着尹欣然，她似乎很平静，放下筷子和 Lisa 有说有笑，真不明白师傅干嘛要弄得那么神经紧张，难道他和组长有过节。

哎，师傅，你能不能告诉我究竟怎么啦？趁着去洗手间的空当杜展鹏将心中的疑虑说了出来。

什么怎么啦？你想知道什么？

是不是在组长身上发生了什么事？为什么提到她大家就有些退避呢？只是开开玩笑而已，难道她这个人非常小心眼？杜展鹏虽是这么说，可他却不这么认为，凭他对尹欣然两次碰面的印象，他感觉她不是这样小心眼的人，只是他想弄明白其中原因。

你初来，很多事不了解，也别多问，干好自己的事就行了，职场如战场，会有很多突如其来的变化，别让自己惹出事端来就成了。

哦，那我不问了呗。

有些事无须说，时间长了就知个一二了。老诺又补充着说道。

十一

哎，组长，我想请你吃个饭。

Lisa 讥讽他。我说你刚进公司，这拍马屁的经验似乎比你工作经验要老到多了，你真是初入职场的新新人？

什么呀，Lisa 姐，我是诚心要请组长吃饭，我思前想后这么好的工作它怎么就天降于我头上了，后来才想明白这个大好的机会就是组长赏赐给我的，我没说错吧？

什么 Lisa 姐，有你这么称呼人的吗？Lisa 不悦，而杜展鹏说这是对她的尊称。

好了好了，你俩别在我面前闹了，赶紧去忙自己手边的事。尹欣然催促着他俩。

组长，你还没答应我呢？杜展鹏不死心地问道。

我的答案就是 Sorry，请关上门。

听着尹欣然厉色的回答，Lisa 面带讥笑地看着他。

徒弟，把这份图纸给师傅改一下。老诺在杜展鹏身后说道，而他正两眼盯着玻璃门内的尹欣然，似乎没听见老诺说什么。

嘿，我说你这傻帽，对做广告的激情都用到哪儿去了，那地儿是你瞄的吗？招你进来不是盯姐姐梢的。

哦，师傅。我就是想邀请组长一起吃个饭，谢谢她慧眼识英雄的举措。杜展鹏摸着后脑勺说道。

不是都请吃过饭了嘛，你小子也别动其他心思了。师傅如实告诉你，咱们组长有男朋友了，而且来头不小，再说了人家年龄上跟你都不是一个层次。老诺也没说明到底这年龄的差距是指尹欣然还是她所谓的男朋友。

杜展鹏一门心思在请她吃饭的症结上，其他的也没顾及那么多。他再一次问请组长吃饭她是不是会拒绝我啊？老诺告诉他你小子这答案不是已经很明确了吗，人家都已经拒绝了你，你干嘛非得请人家吃那餐饭，你在乎人家不一定在乎嘛。

只是被拒绝一次而已，并不代表就没有机会了啊，她不和我一起吃饭也没关系，那我就送份礼物给她好了。

老诺不明白这小子究竟是哪根线搭错了，公司明文规定不许办公室恋情，而且也知道组长已经有男朋友的事实，居然还是锲而不舍地想要表现自己，都不知是不是以感谢的借口来攫取希冀的爱情。

十二

新的广告方案让一群富有创意热情的年轻人依然焚膏继晷发愤忘食，其间杜展鹏接到他爸的电话，叮嘱他工作虽然重要但也要按时吃饭，别累着了身子。杜展鹏让他放心，自己会懂得照顾自己，下班了就会马上回家，让他和妈不要太过担心。

大家喝着咖啡提神，也有人站了起来做着简单的健身操，已经提出了很多种意念了，但是始终得不到一致的肯定，大脑思维已经有些疲倦了。

尹欣然揉揉太阳穴，又给自己倒了杯咖啡。

杜展鹏突然灵光一闪：奔跑，带给人前进的动力，也带给人无限的潜能，在你脚下踏出的不只是远方，更是你即将迈向的整个世界。

所有人听了都为之一振，老诺脸上露出了笑意。

尹欣然喝了口咖啡点点头。是个很好的意念，可以试试将视听效果和图画结合起来，如果一致通过，接下来Lisa你的任务得开始着手挑选代言人了。

好的，那是要明星来代言呢还是专职的鞋模特呢？

我想这个应该和厂商好好洽谈下，了解他们对于代言人的意向再做决定。

OK，我会尽快搞定。

今天就到此为止了，辛苦大家了。

尹欣然宣布完毕，有的人伸伸懒腰，站起身活动着筋骨，开始各自准备回家了。

杜展鹏接到他妈打来的电话。妈，下班了，乌鸡汤不是女人进补身体的吗？行行行，我马上回来喝。

挂了电话，杜展鹏发现包里少拿了份图纸，于是又折回公司。

待他到公司楼下的时候，他看见尹欣然和一个男人有些拉扯，脸上一副愤然的表情，那个男人强制将她拥在怀里在她耳边说着什么，过了一阵两人松开，尹欣然坐上了他的车，人车一起消失在夜色之中。

十三

Lisa……尹欣然呼唤着。

她去厂商那里洽谈代言人的事了，还没回来。BEN回答她。

哦……知道了。

是不是有什么事需要帮忙呢？杜展鹏殷勤地问道。

有些图片我想拿去给赞助商看一下。

交给我去做吧，反正我现在手里的事也忙得差不多了，就当出去透下气呗。

那好吧，麻烦你送到奇乐公司。

OK。我还可以问一句吗？你上班的时候都那么严肃吗？如果是这样的话，我好怀念未进公司之前认识的你哦。

尹欣然笑了笑没有回答他。

呵呵，你笑了嘛，行了，总算见到了久违了你的笑容，走了，拜。

接到尹欣然打来的电话，杜展鹏正在医院急诊室。

喂，你怎么去了那么久，图片送到了吗？

对不起，组长，我现在在医院。

什么……

尹欣然赶到医院的时候，正好看见杜展鹏瘸着脚排队在窗口拿药。

杜展鹏，你怎么回事啊？尹欣然劈头问着他。

我过马路的时候，有一辆摩托车闯红灯，对着我直接冲过来，还好我躲得快只是脚崴了一下。杜展鹏有些委屈地说着。

你受了伤怎么说我有责任，拿完药我直接送你回家，请假的事我会替你安排好。

不用，这么点小问题根本就不需要请病假啊，又没断手断脚的让我在家休息啥呀，你看，我又不是不能走。杜展鹏忍着疼痛愣是在尹欣然面前双脚齐驱走了几步。

那好吧，你硬要回公司我也不反对，不过今天暂时别回公司了在家好好休息一下。杜展鹏还想反驳，被尹欣然一句话给堵了回去。别再说了，不然我当你说的都是废话，这已经是我的底线。

上了车，杜展鹏不小心看见了尹欣然和一个男人的合照，两人的照片映在一个变色杯上赫赫在目。

我见过他。杜展鹏告知着尹欣然。

你见过他？不会是开玩笑吧。

你觉得我在说谎？

没错。

为什么？

他才从美国回来不久，而且成天在家哪儿都没去过，所以我绝对有理由怀疑你在说谎咯。

看来真正说谎的那个人是你。

尹欣然用不解的眼神看着他。

有一个晚上我看见你和他在公司楼下，不知道你还有没有印象？杜展鹏用轻松的语气说出来，告知她自己所知道的确实证据确凿。

尹欣然开着车沉默了一阵。我不是故意要隐瞒什么，只是每个人心底都会有不愿意说出来的事，你明白我的意思？

只是我觉得他太老了点，配不上你，对于他来说你太年轻了，没必要跟这种年纪的人耗在一起，以后的路长着呢。

嗬，你觉得我有多年轻？你凭什么批判我的感情，选择跟谁在一起跟你有关系吗？不要闲着没事干，干涉到别人是对人的一种不尊重。尹欣然有些嗤之以鼻地回敬他。

好吧，我承认我过于鲁莽，但也只限于我的言论，因此我也不会做出什么过激的行为阻拦你们的幸福，请组长放心。

尹欣然有些哭笑不得，真不知如何应对这家伙善变的面孔。

下了车，杜展鹏不再让尹欣然送了，她却有些执意。家里藏了什么见不得人的事，你这推三阻四地，我还真想上去瞧瞧。

没有啦，我就是怕耽误你干正事。

也不在乎这会儿了，送你上去。

尹欣然想要搀扶杜展鹏，他单脚跳开推辞着。不用不用，你看我自己可以。

十四

到了楼层，杜展鹏上下摸着口袋。钥匙忘在公司了。

"叮铃叮铃"。不一会儿门被打开了，万慧如面无表情盯着儿子。咋这时候回来？这不是大白天活见鬼了吗？被公司炒啦？

杜展鹏听着他妈惊呼的语气显得有些晕乎。

儿子，这位是？

我上司，这是我妈。杜展鹏给她们相互介绍着。

阿姨您好。

你好你好，我儿子的上司我要怎么称呼你啊？

阿姨，您叫我欣然吧。

快请进，欣然上司。

杜展鹏听见又是一阵晕乎。

万慧如看见儿子一只脚跳着进来当没看见。欣然上司啊，不知今日到访有何贵干？是不是我那混账儿子给公司添了啥乱子啊，你跟我说，我一定当着你的面要他好看。

尹欣然看着杜展鹏有些无奈的表情对万慧如说道，阿姨，其实事情是这样的，大鹏是因为替公司办事的途中出了点意外，所幸没什么大碍，我陪他在医院拿完药顺便送他回家。

欣然上司真是有心了，我那混……傻儿子能遇见你这么好的上司真不知他是哪里修来的福气，我替他们老杜家祖先谢谢你了，啊……

妈……杜展鹏想着要适时制止他妈"渐入佳境"的词汇了。

尹欣然有些尴尬地笑笑。阿姨，您别这样说，我其实什么也没做，不需要感谢我……公司还有事不便久留我就先告辞了。

就走啊，你陪我儿子多说说话，我去买条鱼回来红烧着吃，你尝尝阿姨的手艺，啊……

妈，公司真的还有事等着我们组长去做，送我回来已经耽误人家了，您真是……

阿姨，下次有机会我一定再来，到时候专程尝尝您的厨艺。

哈哈，这孩子……不是，欣然上司。既然你还有事，阿姨也就不挽留你了，但是下次你一定要记得上家里来尝尝我的手艺，要是觉得味道不合你意，你就给阿姨多提提意见，保证改到合你胃口。

这话让尹欣然和杜展鹏听了觉得有些怪怪的。他催促着尹欣然。组长，你快走吧。尹欣然废话不多说立马告辞，她离去的背影简直可以用逃之夭夭来形容。

脚怎么回事啊？用来博取同情的吧？万慧如用怀疑的口吻问着杜展鹏。

崴了。

屁大点事，公司竟然给你放假，还是你这个上司对你特别优待啊？

你说什么就是什么好了，我回房休息了。

妈就这么不招你待见了啊？你跟你们上司现在是什么关系啊，好上了吗？就崴个脚还亲自送你回家，这事不简单啦。

杜展鹏一副被他妈打败的神情，十分落寞地跳回自己的房间。

万慧如冲他背影说道那屋不是让给你爸了吗？你现在睡书房！傻小子被幸福冲昏了头脑，都不知道是不是幸福来得太突然了，可别把这孩子乐懵了。

杜展鹏关上门直接晕倒在床上。

十五

刚换好衣服，杜展鹏就接到Lisa打给他的电话。杜大鹏，未来三天你都不用来公司了，好好在家休息吧。

为什么呀？

组长给你请好病假，换了谁都求之不得，你哪儿那么多废话呢？

Lisa，我只是扭到了脚而已，我手可以动脑子依然好使……

别说得自己那么爱岗敬业，若不是为了偷懒至于诈病吗？

我没有……

废话不跟你多说了，我得工作了，三天后再见吧。

杜展鹏颓然地坐在沙发上，不知怎样自我调节这个局面。去上班吧组长早已给他请好病假，不去上班吧又被同事误会自己装病。哎，做人难啦，身处职场中做人更难。

杜国贤在阳台上浇花。咦老爸你今天休息啊。他爸说周末了不在家休息还能去哪？在阳台上舒展了下筋骨，家里的空气不比外面的差。杜展鹏说家里的空气来来回回也就三个人呼吸能不算优质吗？依我说以后可以杜绝出去晨练，在家里一边打打太极一边陪陪老伴生活多么惬意。

杜展鹏朝他爸努努眼神，杜国贤回头就看见万慧如在他身后，两人眼神对视了一下，万慧如面无表情地端着自己的早餐进了卧房。

十六

Everybody，我回来了，新鲜出炉的蛋挞，不要客气。

大家果真不跟他客气，闻着香气一拥而上。

等等，师傅你的。杜展鹏从众手中捞着一个蛋挞给老诺献着殷勤。Lisa，你怎么只顾着自己吃，不给咱组长留点。

Lisa 漫不经心地说道组长去见客户了，遗憾她没有这么好的口福，谢谢啦，我只能多吃几个了。

Lisa 端着盒子回到自己的座位上去了。

徒弟，这儿有个提案客户不是很满意，你拿去修改后再给我看看。

没问题，对了，师傅，你见过我们组长的男朋友吗？

你问这个干吗？你见过啦？

没有啦，我就是问问。

干好你的份内工作，别那么八卦顾着打听别人的私事。

是，知道了。对了，我们组长的男朋友是不是没人敢提及？非常有来头的？

老诺一双犀利的眼睛盯着杜展鹏。

师傅，我先去做事了。杜展鹏有些怵。

慢着，你给我过来。

杜展鹏期期艾艾地看着老诺，不知道接下来有什么事要发生在自己身上。

老诺看了看周围将他的头压得很低，小声说道，那，念在师徒的分上，有些事情我知道的跟你说了之后呢就得替师傅守口如瓶，OK？

杜展鹏点点头。

欣然所谓的男朋友是我们总公司的老板，有老婆孩子的，起初他追欣然的时候告诉她和老婆已经分居在办理离婚，只不过他老婆人在美国有些手续办理起来比较麻烦，欣然年纪也不小了只想快点找个好归宿，而且那个男人对她确实非常好，所以就轻信了他说的一切，想着只要他恢复单身自己就可以和相爱的人一起过着平平淡淡的日子，结果他老婆根本就不同意离婚，并且知道他利用工作上的关系找了个女人，如果老板提出离婚的话不仅要让他身败名裂更以自己和小孩的死来相要挟，这个事情本来就是老板有错，当然也不愿意将事情搞大啦。这边哄着情人那边又要稳住老婆，感情哪够分啦？结果弄得两个女人都不高兴。女主人一气之下从美国杀了回来，直指欣然是狐狸精要给她点颜色瞧瞧，老板又要爱护自己的新欢又要顾虑正室的情绪，所以只好将欣然调到咱们所属的子公司工作，而自己则携着老婆一起飞回了美国。事情看似有了个无言的结局，可是老板最近又从美国回来了，已经有人看见他和欣然重新在一起了。

啊？想不到会是这样？都换了公司了消息还传得这么快？

八卦的力量是无休止的……

简直就是太强大了……杜展鹏补充着。师傅，你刚说我们组长年纪，那她究竟？……

一个比你大十岁，又和有妻室的男人纠缠在一起的你的上司，不知你还介不介意请她吃那餐饭呢？

放心，一直到现在我的目的都是很单纯的，我就是为了多谢她对我的青睐赏识，让我顺利地进入梦寐的公司，所以，我绝没有师傅你认为的非分之想……

呵呵，就算有也压抑在心底吧，都规定了不允许有办公室恋情，所以人家现在的目标放在美国华裔身上，做事吧你。老诺拍着杜展鹏的肩头笑笑。

十七

欣然上司，你也来这儿买东西啊？

啊，阿姨您好，真巧，在这儿遇见您。尹欣然提着购物袋正准备上车。

欣然上司，这车得值不少钱吧，看着就挺高档的，你看你，还这么年轻就过上了令许多人艳羡的生活，工作好职务高关键是人还挺漂亮。

阿姨，您过奖了……嗯，您一个人来的吗，不如我送你回去吧。

方便吗？那多不好意思。

没关系，反正时候还早，况且您又是我同事的妈妈，送下您也是应该的。

什么应该的啊，弄得我儿子倒成了你上司似的，所以我说啊我们家那傻小子遇上你这么好的上司真是他撞上的狗屎运。

尹欣然听了片刻沉默，万慧如也意识到了什么，但话已出口收不回来了。

阿姨，上车吧。尹欣然打破尴尬地说道。

欣然上司应该很多小伙子追吧，有男朋友了吗？

尹欣然笑笑。阿姨，我现在已经过了被小伙子追的年纪了，而且我自己更看重成熟稳重的男人。

欣然上司你这话说的，小伙子也可以成熟稳重吧，都不知你要说的是啥意思。

我是说，我不会和比我年纪小的人谈感情。

我都三十五岁了，小伙子的爱情太过于激烈，已经不适合我，我希望感情平淡能够细水长流。见万慧如正盯着自己，尹欣然又补充道。

三十五岁了，都大了十岁了，真是一下子让人难以消化，弄得我这心里边心神不定的，看来确实年长的更适合你，我得给那傻小子洗洗脑了。

阿姨你在跟我说话吗？看着万慧如在嘀咕什么尹欣然开着车扭过头问道。

我是说女人年纪大了市场需求也就窄了，但也不是说就没有出路了，你想要的成熟稳重的男人也有很多，中年丧妻的离婚的婚外恋的多了去了，有够你挑的。万慧如说完捂住自己的嘴巴，拿眼神小心翼翼地看着尹欣然。

呵呵，阿姨，你说得挺对的，其实我这样的女人确实需要有过经历的男人才能更加包容我，理解我，除非他已经单身，不然我是不会去破坏人家的感情的。

万慧如看着尹欣然的表情不像是装出来的，不禁在心里舒了口气。她按住胸口说道，欣然上司，想不到你还看得挺透彻的，有熟女的风范，我其实很欣赏这样的女人，你这样的脾性和我挺投机的，说不定咱俩还能成为好姐妹呢，不然你也别叫我阿姨了，改口称呼我为万大姐吧。

啊？尹欣然有些哭笑不得。

你是不是嫌我年纪大了不配做你大姐？

不是，阿姨，您千万别误会，我只是……叫不出口。

有啥叫不出的，我听着顺耳就行。

阿姨……您真是直爽的性子啊，我也不是不想认你这个姐姐，就是……来得太突然了，我想给自己一点时间适应。

No problem，大妹子。

尹欣然不禁被她的回答逗乐了。

万慧如下了车邀请着尹欣然。大妹子，我买了材料今儿打算做一道千岛鸡球，要不上去尝尝我的手艺吧。

不了，阿姨……万姐，我答应了今晚上要给人下厨，我得赶回去做准备了。

呵呵，大姐明白。那祝你们晚餐愉快。

呵呵，那再见了，万姐。

再见，大妹子，有机会一定来尝尝大姐的厨艺啊，说不定咱俩还能切磋切磋呢。

尹欣然冲她笑笑开车离去。

妈，你怎么坐我组长的车回来，你们俩说什么了，聊得挺开心的。杜展鹏刚好在自家阳台看见两个女人温馨的画面，他妈一进门便就迫不及待地问道。

关你啥事啊，女人之间聊聊家常你个毛头小子问这干吗？提醒你一句，你上司现在和我是姐妹我管她叫大妹子，换句话说你得改口叫她阿姨。

啊？妈，您那么老，让人家喊你大姐这不摆明占人家便宜吗？

没觉着，本想着能做儿媳妇，这下只能将就做个姐妹了，这年龄差距太大了，不然你越陷越深，我这心也会越来越抽搐的厉害。嘿，你这混账东西，我是有多老啊现在？万慧如对儿子的讥讽有所反应。

妈，您别老一厢情愿成吗？我什么时候说过要追我们上司了，还有，人家真的答应做你的大妹子了吗？切。

万慧如听见儿子说对他上司根本没意思，心里也就踏实了，脸上带着笑意在厨房忙活起来。

十八

挨到凌晨终于收工，其他人都走了，只有杜展鹏还在慢悠悠清理着自己的物品。其实是尹欣然要他等等，说有东西让他转交。

尹欣然从办公室出来手里拿着一个精致的小盒子，她笑吟吟地说道麻烦你帮我把这个转交给阿姨，告诉她这是作为妹妹送给她的一份小礼物。

你是说我妈？

我想我应该没弄错吧？除非你还有另外一个妈。欣然半开玩笑说道。

我倒是想有……杜展鹏嘟哝了一句。

什么？尹欣然没听清。

我是说那我以后岂不得叫你阿姨？

想得美，我可达不到你心目中阿姨的辈分，我只是和你妈结为姐妹，跟你没半点关系。

那我知道了，你还是我可爱可敬的组长。

戚，可爱你倒是敢说我可不敢当，一起走吧。

哦。

杜展鹏跟随尹欣然到了公司楼下。正准备告别，尹欣然轻轻拉住他。开车送我回去。

啊？

别磨蹭，上车。

两人走到车前，杜展鹏拿着尹欣然递给他的钥匙打开了车门。

欣然……

杜展鹏听见有人叫着组长，从车内看见了一个男人站在不远处。

尹欣然打开车门，那个男人却出现在她面前，似乎不想让她上车。

杜展鹏才看清了原来这个男人就是他们总公司的老板，也就是组长的已婚男朋友，其实早在那个男人叫组长名字的时候，他心里就猜到了。

尹欣然有些气愤。你还来找我干吗？不是已经说得很清楚了吗？

他是谁，我们先去那边说。

杜展鹏听见他们的对话知道老板指的是自己，低了低头浑身有些不自然。

他是谁你不用知道，有什么话就在这里说。

麻烦你避开一下可以吗？我有话想和欣然单独说。老板将头探进车内有些不悦地说道。

哪儿也不许去，留在车里，你有什么话就在这儿说，没必要支开人家，我没把他当外人。

他到底是谁？是不是因为他？

嗬，请你不要把事情都赖在其他人身上，是你根本就离不了婚，给不了我想要的生活，我只能选择离开。

难道你不爱我了吗？我们之间就这样结束了是吗？我说过我不会离开你的，我说过我会让你一直在我身边。

你不要这样了好不好？这样只会让我们更痛苦，我不想给你的家庭造成伤害，你的孩子是无辜的，她不想看见自己的爸爸妈妈感情破裂，她还小，需要爸爸在身边陪着她。

那个家早已不是家，我和她的感情早就不存在了，我是爱你的，真的很爱你，你可不可以陪着我，等她慢慢长大，能够明白我和她妈妈分开的事实……

那要等多久？十年？二十年？如果她一辈子都不愿意让自己明白这个事实呢？我是不是要等你一辈子？

就算是一辈子，我也会永远在你身边，有什么不可以呢？

你不要这样自私好不好？感情不是可以交换的筹码，你知道我要的是什么，我只不过像其他世俗的女人一样，期盼一个婚姻的承诺，我也等了我也赋予了希望，可是我得到的却是什么……

你不要逼我，婚姻算得了什么，只是一纸毫无价值的婚书罢了，能够陪在你身边的才是永远。

我由始至终就没逼过你，只是你一再的承诺要我相信你，结果呢，我有多失落，多难受，这些你都知道吗？

Mike 看着尹欣然痛苦的面容想要拥她入怀，尹欣然用力挣脱开，想要坐上车逃离，车门却被他一把给关上了。尹欣然穿着高跟鞋向远处奔跑着，Mike 在后面追赶着她。或许是黑夜看不清也或许是高跟鞋作祟，尹欣然在慌乱中跌倒在地，Mike 忙过去搀扶她，却遭到尹欣然激烈的反抗。

杜展鹏忙从车内下来，一路奔跑到尹欣然的身边。

尹欣然挣扎着从地上站起来，却使不上力，表情很是痛苦。

我送你去医院。

不用。尹欣然倔强地回绝了 Mike，语气非常坚定。

能走吗？杜展鹏试探地问道，说趴在我身上，我背你。

不许碰她，让我来背。

不需要你扮好心，你走啊——尹欣然大声地对着 Mike 说道。

你怎么说我是扮好心呢，我对你是怎样难道你还不清楚吗？我专程从美国回来看你是为了什么，难道就是想听见你对我说让我走，让我离开你？

杜展鹏实在有些难忍了。你这样说真的是太自私了，身为一个男人，你不能真真正正给一个女人幸福，一个她需要的完整的家庭，就算你对她说一千次一万次爱她又有什么用呢？她永远只能活在渺小的希望里面，这样的生活太过虚无缥缈也非常没有安全感，我作为男人，实在是不赞成你这样的做法。

年轻人，请你自重，不要随便去批判别人的感情。

杜展鹏也没有多想一把将尹欣然横抱在怀里。我得送她去医院了，你喜欢的话就跟着来吧。

尹欣然配合地用手臂箍住杜展鹏的脖子，两个人甜蜜地背影深深地刺激着站在原地的 Mike。

谢谢你……

不客气，希望他以后不会再来烦你。

但愿吧……

不过看得出他是真的很爱你。

尹欣然狐疑地看着杜展鹏。

凭男人的直觉。他忙改口。

尹欣然哑然失笑。纵使他再爱又怎样呢，依然给不了我一个完整的家庭，这可是你说的。

对啊，没错啊，他爱你是一回事，但是不能因此判定他就是一个好男人的标准。

那怎样才是好男人的标准呢？

我很想说是我，只可惜我认为不是，你也不会认为吧，所以这个问题我不能回答你。等你找到真正的好男人了，我想这个问题你就不需要别人给你答案了。

世上还有好男人吗？

有，不算太好也不算太坏的，这个我敢保证，因为我就是其中的一个。

"扑哧"，尹欣然不禁大笑，才发现自己总能被他的话语逗得开心起来。

到了医院，杜展鹏替她打开车门做了个绅士的动作：May I？

尹欣然笑笑点点头，杜展鹏将她抱在了怀里向急诊室走去。

十九

Oncea gain？

Sure. 尹欣然俏皮地回答。

杜展鹏熟练地将她抱起。几楼啊？

尹欣然在 29 的数字上轻轻按了一下。

Oh my god！杜展鹏双腿顿时变得瘫软。

当电梯终于到达的时候，杜展鹏两手抱着尹欣然靠在墙壁上稍作休息。

不如放我下来吧。

你想爬进房间吗？大婶。杜展鹏回驳着尹欣然。

谁是大婶了，你要不情愿就放我下来，又没人逼着你。

严重的口误，大姐总可以了吧？

不可以。

行，我错了。快快快，房门在哪？我顶不住了。杜展鹏支撑到最后一秒，将尹欣然重重地丢进沙发，然后重重地喘着粗气。

尹欣然一阵惊吓，还好她家的沙发是软的能陷进去的那种。

哎呀，妈呀，总算解脱了。

冰箱里有水，自己拿。

行，我就不客气了，看你把我累成啥样了，真是够呛。杜展鹏喝完水，看见尹欣然两只眼睛盯着他。

你要喝什么，自己拿。杜展鹏说完忍不住大笑。不过说归说，他还是在尹欣然的提示下端出椰汁西米露给她。看着尹欣然一副陶醉的模样杜展鹏问着她自己做的？

当然啊，想吃啊，那分一半给你吧。

你就喂一口给我，让我试试是不是真的有那么好吃。

尹欣然有些犹豫，杜展鹏以为她不愿意。算了，小气鬼，还说分一半给我呢，切。

好啦好啦，赏一口给你呗，怎么跟个小孩子似的。

杜展鹏吃完一口无比回味。哇塞，真的很美味嘞，我从来没吃过这么好吃的西米露厄，组长，凭这手艺你可以去开店了。

既然你这么喜欢吃，这一碗都让给你吃吧。

真的？不后悔？还没等尹欣然回答杜展鹏端过碗开吃起来，尹欣然心里想那勺子可是自己吃过的呢，他居然都不介意。

杜展鹏将碗洗干净，将湿的手在衣服上擦了擦，尹欣然提醒他桌上有擦手纸，他却早已经在衣服上擦干净了。

今天真的谢谢你了，你早点回去吧。

就回去？我还有正事没做呢。

啊？

脚伸过来。

尹欣然窝在沙发里缩着脚。不用了，我自己来吧，你还是早点回去吧，省得你妈担心你。

你自己怎么使得上我这个力道啊，再说了你是我妈的好姐妹，我要是不照顾你，她也不会轻饶我的，况且你又是我上司，你不给我点表现的机会我怎么好拍你马屁。嘻嘻。

尹欣然无奈地笑笑，杜展鹏一屁股坐在沙发里，不由分说将尹欣然的脚放在自己腿上，不料沙发实在太软自己整个被陷了进去，身体还没来得及调试，整个人向前倾去，尹欣然在他对面极力用手阻挡，杜展鹏抓住尹欣然的脚想要支撑起来，被尹欣然这么一推又使不上力，整个人又弯成了九十度准确无误地吻上了尹欣然的脚背。

啊？两个人同时惊呼。

杜展鹏用力地将她的脚甩了出去，嘴里不住地往外啐口水。可怜尹欣然的脚被他这么无情地一甩，已经疼得说不出话，泪水在眼眶中打转。杜展鹏忙赔罪道组长，你没事吧，我不是故意的。

疼死我啦。尹欣然竭力地冲他吼着，泪水已经顺着脸颊流了下来。

真的对不起啦，大不了我将功补过咯。

你怎么补过啊，赔只脚给我啊。

我最多负责照顾到你的脚完全康复咯。

不需要，要你来照顾，我担心我的另一只脚也会被你废掉。

有没有那么夸张啊，说得我好像杀人凶手一样，都说了不是故意的啦，我都吻了你的脚了，也算扯平了吧。

你说什么，你亲了我的脚占便宜的人可是你厄。

杜展鹏瞪大眼睛用手指戳着自己的鼻尖然后又指向尹欣然，一副不可思议的表情。我占你便宜？拜托你不要冤枉我好不好？我还是第一次亲人家的脚，我这么倒霉，值得同情的人是我。

你马上走，我不想见到你啊，杜展鹏。

杜展鹏极力平复自己的情绪。OK，我们不要再吵了好不好，我替你揉脚。

不用。

又不是小孩子了，你我都有份吵架的啊吵两句就算了嘛，我承认是我错了行吧。

那你真心实意地道歉啊，不然我可不会原谅你。

杜展鹏好似下定决心，突然单膝跪地，无比真诚地说道组长，我错了，我愿用我的一颗真心去换回你晶莹剔透的脚踝，来吧，把它搁到我的大腿上来吧，让我温暖的手来为它按摩，让它感受到我对它的关心关怀关爱……

哈哈，你要这么逗吗？尹欣然笑的上气不接下气。

下一步做什么？杜展鹏将尹欣然的脚放回沙发问道。

我想我该洗个澡。

哦，我可以帮助你做些什么呢？

尹欣然狐疑地看着他。

我是说需不需要我送你到……浴室，然后再帮你清理换洗的衣服。我没别的意思，真的。说完自己脸都红了。

尹欣然考虑了一会儿说道，我想我是需要你的帮助的吧，那麻烦你送我到浴室吧。

杜展鹏依然红着脸，却显得有些别扭地将尹欣然抱起。

浴室传来哗啦啦的水声，杜展鹏环顾着房间的布置。他才发现房间其实挺大的，每间房的布置都充满温馨却也透着无限童趣，他把玩着手里的一个小公仔，模样傻乎乎的，让人见了就无限喜爱。

"嗞啦"，门被打开的声音，杜展鹏放下玩偶向身后望去。尹欣然裹着浴巾小心地偎在门口，身材十分的婀娜多姿，一张脸红彤彤的，简直肤如凝脂。杜展鹏看得有些呆了，尹欣然站在那里表情有些不自然。

哦，你洗完了。杜展鹏控制着自己的失态。走到尹欣然身边，两个人都有些窘迫。他小心翼翼地将尹欣然抱在怀里，尹欣然轻轻勾着他的脖子，脸望向了别处。闻着她隐隐约约飘散出来的体香，杜展鹏手有些抖，浑身燥热，脸涨得通红，整个身体都快要僵住。

尹欣然感觉得到他呼吸越来越粗重，自己却已大气都不敢出。将尹欣然放在床上后，杜展鹏快速逃离卧室，倚在墙外不停喘着气。终于恢复常态，克制着自己还好没有做出不该做的事。

他在脸上挂了个淡淡的笑容出现在门口。组长，如果没别的事，我就先回去了。

尹欣然已经盖好被子。好的，你早点回去吧，今天真的辛苦你了。

杜展鹏听见辛苦两个字心里有些敏感，自己强忍着的欲念是不是已经被她看出来了，不管了，反正自己没有犯错。

对了，开我的车回去吧，钥匙在客厅的圆桌上。

不用了，我打车就行了。

我这地段不好打车，而且你也不看看现在都几点了，反正这段时间我也开不了车，你就别推辞了。

那好吧，那你早点休息。

杜展鹏快要走出门口又想起什么折回来问道，对了，请假的事需不需要我给你向公司说？

尹欣然朝他笑笑。不用了，我自己会处理，我想也没必要说了吧。尹欣然似回答他又似说给自己听。杜展鹏恍然大悟，在心里责怪自己的多事。

二十

妈，您怎么还没歇着呢？您不是说睡觉是一门学问，是女人养颜的基础吗？您看这都几点了，您没必要大半夜睁着眼睛和时间赛跑吧？

我已经睡过前半段了，现在是休眠期的冥思阶段。

我实在是搞不懂深更半夜的您冥思啥呢？

煤气费又涨了，这个月电费水费严重超标，你交的那点生活补助已经不能同日而语了……

等等等等……妈，就这点芝麻事折磨得您半夜睡不着觉？

你那屋我替你收拾好了，可以不用睡书房了。

那我爸呢？

被派去公干了。

去多久？

快的话三个月，时间长则半年。

什么，这也太离谱了吧，爸明年就要退休了，妈您怎么能这么淡定呢，为什么没有人告诉我一声？爸，老爸，父亲大人……杜展鹏一路喊着冲进书房又冲进卧房。

已经走了。晚上八点单位派专车来接走的，我亲眼所见，你爸的人身安全你可以放心了。

杜展鹏真是彻底被他妈打败。

不过，没什么好伤心的，他给你留了封信，我看过了，尽是些不值得一看的废话。

杜展鹏接过信很想一头撞在墙上，千万不要晕倒直接晕死得了。

早上起来，却不见了车钥匙，只好去问他妈。

你昨晚去偷人家车啦？万慧如嚼着萝卜条慢条斯理地问道。

听他妈这么说杜展鹏已经清楚钥匙的着落了，他坐了下来喝着白粥嚼着鸡蛋饼。是人家好心将车借给我，不存在偷这么一说，OK？妈咪。

谁这么缺心眼把车借给你，我看了钥匙上的标志，证明那车不便宜，你啥时候认识了那么有钱的主？

不怕实话跟你说，那车是我们组长的。

啥，我大妹子，你俩瞒着我进展了？

你想到哪里去了，事情是这样的，她昨晚上彻底和她男朋友分手了，不过后来受了点伤，我就好心送她回家，后来弄到很晚了，然后她作为对我的报答，将车借给我开回来了，就这么简单。

这还简单？他们俩闹分手，你咋在旁边呢？

我……刚好经过，见证了这件事的发生。

受伤了不在医院待着却让你送回家，这是啥逻辑啊？

这不是伤得不严重嘛。

更离谱，受点小伤就让你照顾到三更半夜的，其中必有奸情，说，你们俩到底是不是瞒着我在交往？

杜展鹏喝完最后一口白粥，将碗重重往桌上一放。妈，我上班了。

临出门的时候，他将一个盒子放在他妈眼前。妈，这是您那受伤的大妹子托我交给您的，人家特意交代了这是送给大姐的礼物。

万慧如着手拆开礼物，不忘对杜展鹏说道，嗳，车钥匙拿走。

二十一

Beautiful Lisa，组长脚受伤了，难道你不去看望她吗？杜展鹏凑到Lisa耳边说着。

谁说我不去看她了，我打算忙完手头上的活就去啊，而且我召集了咱们组的全队人马。Lisa 正色着说。

呀，你这个助理真是会讨上司的欢心。不过，怎么说我也是设计组的，为什么没人邀请我一起去呢？

全都去了，那剩下的一些细枝末节的事谁来完成啊？内部决定因为你和 Abbott 都是新来的，所以你俩留下来完成咱们没做完的一点小事。

啊？内部决定什么时候通过的啊？我怎么会不知道。师傅怎么都没跟我说一声？杜展鹏四下张望。

诺哥和烈马组织项目设计的招投标去了，你若觉得憋屈，啥也不用做，静静地等待你的师傅归来吧，或许你能得到一个不痛不痒的安慰。

杜展鹏有点晕，但是也没太过计较什么，反正自己是新人，新人在公司不受点压迫那也太他妈违反职场规则了，所谓身经百战就是连带欺负也要默然接受。

喂，Lisa，去买红酒？怎么会不愿意，难得大家一起高兴嘛，当然啦，那你告诉我地址，我马上就去买。行，很快啊。挂完电话，杜展鹏有些气愤，不带这样欺负新人的吧，跑腿去给你们买红酒，完了还得回公司继续做事。靠。

杜展鹏手里转着车钥匙，直奔尹欣然车停的位置，开着高贵的车去买名贵的酒，这身份有够贴切了吧，只是这酒钱可得记住找 Lisa 报销，不然可就亏大了。

不对，杜展鹏细下心来想想，怎么感觉自己像中了某个圈套，去看望组长总不能两手空空吧，那这个红酒……Oh my god！杜展鹏只觉得一阵眩晕，手中的方向盘似乎也跟着晕了起来，车身有些偏离了正道，后面的车子按着喇叭提醒着杜展鹏，他才让脑子恢复清醒。罢了罢了，我是新人，我不入地狱谁他妈入啊。

耶，红酒来了。Lisa 欢呼雀跃，指使着他将酒搬进屋内，招呼着其他人开瓶饮酒，却连正眼都没瞧他一下，全当他不存在似的。

杜展鹏有些郁闷，老诺端着酒杯红着脸对他说怎么现在才来啊？师傅一个人喝闷酒多没意思，来，干一杯。

杜展鹏忙推开他的酒杯。师傅，别，我会醉的。

你是不是我徒弟，是的话就干了，别废话。

杜展鹏只好接过酒杯喝了一口，却被老诺猝不及防地按住酒杯直往他嘴里灌。他咕隆咕隆将酒咽下肚，只是一口气没接上来，满嘴的红酒冷不防喷了老诺一脸，他和老诺全都有些愣了，其他人却笑得跟抽了筋似的。

师傅，我不是故意的，您可别生气。杜展鹏忙道歉。

老诺抹了一把脸。你就是故意让师傅难堪是吧，我不就逼着你喝了杯酒吗？你小子，绝对是报复，说，让我怎么收拾你。

大家起着哄。

杜展鹏求饶道师傅，别，我真的不是故意的，我怎么敢冒犯您……我拿纸巾给你擦擦，你就饶了我吧……

杜大鹏，你知道这酒多贵吗？你不喝就算了，还弄得满地都是，你必须得接受惩罚。Lisa幸灾乐祸地说着。

杜展鹏心里诅咒着她，这酒我自己掏钱买的，有多贵难道我会不知道吗？我看你就是存心想玩我，奶奶的，又没得罪你，干嘛跟我过不去，真是最毒妇人心。

如果大家想玩得更开心点，那也不介意让杜大鹏来逗逗大家嘛，对不对？Lisa接着说。

你们想要玩什么？杜大鹏豁出去地问道。

给你化个妆，做回女仆，替女主人招待下我们。

等杜展鹏化成半个女人展示在众人面前时，大家纷纷表示出满意，摇着手中的空酒杯叫嚣。Miss欧巴桑，快来为我服务。对啦，快点来招呼客人啦。

杜展鹏顾不得形象，挂着笑意在房间穿梭起来。

嗳，欧巴桑，送点水果过来。

杜展鹏听见Lisa的呼唤，扔下手中的果壳，将桌上的水果切好准备端过去了。

他给自己塞了块哈密瓜，完全沉浸在水果给他带来的甜蜜之中。

"啊"。一声惊叫之后，杜展鹏的果盘早不知飞到了哪儿，但是他的身子却整个压在了尹欣然的脚上，刚刚那一声喊叫不单只有他因为摔倒而叫出的惊恐声，同时也有尹欣然因为脚部的严重压迫而喊出的疼痛声，两个人一个扑在地上涨红着脸，而另一个只差没有飙泪了。

Lisa忙护着尹欣然。组长，你没事吧，你的脚，完了完了，可千万别废了……

杜展鹏还没反应过来什么事，早已被人一把推开，大家纷纷关心着尹欣然，七手八脚地忙着送她去医院了。

老诺蹲下身说道你伤哪儿了？

杜展鹏摇摇头。师傅，看没看见谁绊的我啊，组长她应该没事吧？

去医院不就知道了。老诺说完站起了身，杜展鹏一骨碌爬起来不敢怠慢地跟在老诺身后，老诺回过头提醒他还没卸妆，他就一路走着一路换掉欧巴桑的形象。

你惨了，杜大鹏，医生说了，组长的脚现在伤的非常严重，加上之前的旧患，要想短期愈合那是不可能了，你说这个责任你担得起吗？ Lisa 将杜展鹏揪到一边呵斥着。

我……Lisa，我都不知道谁绊了我一脚，其实我就是受害者，真正的凶手……

我看你完全是想推卸责任，你现在说什么都没有用了，大家都看见了，你有得抵赖吗？

我……不是想要……我只是说出事实。

事实呢？ Lisa 双手交叉在胸前问道。

算了，我自认倒霉，你说我该怎么去弥补吧。杜展鹏很是无奈地说道。

看情况咯，如果组长的脚骨不幸坏死了，你就把你脚给剁了移植给她，如果只是瘸了，那就给她准备一对好的拐杖吧。

啊，没那么严重吧？你不要吓我 Lisa，最多这段时间我无微不至地照顾好她咯，直到她的脚真正没事。

这可是你说的，君子一言驷马难追，说得出就要做得到，虽然我不认同你是个君子，但至少因为你这句话，也可以让你的良心得到些许安慰吧，对吗？

Lisa，我知道怎么做啦，我每天除了上下班之外其他的事就是照顾好组长，你放心吧，我会好好将功补过的。

杜展鹏觉得反正自己已是跳进黄河也洗不清了，不如就将这个替罪羔羊替到底吧，反正只是伤到脚而已，照顾起来也不是什么难事。

Lisa 很满意他的回答。那现在时候也不早了，大家明天还得上班，所以我们先回去了，医生说组长还得留院观察，你就负责留下来陪着组长吧。

杜展鹏点点头，心里却对 Lisa 极为不满。

二十二

尹欣然靠在床头输着液，杜展鹏无精打采地坐在凳子上扯着呵欠。

大鹏，你别陪着我了，回去吧。看着杜展鹏疲惫的神情尹欣然有些不忍。

那怎么行，组长，你的脚是因为我而伤得更加严重了，我怎么可以于你而不顾呢。杜展鹏振振精神说道。不如，我给你讲笑话听吧，反正坐在这里也很无聊。

你靠在这里睡会吧，明天我会替你向公司请假。尹欣然拍拍床沿说道。

没事，我都不困，况且组长你不也没睡觉吗？你就放心睡吧，吊针水我给你看着呢。

睡不着。

为什么？

痛。

杜展鹏难堪地笑笑。我还是讲笑话给你听吧？或许你笑笑就不会那么痛了。除了人什么动物最爱问为什么？

不知道。尹欣然想了想回答他。

是猪。

为什么呢？

哈哈哈哈哈哈……

尹欣然醒悟过来嗔骂着他你才是猪咧。

猪的英语拼写是 PUG 吧？

当然不是啦，是 PIG。尹欣然不知是计，很好心的纠正着他。

不是吧，我怎么记得是 U(YOU) 啊。

你记错了，是 I。

不对，猪是 YOU。

都跟你说了猪是 I。

哈哈哈哈哈哈。杜展鹏拍着手掌忍俊不禁。

尹欣然又是一次潘然醒悟。喂，杜大鹏，你能不能不要这么幼稚？是猪得罪你了还是我得罪你了啊？真是的。

好吧，说个冒险故事吧。杜展鹏强忍的收住笑。爷孙俩出海历险，爷爷是个水性很熟的渔夫，这天，天气很好，他喊了小孙子一起出海打鱼。谁知刚出海不久，天气突变，海上起了风浪。小孙子害怕，爷爷就安慰他乖孙别怕，爷爷这么多年的技术了，这点风浪怕啥？突然，一个大浪头打过来，把船桨给劈头打成两截。爷爷无奈地对孙儿说乖孙啊，桨（讲）完了。

尹欣然不解地看着他。讲完了？

对呀，桨完了。

不是说是冒险故事吗？我没听明白嘢？

乖孙，我真的讲完了。

一阵沉默之后，尹欣然大声对着杜展鹏说道你真的很幼稚厄，杜展鹏。

那我讲其他的好了，你还要不要听啦？

不听啦，讨人厌。

那好吧，不说了，省得你又说我幼稚，其实我真的觉得很好笑啊。

尹欣然做出非常不屑的表情，拿出手机开始玩起游戏来，杜展鹏凑过来说道哇，组长，想不到你玩这个还挺厉害的嘛，看，分数又升了，快，左边，上边，快快快。

能不能不要吵啊，别妨碍我。

好好好，我不说话，哎呀，应该给它个绝杀嘛，真是。杜展鹏一脸痛心的模样，尹欣然没有理他。

二十三

等她醒过来时，杜展鹏已经将早餐买好，手上却在玩着自己手机里面的游戏。

组长，你醒啦，快吃早餐吧。我问过医生了，他说你可以不用住院了。

真的吗？尹欣然长吁一口气。

对了，我等会送你回去，我已经向Lisa请好假了。杜展鹏晃晃他手里的手机。

你用我的手机向Lisa给你自己请假？

对呀，你昨晚不是答应给我请假的吗？我看你一早上睡得挺香又不忍吵醒你，又担心Lisa说我故意迟到，所以我就以你的名义给自己请假咯，我都没有擅作主张啊，我只是按照你的想法这么做的。

你，杜展鹏，你知不知道这样做很过分呢，你为什么不经过我的同意。

好了，组长，别生气了，我也没经过你的同意给你办了出院手续。你看，我还给你赢了三万分呢。鏖战一个晚上，也算硕果累累吧。

杜展鹏将手机递给尹欣然，尹欣然夺过手机神情有些紧张又有些愤怒。

放心啦，组长，我只是一直在玩游戏，手机里面其他的东西我都没有动过哦。

你……尹欣然似乎有些怀疑他的解释，怕是越解释却是越在掩饰。可以走了吗？她将手机攥在手里问道。

当然可以，要不要吃点早餐再走，这可是医院的特色早餐咧，我排了好长队才买着的，你不想尝尝？

你喜欢吃，留着给你自己吃好了，快去推个轮椅过来。

好吧，介于你思家的心情，我这就去借轮椅过来吧。

尹欣然一时真是不知道如何应付这个鬼头滑脑的家伙。

二十四

杜大鹏，你胆子可不小啊，竟敢冒充组长的名义向我撒谎，说，这事该怎么处置？

杜展鹏才到公司就遭到了Lisa劈头盖脸地质问。Lisa，干嘛这样啊，何必要动真格啊对不对，是你说要我照顾好组长的嘛，我一个晚上尽忠职守陪在她身边，又要逗她开心还得不眠不休，你说这就是铁打的身板也熬不住一整晚上不睡觉啊。再说了组长也承诺了同意我休假，我只是替她代发了一条她一定会发的短信而已，你不是这么不通情达理吧，Lisa……杜展鹏有些撒娇地说道。

去去去，别跟我来这一套。不过呢，鉴于你的表现，要惩罚你也于心不忍，那就奖励点什么吧。

真的，奖励啥呀？杜展鹏早已喜形于色。

经过"组委会"一致通过，在组长休假这段时间，将你手头上的事适当减少，给予你充分的个人时间，去完成……

太好了，感谢"组委会"，我很珍惜你们的这个决定，话说我最近真的很想出去来次旅行，到时候等我心灵得到释放，眼界得到扩展……

打住，听我说完。不是完成你要去旅行的愿望，我的意思让你接着去完成照顾组长的重任。Lisa两眼盯着杜展鹏。

什么？我不是不愿意去照顾组长，只是你知道男女授受不亲，我们俩单身男女，我成天往她家跑，这也不合适吧？

别忘了你答应过我什么？

我当然记得，好好照顾组长直到她脚伤痊愈嘛，只是人家不一定会同意我去照顾她啊，不如还是给她请个好点的保姆吧，女人相处起来也方便点。

外面的人我能放心吗？不是因为你组长的脚伤会变得更加严重吗？你也别

· 149 ·

给我啰唆了，只要你照顾好组长，等她痊愈回到公司，我一定帮你游说让她允许你休假，到时候是去马尔代夫还是古埃及金字塔都随便你了。

那……我考虑考虑。杜展鹏做出思考的模样，硬是把要说出口的"没问题"三个字吞进了肚子。

二十五

组长，我来看你啦，快开门。

尹欣然拄着一对拐杖出现在门口。杜展鹏，你怎么来了？

杜展鹏将买好的食物塞进冰箱。我来替公司的同事看望你呀，其实他们也都很想念你，只是他们工作都比较忙，我比较能抽出点时间，所以就来看看你咯。

你现在在公司很闲吗？

当然不是，我是比较会合理安排自己的时间啦，工作再忙，也要腾出属于组长的时间。嗳，组长，晚上想吃什么，我给你做。实话跟你说了吧，你脚伤的这段时间，我会履行职责好好照顾你。

履行职责？

呃，我的意思是你的脚伤因为我而更加严重了些，所以我要负些责任，既然不能代替疼痛，那就让自己为你做点力所能及的事吧，组长，你千万别拒绝，所有一切都是我自愿的，绝没有受到任何人的逼迫。

尹欣然吃着杜展鹏做的饭菜，没有特别美味也没有特别难吃，人家一片心意凑合着吃吧。

两人正吃着饭，门铃响了。杜展鹏起身去开门，是 Mike。

没有过多阻拦，Mike 直接进了屋。尹欣然抬头看着他，杜展鹏坐下来继续吃着饭。

吃块鸭脯肉吧。杜展鹏体贴地给尹欣然夹着菜。

尹欣然放下碗说吃饱了，想回房休息。杜展鹏放下碗筷，顺势将尹欣然抱在怀里朝房间走去。

Mike 跟着来到房间门口，杜展鹏看得出他非常生气。组长现在要休息，我想她现在不方便和你说话吧。

你以为你是谁，你马上给我滚出这个房间。Mike 想要进入房间跟尹欣然说话，门却被杜展鹏给带上了。

你走啦，她都说了不想见到你了，我可以离开，但是你也不能留在这里。

什么时候轮到你说话了，我和欣然之间的事你最好不要插手，不然我可不会再对你客气。

好啊，有什么你就冲我来好了，不要再去烦她。

小子，请你不要再来烦我和欣然，可以吗？或许你开个条件，只要你不再多管闲事，我都可以考虑答应你提出的要求。

我想你误会了，我没有多管闲事，我也不会对你提出什么条件，我只有一个要求，那就是把欣然还给我，还给只属于我们两个人的一片宁静。

年轻人表现得自负我可以理解，但是自作多情可就令人耻笑了，能不能学会自重呢，小子？Mike 早已不耐烦，眼神中带着些挑衅，杜展鹏也毫不畏惧地看着他的双眼。

二十六

杜展鹏接着他妈的电话，赶紧到了公司楼下。妈，什么事啊？

没啥事，就看看你工作的地方。

我还有事要忙，没时间陪你，这看完了，我送你上车吧。

催个啥呀，我过来是要你陪我一起去看我大妹子。

您这不是瞎闹吗？现在上班时间……

再瞎闹我也到这了，你别想让我一个人离开。

杜展鹏掏出手机。喂，老诺啊，我现在有些私事要办，你看能不能替我跟 Lisa 说一声通融一下。

杜展鹏发动车子上了路，却不知后面有辆车已经跟上他。

儿子，好看吗？万慧如摩挲着脖子上的金项链有些自鸣得意。

哟，妈，您什么时候买的。啧，挺贵的吧。

万慧如白他一眼。这是大妹子送给我的，还真是挺有心的。

妈，用不着那么惊叹，你想要金首饰，我以后让我媳妇儿买给你。

他妈语气中透露些惋惜。其实妈只要过了心里那个坎，对你俩春心荡漾的感情也能睁一只眼闭一只眼，虽然大妹子年纪是比你大了点，但妈瞅得出她是个心地善良的姑娘。

妈，谁都不怨，要怨就怨儿子没爱上她，所以，这事您也别感到啥遗憾的。

妈其实就盼着你没爱上她，这样也能免去我的顾虑，省得我纠结到底是要她做我儿媳妇呢还是大妹子。

杜展鹏开着车莫名觉着晕乎。

"叮铃叮铃"。过了好大一会儿才听到门动的声音。尹欣然探出半个头。哎呀，万大姐，您怎么来了？

听说大妹子受了伤，做大姐的专程来看看。

那多不好意思，请坐，我去给您倒水。她挂着拐杖慢慢前移，受伤的脚还是使不上力。

杜展鹏扶住她说你坐着休息吧，要喝什么我们自己来好了。

是呀，你就休息吧，别弄得咱好像过来添麻烦似的。万慧如附和着。

来，抱你去那边坐着休息，踌躇什么呀昨天不也抱过了吗？杜展鹏一把将她抱起，万慧如有些始料不及。杜展鹏安顿她坐好，又找了张凳子给她踏脚。

看着儿子对她细心的模样，心里不禁有些忐忑不安。大妹子，你还没吃饭吧，今天特意给你做一道我最新研制的菜，保管你吃得满意。万慧如忙引开他俩的注意力。咦，我买的紫苏呢，哪儿去了？

是不是忘记在车里了，我去拿。杜展鹏回答。他拉开门，却看见Mike站在门外。你怎么来了，这儿不欢迎你。

年轻人，不要恣意妄为，我想还轮不到你来告诉我。

可是你们已经分手了。

那是我和欣然之间的事，请让一让，我要进去看她。杜展鹏阻挡着他，Mike也毫不示弱，两个人在门口较起劲来。

响声惊动了里面的人，万慧如站起身向门口走去。看着儿子和一个男人近乎扭打在一起，万慧如惊呼这谁呀，是不是擅闯民居啊？

是的，妈赶紧报警。

欣然却说让他进来。Mike得到获准，推开杜展鹏大踏步走了进去。

万慧如看着他的背影。谁呀，儿子。

你大妹子前男友。杜展鹏有些不悦地说道。

哦……分手了啊？那是怎么回事呢？上来旧情复燃？那没咱俩什么事啦，我们还是走吧，别妨碍人家。

妈，人家已经分手了，欣然是不会跟他在一起的。

既然都已经说清楚了，那她干吗还让他进屋啊，证明没断得干净呗。

人家是有老婆孩子的，欣然跟着他能有幸福吗？

什么啊？她做了第三者？

妈，根本就不是那么回事？欣然被他欺骗了……

就听见尹欣然歇斯底里大喊你走啊，不要再来找我，我不想再看见你……

杜展鹏赶忙跑过去，尹欣然瘫坐在地上，拒绝着 Mike 的靠近。

杜展鹏迅速将尹欣然抱到沙发里，关切地问着欣然，你没事吧，不要怕，有我在这里，没人可以伤害到你。他用手细心地替尹欣然擦去眼泪，尹欣然此刻脆弱得像个孩子。

年轻人，不要自以为是。我知道你在我们公司工作，有些话我不说出来你应该明白。

你只管炒掉我就是了，爱干不干。

欣然，你不要跟着他一起闹了，这样对你有什么好处。你也不要再欺骗我，你们根本就没有相爱。这样的傻愣小子，怎么配得上你，他根本连你最需要什么都不知道。

不许你侮辱我儿子，就算他们没有相爱，你也不配拥有我大妹子的爱。你有老婆孩子应当顾好你自己的家，而不是以爱情的名义去追求别的女人，你这样是对自己家庭的不忠，也是对这个女人的不公平，因为你无法给予他们相等的爱，你只是在贪图婚外恋给你带来的无需付出任何责任的享受。万慧如一番话说完，三个人同时看向她。

欣然，我先告辞了，我会再来看你的。Mike 脚步顿了顿，没有说话没有回头走了出去。

万慧如也走了出去。

妈，你去哪儿？

回家。

杜展鹏追了出来。妈，您怎么就这么走掉了，不是说好给你大妹子做好吃的吗？

没心情了。

怎么啦，刚刚还好好的，不要因为别人而影响到我们。

万慧如不想说什么，迈着步子向前走。

尹欣然看着杜展鹏说道大鹏，你回去吧。

我想陪着你，我怕你有事。

我能有什么事呢，你快回去陪着妈好不好？你走吧，我现在不想见到任何人。

杜展鹏站在原地没有动。

你走啊，走啊。

杜展鹏看着她痛苦的表情内心也很痛苦，他想过去揽着她安慰她。

求求你走好不好？尹欣然用近乎哀求的语气说道，杜展鹏闭上眼睛转身离去。

二十七

妈，我回来了。您没事吧？

你还知道回来，我以为你魂被人勾走再也不知道家在哪里了。

妈，您这话什么意思？

你说你喜欢个什么人不好，年纪大我忍忍也就过去了，你居然喜欢上一个做人家小三的？

妈，您是不是误会了？我和欣然是清白的，我们之间什么事都没有。而且我都跟您说了，欣然根本就没有去做破坏人家的小三。

怎么着？还护着人家了是吧？左一句欣然右一句欣然，什么时候改口的我怎么不知道，瞧你对人家那黏糊劲，"不要怕，欣然，有我在谁也不敢欺负你。"你俩要真没事你能当着我的面说出这样的话？

杜展鹏有些愕然，他竟然不知道什么时候直呼组长的名字了，而且他也不知道他对欣然说出的那番话是出于单纯地想要保护她还是真情实意地流露。

他愣在那里回答不出他妈的问话。"忽"，一阵疾风向他刮来，他本能地一躲。回头望去，吓出一身冷汗，一把菜刀正直刺刺地插入门框中，晃晃地抖个不停。

杜展鹏惊醒过来。妈，您这是要削掉我脑袋吗？

你个混账东西，由小到大你就没让我省心过，世上就没别的姑娘了吗，你偏偏喜欢这么个女人。

妈，您说过她是个好女人啊。

那是在我被事实蒙蔽的状态下说的蠢话，现在的女人真是知人知面不知心，把自己说的多么高尚，结果都是金玉其表败絮其中。

妈，您别说得那么难听好不好？怎么说她也是你好姐妹。

我想我是糊涂了，居然不记得卸下她的面具看个清楚，我要单方面解除和她的姐妹关系，你见着她帮我转告一声。说完进了卧房。

杜展鹏洗完澡躺在床上，他不知道他对尹欣然到底是怎样一种情愫，难不成爱上一个人自己会毫无察觉，这也太离谱了吧，这种事情居然会发生在自己身上？脑中这个想法使得他在床上痛苦地翻来覆去。

不用上班，杜展鹏真正睡到日上三竿。他醒来第一件事就是打电话给尹欣然，不过却无人接听。他换好衣服准备出门，万慧如坐在客厅问着他上哪儿去啊？

出去溜达溜达。

我知道你会去找她，我也不拦着你反正也拦不住，你都这么大个人了，我希望你看待事情能够周到，不要只是片面的东西。这样对自己，对家庭，对以后都会有好处。

妈，是您提醒了我，我想了一个晚上终于被我发现一个连我自己都未发觉的事情，我可能爱上了欣然。

一早怕我不同意没敢说，现在有个强劲的情敌出现了，担心再不出手胜算的概率又变小了，到时候你就啥希望都没有了，是吧？我告诉你，我就几个字"坚决不同意，啥都没得商量"。

妈，您同意也好不同意也罢，反正我现在工作也丢了心里别无所向，我想我唯一的重心就是欣然了。

她需要你在身边吗？如果她真的需要你的关心那她昨晚就会让你留在身边了，傻儿子，或许你对她只是一时情迷，同情多过于爱情，你听妈妈劝，先让自己冷静一下，在家里好好想想，搞不好你想明白了也就知道那只是一时的错觉并不代表什么。

妈，我不想再折磨自己了，我已经想得很清楚了，我想给她幸福。

那你老实告诉妈，你爱她什么？

我……我还不知道，爱是不需要理由的吧。

你连爱她哪一点都说不出来，你凭什么说你对她的感觉就是爱情，这是爱一个人的表现吗？别傻了，儿子。

妈，我知道怎么做，我会去确定自己是不是真的爱上了欣然。

你打算怎么做，告诉她你爱上了她？你要娶她？

妈，您给我点时间，我想是什么样的结局答案很快会水落石出。

最好尽快做个了断吧，如果希望你妈多活几年的话，你就当作尽孝道了，别拿你妈的生命开玩笑。

杜展鹏心情低落地离开了家。

二十八

没有人来开门，手机一直无人接听。杜展鹏颓然地坐在门口，就那么静静地坐着。

也不知过了多长时间，门轻轻地打开了。杜展鹏缓缓地抬起头，看见尹欣然一脸憔悴的模样。

他的心突地疼痛起来，揽过她的头安抚着。欣然，没事的，一切都会过去。

他沾湿毛巾给欣然擦着脸，欣然阻断他的动作。你走吧，我想一个人静一静，以后不要再来找我。

你这样逃避一切不是办法，哪怕在每个人身上发生任何不愉快的事情，记住最重要的是向前看，忘记不值得一提的过去。

我没有在逃避，我只是想一个人独处，不想受到他人的打扰，这样也不行吗？

我可以陪着你不说话，不做任何事，只是在你需要另外一个人的时候，我能及时出现在你身边，我并不想打扰你，只是希望你能明白在你最无助的时候还有值得信赖的朋友在你身边。

尹欣然看着他，内心的戒备似乎也在慢慢松懈。

杜展鹏撸起衣袖在厨房忙活起来，等他端着自己好不容易熬出的粥时，尹欣然已经窝在沙发里睡着了。

当她醒来的时候，天色渐暗。她揉揉眼睛，看见桌上的白粥，却没有搜寻到杜展鹏的身影。

你醒啦？

你……

我看你不方便，就帮你简单弄了一下，衣服已经洗好晾好，放心，该手洗的我都用手轻轻揉搓，绝没有毁坏你的衣服。那个阀掉的水龙头我也修理好了，只是你家里的工具挺难找的，就差翻了个底朝天了，不过也顺便知道了你家里的一些不为人知的秘密，放心，我绝不会漏嘴说出去的，保证天知地知你知我知。杜展鹏故作神秘。

尹欣然本想责怪他的多事，可是似乎又找不到责怪的理由，毕竟人家出于一片好心，默默地为自己做了这么多事，只是，她的内衣裤难道他也帮着洗了吗？有点不敢想象。

她迫不及待地将头伸向阳台的方向，当她准确无误地看见自己蕾丝的内衣高高挂在衣架上时，不禁为之一叹，真是不知道要再如何面对他。

对了，我看你冰箱里也没什么存货了，不如你告诉我需要什么，我去超市给你买回来。

不用，我想还能撑个几天吧，到时候等我脚好一点我自己去买就行了，真的不必麻烦。

不要再推辞啦，你的脚都不知道什么时候才能好，不是说了要做你最值得信赖的朋友的吗？连这点小事都帮不上忙，谈何朋友？还是你心里根本就瞧不起我这个所谓的朋友？

那好吧，既然你一再坚持，我也只能唯有麻烦你了。

我可从来没觉得是麻烦，就怕你不给我这个机会。

尹欣然抿嘴笑笑，杜展鹏也宽慰地笑了起来。

就买这么多，是吗？杜展鹏拿着尹欣然列出的清单。

嗯。

那好吧，我很快就回来，你在家乖乖等着，如果再想到还要买什么，打电话给我就是。

嗯……尹欣然怅然地回答。

不如这样啊，你跟我一起去，就当带你去兜兜风。杜展鹏读懂她不想继续一个人闷在家里的心思，其实他也不放心将她再一次独自留在家。

带我去，方便吗？还是不要了吧。

有什么关系呢，只是我去超市购物的时候，你就留在车里等我好了，最起码你也能看看沿途的风光，老是闷在家里也不好，对吧？

真的可以？尹欣然咬着嘴唇问道。

当然，来吧。杜展鹏将尹欣然抱起。

等等，我还没换衣服呢。

不用这么臭美吧，我都没打算让你下车，乖乖待在车里就好，又没有人说要看你。

可是，这样子下去总有人看见吧，你不让我换衣服我就不去了。

杜展鹏笑说怕什么，你脚受了伤，人家以为我带你去医院，谁会对你一个病人有那么高的要求啊，总之，你不要想太多了。

我不去了，你赶紧放我下来，你送我回屋，杜展鹏，听见没有？尹欣然在他怀里挣扎着。

麻烦，等一等。杜展鹏对着快要关上的电梯大声喊着，有好心人士及时帮他挡住了电梯门。杜展鹏抱着尹欣然进了电梯向好心人道着谢。

杜展鹏，你混蛋，你干吗不让我换衣服啊，多丢脸啊。电梯里的人都将目光移至他俩身上，杜展鹏尴尬笑笑解释着说见笑了各位，真是不好意思。

有啥不好意思的啊，小两口闹闹情绪很正常，一看这就是带你媳妇儿上医院，看病当然重要了，不过爱美是女人的天性，小伙子得多点耐心让你媳妇儿打扮打扮再出门，只要她高兴了也就不会生你气了。

是是是，我以后一定注意，多谢这位大哥的提点。

有病啊你……尹欣然狠狠地拍着他的肩怒骂着。

呐，慢慢吃，我很快就回来了。杜展鹏买了一串糖葫芦递给尹欣然，一步三回头地离去了，生怕她会在车内消失一样。

尹欣然一串糖葫芦吃完，杜展鹏刚刚好从商场出来。是不是等得很无聊？

对呀，你再不出现，我就跳车出去玩。

哟呵，你倒是跳个给我看看。

跳就跳……尹欣然作势拉开车门。

算了算了，开个玩笑，还当真了。

你以为我真跳啊，姐姐我才没那么傻呢。

你就是个傻子，爱情里面的傻子。杜展鹏忍不住说道。

杜展鹏，你别哪壶不开提哪壶，你是不是觉得有嘲笑我的资本，如果是这样，你即刻消失在我眼前。

对不起，我不是有心要说这些的，我没半点恶意一时口快而已。

两个人不再说话，杜展鹏沉寂地开着车。

我先送你上去，等会再下来拿东西。

尹欣然没有说什么，任杜展鹏将她抱在怀里。

欣然。杜展鹏回头看见 Mike 站在不远处。欣然，你可不可以再给我一次机会，我就要回美国了，只要你肯答应我，这次我相信一定可以说服我太太跟我离婚。

我想还是等你真正离了婚才有资格对欣然说给你机会，不然为了你随便的一句承诺，很可能要葬送欣然一辈子的幸福。杜展鹏有些恼怒地回答他。

你知道她需要什么样的幸福吗？我相信只有我才能给予她想要的幸福……

说得真是轻巧，如果你真的能给她幸福，那么她现在就不会在我怀里了。

你……不要以为欣然会对你有所爱意，你只不过是一个守候在她身边的癫蛤蟆罢了。

你说什么？一直抱着欣然的杜展鹏有些体力不支，本来气愤的话语也没有半点咄咄逼人的气势了。

Mike，事到如今，你要怎样才肯相信我所说的是真的，是这样吗？话音才落，欣然勾紧杜展鹏的脖子，双唇毫无征兆地吻上了他的嘴，杜展鹏随即以无限深情回应着她，两个人吻得如痴如醉，Mike气得连话都说不出来了。

看着Mike离去的身影，尹欣然有些疲软，杜展鹏保持着最后的体力。

杜展鹏做好晚餐，将尹欣然从浴室抱了出来，不过这一次她给自己多裹了层衣服。坐下后，杜展鹏叮咛她先吃饭，自己则弯下腰给她的脚涂药做着按摩。

先吃饭吧。尹欣然对他说。

不，你先吃，我给你揉完脚再吃。

尹欣然不知说什么好，她实在受不起他对她如此好。我们只不过是一场同事而已，你实在没必要这么做。

看来你始终没有把我当作你的朋友，不过没关系啊，你毕竟是我妈的好姐妹，我有义务替她照顾好你。

你不要再骗我了，你妈早已经没有把我当作姐妹了吧，她一定很后悔认识了我这么一个不知检点的女人，像我这样恋上有妇之夫的女人是会遭到别人的唾弃的吧，我想连你妈也不例外。

不，我从来不觉得你有错，你只是爱上了一个善于撒谎的男人，他欺骗了你的感情，让你受到伤害，你不应该因为别人的看法而令自己感到难过，错的人不是你。

不要再说了，谢谢你对我的照顾，我看你还是回去吧，我想不到有任何理由留你在身边照顾我，我不想被人说闲话。

别人要说由得他们去说好了，干嘛要去理会这些无谓的言论。

你可以无所谓，可是我不想被人诟话柄，我不想在别人眼里遭到嫌弃。

杜展鹏想要大声告诉她，如果我堂堂正正追求你，要你做我女朋友呢，看谁还敢对你说出这样的话。可是，他的手机不停地在响着，彻彻底底中断了他这个呼之欲出的想法。喂，妈……他站起身躲避在一个角落小声地说着话。

都跟你说了，让你回去，你当这里是你家了是吧。尹欣然有些怒气冲冲地对着杜展鹏说着。

你别生气了，如果你不想看到我，我现在马上回去。杜展鹏说完真的打开门欲离去，他向尹欣然交代好好照顾自己，脚实在动不了也别为难自己，学着慢慢去走就可以了，记得千万不要心急，别使劲过头又伤着了，我走了。

二十九

呀，杜大鹏？你怎么在这儿？Lisa有些惊异。

Lisa，你来看欣然啦？

欣然？什么时候小弟弟直呼姐姐其名啦？你这是怎么回事啊？Lisa指指杜展鹏身旁的轮椅。

我……我买给欣然的。

不是吧，不需要严重得用上轮椅吧？你可不要吓我。

我就是想买个轮椅给她，出行方便点，这样她的脚得到充分休息也会好得快一点。

啧啧，杜大鹏，看不出你还挺有心的嘛，怎么？想趁着这次俘获芳心？

杜展鹏心思被Lisa说中，动了动嘴没说什么。

我打电话给组长了，她知道我要来，要不要一块进去。Lisa有些挑逗的语气邀请着。

不了，有你陪她我就放心了，有个人陪她说说话省得她胡思乱想，对了，一会儿你就说这个轮椅是你买的。

Lisa去按门铃的手忽地停住。嗳，杜大鹏，我说你这是演的哪一出啊？干嘛不肯承认是你自己买的轮椅？你惹组长不高兴啦？还是你示爱失败了没脸再去见人家？不过，我挺不看好你们会成为一对，你怎么能配得上组长呢，笑话。

杜展鹏听完后有些偃旗息鼓。Lisa进去的时候，杜展鹏躲在了角落，不过Lisa在门关上刹那又特意朝他所在的角落看了过去，不知道欣然发现没有。

咦，组长，冰箱里琳琅满目的，不像是堆积时日的囤货哦。Lisa故意说得曳长。你脚又不方便，肯定不是你去买的啦，这个背后的男人到底会是谁呢？

我都没说，你怎么知道是男人？

哦，那我就实话说了吧，刚刚在门口的时候，碰上了一个陷入爱情的愣头小子，不过他怕惹女主人不高兴，所以没敢进来。怎么样，是不是暗示着拒绝了人家。Lisa有些调皮地说道。

别拐弯抹角了，谁是陷入爱情的愣头小子，你故意说给我听，难道跟我有关系吗？

组长，你不会是真不知道吧？杜大鹏喜欢你，难道你真的不知情？

尹欣然确实有些诧异。你听谁说的？

他自己呗。

他亲口跟你说的？

那倒是没有亲口跟我说，不过喜欢你这个事实无论如何是假不了的。

人家都没亲口承认的事情，你怎么可以随便乱说，再说了我和他根本就不可能。

组长，我跟你是一边的，我就说了你怎么可能会看上那个愣头青杜大鹏呢？要啥啥没有，你跟他简直一个天上一个地下呗。

他……还没走吗？

没有啊，一直在门口候着呢，不过那家伙花了点心思，特意给你买了个轮椅，说什么让你出行会方便点，是不是有些可笑呢？你真的会坐轮椅出门？

怎么不会？如果是你在轮椅后面推我的话，这个倒可以考虑。

我？

嗯哼。尹欣然故意弄出可不可以的一副表情。

嘿嘿，组长，你想出去散散心我完全可以理解，可怜我势单力薄，搀你坐进轮椅都成问题，不如这样，我有个两全其美的好办法，又可以让我陪着你在院子里说说话，又不用我在后面推得气喘吁吁的。你等等啊。说完哧溜一下跑到门边，速度快到尹欣然来不及叫住她。

嗳，杜大鹏，还在吗？Lisa对着某个角落喊着。

杜展鹏探出半个身子。在呢，是不是有什么需要帮忙的？

赶紧过来，轮椅也推过来。

进了屋，杜展鹏推着轮椅看着尹欣然，她再次看到他却有些尴尬。

愣着干嘛呀，还不快把组长抱到轮椅上去。Lisa催促着。

杜展鹏推着轮椅三个人来到了附近的公园。为了留给她们单独说话的空间，主动去买水撤离了公园。

公司最近怎么样了？尹欣然问着Lisa。

放心吧组长，一切照常运行。其实你不在的日子，大家也挺惦记你的。组长，杜大鹏不会是为了你才辞职的吧？

我会向公司说，希望公司能够恢复他的职位。尹欣然答非所问，语气中透着自责。

不用了，就算公司答应了你的请求，我也不会回公司的。杜展鹏不知何时出现在了她俩身后。

那天或许是我们太过冲动，其实仔细想想没有必要因为别人的一席话而丢掉自己的工作，这样未免也太不值得了。尹欣然似乎在劝慰着他。

当然值得了，如果是因为你，我就绝不会后悔。反正我只是一个小职员，对公司来说可有可无的小角色，倒是你不要跟着无关重要的人一时冲动而放弃了在公司的美好前程，那样就太可惜了。所以我很赞成你继续留在公司，做着你自己喜欢的事情。

你别傻了啊，杜大鹏，没有必要轻易地丢掉自己的工作，再说你不是一直很喜欢做广告设计的吗？或许你需要一些时间考虑。

我已经想得很清楚了，我不会后悔这个决定。杜展鹏坚定地回答她们。Lisa 表示非常不解或许她会认为杜展鹏有些耍酷的成分。只是尹欣然心里清楚，他确实是因为自己而辞掉工作，而自己也曾答应会和他一起辞职。难道当时只是自己一时说的气话吗？为了气走 Mike，她甚至可以主动去吻他，她不明白自己什么时候变得意气用事了。

Lisa 执意不让杜展鹏离去，指使他做了一餐丰富的晚餐并为她们切好了饭后水果。自己啥也不用做，只要张一张嘴，陪着尹欣然说说话就可以了。

临走的时候，杜展鹏提议送她。尹欣然对着他俩说道开我车去送 Lisa 回家吧。

三十

你倒真表现的像一个家庭的男主人啊。Lisa 揶揄着杜展鹏。

他开着车朝她抿嘴笑笑。

嗳，我很好奇我们组长身上哪一点令你如此着迷呢？虽然我承认她是个很有魅力的女人，但是听到说你可以为了她连自己喜欢的工作都能放弃，所以我想搞清楚你真的已经对我们组长喜欢到了无可自拔的地步了吗？

杜展鹏淡淡地回答她。工作丢了随时可以重新再找，但是喜欢的人一旦错过我怕很难再找回来了。

从进公司的时候你就喜欢组长了吗？Lisa 不忘八卦。

我说不是，你会相信吗？

Lisa 自然不信。

我也不知道从哪一刻对欣然开始变得在乎的，只要一想到她就会有种莫名地悸动，看到她难过我的心跟着难过，我真的不知道自己为什么对她会有这种异样的感觉，我试着逃避压抑这种情愫，但是我的心骗不了自己，我想我是真的沦陷了。

太可怕了，一厢情愿注定没有好的结局，我看你还是去流浪天涯比较好点，将你心爱的人儿的身影在风中丢弃，这样对双方都比较好过。

杜展鹏讶异着 Lisa 的话语，他觉得她说话的韵味带给他似曾相识的味道，因为听完她说话他只有一种想要晕掉的感觉。

Lisa 塞着耳机听着歌，突然车子一个急刹。只见一个醉汉横过路中央，举着酒瓶发着酒疯。Lisa 取下耳机不禁火大，杜展鹏停稳车耐心等他安全地过完马路。Lisa 咒骂完看着杜展鹏说道这些人真是太可恶了，喝醉酒在大街上胡乱撒野，谁撞上他们谁倒大霉，不过你倒是蛮镇定的嘛。

杜展鹏回答她做人不需要太斤斤计较，凡事宽容点，自己更容易释怀一些。

Lisa 收住嘴轻蔑地看了他一眼。哟，看不出你也有让人敬佩的一面啊。

在他回程的途中，Lisa 打电话给尹欣然告诉她自己被杜大鹏安全送回到家，并八卦地给她讲了路上发生的事情。末了还补充着说这家伙喜欢你已是昭然若揭的事了，虽表现的幼稚，但是内心却有那么点成熟稳重。

你想说什么呀？尹欣然有些嗤笑地反问她。

我就是想说这个年代构成的爱情，年龄不是问题，沟通不是问题，性别不是问题，物种不是问题……

到底什么才是你要说的问题？尹欣然再次反问她。

我从头到尾都没觉得杜大鹏那家伙能配得上组长，但是毕竟我不是当事人，他喜欢的那个人也不是我。所以我想问一句，组长你真的不考虑接受杜大鹏？

你既然一直都不看好我们能成，你觉得还有必要问我这个问题吗？你希望我怎么回答你？

厄，就是想知道组长内心最真实的想法，其实仔细想想这家伙也没有差到哪里去，犹如一根鸡肋食之无味弃之可惜，所以我在想这事要发生在我身上我也不知道该怎么办了，毕竟他也只是一厢情愿地为他心爱的人失去一份工作而已。

Lisa 的话语看似在对杜展鹏不屑，最后一句话却又像是在提醒着尹欣然不要错过眼前人。

三十一

杜展鹏回到家清理着衣物，万慧如悄无声息走到他身后。

喔，妈，吓死我了。

你这是干啥呀？

我清理些衣服过去照顾欣然……

妈只是不阻拦你去看她，这下倒好了，你连家也不要了。万慧如非常生气。

妈，您扯到哪里去了，我只是过去照顾欣然一段时间，等她脚伤好了，我就即刻回家了。

你要照顾那个女人，你也不用日日夜夜在她家吧，把你当作家庭医生了是吧。

妈，您干吗老是要想歪呢？总之，欣然不是你所想的那种女人，一切都是我心甘情愿。说完不再理会他妈，出了家门。

万慧如苦着一张脸，目光略显呆滞，她稍有些迟钝地按着手机上的数字键。喂，老头子，你赶紧回来吧，家里出大事了，再不回来儿子就没了。

杜展鹏打开门，他妈出现在门口。母子两个人一前一后进了尹欣然的家。

万慧如首先开口说道你的脚也好得差不多了吧，我过来恳请你不要再霸占着我儿子，我想要带他回家，不知道你愿不愿意放他走呢？

尹欣然一时不知说什么好。

杜展鹏忙制止万慧如。妈，您能不能不要这么蛮不讲理，我都说了一切不关欣然的事。

你倒是说句话啊？万慧如质问着尹欣然。

阿姨，这些日子我很感谢大鹏对我的照顾，也很感谢您的大度，我只想说我从来没有想过要霸占您的儿子，大鹏他随时可以走。

还不走？万慧如催促着杜展鹏。

妈，我自己的事我自己会决定，您先回去吧。

你怎么决定，你要能有个决定，我能上人家里来要自己的儿子？你说你被她哪儿给迷住了，啊？人家都说你随时可以走，你干吗还赖在这里啊？

妈，我不走。

万慧如拍打着他的头。你是真傻了是吧，自己家在哪儿都不知道了。

杜展鹏没有还手，任他妈打着他。

阿姨，您别这样，有话可以好好说，大鹏，你别逆着干，随你妈回家吧。

我不回，我要照顾到你的脚伤完全好了我才走。

你不走是吧，好，你等着。万慧如环顾四周，看定了一个陶瓷花瓶，拿在手里狠狠向地下扔去，一阵清脆的破碎声，同时吓呆了两个人。接着万慧如又拿着玻璃樽扔了下去，一件接着一件，似乎越扔越上手。

尹欣然却没有显得特别生气只是无力地劝阻着，她想如果这样能够令她不再怪罪杜展鹏，更能够令万慧如心头解恨的话，那么一切随她吧，所有东西任她砸个稀八烂也罢。

杜展鹏拦不住他妈，看着满地的狼藉，觉得没能阻止他妈给尹欣然构成了太大的伤害，他扑通一声跪在地上极为痛苦地说道妈，求求您停手吧，我跟您回家。

万慧如这才停止手中的动作，转身向门口走去。

杜展鹏在她身后说道，妈，我答应了会回家就一定回，不过您先回去，我晚点就回来了，我想替欣然把家里收拾一下。

万慧如没有回答走了出去，杜展鹏知道他妈已经默许。

杜展鹏清理着地上的碎片，尹欣然看着他脸上十分愧疚。

对不起。两个人互相道着歉。

对不起，我妈她……

不，说对不起的那个人应该是我，阿姨没有错，我想是我太过自私，换作是谁的母亲，都会很生气吧，所以我能理解阿姨的心情，我一点也不会怪她。真的。

谢谢你，谢谢你的宽容和善良，我想这次回家以后，我会有段时间不能见到你了吧，担心我妈会因为我的关系再来找你麻烦，那不是我想看到的。

别傻了，就算见不到也没关系啊，我已经很知足被你照顾的这段日子了，也很感激你忍受我的坏脾气，有时想想你除了嘴贫了点之外，确实是个很Nice 的人。

原来我失败在能说会道，这个理由真是让我伤不起啊。早知道你喜欢沉默点的，我应该一早就在你面前表现得寡言。嘻嘻。

呵呵，我想要真是那样的话，我们也不会有第一次的相遇了，因为我对你的健谈倒是很有印象。

是吗？那可真是纠结了，因为话多而相识，却又因为这点而不能相爱，伤不起啊伤不起。

尹欣然觉得有些忍俊不禁。嗳，我倒是想问问，你从什么时候开始对我……

两个人倒因为说得投机索性敞开了话题。我也不知道，或许是刚进公司那会儿，或许是后来慢慢相处的原因，总之我自己也记不清了，当我想要弄明白自己的感受时，却让我意外发现我对你已经……产生了爱意。

看着尹欣然有些不可思议的表情，杜展鹏接着说我自己也觉得不可思议，爱情真的是个奇妙的东西。弄不好你对我也有些情愫了也说不定，因为有些感觉是会蒙蔽自己的。

尹欣然有些肆意地笑着。你未免说得太过于武断，不过我不想打消你的自信心，所以我只好对你所说的话不予置评喽。

我是真的希望你能好好想想，看看能否接受我这个心理年龄大过外在年龄的人，我觉得人是会慢慢变得成熟的，尤其是在自己喜欢的人面前，他会加速变得成熟，很多事情都是未知的，包括爱情，但是如果你不敢于抛开一切去尝试的话，那你就永远不知道它带给你的是甜还是苦。我记得曾经在书里面看过一段话"我们会在不同的阶段，包括不同的时间，心境，地点喜欢上不同的人，更会在不同成长，在积累了更多的人生阅历后对喜欢人的标准渐渐变得不一样，所以当你陷入并拥有一段感情时，不要顾虑太多，享受就是。"最后我要说，当你觉得有一段不可能会发生在自己身上的爱情偏偏要以美好的姿态发生时，请你不要用逃避的心去拒绝它，如果你对我也不讨厌的话，那么，请及时对我享受就是。

尹欣然的心似乎被拨弄了一下，一个她从没考虑过的问题，却因为他的一段话而横亘在自己的脑海。

三十二

杜展鹏坐在客厅，感觉他妈从身后飘过，娘俩已经漠然相处有些时日了。母子一天到头说不上一句话，谁也不肯去打破这个僵局，都各认为理在自方。

只是杜展鹏也坐得不自在，这样下去总不是个办法，事情需要及时解决掉，不然欣然那里也去不了，家里也呆的烦闷。

他敲了敲万慧如的房门，没有声响。他转着把手开了门，万慧如正坐在地上练着瑜伽。杜展鹏双腿跪地，在她妈面前虔诚地说道妈，您就说说您现在怎么想的吧。

万慧如气定神闲地做着手中的动作没有吭声。

妈，您再不让我去见欣然我在家待不住了，我就算哪儿都不去，我一定要去看看欣然，都不知道她现在怎么样了？

万慧如拿眼神瞟着他，长长呼出一口气。

妈，您别练了，您倒是说句话啊？想急死我啊？

万慧如慢慢停下动作，从地上站起来，猛地踢了杜展鹏一脚。走开，我要收瑜伽垫了，别给我弄脏了。

杜展鹏跪着挪开了身子，眼神干巴巴地看着他妈。

万慧如轻啜一口水，坐在杜展鹏正前方，慢条斯理地捋顺发丝，杜展鹏脑海突然闪现出慈禧的画面，而自己正是那等待发落的罪人。

你可想清楚了，要那女人就没了娘，我可以没有你这个儿子，但是你爸可以吗？你想过你爸的感受没有？

妈，事情没有那么极端，我想就算我和欣然在一起，我也可以同样拥有您和爸。

那咱俩就话不投机了，你现在还和我抢你爸，打算和那女人一起孤立我让我老无所依是吧？

妈，此话太严重了，严重到我承受不起它所带来的后果。我只是单纯地想要和我喜欢的人在一起，并且能够得到来自家人的祝福，这就够了。杜展鹏揉揉双膝说道。

你择偶的标准达不到妈挑儿媳的要求，你说我能昧着良心祝福你吗？

万慧如说完站起身，杜展鹏一把抱住她的腿声泪俱下地说道，妈，您别走，您都活了这把年纪了，应该知道人压根不会有完美的，我知道您是一个追求完美的老太太，但是以您豁达的性情您能不能别那么挑剔，给我和欣然一次机会，让我们在有生之年相爱一场，让您有生之年见证一份发生在您儿子身上的撇开世俗观念的爱恋？

为什么一定是我的儿子，不是别人的儿子呢？万慧如觉得不可理喻地质问着。

因为只有您才有这样的勇气敢于接受这样的儿子，也只有您的儿子才敢于抛开一切世俗，因为只有我们是独一无二拥有同样勇气的母子。

万慧如被杜展鹏说的话怔住了，愣在原地。她叹口气缓缓说道罢了，你是铁了心了做娘的我也无力挽救了，你去吧，去找那个女人吧，我知道她还没有答应做你女朋友，但是倘若她答应了，你知会我一声就行了。

万慧如说完揉开杜展鹏的手走了出去，杜展鹏真是五味杂陈，他恨不得一把抱住他妈亲她一大口高呼万岁，只可惜，双腿跪得太久，已经麻木得站不起了，疼得一屁股坐在地上嗷嗷叫唤。

三十三

尹欣然开门看见杜展鹏一脸笑意望着她。

姐，我来看你啦，不知你有没有想我？嘻嘻。

尹欣然看着他提着行李箱进屋，问道你这是……

住你这儿啦。杜展鹏答得干脆。呵呵，别吓着啦，就是照顾你的脚伤好为止，我妈同意了的。所以，接下来的日子都会很平静，当然，如果你那个美国华裔不上门打扰的话。

是吗？可是，我没有同意让你住下来照顾我，难道这件事你是要故意忽略吗？

NO，就算你赶我走我也不会撤，我说了会照顾你，说得出就要做得到，从现在起我以你弟弟的名义照顾姐姐的起居饮食，对于我来说没有任何问题，你有问题吗？我的好姐姐。

尹欣然轻轻叹口气败下阵来。好吧，既然你执意要这么做，那就好好表现吧，别以为我现在受了伤就那么好敷衍，我可不是那么容易就照顾得好的。

一切就包在我身上好了，我亲爱的……姐姐。杜展鹏眨巴着眼睛说道。

杜展鹏将洗好的衣物晒好，大红的内衣展现入眼球，尹欣然看着他娴熟的动作也渐渐没有了那种羞涩感，罢了，一些事情知道了就知道了吧，已是算不上秘密的秘密了。

来，姐姐，下盘棋吧。杜展鹏回到客厅将棋子摆好，尹欣然陪着他盘腿坐在木地板上下起棋来。

将军咯。杜展鹏得意地摇晃着脑袋朝尹欣然吐了吐舌头。

不玩了，这都不是我的强项，都不知你使诈了没有？尹欣然推开棋谱说道。

什么话，对付你那可是轻而易举，需要使诈吗？杜展鹏依旧神气活现地说道。

你这副模样真令人讨厌，你能不能收敛点。尹欣然生气地将头扭向一边。

好了好了，我的好姐姐，别生气了，我做好吃的弥补你内心的不平衡吧。杜展鹏一边收着棋谱一边讨好地说道。

谁心里不平衡了，谁要吃你做的东西，真是的。

那好，眼看着家里火药味太浓有升级的趋势，不如我带你出去避避吧，免得火星子燎着你。

有病吧你，有也是你撩起的。

是是是，我的错，我带你出去散散步，呼吸下外面的新鲜空气，别老窝在家里，也让外面的人看看咱家里可是不小心藏了个倾国倾城的大美人。

尹欣然睨他一眼没有说话。

三十四

嗳，姐，这咖啡味道怎么这么苦啊，难道是我糖加得太少了。杜展鹏说完又撕开一包糖放入杯子。

尹欣然自顾自品着咖啡懒得理他。杜展鹏搅着咖啡，喝了一口依旧皱着眉头，或许嫌咖啡还不够甜。

顺着尹欣然的目光，杜展鹏看见一个小朋友在喷泉边的池子里玩着小纸船，不远处的妈妈正一脸慈祥地看着他，而此刻的尹欣然脸上的神情也好似那位妈妈一样。

突然之间那小孩跨过栏位，想要一脚踏入池中，而孩子的妈妈却和旁边的一位妇人聊着什么。

尹欣然急得双手抓住轮椅，嘴里慌张地叫着哎呀，小孩……

杜展鹏一个箭步冲出去，可是已经太迟。

"扑通"一声过后，孩子的妈妈才惊慌失措地大声叫喊起来，飞也似的跑到池子边。

杜展鹏不由分说跳进池中，才感觉到水不是想象中那么浅，快要没过他脖子，他使劲踮起脚尖，寻找孩子跌落的方向。

岸边的妈妈急得直跳脚一边哭泣着一边哆嗦地告诉着杜展鹏孩子所处的位置。杜展鹏看清一个猛子扎入水中，将孩子一把托起高高地举出水面。

大鹏。尹欣然有些焦急的声音出现在杜展鹏耳边。他抹了把脸，还没来得及露出一个笑脸给尹欣然，就见她不知是不是用力过猛，轮椅没刹得住，撞在池子边沿，整个人失去重心被抛了出去，只听她"啊"的一声，一阵水花，人也跌进了池子中。

杜展鹏着实被吓了一跳，心扑通扑通跳个不停，他赶紧回过身，将在水中忽沉忽浮的她一把抱起温柔又严厉地说道好了，欣然，不要害怕了，有我在。不要乱动，我们回岸上去。

尹欣然睁着恐惧又涣散的眼神看着他，猛地一阵咳嗽，从喉咙里漫溢出一些水。

回到家，杜展鹏将浴盆的水放好，去了房间给尹欣然找换洗的衣服。尹欣然依然有些瑟瑟发抖，杜展鹏将毯子盖在她身上，从背后搂住了她。欣然，是不是很冷，没事，一会儿就好了。

待觉得尹欣然稍稍平复了，杜展鹏抱着她去了浴室。他喝了一大杯热开水，暖的他舒适地吐出一口气。又给尹欣然倒了杯开水放在了桌子上。

他敲了敲浴室的门，想要将尹欣然抱出来时，尹欣然的浴袍却因没系的紧而滑落在地，两个人突然都面红耳赤。杜展鹏忙低着头说道不好意思……将门给关上了，他使劲吞着口水努力平复着自己的心情，忽地一阵燥热难适。

三十五

杜展鹏开着车一路数落着尹欣然。你是怎么回事，脚疼得厉害也不说一声，你脑袋是出了问题吗？

尹欣然看着窗外不理他。

医生检查着尹欣然的脚，她偶尔又咳嗽两声。医生说脚没什么大碍给她彻底换次药就没什么事了。杜展鹏紧张地说道医生，你给量个体温看看吧，她是不是感冒了？

杜展鹏皱着眉看着体温计。医生，果然发烧了，你看。

没事，低烧，我给开点药就行了。

啥，37.8度才低烧？医生你没弄错吧？吃点药就行了？

那你想怎样呢？是不是要住院你才安心。中年的女医生质问着他。

不是，我就是觉得查清楚好点，这样对病人也是负责。

那你就是说我现在对病人不负责咯，你凭什么这么说？

嘿，我不是那个意思，我说你这医生可别扭曲了我要表达的含义，你明白吗？我就是一种担心，我这样问你也没错吧。杜展鹏实在看不惯那女医生的态度，耿直了脖子和人家论理起来。

还没等女医生开口，旁边的人就说了。小兄弟，医生都说了没事，你开点药回去吃就得了，相信医生的没错。

哎，你这人，你瞎掺和什么呀你，不是你的亲人你当然不急啦，再说了医生说的就都是对的吗？没准被人家无良医生糊弄了也不知道了，我告诉你看病就得自己多长个心眼，知道吗？

哎，你说你这人是不是脑子有病，你不相信这儿的医生，那你来看病干吗？赶紧走了，别耽误咱们。杜展鹏被人推搡至一边，那女医生很自然地接待了下一位病患。

什么破医院，一点医德都没有……对病人的死活于不顾……

行了，你别碎碎念了，很烦呢知不知道？尹欣然有些恼怒，说完又咳嗽了几声。

不行，我看还是上别家医院看看吧，这样我放心点。杜展鹏推着轮椅说道。

不用了，没那么严重，医生不是给开了药，先回去吃试试看。

你敢吃？我都不会让你随便吃的。

你是怎样啊？我都说了没事，烦不烦啊你。

我是烦，那我也是担心你，你要吃也行，那我先试吃。

你又没感冒，你怎么知道有没有效果。尹欣然实在有些哭笑不得。

那你把感冒传染给我就知道有没有效了。杜展鹏蹲下身不由分说吻上了尹欣然的唇，尹欣然用了很大劲才推开他，而杜展鹏却一脸得逞的笑意看着她。

杜展鹏，你……你太可恶了，你为什么要这么做，别想着我会原谅你。尹欣然有些生气。

姐姐，不要生气了，虽然我这次吻你没有经过你的同意，可是上次姐姐当着另一个男人的面吻我的时候也让我措手不及啊，所以这次算扯平了好不好？杜展鹏依旧笑意盎然地看着她。

好什么好，神经病。

好了，不管怎么说，我都希望姐姐的感冒快点好，所以，姐姐要打要骂悉听尊便。

好啊，是你说的。转过背。

杜展鹏一脸疑虑地蹲着身子背对着尹欣然，尹欣然伸出健全的那只脚用尽力气朝杜展鹏的屁股狠狠踹去。

"啊"。随着杜展鹏一声惨叫，尹欣然拍着手掌大笑起来，杜展鹏扑在地上揉着屁股回过头看着尹欣然，眼神中透着无限无奈。

三十六

姐，试一下，是不是那个味。杜展鹏端着玻璃碗用勺子喂着尹欣然。

尹欣然想要用手自己来，杜展鹏却犀利地看着她。她只好顺从地张着嘴喝了一口椰汁西米露。嗯，差了那么点味。尹欣然吧唧下嘴巴说道。

是吗？杜展鹏用尹欣然喝过的勺子直接放进嘴里试了下味道。嗯，没觉得差点什么啊？杜展鹏喝了一口又一口说道。

尹欣然有些无可奈何地看着他。还没吃出来吗？我看那碗就快被你吃完了。

杜展鹏看着碗里的西米露，调皮地朝她笑笑。

"丁零"，杜展鹏有些诧异，他站起身去开门。

妈，您……怎么来了？

你能来，我就不能来了？万慧如一脸平静地说道。

当然不是，快进来。欣然，我妈来看你了。杜展鹏一边朝里喊着一边将他妈手中的物品接了过去。

阿姨，您来了。尹欣然手转着轮椅笑看着万慧如。

行了行了，坐着别动，我自己找地儿坐就是了。万慧如脸上的表情缓和了下来。

妈，您都买了什么好东西来看欣然啊？

哦，我就去超市买了些材料，炖点汤给……你喝也行。说完起身准备着手去做饭菜。

妈，我来吧，你就陪欣然说说话，这些天光顾着和我说话了，她老早就腻了。杜展鹏内心欣喜地看着他妈和欣然，自己将菜从袋子里一一拿了出来。

尹欣然和万慧如面对面坐着，略有些尴尬。尹欣然开开电视机说道，阿姨，您看一会儿电视吧，这儿有水果您要吃自己随便拿就是了，我去卧室待着。

干吗呀，这样躲着也不是办法，你……你那脚好得差不多了吧？万慧如终究是个热心肠。

啊……嗯，都快好了，大鹏随时可以跟您回去，这些天真是麻烦他了，也谢谢您的关心。

我都没说是催儿子回家的，你们俩这些天相处，有没有什么进展啊？万慧如露出关切的神情。

嗯……

别支支吾吾的，不管你俩成没成，都给我一句实话，你告诉我你俩相爱了我也不会生气，我既然能到你家里来，这次没砸东西你就知道我心里这道坎已经过去了，没啥好怕的，有啥不能敞开了说啊，我也是几十岁的人了，还有啥不能承受的啊，我想明白了到我这年纪了我这儿子再咋整我也就只有通通接受的分了。

阿姨，其实大鹏照顾我的这段时间，我确实对他的看法有所改观，但是，我真的还不能完全放下一切去接受他给予我的那份爱，我有我的顾虑，我对他还远远没有达到他对我同等的爱。尹欣然坦诚地说道。

没关系，如果你从心里打算接受他了就是一个好的开端，我知道你心里的顾虑，但是我相信你能和我一样，放下一些成见，彻底地放下过去的一切，选择和我儿子重新开始，这不失于一个好的出路，也是给自己的解脱。

啊？阿姨，我从没那样想过，我没有说要把大鹏当作一根救命草，我不需要那么做……尹欣然说的有些纠结。

我知道，这样对你来说有些不公平，但是很多事生来就不公平，我儿子喜欢上你我想通后也没觉得有多么不公平，这就是一个轮回的命运，谁遇见谁那就是命中整定的。好多人每天相遇却也只是擦身而过，既然你们能相遇相爱，那就在一起吧，别后悔就行。

阿姨，我知道你想表达的。可是，我是真的还没考虑清楚和大鹏之间的关系，我们只是……相处得还算愉快。

那就行了，总比不愉快要好。我已经默许了这件事的发生，在不在一起，值不值得，你就好好想想吧。

嗯。尹欣然点了点头。

吃完饭，杜展鹏要决定送他妈回家，被万慧如制止。我已经旁敲侧击地给你问过了，不过看样子你的努力还不够啊，人家到现在还没决定要不要做你女朋友，儿子，你搞掂女人的手段真是让妈叹为观止啊。

杜展鹏微微张大嘴，不明他妈形容词的意思。

实话跟你说了，你舅舅他一早就立了遗嘱了，将来他走了公司所有的股份分成两半，你远在意大利的表妹一份，另一份写的名字是你。哎，我劝过了，他硬是要分一半身家给你，我真怕他这个决定会害了你一辈子。

三十七

得到万慧如的认可杜展鹏如获圣旨，他一本正经地扳过尹欣然的肩说道姐，我的好姐姐，我最最亲爱的姐姐……我可不可以做你男朋友，也就是说你会不会做我女朋友，这个问题不容你再考虑了，你现在就得回答我。

尹欣然看着他，一副坚决不回答的神情。

杜展鹏使出绝招，伸手挠她痒痒，尹欣然笑着躲避着。别闹了，哈哈，我都找不出一个爱上你的理由，快停手了，哈哈哈。

那你依赖我吗？我照顾你是不是觉得理所当然呢？杜展鹏没有停下手中的动作。

啊哈哈，我，我不知道……

不行，必须得回答我。

好，哈哈，哈哈，那你先停手。

杜展鹏迅速停手，尹欣然已经笑得有些无力。她看着杜展鹏期待的眼神，考虑了会说道我想我是有点喜欢你的吧……

喜欢我哪一点？杜展鹏穷追不舍。

嗯，喜欢你的幽默，你的体贴，你的不成熟带点大男人主义，还有你忍受我的无理的坏脾气，还有吗……我再想想……

别想了……杜展鹏霸道地吻上她的唇，小小挣扎过后，尹欣然搂着杜展鹏的脖子两人深情地长吻起来。

三十八

不知是不是在杜展鹏精心呵护下的原因，尹欣然的脚好得很快，已经可以蹒跚着步伐在房间里来回走动了。看着她的笑脸，杜展鹏也跟着高兴。

作为报答，尹欣然请杜展鹏在市中央顶级的西餐厅吃料理，杜展鹏直嚷着不要客气太贵了，脚步却不自觉地迈进了气派的餐厅。

杜展鹏刀叉并用，嚼着鲜嫩的醋骨，时不时用高级的餐纸煞有介事地细细擦去嘴角的油汁。

正当两个人沉浸在食物的美好中，突然冒出一个声音来打扰。欣然，你的脚好得这么快啊，能走到这儿来吃高级料理了，真是恭喜你哦。

两个人一抬头就看见Lisa一副傍了大款的嘴脸，她居然直呼欣然其名，让杜展鹏心里一阵不爽。

欣然倒是满脸笑容看着她。Lisa，真是谢谢你还记得姐姐，想不到能在这儿碰见你，和朋友一起来的吗？

当然。不过我没欣然你那么大魅力，能和年轻气盛的小伙一起共进晚餐，不过能来得起这地方，想必也是个多金的主了，是吧？你可千万别被我猜中你是吃软饭的小白脸啊？Lisa装出一声惊呼。

杜展鹏气得恨不能将手中的叉子直接戳进Lisa的嘴巴，好让那张贱嘴立即收声。

Mike……Lisa轻唤着。Mike，来，给你介绍一下我的一位老朋友。这位是尹欣然，你认识的啦，不过也都有段日子没见了，还是打声招呼吧。

Mike笑着朝尹欣然伸出手，尹欣然连看都没看他一眼，吃着盘里的食物。

喂，这里不欢迎你们，快点走开。杜展鹏本已经很气愤了，这下看见Lisa携着Mike在他们面前耀武扬威的，更加气愤了，于是毫不客气地下了逐客令。

喂什么喂，穷酸小子，也不照照镜子，这地方是你这种身份的人来的吗？有人现在工作都快不保了，是该好好珍惜来这种地方的机会了，劝劝有的人赶快谋份高薪工作，记得是高薪工作，要是没钱继续供着那张会员金卡，这种地方怕是来一次就少一次了，不过，如果她愿意的话，念在一场姐妹之情，我还是可以跟Mike求情，给她安排个既舒适又轻松的工作。Lisa轻蔑地说完眼神却狠毒地盯着杜展鹏。

你说什么求情，如果是继续在那贱人公司工作，那不要也罢，我们欣然有的是才华大不了另谋高就，别以为傍了个可以做你爷爷的老男人，就可以在人面前胡作非为。我告诉你，做人家小三的下场只有一个，就是死得很惨，你就等着死无葬身之地吧，婊子。

Lisa脸色都变绿了拽着Mike的胳膊撒娇道，Mike，你可要给人家做主啊，可不能任这个没有教养的死小子这么欺负我，人家受了伤害会很伤心的嘛，Mike……

好了，你都说他是个没教养的家伙了，何必跟他计较呢，反正以后也不会在这种地方见到他了，我们走吧。Mike拍拍她的手安抚着，Lisa虽不悦但还是顺从地点点头踩着妖娆的步子离去了。

看着她扭得有些夸张的腰肢，杜展鹏直接将一块羊排塞进了肚子，好让一口憋闷之气不要呼之欲出。

尹欣然端起杯子猛灌了几口水，将杯子重重地放在桌上后，她控制着情绪慢慢平缓着呼吸。

杜展鹏看着她心里也很难受，他知道欣然肯定是受不了 Lisa 带给她的刺激，现在不单是带着她的前男友在她面前狐假虎威，更加让人心里气恨的是连自己的职位也被那个恶毒的女人给抢走了，虽然他曾经劝过欣然跟着自己一起辞职，但是自己主动辞职和被人辞职就完全是两码事了，在自己毫不知情的状况下被人不留痕迹的"扫地出门"，这滋味放谁身上都他妈不好受吧。

尹欣然靠在座椅上眯着眼，杜展鹏将车速减慢。他看着尹欣然有些憔悴的面色，心里一阵无助感，只可惜自己没有能力，看着心爱的人任人欺凌也不能给予有力地回击，生活似乎已经将他们逼近了一个死角，他和欣然都需要一次破茧成蝶的机会。

回到家，杜展鹏想要搂一把尹欣然，被她倔强地推开，他知道她心里那根刺还没放得开，一个她深爱过的男人和一个她如此信任的姐妹，居然双双背叛她，害她一时接受不了这个双重打击，就算再坚强的人也做不到逼自己强颜欢笑去祝福他们吧。

三十九

杜展鹏敲着尹欣然的房门，不一会儿尹欣然衣冠整洁地出现在他眼前。

哦，姐，那个我做好早餐都没看见你出来吃，所以……

不想吃，还有事吗？

没有……

尹欣然将门合上了，突然又打开，杜展鹏依旧直挺挺地站立在门口，尹欣然看他一眼有些虚弱地说道，没事不要打扰我，我想出来见人的时候自然就会出来了，就这样。

嗳，那个……尹欣然将快要合上的门半虚掩着，探出半个头看着杜展鹏。我是担心，你老闷在房间里面不出来，这吃喝拉撒怎么办啦。

都在里面解决呗，臭得不能待了我就会出来了。说完门砰的一声关上了，剩杜展鹏一脸凄哀的表情。

杜展鹏一个人百无聊赖地看着电视剧，他望了望尹欣然的房间，依然毫无动静。他看了下表，站起身去厨房将饭菜热了一遍。准备敲响房门的时候，想起尹欣然对他的交代，又忍住了不去打扰她。

他将饭菜放在了一个小方桌上面，将桌子摆在了尹欣然的房门口。回到沙发上他掏出手机给欣然发了条短信，告诉她饿了的话打开门就可以吃到香喷喷的饭菜，如还有什么需要的话就在短信里告诉他，他特意提醒着尹欣然不管吃不吃饭都得给他回个信息，因为他实在是担心，怕她一个人想不开在里面做出什么傻事。

"嘀"短信回复声响起，杜展鹏才长长舒了口气。虽然尹欣然没说什么，但是只要证明她在里面好好的他就放心了。

第二天早上起来的时候，杜展鹏看见了小方桌上空着的盘子，脸上不禁露出了笑意。他以最快的速度冲进厨房，着手捣弄起早餐来，他一边吹着欢快的口哨一边煎了两个心形的鸡蛋，冲好一杯热气腾腾的鲜牛奶，看着自己的杰作，杜展鹏显得十分满意。

杜展鹏给尹欣然发了条短信，在胸前画了个心形的符号抛向了她紧闭的房门口，再加送一个飞吻才不舍地离去。

他在方桌下放了个小塑料桶，细心地在上面贴了一个字条：小便池。到了中午他去收盘子的时候，发现塑料桶已经没看见了，脸上不禁又露出了得意的笑容。

他给尹欣然发了条短信：为了房间的清洁，排泄物请及时倾倒，外面有专门负责处理的清洁工人，切记。

就这样，待杜展鹏再次出现在房门口的时候，装着小便的塑料桶也出现在了眼前，只是中午的饭菜她却没动一口。

杜展鹏一点也不嫌弃地提着桶子去了卫生间，清理干净将桶子又放回了原处。

终于在第三天的时候，尹欣然走出了房间，而且打扮得非常得体。

姐，真是三日不见，漂亮好多啊，原来这几天你都在里面琢磨着怎么打扮自己，害我在外面瞎担心，我就知道姐姐你不会做傻事，为了毫不相干的一男一女值得吗？

杜展鹏说完不禁掩住嘴，尹欣然却毫不在意。

我想出去走走，都闷了几天了。

我陪你，我也快闷坏了。

尹欣然看看他不禁笑了笑。嗳，谢谢你。

谢我什么啊？杜展鹏装作不懂。

谢谢你替我端食倒尿总行了吧，非要人说得这么直白吗？尹欣然有些愠怒。

咦，你怎么说得这么恶心，食物和尿干嘛放在一起说。

恶心你还去倒，你是有受虐倾向还是怎么？

我，我就是乐意，就凭你那点能耐能对我施虐吗？真是的。

尹欣然听出杜展鹏话里明显疼爱的意思，便不再搭话。

四十

两人看了场热门的悬疑电影又去 Shopping 直到商场关门，尹欣然逛得脚有些累了，两手提着袋子坐在街边休憩。

你看你，才好了伤疤就忘了疼，这下引起旧患疼痛了吧。杜展鹏有些责怪地说道。

你这说的哪跟哪啊，我这是累的，正常人走路多了脚也会疼吧，你别胡搅蛮缠。尹欣然揉着脚踝反驳他。

哎……杜展鹏叹口气将自己手中的袋子往脖子上一挂，蹲在尹欣然跟前说道来吧，姐，上背。

干吗呀，谁说让你背了。

我说的。杜展鹏不由分说将尹欣然两手勾在自己肩头，抱着她的腿给背了个结实。

嗳，嗳，我说你这人也太大男人主义了吧，你这是干什么呀，真是受不了你。

杜展鹏傻笑着不说话。

你放我下来，杜展鹏。

就不放。

我的东西还没拿呢，你就这么背着我走掉，你想让我血本无归啊。尹欣然又气又急地用拳头在他背后不停捶着。

杜展鹏这才发觉一段路了身后还有他们的战利品没提就这么潇洒地走了，于是他又背着尹欣然回过身去提袋子。

尹欣然要下来，杜展鹏命令着别动。说完将尹欣然往上耸了一下，慢慢弯下腰去将那些袋子勾住手指头，害的尹欣然大气也不敢出，非常配合地俯身勾着他，生怕他一个重心不稳两人有什么闪失。

OK。杜展鹏将袋子捏在手里，悠然自得地背着尹欣然继续前行。

尹欣然靠在他背上，看着路人投来的艳羡的眼光，手指触摸到他汗湿的衣服，突然一股暖流涌上心头，内心有种怦然心动，她的脸却不自觉地红了。

四十一

杜展鹏躺在懒人椅里，翻看着最新的时尚杂志。

尹欣然泡了壶普洱坐在了他身边，杜展鹏很自觉地端起茶壶给自己倒了一杯。真是有情调啊，在家看看书，喝喝茶，和心爱的人聊聊天，你说这是何等的惬意啊。

尹欣然白他一眼。我说这位先生，我的脚已经好得差不多了，你看你什么时候该收拾下包袱可以走了，不要让我觉得你有赖在这儿的嫌疑，我可不供应白吃白喝白住，要知道我现在可是失业的人。

知道了，失业的大婶，你这不是过河拆桥吗？我每天负责接送你去医院换药，还给你洗衣做饭，陪你去花园散心，这些琐事看似很简单，要坚持做下来确实需要恒心和毅力的嘛，你虽然已经恢复自如了，但是这些家务你已经交由我打理了，再重新去做肯定非常不适应，而且最重要的是你已经习惯了我的存在，如果我突然间地撤离这个空间，没有了我的气味你会觉得少了点什么的，那种……孤单，寂寞，无人倾诉的感觉真的能让人抓狂，我劝你还是三思而后行……

我想得很明白，我不想多养一个无所事事的人，就这么简单。

喂大婶，我说的也很明白了吧，我不是一个废人，我只是在充当一个家庭主夫，你知道家庭主妇有多么伟大的话，你也应该清楚做家庭主夫的不易，不要忽略他至关重要的作用好不好，一碗水得端平。

你……尹欣然有些气结。

我想好了，我们一起出去找工作。前提是你去哪我就去哪。

尹欣然有些诧异地看着他。

我早将自己和你当作是同一条线上的蚂蚱了，同生死共荣辱，你别想甩掉我了。

那可对不起了，我可没打算和你一起出去找工作，我已经开始在家里写作了。

啊？姐，你还有这方面的天赋，不是说笑吧。你这万一写了卖不出一个字，那不还得喝西北风，不如趁早和我一起斩杀职场，奋力拼搏，合组成一队叱咤职场风云的"史密斯夫妇"。

尹欣然一阵苦笑。我说正经的，已经有个雏形了，不过思维还不够条理性，得再思量思量。

既成事实那么好吧，是个爱情故事吗？不如就写我和你之间的相遇相知相爱的事呗，我可是个活生生的题材啊，一天24小时在你眼前，那灵感不是汩汩地往门外冒嘛，嘻嘻。

谁跟你相遇相知相爱，你想哪儿去了，真是受不了你，别在我眼前晃，烦人。

遵命，我绝不再只在你眼前晃，我发誓一定要扎根在你心里。真的，我说真的，尹欣然。杜展鹏看着她故意拉大嗓门。

神经病。尹欣然被他激怒冲他脑袋吼着。

不想杜展鹏不怒反笑，惹得尹欣然白他一眼，直接回房。

你的笑只应该挂在你这张脸……

尹欣然依稀听见房门外的歌声。她停止敲打键盘的手，仔细听了一阵后缓缓站起身。

客厅一片漆黑，电视画面却在不停闪动。待她走近电视机，画面却一下清晰起来。

我们之间这些年眼睛落下的雨点，无所谓在你的身边一起给时间……灯光突然一下亮了，杜展鹏拿着麦克风缓缓地从某个角落出现，深情地唱着一首《我们之间》。

尹欣然有些哭笑不得，他居然扮出女音唱着这首歌，搞怪的神情真是叫人受不了。

他切换下首歌，递给尹欣然一支麦，示意她一起唱。两人一起唱着，随着音乐自由摆动，心情也跟着愉悦起来，不知不觉中相视而笑，笑完之后接着唱。

当尹欣然唱着需要恋爱的夏天，杜展鹏很自然地牵起她的手，摇着脑袋晃着身体拉着她一起原地转动着，轻快地曲调让两个人不禁边笑边跳。

导致最后真是玩疯了，杜展鹏唱着大张伟的《范儿》，拉着尹欣然疯狂地叫着跳着，不管唱没唱走调，正如歌中所唱要的就是这个"范儿"。

中文英文唱了个遍，好似将心中所有的不快通通随歌声给喊了出来，居然唱的满头大汗，最后两个人放下麦克风，听着舞曲轻摇着身体。

杜展鹏轻轻搂着尹欣然在客厅里旋转着，尹欣然嗅到他身上的汗气，感觉如此熟悉，不知不觉中竟也忘了推开他，然后不知不觉中杜展鹏将她搂得更紧了。

音乐停止，尹欣然将靠在杜展鹏肩头的脑袋挪开，却发现自己竟有些不舍，杜展鹏看着她的眼眸，将唇印了上去。尹欣然本能地躲开了，杜展鹏有些霸道地扳正她的脸，温柔地朝她的眼睛吻了下去。

尹欣然内心一阵悸动，脸变成了酡红色。杜展鹏舔舔干枯的嘴唇，不等尹欣然睁开眼直接吻上了她的唇，尹欣然呻吟了一声，也慢慢地搂住他的腰开始回应……

四十二

咦，姐，我怎么会在这里。杜展鹏躺在尹欣然的床上故意有些嗫嚅地说道。

尹欣然拿枕头砸向他，翻个身继续睡。

哈哈，姐，你是我的人了，这下你走不掉了，简直是插翅难飞了。嚯嚯。

你不会这么天真吧，有些事不用说得那么明白。尹欣然裹紧被子说着。

啊？你，你是在玩弄我吗大姊？不行，我要你对我负责，你这个坏蛋，占有了我的身体，你要我以后怎么见人。杜展鹏扳着尹欣然的肩头不依不饶地说道。

哎呀，烦死了。尹欣然将被子往身上扯了扯，想要使劲推开他。

杜展鹏干脆从被子里钻了进去，趴到尹欣然身上。妈，我饿……

啊，死色狼，滚……尹欣然奋力反抗。

我不，谁让你昨天没把我喂饱……杜展鹏扯开尹欣然睡衣带子，猴急地动作起来。

尹欣然斗不过他，只好求饶道喂了一晚上，你让我……晚上再……

那……好吧。杜展鹏一脸得逞的笑意，睁大色眯眯的双眼，嘴角似乎也抑制不住流出了长长一截的哈喇子……

疯言疯语

一

郝云执意辞了工作，背上行囊，为自己配备了一辆堪称自行车界 BMW—Specializde，准备骑着它穿越川藏线。

天色渐渐暗了下来，背上的背包越发沉重，压得他直喘粗气。取下包搭在车架上，手机在兜里响起。

你在哪儿了？电话里传来熟悉而亲切的声音。

郝云停稳车后在路边来回地踱着步。你是不是觉得我很可笑？

从你决定骑行去西藏的时刻，你就注定要将自己逼入疯狂的境界。羊静平静地回答他。

郝云笑了。还是你最了解我。天都已经黑了，我却不知道在哪儿安身。

羊静从他语气中猜测道，如果是在乡下，就找个就近的农户先住一晚吧。

郝云推着车前进了一段距离，自行车的前照灯显现一片光明，照射到的只是杂草丛生。

掉过头，敲开了一户农家门，那人说她男人没在家不方便。看他在外搭帐篷，就有个小男孩探出头来招呼他进去了，叮嘱晚上撒尿就撒在那个土坑里，别出房门省的碰坏了家里的东西。

郝云很无奈地笑笑，眼睛搜寻着房里的土坑，没有水洗脸，他只好用湿巾擦了擦，再用爽肤水拍打着脸颊。

半夜，从没有夜尿习惯的郝云不知何故，却被尿意惊醒，他起身来到那个土坑边，却怎么也尿不出。膀胱胀得难受，他抚摸着腹部，做着深呼吸，可是仍无济于事。

于是他忍着胀痛拉开了门。眼前一片漆黑，农具零散地堆在墙根，磕磕碰碰找到用帘子遮挡住的茅厕，还没看清里面的布局，就迫不及待地一泻千里了。整个人变得轻松长长地吁了一口气后，小心翼翼地朝来时的路慢慢前行着。

端望着四周，眼神带着些迷茫。手电筒上下左右晃动，每个房门都一样，这下让郝云犯了难，也惊出一丝汗意。难怪小男孩嘱咐自己不要四周走动，原来不是怕碰坏东西，而是担心自己走错房间。

趔趔趄趄地走到一个房间门口，门轻易地被推开了，郝云将光束缓慢而小心地照射到床上，看见蓬松的被子摊开着，才在心中舒了口气。他摁灭灯，伸直身子安然入睡。

一个女人的哭声吵醒了熟睡中的郝云，他睁开眼，发现眼前站着一个凶神恶煞的男人，咳出一口浓痰吐在他的脸上，郝云顿觉一阵恶心，他想要坐起身，却发现手脚已被人绑住，那个男人操起一把锄头恶狠狠地朝郝云砸去：你玷污了我女人，我让你死无葬身之地……

<h1 style="text-align:center">二</h1>

郝云惊恐地大叫着，仿佛置身于深渊之地……

羊静被吓醒，拧开床头灯安抚大口喘着气的郝云。你怎么了？做噩梦了吗？

郝云吞咽着口水，闭上眼睛将头埋在手掌之中。羊静不停地安抚着郝云，他只是一言不发。

坐了许久，郝云的情绪渐渐平复下来，他掀开被子趿着拖鞋去了浴室。热水冲洗着他的身体，他一手撑在墙壁上，头低垂着。

他不知道为什么会做了这么一个梦，梦境冗长又那么逼真，骑着自行车去西藏，可以说是他追求过的梦想，只是现实的原因让他无法得以实现，因为他不会轻易放下工作去完成一件只是梦想的事情，所谓梦想只是梦中想象的事情罢了，他现在早已过了追梦的年纪，并且他也很满足现状，基本上想要拥有的都能够实现，并不是大部分人都能真正达到他这种奢华境界。

三

紧张的会议空隙，郝云偷闲端了杯咖啡，站在大幅玻璃前俯瞰着城市的一角。

手机在裤兜里震动着，他掏出来脸上显现出一抹笑意。喂，老周啊，开会呢……现在不是休息空当嘛，总要有喝杯咖啡的时间吧，蓝山？老土了，我喝的可是努瓦克。没听说过？是时候该充电吸收些新的见闻了……

一阵急促的高跟鞋声由远至近，郝云不用回头就知道是谁，他背对着她做了个 OK 的手势，Badia 夹着文件站在不远处等候着。

行啊，老地方见。郝云挂了电话，径直朝 Badia 走去，拿过文件，仔细听着她汇报收集到的资讯。

郝云喝掉最后一口咖啡，Badia 麻利地接过杯子。他松了松领带推开了会议室的门，屋内即刻静止，所有人的目光聚集在郝云身上，环视一眼，手往旁边一伸，Badia 适时地递上他所需要的资料。

四

那边那个姑娘一直盯了你很久了，你要不要过去对人家表示一下？老周坐在吧台的转椅上示意着郝云。

得了吧，出来喝个小酒没想着要勾搭姑娘。

老周不以为然。装吧你，别说得自己那么有定力，我看八成是那姑娘不合你口味吧？

我怎么听你说这话直犯困呢，早知道这样我还不如在家喝咖啡得了。

老周从那姑娘身上收回目光，正儿八经地问道你说的那什么努瓦克？特高级的咖啡？

郝云也正儿八经地回答产自印度尼西亚苏门答腊岛……

老周更不以为然。嘁，真以为我 OUT 了？俩字，猫屎对不对？吃屎也能说得这么带劲，还真没见过你这么会装孙子的。

粗俗，你当那是一般的猫啊，那可是印尼独有的棕榈猫，自产粪便自销咖啡，你见过哪种动物能有这么一番大作为？

老周微张着嘴，眼神中透着鄙夷。

突然一阵清脆的女声飘至而近。具体说来，努瓦克咖啡来之不易，被称为"尚存品种中最稀有的咖啡"。如你所说，这种咖啡产自印度尼西亚的苏门答腊岛，这里的咖啡树生长期较长，到了咖啡浆果成熟的季节，印尼当地农民就有意将猫放入咖啡种植园中，让它们大肆饕餮。待那些棕榈猫吃饱后，当地农民便弓下腰，捂着鼻子四处寻找猫的粪便。幸运的话，他们能找到几颗没有被猫消化掉的完整咖啡豆。棕榈猫能消化掉大部分咖啡豆，那些"劫后余生"的咖啡豆外壳更为厚实坚硬，不容易被消化，这个才正合农民的心意。收集工作完成后，印尼的农民就将这些特殊的咖啡豆彻底清洗。经过除臭、加工等几道工序后，这些咖啡豆就要为人们的味蕾服务了。

老周韵味地看了看郝云，又韵味地看了看这个侃侃而谈的姑娘，没想到郝云整晚对她投射来的秋波没有搭理，倒吸引她自动送上门来。

郝云喝了口酒不动声色地说道没想到姑娘知道得挺多的……

请叫我苏梅，或者梅子都行。说完妩媚地俯下身子靠在吧台上，露出若隐惹现的乳沟。

老周猛地喝了一口酒，眼神偷瞄着女人丰盈的事业线。郝云对她问东答西的意向很有一番胸有成竹。真正懂得品尝咖啡的人是不会流连于灯红酒绿之中的，就如同品茶的人，他只会在自己设定的角落剖析茶道和悟透茶的禅意，而你，根本就不适合品尝好的咖啡。

女人有些气急。你……你什么意思？你若懂得咖啡之道，为什么又会出现在这里。

郝云只觉好笑，难道喝咖啡的人就不能喝酒了吗？他只不过拿这番话来搪塞她，没想到她真的中计，且很无知地与他言论。郝云不再多说，吩咐调酒师调剂了一杯上等鸡尾酒打发走了这位女人。

人家怎么说也是一位漂亮姑娘，你不懂得怜香惜玉也就罢了，干嘛非得把人家气走啊，多难得碰上这么一位志同道合的人，还都喜欢喝猫屎咖啡。

她说的那玩意儿，百度一下一大把，繁多得你看不过来。

那……也证明人家有心啊，做足了功夫有意靠近你。

这种场合，图的是满足私欲，谁跟你掏心。

哥们儿，纯粹喝酒咱可以下馆子。老周余味地拍着郝云的肩。谁来这儿不是别有用心。

五

Get out, Now. 郝云甩掉手中的文件大声斥责着。

负责上报材料总结的 Fabian 或许见惯了这种火爆的场面，他镇定地捡起地上的材料。那我再改正一下。

重做。郝云不由分说。

只是一些小处有纰漏而已……

我不再说第二次，你在这个职位上也做了 7 年，跟着我也将近 4 年了，我需要有灵性的下属，犯一次错误可以原谅……我不想多说也不需要你道歉，如果你觉得胜任不了这份工作抑或忍受不了我的严苛，那就请你申请换个部门。

话已说到这个份儿上，Fabian 只好攥着材料悻然地离开了执行总经理办公室。

郝云一手插在裤兜一手撑着额头，在房间里来回踱着步。工作中总会出现令人烦心的事，很多事情都等着他去处理，做事不够认真的下属更令他感到头疼。

笃笃笃。

Come in. 郝云回到座位上。

Badia 呈上泡制好的咖啡。他端起杯子嗅着咖啡独有的香浓气味，慢慢品尝了一口。放下杯子，郝云见 Badia 站在眼前。有什么要汇报的吗？

Badia 站着一贯笔挺的姿态。我看见 Fabian 垂头丧气从你办公室走出去。

So what？

你不应该否认他的工作能力。

Is your boyfriend？郝云重新喝了一口咖啡问道。

NO.Badia 淡定地回答。

郝云轻笑出声。He love you or you love he？

你非得这样想吗？Badia 质问着。

郝云盯着她摊开两手。

上属和下属之间的标签分得太过于清楚反而会产生隔阂，大家在一起共事应该成为 Partner 的关系。

郝云转动下椅子站起身双手插在裤兜。你觉得我做得不够？

是你固执地将自己摆在了高高在上的位置，你根本不懂得怎么样体恤下属，每一个人都在积极努力地工作，而你只会大声责骂。

郝云死死地盯着Badia，眼神中全是不屑，而Badia也恶狠狠地盯着他，突然她掀翻桌上的咖啡杯，撂着狠话道我再也不想替你这种冷血动物卖命了。

门"砰"的一声合上，门框金属震出的声音刺疼着郝云的鼓膜，他双手捂着耳朵低声呻吟着……

六

羊静拧开灯，弄醒了梦中的郝云。你怎么了？头疼吗？

郝云睁开眼，朝羊静看了看，门框金属震出的声音犹在庝着耳膜。做梦了。就是一个很匪夷所思的梦境，一些乱七八糟的片段。

明天一早上医院看看去吧，你这样我有点不放心。

没事，好着呢，没哪儿不舒服。

你最近老是这样，睡眠质量明显变差，我担心影响你身体。

郝云劝慰道，做梦是一种生理现象，别大惊小怪了。

既然是这样，那我为什么都没有出现梦境呢？

郝云顿了片刻。我白天要面对和处理的事情很多，所以……梦境变成了我的一种工作程序，进入睡眠状态后我的大脑就会对白天接受的信息进行整理，做梦可以锻炼脑的功能。

郝云貌似在说服羊静同时也是在说服自己，他对自己所说的话赞同地点点头便倒下睡了。

剩下羊静呆然地看着他，见他闭着眼睛就这样结束了辩解，她熄了灯盖好被子背对他而睡。

七

郝云将车停在机场，便拖着行李箱和羊静一起步入候机室。羊静坐在VIP候机室一边喝着果汁一边浏览着手提电脑，郝云则把玩着ipad下载的最新游戏。

不经意抬头间，郝云的目光碰上一双善意的带着温柔的眼神，有着迷人笑容的知性女士牵着活泼可爱的小女孩落落大方地走到郝云身边打着招呼。Hi，Eric，Lily，叫叔叔。

稚嫩的童声清脆招人喜欢，羊静抬头看着眼前丰姿绰约的女人和可爱的小女孩。

郝云站起身和蔼地摸了摸小女孩的头。真乖，好久不见，没想到孩子都这么大了。

是呀，正准备带着她去上海见她爸爸，这位是？

郝云笑着回答我女朋友羊静。

羊静站起身走到郝云身边伸出手。你好。

你好。女人看着郝云善意地笑着说真希望你向我介绍的是你妻子，我是多么想看着你拥有一个完整的家庭，证明你也是会为了一个被你所爱的女人而长情的男人。

谢谢你的提醒和关心，不过，你有你的家庭，我有我的生活，我想我们就各自幸福吧。

女人浅笑着眼神中闪过一丝落寞不再多说，她牵着小女孩礼貌地告别了。

羊静松开挽着郝云的手，一声不吭回到了座位。

没什么好隐瞒的，我想你也看出来了。郝云堂堂正正地说道。

羊静盖上电脑。她凭什么说这番话，难道她把我想象成即使知道你不肯迈入婚姻的殿堂，我也要死乞白赖地跟着你的中女？

郝云不想提及这个话题。都过去了，她说什么我一点都不在乎。

我在乎，你们为什么没有结婚？

郝云撇开脸不想回答。

羊静重新打开电脑，一声不发地敲打着键盘。

郝云看了看表，离上机还有一段时间，他本想就这么拖延着直到上飞机，就算他俩什么话也不说。

他叫来服务员续了杯咖啡，低头继续玩着游戏。

羊静起身走了出去，他以为她去洗手间，可是临近登机了也没等到她返回。郝云这才有些焦虑地拨打手机，无人接听，他一路走向卫生间，在门口，他拦下一位女士。您好，请问您有没有看到一位穿着白蓝相间格子衫的女人，她是我女朋友，我看她进去很久了都没出来，有点担心。

女士想了想摇摇头，见郝云一脸焦急的模样，她好心地说道你等等，我进去给你看看。

谢谢你。

得到女士肯定地答复后，郝云有些失落。他站定在一个角落看着人来人往的人群。他知道羊静并不是在意他的过往，她在意的是自己的不够坦白，虽然嘴上说都过去了，可是他的语气中并没有表现出对此事的磊落态度，那么在她看来足可以证明他的心里还没能够放下。

我跟她分手确实不是因为我们感情出现了问题，而是那个时候她为了事业要出国，让我放弃一切跟她走，我没有同意，而且她这一走就是 5 年，最初我们都还能靠着思念之情维系那份感情，可是，人就是这样，触不到的恋人最后只能徒留悲伤……虽然结束了，可我不觉得遗憾，因为我遇见了你，你的出现填充了我所需要的一切，包括……我是真的想要和你相濡以沫……羊静默默地看完短信。

一个身影出现，郝云抬眼便瞧见了羊静，他从座位上站起，轻轻地将她拥入怀。羊静嗅着他身上熟悉的气息，在他耳边轻声说道如果你不在乎一纸婚书，那我也可以做到，我只想和你在一起。

郝云松开她淡然一笑。这辈子我都会和你在一起。

八

喝点酒吗？郝景曙拿出老白干问着儿子。

郝云很直接地回着很长时间没和您一起喝酒了，那就来点吧。

郝云夹了片麻辣水煮肉，郝景曙看着他问道这么长时间没吃到你妈做的菜了，味道还合你口味吧。

郝云嚼着肉片。嗯，又麻又辣，吃着过瘾。说完给羊静夹了菜，两人相视而笑。

朱香兰慈祥地笑着，叮嘱羊静多吃些。

饭毕羊静去浴室洗浴，一家三口就聊天着。

亲戚们一心等着喝你喜酒了。

那就等着呗。郝云不以为然地回答。

等等等，得等到什么时候啊，虽然结不结婚是你们两个人的事，但是，转眼再过两年，你都进入不惑之年了，要知道我和你爸那年代，四十岁都可以做爷爷了。

郝云靠在沙发上感慨：哎，单身的时候，人家就关心你对象在哪儿，谈了恋爱，人家又打探你什么时候结婚，婚后一直没有动静，人家又怀疑你是不是没得生，累不累啊，过好自己不就得了，管别人家那么多事干嘛呀，吃饱了撑的。

郝云语气甚是反感。

你也知道，亲戚中和你同龄的兄弟姐妹都早早结婚生子了，你说你年轻的时候为了事业打拼，爸妈也能理解，知道你有份责任心，想等到工作稳定了再谈婚论嫁，这也很合情合理，但你现在，物质方面不缺了，结婚该有的资本也都能摆在台面上了，你若是嫌麻烦不想摆酒，爸妈也依你，但是，领个证能有多难啦，证领到手生孩子也就顺理成章了……

郝云急忙打断道，妈，结婚跟生孩子没有必然的关联，很多人都是先上船后补票。

朱香兰和郝景曙一副"是啊，那你呢"的表情看着他。

郝云解释道在我看来，结婚本身就是件很麻烦的事了，何况家里还得添个孩子……

朱香兰即刻接过话。说的什么话呢，你不也是由孩子变成大人的吗？哪有父母会嫌弃自己孩子的，只要孩子生下来了，一双水汪汪的眼睛盯着你，你肯定没来由地喜欢。

郝景曙在一旁不动神色道，你都 38 岁了，羊静……也 35 岁了，女人的青春很宝贵，有几个能经得起岁月的摧残，她这么死心塌地跟着你，无非是你们之间还有份难以割舍的感情维系着，在我眼里，羊静是个非常优秀的女性，只是她满心对你存有念想，觉得你会是个好丈夫好父亲，我想有朝一日她若看透你离你而去，我也只能说这一切都是你自找的，怪不了任何人，尤其是羊静，你更没有理由去责怪她的离开。

郝云平静地回答，她若觉得离开我是个好的选择，那很好啊，我会祝福她，哪怕再爱，我也不会纠缠不休，感情这玩意儿，就该拿得起放得下……

羊静站在门口，头发湿漉漉地滴着水珠，她冷冷地说道，原来我在你心里根本没有任何地位，你只不过是把我当作你感情上的一个玩物而已，这些年，我一路陪伴在你身边，从没想过要用婚姻来绑住你，可你竟然……

羊静越说越气愤，她冲进卧房再也没出来，朱香兰又惊又急。你这孩子，你看你都说了些什么？你快去房里安慰下她啊……

郝云在两位老人期盼的眼神下，只得推门而入，突然他大叫一声，羊静躺在床上，手腕在冒着血……

……

郝云猛地睁开眼，羊静开着车惊慌地看着他。

你怎么了？又做噩梦了？

郝云揉着眼睛，重重地呼出一口气。他打开车窗，一阵冷风吹打着脸庞，似乎让他清醒许多，他不知道什么时候睡着的，而且梦中的景象对他来说发生得有些离谱，他振作着精神。还有多久才到？

羊静松下一口气抬腕看着手表后回答，大概还有 20 分钟吧，你再眯会，你的精神状态实在有些欠佳。

九

羊静轻挽着郝云的胳膊，两个人亲密地走进宴客厅。

老周放下酒杯，越过人群热情地迎接着二位的光临。噢，我亲爱的美羊羊，欢迎您和灰太狼一起出席鄙人的结婚七周年庆宴。

老周轻轻地将羊静揽入怀中，在松开怀抱的刹那旋即托住对方的手背轻吻了一下。羊静带着笑意轻巧地将手抽离开来，朱唇微启地说道老周同志，你这……

小心我砸场啊。郝云凶狠地警告着。

老周笑得无谓。

喂喂喂，静……是不是迟了点啊……

羊静赔笑安抚着一路风行而至的王燕。踩点到也算迟了？我说王燕你可不能仗着自己今儿铜婚就对咱苛刻啊，我和老周的情分那也算得上比铁还坚韧，你要让他在咱俩之间选一个，还真有点为难他，你看着办吧。

四人皆笑。

女主人王燕揽着羊静道，有本事你也婚一个，让老姐我开开眼。

你哪儿老啊？别寒酸了自己，跟我斗什么气啊，还真犯不着。

啧啧啧……王燕连摇头，眼神甚是鄙视郝云，故意逃避言语中涉及婚姻的话题。静，介绍我几个老姐妹给你认识，走，去那边。

哎，我人可就杵在这儿，你可千万别让我知道你那帮老姐妹个个都是男的啊。

王燕懒得理，牵着羊静直线前行，羊静回头朝郝云会心笑笑。

两个男人各自端着一杯酒，蠹在人迹鲜少的角落。不是说在家搞吗？弄得这大张旗鼓的，不嫌折腾？

老周走到位子上坐下，郝云跟随而至。由得她吧，你知道我这老婆爱面子，人家都说七年之痒，必定要经历一次情感危机的考验，谁能料到啊，婚姻疲惫期咱都能挨过，她就整定了得好好炫耀一番，你也瞧见啦，今儿来的都是些什么人，委屈哥们儿你跟着当了回看客啊。

郝云笑得淡然。老周，辛苦你了，虽然今儿在你眼里来的大都是群众演员，但怎么说你也是主角，得好好表现。

我跟你直说了啊，主角我算不上，那家伙他妈的才是。

郝云随着老周手指头的指点，看见一个瘦削温文尔雅的中年男人，笑得文质彬彬的伴随在王燕的身边扎堆在一众女人之中。

蓝颜抢了你风头而已……郝云看出端倪的说道。

我戳瞎你眼睛，什么眼神啊……老花啊你……老周愠怒。

郝云倒抽一口气，双手叉在胸前身体直直地靠着椅子，眼睛盯着那个男人。

看出来了？老周不屑地问道。

嘶，不对呀……郝云似喃喃自语，瞟了一眼老周。

别劝我，我跟你说……这步棋怎么走我心里有数……

郝云双臂交叉伏在桌上商讨地说道，都做得这么明目张胆了，你还能纹丝不动地坐在这儿，你们俩就没有谁先提出……那个事？

老周双手按在桌上语气重重地说道，后续之事咱先姑且不谈，男人大丈夫，遭遇背叛之事，贵在一个"忍"字，我不戳穿她，我也不发火，我就当没事发生，我看她能憋到什么时候。

郝云揉了揉眼皮，扯了个不小的呵欠。绿帽子都肯戴，哥们儿我只能说服了你，再有高招，你也不能让那个男人看扁了你吧，气势上你就已经输了一大截。

老周不以为然。我可没说要跟他争个高低啊，我倒希望他忍不住，走来挑衅我，这样，即使王燕什么都没做，最后在法官那儿我胜算的概率都大得多。

郝云在内心深处叹着气。都到了这个地步，你俩还能合着表演这么一出好戏，宫心计啊？干脆点，离婚得了。

离婚？老周嗤笑一声。不过这婚是离定了，但也不能太便宜了她，绿帽子都给我弄了顶扣在了脑门上，总得要她损失点什么来赔偿我吧。

真不打算和平分手？

现在摆明是她不肯这么做，我又何必跟她客气，我只是争取我应得的。

王燕要找情人各方面条件也不会太差，再说她要想和你利索离婚，完全可以净身出户啊，何况，她在公司也身居高职，物质方面还不至于跟你这么斤斤计较啊。郝云分析后回答。你为什么不跟她摊牌，你在容忍什么呀？

面对郝云的质问老周抿了口红酒望着远处的人群。她这么做只是在对我报复，报复我以前对她的不忠，我们俩要真闹到离婚，财产分割方面会有些棘手。

郝云理性地答道离婚对于女人来说确实是件很伤心的事……

老周横眉一指。大门出口在那边，不送。

不过……郝云长叹一口气接着说道，这样的女人不值得同情，她这么做的目的无非就是想从你身上获取更多……

郝云很是清楚，老周和王燕婚后共同拥有的房产就有三处，包括他们现在所居住的一栋独立花园别墅，加在一起就是四处房产，还有银行的基金，股票，一家共同投资经营了三年的运动品牌店，后来店面做大又拉了人入股，两个人是大股东，前期的投入和后期的扩展，都投资不少，若离婚，财产自会分得不均等，对另外的股东也不好交代，要么两个人之中买断另一个所持股份，这样也就少了分歧，关键是，两个人之中谁都想做最后的大股东吧，所以，离个婚也能拖延至极，还好，所幸没有小孩，不然，在抚养权方面又是一场持久战。

她有蓝颜知己，我也一样可以有红粉佳人啦，谁都不捅破，就看谁能笑到最后咯。老周瞥了瞥别处，一位身材婀娜多姿的女子扭着细腰近现其身。

女子规规矩矩坐在老周身旁，带着浅笑看着郝云。

郝云不禁打量了她几眼，猛然张开嘴又合上。

老周轻松地说道你见过的啦，梅子。

嗨，好久不见。梅子举着酒杯望向郝云，郝云笑笑端起酒杯直接一口饮进嘴里，想不到这个女人现在和老周暗里好上了，都不知道他俩什么时候对上眉目的，是和老周那晚一起喝酒的时候呢，还是他俩有后续反正不得而知。

好了，看着他俩也演够了，该我出场了。老周说完站起身。

你和王燕才是今天的主角，不是应该你俩站在一块示人吗？一人拖着另一个伴，不觉得别扭吗？

新婚都有伴郎伴娘的啦，有什么出奇呢？我过去招呼下客人，老弟你先坐会啊，一会儿我派人给你送瓶顶好白兰地过来。老周说完摊开一只手，梅子笑得嫣然地站起身轻搭住他胳膊。两人朝人多之处走去，老周腾出另一只手向旁人挥手示意。

十

老周身边那女人是谁呀？羊静回到郝云身边问道。

王燕身边寸步不离的那个男人干吗的啊？郝云反问。

谁呀？羊静在一众人中搜寻着。哦，蓝教练啊，他是王燕的专业高尔夫指导老师。

教练而已，又不是在打高尔夫，需不需要整晚都陪在身边啊，很明显是想喧宾夺主。

羊静饶有所味地看了下他。你少喝点酒啦，你最近精神很差。

郝云喝下一口酒。有吗？只是易梦而已，我都说了很正常啦。

就算做梦是正常现象，貌似你都有健忘的症状了哦……我知道你工作压力大，但都需要自我调适一下……羊静说得很委婉。

知道了，可能是神经绷得太紧所致，我会注意的啦，如果情况还没改善的话，我会抽出时间去趟医院，你放心啦。

羊静默允了他的说法。对了，你还没回答我老周身边那位……

一个蓝颜一个红粉咯，这不就是他们结婚七周年分别送给对方的惊喜。

羊静狐疑地撇着嘴唇，不远处有人在叫唤着她，她转过头看见原来是王燕介绍给她认识的几位姐妹。郝云理解地示意她过去会合，自己端着酒杯一味地喝着。

羊静走过去，几个女人便看着郝云这边，对他评头论足了一番，羊静附和着她们的笑意，几个人说说笑笑走向别处。

郝云看见老周一人折回。咦？你那位佳人呢？被正室轰走了？

老周舒适地坐在椅子里。笑话，巡礼兼示威完毕，当然是光荣回巢啦。喂，老弟，你需不需要喝得这么猛啊，整整一瓶，这才多大工夫？

真搞不懂你们两夫妻，离个婚还玩这些个心机，你是不是也有把柄握在王燕手上啊，等到证据确凿再将你一击即中。

切，无凭无据，还不是跟我一样只是一个猜测而已，喂，别转移话题，你家酒都喝光了，选在我这里开怀畅饮。

不是，我是想着喝点酒能舒缓下神经。郝云正经地回答。

公事还是私事？老周意味地问道。

最近睡眠质量不是很好，时常做梦，大白天眯一小会儿也能出现漫长的梦境，还有，居然到了忘事的地步。

老周安抚着是不是工作压力大了，注意适当休息，用脑过度很容易出状况的。哎……老周长叹一声郝云以为他担心自己，本想劝慰他证明自己没大碍，不料老周接着说道你这还有得治，上医院开点安神助眠之类的药就行了，我现在弄到这般田地，两个人虽然睡在同一张床上，但可怕的是同床异梦啊，你说是不是痛苦过你？

说完直接拿过酒瓶，不顾形象地灌了几口。

都这样了，还没分床睡？

情意不在床上礼仪还是要有的嘛，毕竟还是合法的夫妻……

郝云一口酒差点没喷出，听着老周说出这么不像样的话，直觉荒诞。他咽下满口腔的酒，正准备开口说教，有人拿着麦克风，开始怂恿两位男女主角发表讲话了，王燕在一众人的欢呼之下，笑吟吟地走到场中央，老周拍拍郝云的肩膀，起身朝场地中央走去。

十一

不是说不用等我吗？你怀疑我喝酒了，说谎话骗你？郝云进门便问着羊静。

我有些事也才忙完，你喝没喝酒我也管不了你，又不是小孩子了，身体是自己的，爱惜不爱惜，还不得靠个人。羊静语气虽显得冷淡，但郝云知道她心里是关心着他。

你闻闻，有酒气没？我怎么可能骗你，我要开车回来的嘛。

羊静推开他凑近的脸庞，准备起身回卧室。郝云一把抱她在怀里，嘴巴也不安分起来。

干嘛啦，去洗澡。羊静想要推开他。

先亲下嘴，证明我真的没有喝酒。

羊静对他表现出的顽童做法有些没辙，在郝云得逞地亲了她之后，从他怀中挣脱出来。去洗澡，我去给你冲牛奶。

郝云有些悻悻作罢，不过他只想要逗逗羊静，如果羊静不愿意在这个时候和他亲热，他也不会勉强为之。

郝云洗完澡出来，羊静已将牛奶摆好在床头柜上，正手捧一本外传看着，郝云用毛巾擦着头发坐到床边说道，到现在大脑还有些兴奋，觉得精神很好，一点困意都没有。

看着他将牛奶一饮而尽羊静回答道，晚上不要喝过浓的茶，不然你的大脑会一直很活跃。

郝云伸出半截手指贼贼地笑着描绘根本不关茶的事，我晚上才喝了这么一丁点茶而已……

他将毛巾扔掉，半跪在床上嬉着脸靠近羊静说道，我知道我现在兴奋的真正原因了，是因为我身体内肾上腺素增高，血液循环加快……

郝云一手掀开被子一手搂住了羊静的腰，羊静还来不及将书放好在柜台，两个人就缠裹在了一起，在喘息的呼吸声里，羊静尽情配合享受在欢愉之中，郝云在埋头苦干之际脑海中突然冒出一个念头，如果自己不是爱着羊静的话，会不会和老周一样用下半身来代替感情行事。

羊静微喘着说道避孕药……说完便腾出一只手伸向抽屉，郝云抬起头支起身子帮手。

羊静吞下药，微闭着眼箍着郝云的脖子，郝云温顺地在她胸口吮吸，脑中闪过的却是老周和王燕结婚这些年，两个人究竟是谁主动提出要避孕的呢。

十二

郝云在下班之际接到了老周江湖救急 Call。他打了个电话给羊静，便开着车直赴老周口中的救急地。

郝云照着老周的指示，洋溢着欢笑贴近梅子坐下，梅子如见到了相好般，立马像个树熊一样偎在郝云的肩头，弄得郝云着实不适应。

老周眼神带着笑意，很是满意梅子的做法。

老周给郝云倒了一杯酒，轻声说道别装啦，老弟，我可全靠你了。

郝云揽住梅子脸上笑着口气硬朗地问道王燕也在？

梅子娇柔地端起酒杯送到郝云的嘴边，被他一把拦下。

梅子瞟了瞟老周，老周眼神带着笑意看着她，梅子嘟着嘴，用手指沿着郝云的脸颊刮了一下，喝下一小口酒，又撒娇地半躺入郝云的怀中，郝云不动声色扶住她躺倒过来的身子，使自己身体保持平衡，但脸上却表现出很享受梅子这样的做法。

老周眼神不经意地扫着四周。我怀疑王燕不止找了一家侦探社跟踪我。

郝云稍稍将怀中的梅子扶正，示意她不要演得太过投入，能掩人耳目就行了。

老周想要靠近郝云说话，但中间隔着梅子似乎不是那么方便，梅子也知晓了老周的动机，便知趣地去洗手间为借口暂离开了。

两个男人并排坐着，郝云找服务员要了杯水，老周喝着酒浅浅淡淡地开口了。我一早就让梅子在这里等我了，车子也让人给开走了，自己打的过来，以为转移了跟踪的视线，可到了这里却让我察觉暗处有个镜头一直在关注着我，所以，为了万无一失，只有喊你过来救场了。

郝云自然地扭着脖子四围看了看，人头攒动，也看不清到底谁是冲着抓住老周把柄而来的。

郝云理解老周在这风口浪尖之时也要铤而走险寻欢作乐的缘由，毕竟两夫妻感情日益淡漠，再怎么和平相处换来的也只是相敬如"冰"，夜夜相对，就算星星还是那颗星星，月亮还是那个月亮，但始终是没有了那份激情。

他喝完一杯水顿了顿说道下次幽会小心点啦，可以选择去私人会所啊。

老周面容松弛地叹了口气，眼神中却带着一丝无奈的笑意。郝云苦笑一声，不用说这肯定是梅子的主意啦，年轻姑娘谁不贪图热闹和自我满足，仗住自己的独厚姿色，当然希望弄到所有男人见了她都为她而痴迷。

喂，美妞，一个人来的啊，陪大爷喝一杯啊。

走开啦，别对我动手动脚的，我男人就在那边，小心他找人修理你这个登徒子。

两三个醉意蒙胧的青年小伙将梅子围住肆意地调戏着，梅子一边推开他们一边朝老周这边发出救援的呼声。看着被困的梅子，老周直觉有些头痛，郝云知道救场这事必定落到自己头上了，他起身说道我去看看。

怎么了，宝贝儿。郝云揽着梅子眼神扫视着他们温柔地问道。

许是没有看见老周过来解围，梅子情绪上有些闹别扭。她大声地控诉道我被流氓欺负，你也不过来帮我。

郝云知道她是故意说给老周听，他眼神瞥向老周，只见他稳如泰山地坐在那里，甚至脸上挂着一丝看客的表情。郝云想着只是过来解围，当然没有将事情要闹大的地步，最好息事宁人了事。但那三个小伙子血气方刚加上又带着醉意，嘴里叫嚣着阻拦郝云他们的去向。喂，八婆，这也就是你的凯子啊，嗬，我倒要看看他有多大能耐咯，啊。

郝云自我保护道，哥们儿，这就是你的不是了，你搞我女人我也就算了，没必要对我人身挑衅吧？

挑衅你怎么了，怕人不知道你包养情妇啊。

喂，说话不要太过分。郝云呵斥着。

小青年越发被激怒。动手啊，在这婊子面前做回英雄啊，不是没这个胆子吧？

小青年开始推搡着郝云，面对这情景老周再也坐不住了。喂，嗑了药啊，这么亢奋，别生事啊，他妈的给我滚远点。

老周气场十足，梅子像遇到救星般即刻对老周揽着上身，老周有些躲避着，郝云便立马拥她入怀里，紧拽着她不放。

怎么着，说话大声就能吓死人啊。大叔，都一把年纪了，回家带孙子吧，省得我一拳头就把你给放倒了。

老周不由分说操起酒瓶砸开一个豁口揪住一个小伙的衣领，面露杀气地警告着试试看啦，我让你死在这儿都没人敢给你收尸信不信？

空气中的热流沸腾到顶点，好事人的嘘声也在四周沸腾着，年轻小伙不可一世地盯着老周他们，在人群之中等待着成班人马的到来，而老周和郝云相视对默着，似乎还在犹豫着是否真的要报警来解决此事。

梅，你怎么在这里啊？嗬，贱男人，你和梅已经分手了，干吗还要缠着她不放啊？

所有人对这突如其来的一幕感到惊奇，包括被指证为主角的郝云，他看着Badia，眼神中充满疑虑，可脸上却丝毫不动声色。

梅子被Badia拉至一边，瞬间有些许晃神。

老周一眼认出这个突然出来救场的女人是郝云的Office秘书，便装出和Badia熟络的样子抢先劝解道算了，他们俩之间的事，我们就不要干涉那么多了，再说感情的事没个准的，就算是分手了也可以复合的嘛。

Badia可没给老周好脸色。你插什么嘴啊，你以为你又是什么好东西，根本就是蛇鼠一窝，梅，我们走啦，像这样的男人你干嘛还要理他啊。

众人纷纷为愤慨的Badia让出一条路，梅子扮出一副楚楚可怜的模样跟着她的步伐离开众人的视线。

看着她离去的身影，老周调侃着郝云。她是不是暗恋你，所以跟踪你到这里，然后再美女救英雄？

郝云回答得很笃定。我敢肯定，她对我除了忠心，别无二心，爱玩可是每个人的天性，我能出现在这里，她为什么不可以？

十三

郝云正刷着牙，羊静洗完澡想要吹干头发，她低着脑袋将吹风机从背后递给郝云，他便顺手将插头插在墙壁上的插座，岂料，在他手接触到插座时，突然一阵电流袭击全身，郝云只觉有股窒息感裹住自己，他僵直着身子慢慢往后倒去，他想要挣脱掉手中的插头，可动一下却连呼吸都快要停止……

铃声响起，郝云缓缓睁开眼从梦中醒来。过于真实的感觉，让他一时难以回神，他真的觉得有种死亡的气息在萦绕着自己。

老周在电话里听见他无力的声音关心地问道，老弟，你没什么事吧？

郝云撑住头叹了口气。嗯……没事……

不好意思，打扰你午睡了……

郝云抬腕看了看手表。没关系，也睡了差不多 20 分钟了，早醒来 10 分钟，可以着手多完成手边的工作……

呵，原来老弟你就是这么提高工作效率的啊，剥夺睡眠时间等同于剥夺生命知道吗？再怎么埋头实干，也是为了换来好好享受生活，你可别一个不小心成了劳累死的精英典范啊，吓着老哥可不好……

郝云重新回忆了下梦境，是不是自己真的在工作中过于拼命，才导致时常被一些莫名的梦境侵袭大脑，也许是人到中年身体已不如年轻人了，是否应该要顺应更加健康的生物钟法，像老年人般好好将睡眠与生物节律调整一番。

可是想归想，当看着手边早已喝完的空咖啡杯，郝云拿起电话毫不犹豫通知了 Badia，他要提起十二分精神去应对接下来的工作，或者至少他觉得人会做梦实则与饮咖啡毫无密切的关联。

十四

王燕和羊静同坐一排，一边淡淡地说笑一边优雅地切着牛排。

郝云一口黑椒意粉落肚，擦了擦嘴，在端着杯子饮水之际，贴着老周细声地问道冷战了？

老周却用行动粉碎了郝云毫无根据的猜测，他心细地将一碟生鱼片佐以酱油与 Wasabi 调和后蘸酱，恭敬地端放至王燕眼前。老婆，可以享用了。

郝云瞥了瞥老周，联想他们夫妻之间感情上悄然出现的那道裂痕，不得不说老周此乃行为的确为稳重男人的成熟表现。

王燕脸上挂着笑意，将生鱼片推至羊静跟前，诚挚地邀请她共享之。羊静吃了赞不绝口，并对老周报以称许的谢意，老周摆出一副受用的开心模样，主菜都还没吃完，便绅士般地叫来服务员开始为上甜点做准备了。

你干吗偷拍我，是不是有人指使你这么做的？梅子将一杯水狠狠地泼向一持着单反机的戴帽男子，两个人为着一部惹事的相机而拉扯着。尽管梅子的做法趋于泼辣，但戴帽男子却没有反抗只是尽全力护着手中的相机。

好你个偷窥狂，今天被我逮着了就别想走，我告诉你，我非得让你上警局把这事给我解释清楚了……

听见梅子这么一说，戴帽男似有些惊慌，他一边怀揣着相机一边奋力想要挣脱，可他的衣裳却被梅子紧紧地拽着不放。

眼看着梅子拨打着110，男子不管不顾了只想要快些逃离，他掰开梅子的手腕使劲地甩开，梅子一个不留神便坐倒在地，痛的哀声叫唤着。

梅子一道目光突然射向老周，惊得他连忙看向窗外。

王燕看着他平静说道，那位女孩好像是你朋友吧……

老周扭过头细细一看。哦对，是梅子啊……发生什么事了吗？

过去看看不就知道了，不过好像需要人帮忙。王燕说完低头喝着罗宋汤。

老周轻轻推搡了郝云一把。走，一起过去看看。

郝云翻阅着手机电话簿。一会儿Badia急匆匆赶到了。

匆忙赶过来的那位女孩是谁呀？羊静端正地坐在沙发椅上问着郝云，王燕和她一样早已放下刀叉，擦干净了嘴巴。看来她俩已经吃饱喝足，老周和郝云便自觉担负起了残卷甜点的使命。

郝云含着一块芝士蛋糕咀嚼道梅子的好姐妹，叫Badia，也是我的助理秘书，刚刚是我通知她过来的。

听着郝云诚实的解说，老周自顾吃着甜品一副事不关己的神情。

你什么时候换了秘书？羊静表示不知情。

郝云放下叉子擦擦手。Carol去了英国进修，Badia是贝总钦点给我的，有着留美归来的高级助理职称。

羊静不再追问，郝云却对着她自我解说了一番，换秘书是很平常的一件事，并不是自己有意要隐瞒什么。

郝云和老周在男厕解完小便，出门口时，郝云不免问道那傻姑娘不会是一路偷偷跟着你来到了这里吧？

老周整了整衣袖没说话。

老哥，这可是一颗定时炸弹，看紧点为好。

老周正经地回答玩过火的人可不是她……

郝云看着老周一马当先走到妻子身边，王燕轻挽着他的胳膊，两个人眉目间表现得恩爱地并肩前行。

十五

Badia 送上咖啡和文件便关门而出。郝云沉思了会儿，拨通了秘书专线。晚上有时间吗？一起吃个饭。

吃过饭，两个人都喝了酒，郝云也不能开车送 Badia，于是便拦了辆出租车体恤地送她回家。

车子一路行驶，两个人在车内依旧畅快地聊个没完。下了车后，郝云催促 Badia 快点上楼，Badia 柔情地道着谢，并从包里掏出一张名片递给郝云。

她不知道他会不会责怪她的多事，但是她却觉得他是时候需要咨询下心理医生了，因为，已经有几次她透过玻璃门看见他从梦中惊醒后的那种无措表情。Eric，我只是想说，如果因为做梦而严重影响你的睡眠质量的话，就去咨询下心理医生吧，其实我没有别的意思，我只是希望你能够睡得安然些。

郝云俯低下头看着 Badia。难道你一直都在观察我的睡眠状况？担心我睡不好？

Badia 羞红了脸支吾着。郝云突然一把抱住她，热烈地激吻。Badia 环着他的腰予以热烈回应，可郝云忽然用力松开 Badia。

我在干嘛？郝云退后几步自责道。

Badia 步步逼近。Eric，不要逃避自己的感情好吗？

郝云摸着额头清醒地说道，你不要误会，我对你，并不是那种感觉。

Badia 不肯相信。那你主动吻我代表什么？

我……你知道人在喝了酒之后所做的行为，有时是很难解释的……

我不信，如果你只是不敢面对，那我陪你一起去面对，如果你是真心爱我，就不需要觉得对不住你的女友，我可以比她更好。

Badia 动情地说完想要拥着郝云，却被他一把推开，他踉跄着步伐拦了辆出租车匆匆而去，剩下 Badia 独自黯然地矗立在街头。

十六

郝云进屋换鞋，羊静什么也没说从沙发上起身回房，他也没觉得有何异样，直到看见桌上的相片，便霎时陷入了伤神的静默之中。

他走到阳台，给老周打电话。

嘿，刚好准备 Call 你，没想到你先打过来了，看来老弟你跟我算是心有灵犀啊，呵呵，跟你说吧，我现在正跟一个国家级的心理辅导师一起喝茶，你现在赶紧过来，把你那多梦烦忧的症状跟他说说……给你疏导疏导，还你晚晚清静……

郝云本想在电话里对老周说照片的事情，怕他现在是不方便，也就婉拒了他的好意。

郝云轻轻推开卧房的门，羊静在收拾着衣服，他走到她身边焦急地问道，这么晚了去哪里啊？

羊静头也不抬语气平静地回答，朋友家。

郝云跟在羊静身后。你能不能先把事情原因弄清楚了再生我的气？

好啊。羊静直面郝云等着他的解释。

这事……必须得让老周来给你解释，只不过他现在有些不方便。

既然你都知道，有什么不能说的？还是说，伙同老周一起来骗我？

郝云挨着羊静坐下。我有欺骗你的必要吗？还得拉上老周？那……实话跟你说了吧，我跟梅子之间是清白的，要说不清不白也是她和老周之间，我只不过是那天跟他们在一起而已。

羊静冷着面孔质问。搂得那么紧让我怎么相信你们是清白的？

郝云极力安抚道那是老周让我做的一场戏，他知道有人偷拍他，指使人就是王燕。

羊静似有所悟道，噢，那上次我们一起吃饭，其实那个人是想拍到梅子和老周之间有没有露出马脚？

没错咯……郝云十分肯定。

可我没听王燕向我抱怨过老周，而且他俩表现得也很恩爱……

夫妻感情不好，如人饮水冷暖自知，面对外人，死也不会显出惆怅样，这就叫打落牙也只有往肚里吞……

其实我也有怀疑，明明在铜婚宴上老周和那个梅子……但我看到照片时，还以为是你和老周故意使出的障眼法……

看着羊静对他恢复了完全的信任，郝云在心中松了口气。总之，在我心里面最爱的那个人始终是你，虽然我没有给予你一个完整的婚姻，但只要我们俩在一起就是一个完整的家庭，俗套点说，两个人相爱最浪漫最重要的三个字，不是我爱你，而是……在一起。我说过了，我今生今世都会和你共度，我的心我的身体都交付于你……

郝云诚挚的表态换来羊静满意的笑意，她释然地靠在他怀里幸福地憧憬着。

门铃声响起，羊静去开门，可是屋外无人，只在地下看到了一个和先前一模一样的信封。

羊静将一叠相片摔在他面前。你想好怎么跟我解释了再来找我吧。说完气愤地拿着包冲出了屋。

郝云还没来得及说什么，就看见其中一张相片是他抱着 Badia 亲吻。

他顿时没了底气，使劲挠着后脑勺一副气急的样子。

十七

羊静解开围裙不满地说道，富民人呢？你至于吗？利用富民来欺骗我……

郝云嗫嚅着。是我不对，但是我打你电话你又不接，短信也不回，我又不知道你去了哪里，我真的很担心……

羊静冷笑。是吗？你除了只会一次次地欺骗我，你还会担心我吗？

郝云自知理亏，语气低下地问道你要我怎么样才肯原谅我？

羊静喉头有些哽塞，但很快平复道，分手吧，我不想被你再欺骗下去了，既然继续走下去已没有任何意义，就给彼此一条放生的路吧。

就这一次，我就只有这一次对不住你而已，何况我和她之间根本什么都没有发生，你再给我一次机会好不好？郝云抓着羊静的双臂恳切地说着，羊静避开他，铁着脸仿佛去意已决。那结婚啊，结婚好不好？我们马上去登记。

郝云拉着羊静的手激动地说道。羊静痛苦地甩开他的手。只要犯一次错误就难免会有第二次，我那么相信你，你却还是让我失望，我已经彻底看透你了，你若不是真心想要结婚又何必勉强自己，难道你想要结婚也是用来欺骗我的吗？郝云，我求求你，放我走吧，我不想在你身上再浪费时间了，也算相爱一场，就让我们好聚好散吧。

郝云拽住羊静的胳膊，甚是不舍地说道，你不要走好不好，你不要这样对我，我会疯的。

郝云，你冷静好不好？

我很冷静，我很清楚，我不能没有你，你不要离开我啊，好吗？

羊静哽咽着。做这个决定我也下了很大的决心，郝云，你不要再为难我了，我是不会再改变心意了，你能不能放手，求求你了……好吗？

羊静奋力松开了郝云的手，擦拭着脸上的泪珠仓皇而逃。

郝云红着眼眶立在阳台，他看着夜幕中羊静的身影，对着电话说道，你信不信，如果失去了你，我就从这里跳下去，了结我的生命，反正，没有了你，我活下去也没多大意义……

羊静昂头看着高处的郝云，失色地劝道郝云，你不要吓唬我啊，你不会这么傻对不对？

郝云一脚跨出栏杆。你回来好不好？你听我慢慢跟你解释，除了你，我真的谁都不爱，我只爱你一个人，你相信我啊，我等你回来……

羊静一动也没动地抬头看着他，电话里传递的只是两个人静默的呼吸声。突然，一个黑影从天而降，羊静吓得失声尖叫，郝云手中的手机滑落砸的纷乱。

羊静惊慌地呼叫郝云，你不要这么傻，郝云，你听见我说话吗？郝云，你不要吓我……

只见郝云另一只脚跨出栏杆，身体重重地摔向了地面，羊静双腿瘫软，晕厥了过去……

十八

周先生，来接周太太啊？

老周对着护士微微笑，跟在她身后进了病房。

郝云，该吃药了。护士端着药盘细声地说道。

老婆大人，该去给宝宝做B超检查了。

羊静挺着肚子幸福地看着老周。

郝云依依不舍地抓着羊静的手不让她走。老周安抚道，郝云，放开手，下次我们再来听你讲故事好不好？

郝云仍是抓着羊静的手不放，老周没辙，羊静温柔地劝慰道，嗯，郝云先乖乖地吃药，然后好好睡一觉，等醒来你再接着讲故事给我听好不好？

　　郝云想了想点点头，伸出手接过药丸，一口吞进了肚子，羊静又温柔地给他喂着水，吃完药，他才在羊静的注视下安然地闭上眼睛。

　　老周细心地搀着羊静，两个人缓缓地走着。

　　怎么办？医生说郝云的精神症状越来越严重了。实在不行，我就联系国外的医院吧。

　　羊静默默地点点头。

　　自从郝云一年前由精神恍惚至精神萎靡加严重失眠，直至状况越来越差，连药物也控制不了了，已开始出现幻想的症状，时常拉住羊静的手向她断断续续地诉说一些自认为发生在自己身上的事情，而羊静对他温暖又亲近的探视，让人从他的话语中已然得知，他已将羊静当作了自己的女朋友和最忠实的听众。

　　对于这一切，老周和羊静都是不介意的，尤其是老周，亲眼看见自己最瓷实的老友由一个意气风发的中年领袖变成现在一无是处的庸人，这个事实他甚至比郝云更难接受。

　　但是，对于这些，郝云已经浑然不觉，他每天所希冀的就是能够看到羊静出现在自己面前。

一夕云雨

一

　　林子扬趴在露天阳台上舒适地伸着懒腰，欣赏着蓝天白云下的美景。转过身，倚在栏杆上啜着红酒，露出白皙的牙齿微笑着。

　　"不不不，我心里最爱的还是她，只不过这次旅行对我来说是一场彻底的单身告别仪式，对，我自己一个人的仪式，玩过后我就要收心了，都是男人，你懂的。"电话那头传来默契的笑语声，林子扬挂断电话，潇洒地将杯中红酒一饮而尽。

　　酒吧放着慢摇，周遭似乎也悄然静了下来，有伴的窃窃私语着，脸上露出意味深长的笑容，而单身的人举着一杯或浓或淡的酒，或穿行于人群中，或孤单地坐落在吧内一角。

　　林子扬的目光搜寻着，不一会儿眼神便落在了一位身材婀娜的女子身上。他悄然而至，熟娴地推开女子眼前的酒杯，用温柔的话语挑逗着她："嗨，美女，不介意请你喝杯酒吧，这杯酒可是专为不仅美丽动人且又有故事的姑娘而调制。"

　　聂晓倩轻轻转过头盯着林子扬："想听我的故事？"

　　"不妨说来听听，我可是个忠实的倾听者。"林子扬说完便很自觉地靠近聂晓倩坐着。聂晓倩端起眼前的酒杯一饮而尽，刚喝完就猛烈咳嗽起来。

　　"你这是什么酒？"聂晓倩不免责备着。

　　"专为你而调制的……爱情毒药。"林子扬轻笑两声，不紧不慢地答道。

　　聂晓倩听后怔住了，她用手背擦了下嘴："哀莫大于心死，爱情已经让我走投无路。"

"可是你来到了这里……"

聂晓倩又是一怔。

"爱情是美好的，但在于你是不是遇到了对的人，你想要他若肯给，这便是世间绝配的美满。"

聂晓倩支撑着头，两眼迷蒙地盯着林子扬，他似乎一直不停地在对自己微笑，无奈她的脑袋越来越沉……

二

聂晓倩翻了个身，张开渐苏醒的眼睛。

望着陌生的布景，她忽地从床上弹了起来，惊慌地上下打量着身体。衣物完整。轻呼出一口气后，她开始端详这间陌生的房间。

行至餐桌旁，桌上有早餐和小字条：早安，美丽动人的姑娘，昨晚与你天降奇遇，且相谈甚欢，实在荣幸之至。相信上天赐予的缘分，今晚一定能再见到你。

看着字条上附带着的一张笑脸，聂晓倩摸摸痛疼的脑袋，不禁莞尔一笑。

回到自己的房间，聂晓倩仰倒在酥软的大床上，眼睛盯着花哨的吊灯，脑海涌现她和文超大吵之后的情景。

这段感情分分合合维持了五年，这一次因为她自作主张的"逼婚"仪式，让毫无思想准备的文超不禁大怒。按理说两个人谈了这么长时间恋爱了，结婚应该是顺理成章的事，可是，文超似乎根本没有结婚的打算。

关于那一纸婚书，文超就是迟迟不肯兑现，眼看着自己年岁渐长，一口郁气闷在胸口，和气的商量他爱理不理，摊出来着重讲了，他就表现出不耐烦。

这一次，聂晓倩也是狠下心，不成功便分手，无谓再在他身上浪费自己残存的青春。时间是残酷的，女人相比男人，实在输不起。

聂晓倩盯着手机屏幕，心中期盼的奇迹没有发生。她拉开门整装待发。刚要反锁门，又从包里掏出手机直接扔向了那张大床，手机在床上弹跳了几下，便了无声息。

聂晓倩懊恼地关上门，踏步而去。

三

"嗨，你果然还是来了。"

聂晓倩轻柔地笑着，从林子扬手上接过酒杯随意地坐在了一片无人处。

"昨晚睡得可好？"

"你是想要从我口中夸赞你几句正人君子所为？"

林子扬一贯地轻笑两声："我从不乘人之危，倘若你没醉，我们之间才能你情我愿地发生点什么。"

"发生什么？"聂晓倩不满他的轻佻。

林子扬耸耸肩。"或许像这样聊聊天也好。"

"你说我们昨晚相谈甚欢，从何而起？我好似没有这个印象。"聂晓倩放下酒杯跷起二郎腿问道。

"这个……跟此刻不同，至少此时的你是清醒的。"

"你是说……我说了醉话？"

林子扬扯开嘴角，露出白皙的牙齿，点点头。

看着他好看的牙齿，迷人的笑容，聂晓倩对他突生一阵莫名的好感："你老老实实告诉我，我都跟你说了什么？"

"别紧张，我都忘了。"林子扬笑着安抚。

那好吧，既然他说忘了，彼此不再提及。

"相处一晚，还没能知你芳名呢。"

"重要吗？"

"出来旅行，要么结识朋友，要么遭遇一场艳遇。"

"你觉得我们会是什么？"

"友达以上，朋友难当。"

聂晓倩也轻笑了下："这么说，靠近你的话，我们的关系就会变得危险？"

林子扬又是一副轻笑的面孔："人生是场奇妙的旅程，总有未知的冒险，有句话叫作靠近我温暖你。"

聂晓倩轻笑："你在暗示我积极地响应你提倡的 one-nightstand。"

"只是一场成人的正常思想和行为，大可不必讶异。"

"我只是觉得这种行为也要看人吧。"看着林子扬摊开的两手，聂晓倩笃定地说道。

林子扬凑近了她："请问鄙人哪里不符合你one-nightstand的条件了？"

两人直视着，似要看透对方心里。

"你的目的性太强烈了，我只是出来散心。"聂晓倩说完小啜一口红酒。

林子扬笑了笑："既然要发生，无谓那么多铺垫，最棒的自然留给最美好那一刻。"

"看来要让你失望了。"聂晓倩说完端起酒杯华丽地起身。

林子扬笑看着她离去的身影，悠然自得地品着上好美酒。

聂晓倩回到客房，急躁地蹬掉高跟鞋，直奔那张大床。什么都没有，没有一通电话，就连一个问候的短信也没有，她攥着手机失望地躺倒在床，两行热泪顺着眼角不自觉地流下。

⑾

"饮酒要节制，借酒浇愁可不是聪明的办法。"

听着熟悉的声音聂晓倩看也没看，闷下一口酒。"那你告诉我什么样的方法才称为聪明？"

"醉了当然是要醒酒。"林子扬说完便将一杯新鲜橘汁推至聂晓倩面前。

"醉了才好，你明不明白？清醒只会让我更加痛苦。"

"有什么结解不开呢，爱，就相互包容走下去，不爱，就让自己坚强。"

"不要装作你很了解我的样子，我们只不过才见过三次面而已。"聂晓倩醉眼朦胧地伸出三根指头。

林子扬嘴角洋溢着笑意。"你醉了，我送你回房吧。"

你心里打的什么主意，别以为我不知道，我凭什么要让你送，我自己不会走吗？聂晓倩指着他的鼻尖怒声道。

说完趔趄着步子跌跌撞撞地一路前行，在电梯口时她突然弯下腰大呕。林子扬快行几步拍着她的背，递上纸巾和水。

"你干吗跟着我？我都说了不会跟你上床。"聂晓倩扶着电梯门缓行。才走两步她便靠住电梯门动弹不得。

里面的人不耐烦地说道："不能喝就少喝点呗，醉死了撑的，要进来快点，别耽误大家伙。"林子扬将她揽进了电梯。

打开门，将她的包包往床上一扔，喘了几口气准备离去之时，聂晓倩突然

209

从床上站起来箍着他的脖子娇声说道："去哪儿？"

林子扬掰开她的手腕："我说了不乘人之危。"

"你说过这只是一场成人的游戏。"聂晓倩双唇触碰着他的鼻尖娇柔地说道。才说完她的双唇便印上了他的唇，林子扬搂着她的腰开始热烈地回应着她……

聂晓倩睁开眼，林子扬眨巴着眼睛问道："睡醒啦？"

"你怎么还没走？"聂晓倩裹着被子坐起身。

"我想赖着你。"林子扬一贯地轻笑口吻。

"开什么玩笑。"聂晓倩裹着被子直接下了床。

林子扬赤裸着身子坐在床上看着她的背影："你别误会了，我只是想说这段时间我们可以彼此陪伴。"

"游戏结束，各自归位。"聂晓倩换好一身浴袍出来。

"不提及过去，不干涉将来，顺应自己现在的心境，想怎样就怎样吧。"林子扬扣着衬衣纽扣。

"你知我心怎想？"聂晓倩双手挽在胸前意味地问道。

林子扬一边穿鞋一边说道："我没有读心术，但我很清楚人生苦短，每个人生下来就有追求幸福的权利，很多人都觉得幸福遥不可及，但有一样是人人都触手可及的，那就是近在咫尺的快乐。"

门轻轻被关上了，聂晓倩徘徊的心门却在犹豫是要打开还是关闭。

五

机场。

林子扬对着座位号，跟在人群后前行。当四目交接的时候，两人都诧异不已。

"嗨，这么巧？"林子扬坐在座位上，友好地向聂晓倩打着招呼。

聂晓倩讪讪地笑笑："想不到短暂的离别之后这么快就重逢。"

"缘分是个很奇妙的东西。"林子扬附和着笑道，"有人接你机吗？"

聂晓倩抿了抿嘴唇："我想大概就我一个人吧，你呢？"

"我……我已经通知了家人。"林子扬如实相告。

走出机舱，两个人突然都沉默不语。

"再见，祝你幸福。"快要出安检口的时候，林子扬率先说道。

聂晓倩拖着行李箱，笑而不语。在林子扬四下张望着丁小芹的身影时，有位小伙子举着大字报在大厅公然求婚：晓倩，嫁给我吧！

文超看着聂晓倩出现的时候便朝她狂奔而去。他不顾众人的瞩目单膝跪地，掏出金光闪闪的婚戒虔诚地望着聂晓倩："亲爱的，嫁给我好吗？"

聂晓倩眼泪夺眶而出。文超将婚戒戴在了她的手指上，一把将她拥入怀中。周围响起了祝福的掌声。

文超一手牵着聂晓倩一手拉过行李箱："老婆，回家吧。"

丁小芹拽着林子扬的胳膊心生艳羡地说道："好幸福啊。"

林子扬半拥着她说道："老婆，咱也回家。"

丁小芹拖住他的手露出美滋滋的笑容。

六

"你小子，撒了个弥天大谎还硬把我给拖下了水……"

"是不是兄弟？这个谎我不找你帮我圆我找谁去？"

"怎么着，这趟出去私欲可满足了吧？"宗鹏附在林子扬耳旁逗道。

林子扬整着领结在镜子前洋洋自得："去去去，忒俗了你……"

宗鹏瞧见他那嘚瑟的样儿，冲着他脑门说道："说白了你不就是图那目的去的，瞧你这德行绝不是失望而归。"

"总之，就是结婚之前一份美好的收获。"林子扬整整西装底气十足。转过身眼睛发光地对着宗鹏说道，"哥们儿，可以出发了。"

一行人浩浩荡荡坐上了迎亲的轿车。

"你到底爱不爱丁小芹？"宗鹏在车上问着林子扬。

"爱呀，不爱我干吗跟她结婚？"林子扬倒回答得真实。

"你俩结了婚之后你真能对她守身如玉？"宗鹏说出内心的疑虑。

"我说你干吗不相信我啊？婚前婚后我是绝对判若两人，不然我结这婚有何意义，还不如学你多单身几年呢。"

"没人逼你啊。"

"我跟小芹我俩是属于水到渠成，我们俩在一块儿也有很长时间了，我也没觉得她有什么不好，到现在我也还爱着她，她也一直爱着我，既然相爱那就结婚呗。"

面对林子扬理直气壮的理由，宗鹏一时语塞，他颓丧地靠在舒适的椅背上，干脆闭目养起神来。

七

"我说你这婚后的日子过得可真够简朴的啊，偌大一房子，我待了一整天就觅着了一袋薯片果腹，厨房设备那是无一俱全啦，我倒是真想知道你跟丁小芹平时在家都吃什么呢？"

林子扬嘴角上扬笑着说："关于做饭我和丁丁都不是那块料，只要有美食在家吃和不在家吃都一个样，所以无谓在家表现出做对食人间烟火的恩爱夫妻而勉强自己笨手笨脚去做餐饭，搞得相互不开心，想通了那就干脆连餐具都别买，省得看着心烦。"

"你不觉得没有一点生活气息吗？"宗鹏质问着。

"我觉得挺好的，少了柴米油盐酱醋茶的掺和，整个房间看上去都特别干净明亮。"

宗鹏叹口气，被他的话语彻底打败："那你倒是说说晚上整点什么给我填肚子吧。"

林子扬麻利地掏出手机说道："当然是订外卖啦。"

"啊呜～"。宗鹏伸直双腿一头倒在了沙发上。

林子扬和丁小芹通完电话，便从衣柜里拿出衣服扔到宗鹏身上："哎，你这在咱家窝了好几天了也没洗个澡，身上一股味，我担心丁丁回来闻到了不舒服。"

宗鹏嗅了嗅了身上："有那么夸张吗？我没觉得有异味啊，挺好的。"

"你那纯粹是自我感觉良好，我收留你没问题，可你这污染自然空气就不对了。"

宗鹏比划着衣服又扔给林子扬："你的衣服我才不穿呢。"

"你嫌弃什么呀？"

"有味。"

林子扬抄出内裤砸在他脸上："这底裤可是新买的，这衣服洗的时候用玫瑰香型液体浸泡过的，要怎么样才对得起你那金贵的身躯啊？"

八

看着手机屏幕上的陌生号码，那串数字来自和林子扬同一个城市，他开着车，犹豫着要不要接。

当手机再次响起的时候，林子扬"喂"了一声，对方却迟迟没有说话，"说话呀，你是谁呀，再不吭声我挂了啊。"林子扬敬告对方。

"喂……"

一个久违的声音，虽只有简短的一个字，在林子扬听来却熟悉于耳："是你？晓倩？"

"对，是我。"对方幽幽地叹出一口气，"没有想到会是我吧，很抱歉，这么唐突给你打了这个电话。"

林子扬将车缓缓停在路边。没错，能再次听到聂晓倩的声音是他婚后压根就再也没想过的事情，何况当时在机场，她感动落泪地答应了一个男子真挚的求婚，而他也完成了和丁丁的约定，应该说双方从此各归其位，彼此不再联络是对各自婚姻最好的信守，他不希望和她再有任何的交集，美好的画面就让它停留在那次度假中，以后的一切回原至正常轨道。

为免滋生不必要的麻烦，林子扬在旅程结束后就将聂晓倩的号码给删掉了，只是没想到对方却还存有他的号码，她突兀地打来，他不知道接下来会发生什么。

"能见一面吗？"聂晓倩在电话里恳求。

林子扬将目光从街边的人群身上收回，他松开安全带靠在椅背上："我不知道该说什么，我也不认为我们之间还可以坦诚的做朋友。"

那边声音有些急切："我不是那个意思，我……我是有求于你。"

"求我什么？"林子扬疑虑。

"这件事只有你才可以帮我。"聂晓倩在电话那头嗫嚅着。

听着她断断续续在电话里哭诉完，林子扬闭着眼睛抚摸额头惘然地呼出一口气："这件事容我再想想吧……"

聂晓倩悲催地哭泣着："求求你，求求你一定要帮我，我不能失去他……"

林子扬开着车，神情有些恍惚，他停了车在路边买了一包烟，狠狠地吸着。

九

进屋直视丁小芹，林子扬竟有些难以面对，虽然他在内心承认他在婚前有过错行为，但是他的心里对丁小芹的爱始终没有变过，她真的是他决下心要娶的那位余生伴侣。

"Honey，给你泡了香甜醇滑的咖啡，快点过来哦。"丁小芹看着略显疲惫的丈夫，将泡好的咖啡倒在杯子里招呼着。

林子扬淡然笑笑，脱下外套坐在了妻子身边。丁小芹将双脚搁在林子扬腿上，端着脑袋往他怀里蹭，林子扬爱抚地摸着她柔顺的头发。突然，丁小芹虎视眈眈盯着丈夫气哄哄地质问道："你又抽烟了？"

林子扬默不作声。丁小芹霍地站起身叉着腰："死林子扬，你怎么屡劝不听？你把我的话当耳边风是吧？好，既然你做不到自律，那咱们也别制定那破约法几章了，我管不了你，你想怎样就怎样，你要是觉得拆伙过更好，那我就成全你。"

丁小芹暴跳如雷般将房间里的东西扔得乱七八糟，林子扬看着失控的局面，将丁小芹紧紧地拽在怀里，丁小芹不停地挣扎不停地捶打着他，林子扬一声不吭由她打骂。

丁小芹渐渐消停下来，林子扬才慢慢松开她并诚挚地道着歉："对不起，是我不好，我以后再也不会偷偷地抽烟了。"

丁小芹逼问道："你说你这次为什么又抽烟？"

"我向你保证我以后真的再也不会抽烟了。"

林子扬答非所问，丁小芹自然不肯轻易原谅他："林子扬，我警告你，我丁小芹一心一意相信你，你可别不知好歹辜负了我对你的爱。"

"我明白，我林子扬这生最不后悔的事情就是娶了你丁小芹做我的妻子，我们约定好的要一辈子相爱到老，决不允许有谁先放弃这个承诺。"

"哼，你只会嘴巴说说而已，根本就做不到，你只会敷衍了事。"

林子扬坚决地说道："我既然下了这个决心，就请你继续监督我的行为。"

看着他认真严肃的模样，丁小芹突然忍俊不禁。林子扬趁势哄着她："亲爱的老婆，你就原谅我这次小小小小小小的错误吧，我保证这样的坏毛病绝不会再犯了，你相信我，给你老公一次改过自新的机会好吗？"

丁小芹一把推开他："现在就给你一次机会，好好把这屋子收拾一下吧。"

林子扬望着满地的狼藉，瘪着嘴顺从地蹲下了腰。

十

"我说了给我些时间考虑下，你不要一个劲地催我好不好，就这样了。"挂断电话之后林子扬索性将手机关机。

看着丁小芹坐在沙发上追看连续剧，林子扬堆上璀璨的笑容："老婆，我回来了。"

丁小芹将黄瓜片敷在脸上，手里拿着根黄瓜啃着。

"干吗虐待自己啊，我在周记买了海鲜和深井烧鹅，过来一起享用吧。"

丁小芹按住眼眶上的黄瓜片："你懂什么呀，这叫美容减肥两不误。"

"真的不吃？"林子扬满足地吸着蟹汁问道。丁小芹不理他，揭开眼睛上的黄瓜片继续看着剧情发展。

"老婆，你洗澡了没？"林子扬享受完晚餐问道。

"洗过了。"丁小芹在脸上抹着美容液回答道。林子扬看了看神情专注的妻子，准备进浴室冲凉。

看着堆放好的衣服，林子扬朝门外望了望，内心一阵感动。妻子大大咧咧的外表下藏着一颗体贴细腻的心，总能在一些小细节处打动他的内心，或者，正是因为这种无声的关爱，让林子扬更加坚定了要好好珍惜身边的这个女人。

林子扬穿好衣服坐在丁小芹身边，搂着她，陪着她一起看着肥皂剧。嗅着他刚刚洗完澡身上那股好闻的味道，丁小芹温驯地将脑袋靠在他臂弯里，林子扬就像搂着一只小绵羊似的，下巴轻轻地在她头发上摩挲着。

眼前的一个画面让林子扬顿时打起了十二分精神，想不到电视里演的剧情，跟聂晓倩所描述给他的完全一样，只不过跟电视剧相比，他变成了现实生活中的那位男主角。

"老婆，你说现实中会有这样的事情发生吗？"

"当然会有啊，电视所讲的都来自于生活。"丁小芹回答完又补充道，"如果他们的关系被识破的话，会在瞬间伤害到两个家庭。"

林子扬缄默不语。丁小芹接着说道："其实小孩子是无辜的，既然是大人所造成的一切，那就理应站出来承担，救活了孩子，自己良心上也会好过点

· 215 ·

吧。"

林子扬追问着妻子："那得需要多大的勇气啊，而且这事必须得瞒着各自的另一半，如果被发现的话，就像你所说的，两个家庭即将面临瞬时的土崩瓦解。"

丁小芹歪着脑袋想了想说道："其实也不然啦，如果各自的另一半都能表现得包容大度的话，事情也可以峰回路转啦，毕竟男主角和女主角算不上出轨，顶多也就算婚前背着心爱的人各自放任了一回。"

"你真的这么想？"

丁小芹迟疑地看着林子扬："就讨论下剧情啊，干吗这么认真？"

"哦，没有啊，我在想如果我是女主角的丈夫，当我知道事情真相后我会选择原谅她。"

丁小芹嘬着嘴瞟瞟丈夫。

"那如果是你呢？"

"什么是我？"

"就是，如果你是男主角的妻子，知道真相后你会有什么反应？"林子扬解释道。

"我？"丁小芹皱皱眉头，"如果让我把男主角想成是你的话，那我真的很难想象呃。"

"为什么？"

"我当然难以想象你会背着我和别的女人发生关系，并且还有了孩子。"

林子扬心里一阵惊慌。

丁小芹揪着林子扬的脸庞："不过这种事情怎么会发生在你身上呢，你是最烦小孩的了，而且我是你最爱的女人啊。"

林子扬笑得无比灿烂地看着妻子："对啊，你永远都是我的最爱。"

"嗯嘛，奖励。"丁小芹在林子扬脸上狠狠地亲了一口。

十一

"你……你怎么会找到这里？"看着突然出现在公司门口的聂晓倩，林子扬有些语无伦次。

"我只是希望你能救救孩子，我没有别的企图。"

林子扬为掩人耳目，将聂晓倩拉至一个偏僻的地方："你可不可以先经过我的同意再来找我？你这样做，我……"

"对不起，我看你一直都在拖延，我担心你不想救孩子，我等不及，孩子更加不能等了，所以我只好冒然来找你。"

林子扬双手抱着头试图让自己冷静："我没说不救孩子，我只是希望能给我点时间考虑……"

"不能再犹豫了，宝宝现在已经是重度期，而且时不时会自发性出血，医生说现在最好的方法就是进行输血治疗。"

看着聂晓倩凄惨的表情，林子扬在内心深处自责着自己。此刻的他，想到了远在另一国度的宗鹏，原来男人不负责任的放纵，到最后都会给自己带来不可预知的后果，宗鹏是这样，现在就连他自己也是这样，他不知道要怎样处理这件事情，他的脑子有些混乱。

聂晓倩抓住他的手腕悲伤地恳求着："求求你，救救咱们的孩子……我不能就这么看着他死去……"

林子扬听到"咱们"两个字，身体本能地往后退。他一脸漠然，追求丁克的他怎么就突然有了孩子，回想那个迷离的夜晚，已让他记不清自己防护措施究竟是否做到位了。

还在他处于茫然的时分，聂晓倩"嗵"的一声双膝跪地，饱含热泪凄凄哀哀地哭泣道："只要你肯救活孩子，我愿意做牛做马报答你。"

林子扬纠结地看着眼前的女人，许是因为孩子的事情操碎了心，她的脸上早已没有了当时令他着迷的美丽光泽，身材也因为生了小孩而有些走样，他和她彼此相对地存在，却早已没有了公平可言。她甘愿在他面前低声下气。

林子扬走上前，犹豫了一下扶起聂晓倩："你先回去，给我一个晚上的时间，明天我再给你答复。"

聂晓倩难以相信地看着他。

"我现在有个美好的家庭，有心爱的人在身边，我不想因为这件事而失去她，你必须让我好好想想。"

聂晓倩踌躇地离开了，林子扬表现出极度烦闷，他实在想抽根烟来缓解，可是到了便利店，却一口气买下了十盒口香糖，他一鼓作气塞下十片，在嘴里囫囵地嚼着。

十二

丁小芹督促林子扬早点休息，林子扬从电脑前抬起头回答："你先睡吧，我还有些资料要上传呢。"

丁小芹走到电脑前说道："你可是从不把工作带回家的啊？"

林子扬淡然解释道："最近公司忙着上市，老板下达了死令，所有员工都要为了这次的成功上市而搏心搏命，一定要发挥团队精神全力以赴。现在就连各个部门经理都在加班熬夜，我这区区组长没理由不拿出一副做派，不然到时候个个都为公司上市出了力，就我没有，那岂不被人笑话你老公我很逊？"

"谁敢笑话我老公，我老公可是最棒的。加油，老公，我可是等着你加薪升职，让我有足够的钱去周游世界呢。"丁小芹搂着他的脖子打气。

"放心吧，老婆，这个愿望老公一定会帮你实现的。"

"那，等你们公司正式上市之后，这位大忙人先生是否可以带着你可爱的妻子出国游玩一番呢？"

"当然没问题啦，想去哪里玩？"林子扬铁定地回答。

"嗯……"丁小芹想了想，"去迪拜吧，那里可是拥有世界第一家七星级酒店，全球最大的购物中心，世界最大的室内滑雪场……"

"行行行，就去迪拜。"林子扬打断兴奋的妻子。

"我告诉你哦，老公，去迪拜还可以看到世界最高的建筑，'哈利法塔'哦！"

"嗯。"林子扬附和地点点头。

"你知道吗？迪拜现在几乎成了世界上奢华的代名词，去到那里可是要有绝对富足的银子撑腰哦，老公，你说我们的愿望会不会落空？"

"老婆，去看看咱们存折上显示的数字吧，你老公我就算是倾尽钱囊也要保证你玩得痛快彻底，绝不给生命里每一个时段留有遗憾。"林子扬搂着妻子的芊芊细腰说道。

丁小芹开心地嘟着嘴："嗯……真是我的好老公，亲亲。"两个人甜蜜地一吻，"老公，那我先去睡咯，不要弄到太晚啦。"

"嗯，知道了。"待丁小芹的身影消失眼前，林子扬即刻关掉工作界面，在网上查找起来：新生儿血友病……罕见的 RH 阴性 AB 型血……若 RH 阴性受血者没有相同血型的血可以用，可以选择 O 型 RH 阴性的红细胞……

十三

等着红绿灯的时候，林子扬的脑袋还在做着挣扎。

绿灯亮了，前面的车与他的车拉开了距离，犹豫过后，林子扬打着方向盘将车驶向了聂晓倩说出的那家医院。

聂晓倩小心翼翼地将头凑近躺在病床上的幼儿，他面颊苍白，因为贫血而导致眉毛上方的皮肤呈现青紫。可林子扬完全没有任何感受，感觉此刻躺在病床的那个小家伙跟自己没有任何关系，他只是觉得他受了孩子母亲的委托，抱着试试看的心态看是否能挽救他弱小的生命。

"要过来看看吗？"聂晓倩站在床头问着。

林子扬不敢太靠近，他的内心在强烈地排斥着这个幼小的生命。"这样就可以了……"

聂晓倩尤怜地看着孩子。"因为宝宝的血型非常罕见，医院根本没有配备储存的血液，要在短时间内找到合适的血型输血治疗，是一件非常困难的事情，因为血型太过稀有，医院也一直在通过别的渠道替我们寻找合适的血源，可是，这个过程就像大海捞针，所以，我实在是没有办法才找到了你……"

聂晓倩说完又是一阵哽咽。刚好主治医生过来查房，聂晓倩似找到救命菩萨般拉着医生的胳膊抽噎道："医生，我找到可以救我儿子的血源了，我找到了……"

医生安抚着聂晓倩，眼光朝林子扬看了看。

"他可以救我儿子，他的血型和我儿子是一致的……"

"他是？"医生的提问，让哭泣中的聂晓倩和局促地站在一旁的林子扬觉得十分突然。

"医生，实不相瞒，这位是孩子的亲生父亲……"

林子扬愣然。

医生停顿几秒问道："之前那位？"

"那位是我的合法丈夫……"

医生神情了然："虽然你是孩子的亲生父亲，但是我们还是要为你做全面的体格检查，确定你的身体检查合格后才能为宝宝进行输血。"

林子扬木然地接受着医生对他的交代。

"小孩现在的情况很不乐观，病情较之前有些反复，为让孩子早些获得健康，对他的输血治疗要尽快提上日程。"医生拍了拍还没进入状态的林子扬肩膀嘱咐着。

"真的很抱歉，这次让你很为难吧？"聂晓倩将林子扬送到医院门口。

"你能保证事情不会被你丈夫发现？"林子扬停下脚步问道。

"孩子的命重要，他是不会对你有所怀疑的。"

林子扬提出一个令自己十分气愤的问题："你为什么要选择把孩子生下来？"

"我也不想的，我们回来之后就马上和我丈夫结了婚，谁能料到孩子不是我和他亲生的，如果不是孩子生了这场病，我想这个秘密永远都不会有人知道吧。"

"你是什么血型？"

"我老公没有过问过我的血型，不然就知道所有的真相了。现在我是哺乳期，家里还有一个孩子要喂奶，医生说……"

"另一个？"

"是，我生的龙凤胎，躺在病床上的是哥哥，还有一个比他小7分钟的妹妹。"

事到如今，林子扬不能一味地去怪罪别人，终归自己也有过错，归根结底罪魁祸首是自己，伤害到的却是另一个无辜的家庭。如果他想良心过得安稳，恐怕唯一能做的就是尽全力去拯救那个可怜的孩子，纵使林子扬心中对他没有任何感情，可他们的血液和血脉却是相连着的。

此时的林子扬很想找个人倾诉心中的苦楚。

十四

林子扬很果断地将那串熟悉的号码挂断，着手忙着没做完的工作。

过了十分钟，一个陌生的座机号码打进来，林子扬看了看没接，可是那个电话却不停地打，林子扬只好停了手边的工作。

"喂，您好，请问是林子扬先生吗？"

林子扬疑虑地回答："是……"

"您好，我们这里是××医院，我是文源小宝宝的主治医师，上周我们见过面的，不知你还记得吗？"

"哦哦……哦。"林子扬回答得有些心虚。

"因为上次跟你谈过的事你一直没有给我们一个答复，所以我才冒昧地给你打了这通电话，孩子的父母一直都很着急，我们也都在等着你的决定。"

"嗯，那个，最近因为工作比较忙，都没什么时间去趟医院，要不这样吧，等忙完这段时间，我会尽快与你们联系……"

话没说完，听筒里传来聂晓倩动容的声音："子扬，你究竟要怎样才肯救孩子？我知道你对孩子没有任何感情，但是他……确实是你的亲骨肉，他生下来就是个不幸的孩子，可是这一切都是我们造成的，我们必须为自己的行为弥补过错。我希望你能够将他的生命延续，我也会好好保护他让他茁壮成长，他不应该遭受这样不平等的对待，他应该和别的孩子一样，健康快乐地享受同一片蓝天……"

"行了，你别说了，我会尽快抽时间去趟医院。还有，以后不要再打过来了，有什么决定我会主动打给你的，你只要等我电话就行了，就这样了。"

林子扬挂了电话，正好迎上宗华的目光，他腼腆地笑了一下："经理，有什么事吗？"

宗华微微一笑："这个，我的喜帖。"

"恭喜你啊，经理。"林子扬看着结婚请柬由衷地说道。

宗华礼貌地回敬他一个笑意："谢谢，对了，宗鹏有没有说什么时候回来？我有联系过他，但是他一直都没有回应。"

"嗯，我会将这个好消息传达给他，希望他能赶回来，毕竟大哥的婚礼做弟弟的没有理由不出现。"

宗华释然一笑。突然他的手机响起："孩子是不是好些了？烧退了吗？那个退热药吃了容易发汗，你注意给他多擦擦身子，及时更换衣服，先不急着喂奶，孩子现在可能食欲不好，吃了容易吐。嗯，我都吩咐好林嫂了，你不用太操心，自己照顾好自己，行，公司的喜帖我正在发了，你那边的朋友我下了班就去帮你派发。嗯，回家见，拜拜。"

"经理，看来你很有做完美奶爸的潜质嘛。"看着宗经理洋溢着一脸的幸福，林子扬打趣道。

"呵呵，没办法，孩子本来就早产，比别的孩子也体弱多病些，所以我们做父母的就更要防患于未然了，虽然孩子不是我亲生的，但是我都希望他平安健康地成长，每个孩子生下来都是天使，我希望永远都能看到他天使般的笑容。"

林子扬感受到经理带给他的瞬间美好，经理在给别的同事派发喜帖，周围的热闹让他有些陷入沉思。

十五

林子扬做完化验撸着袖子露出半截胳膊站在走廊上，聂晓倩饱含深情地说道："谢谢你子扬，你的大恩大德我这一辈子都不会忘记，我说过只要能救活孩子，你就是让我做牛做马报答你都行。"

"别说报答不报答的，做出这样的举动是我应有的责任，其实每个孩子生下来都是天使，是上帝赐给父母最珍贵的礼物，他能带给你欢笑，你也希望每天都看到他天使般的笑容吧。"

聂晓倩为之动容，眼睛里充满了对林子扬无限的感激。

"等我的检查报告出来，如果没什么问题，到时候我就可以直接为孩子输血了，所以这段时间你也不要着急，就让我们一起为孩子祈祷吧。"

"嗯。"聂晓倩拭去不小心掉下的一滴眼泪，但是笑意却显现在了她的脸上。

"晓倩……"

两人循声望去。文超满脸带着兴奋："听说找到为源宝献血的人了，就是你吗？"

林子扬拘谨地看着眼前长得十分刚毅的男子，他真诚地握住林子扬的手高兴地说道："真是太谢谢你了，真的，我都不知道说什么好，你是我儿子的救命恩人，也是我们全家的恩人……"

林子扬和聂晓倩对视一眼，两人都有些尴尬。聂晓倩拉过丈夫说道："好了，知道你开心，你也别吓着人家了……"

文超忙道着歉："不好意思，太激动了，总之非常感谢你……听说你是无偿帮助我们？我都不知道要怎么谢谢你了……"

"不用客气，举手之劳，能救活一条小生命也是我无限的光荣。"

"那，那个，要不孩子以后认你做干爹吧，虽然我是他的亲生父亲，但是他的身体里面以后流淌有你的血液，我可不介意他多个父亲哦。"说完文超顾自乐了起来，林子扬附和笑笑。

十六

"Hey，man，how are you？"

"嘿，哥们儿，欢迎你胜利归来。"

两个人兴高采烈地击掌并相互大大拥抱。

"喔～你是我的花朵，我要拥有你插在我心窝，喔～你是我的花朵，我要保护你一路都畅通，喔～你是我的花朵，就算你身边很多小石头，喔～你是我的花朵，我要爱着你不眠也不休……"

宗鹏戴着耳麦High个不停，林子扬终于忍受不了，拧开收音机大声放着音乐。

"嘿，捣什么乱啊。"宗鹏不满地关掉收音机戴上耳麦继续深情地唱着，"不管你心充满多少困惑，我绝对不会对爱放松，你是我所有快乐源头……噢……咳咳咳……"

宗鹏一阵猛烈地咳嗽，林子扬讥笑道："报应啊……"

宗鹏看着路边一家餐店说道："嗳嗳嗳，停车，这里什么时候开了家炸酱面店啊？

林子扬也探头注意看了看："这个我倒是不清楚，我又不是经常跑飞机场这条路。"

"下车，正好在这儿解决我饥肠辘辘的肚子。"

林子扬站在夜幕中看着疾驰而过的一辆辆车："这地儿又不熟，去老地方呗我连位子都预定了。"

"等不及了，我是真饿了，哥们儿。"

林子扬只好尾随了他。

两个人很快对干完一瓶酒，说话间又开启了一瓶："我说，我在国外的事你都了无巨细地知道了，说说咱没在一块这段时间在你身上都发生了些什么事吧？"

林子扬被他一问倒像是一言难尽。

"哟呵，看样子还真有事，那行，酝酿好了再说，咱接着干。"

于是两个人就着凉菜花生米又一连干了几瓶。

"聂晓倩你还记得吗？"

宗鹏想了想："谁呀？"

"就是我结婚前的那个姑娘……"

"哦，跟你风流快活的那个，想起来了，干吗这时候跟我提这个女的，你俩该不会是又……"

林子扬挡开他伸出的手指："你想哪儿去了？这事是这样，我们俩当时……就是……反正就是回来之后她怀了我们俩的孩子……"

"啊？不是吧？这女的可够狠的，连证据都给留下了，你该不会是碰上女骗子了吧？"

"也不是，她并不知道怀了我们的孩子，我们回来之后就各自结了婚，关键是现在她的孩子也就是我的……孩子他得了一种罕见的疾病，必须要我这个亲生父亲才能挽救得了他的生命……"

"什么病？"

"重度白血病……"

"听上去挺严重的啊……那你现在在犹豫什么呀？担心孩子的养父知道了痛扁你一顿？"

"他并不知情，以为孩子是他亲生的，我已经决定要救这个孩子，我只是怕在治疗的过程中丁丁有所察觉……"

"救人当然义不容辞啦，何况那还是你亲儿子……"

林子扬反击道："你别忘了，你也是有儿子的父亲……你哥为你背黑锅……"

"好……"宗鹏忍着他哪壶不开提哪壶的气。

"对不起，哥们儿，我不是有心要这么说的……"

"行，我原谅你。既然你跟我说了，这事就包在我身上，只要你去了医院，我就负责帮你 Hold 住丁小芹，她在哪儿我就在哪儿，她要追踪你的形迹，我绝对能帮你掩护到底，而且不会让她有半点怀疑。"

"嗯，我琢磨着这事也只有交给你我才放心，况且丁丁也没把你当外人……"

"哥们儿，你这么说是什么意思，是不是说我可以把丁小芹当作是我的挂名妻子，对丁小芹我和你都能享有一样的权利……"

"去你的，你这话要敢在丁丁面前说，我包你小命难保……"

宗鹏大声嬉笑着。

十七

"喂，我都到你家门口了，行了，你放心去吧，丁小芹就交给我了。"宗鹏从出租车下来径直朝林子扬的家走去。

当他衣冠楚楚地出现在门口时，丁小芹揶揄道："哟，穿得这么正式出现在我家门口，反倒让我觉得有些不自在了。"

"你爱看就尽管看个够，不过我可提醒你，我可是独一无二帅的一塌糊涂的大靓仔，我那哥们今天不在家，你在我面前可要把持住了啊。"宗鹏走进屋笑说道。

"切，你跟我老公没法比，就你这样也能夸自己是无敌型男，那我们家木木可以毫不夸张地称之为世界先生了。"丁小芹不以为然。

宗鹏粲然一笑："丁小芹，我发觉你就是张伶牙俐齿的嘴，我就好玩说说而已，你非得把我和你老公分出个高低吗？"

"那也要看我把谁和我们家木木相提并论咯，我肯和你争论你应该感到高兴，证明你还有点值得相比的价值。"丁小芹说完对他冲冲眉。

"行了行了，我缴械投降。"

丁小芹将林子扬交代给她的礼物转到宗鹏手上："呐，接着，你可以从大门走了。"

宗鹏将硕大的一个礼盒抱在怀里夸道："这厮儿礼物倒给我准备得挺厚重的啊，不亏我打从心里拿他当好哥们儿，果然是说到就做到了啊。"

盒盖上赫然写着：恭祝亲爱的大哥和大嫂永结同心，爱情如细水般长流。宗鹏"呸"了一口："我靠，你老公整这些东西，也太恶心人了吧，我看他这是在故意整我吧？"

丁小芹没好气看他一眼："切，真是好心没好报。"

"嗳，丁小芹，既然你老公也都替我完美地完成了一半了，不如你们夫妻俩给我来个更完美的全面服务吧？陪我去我哥那一趟？"宗鹏掀掉那张贺纸嬉皮笑脸地说道。

"凭什么呀？"

"就凭我和你老公之间无坚不摧的铿锵关系啊，我和他彼此惺惺相惜，你怎么也得爱屋及乌吧。"

丁小芹被他恶心道："不去。"

宗鹏故意拉拉她的衣角可怜巴巴地说道："去吧，你如果不去的话，我就得在你家一直等到你的木木回来再让他陪我一起去，而且那时候都已经很晚了，陪完客户都很累的……需要好好休息，我虽然不忍心看到他这样，但是，木木是个重义气的家伙，他一定会为了哥们儿情谊帮我到底的，你也知道我和我哥现在的关系处于不和谐状态……"

丁小芹露出烦躁的表情："咦……你能不能别那么妖里妖气的，我担心木木会被你带娘呃……一个大男人，家庭关系都处理不好，你怎么在社会上混啦，你自己搞定啦，就算木木回来我也不会再让他出去，铁哥们儿也帮不了，身体健康才重要，他工作已经那么累，我不会让你得逞的。"

见丁小芹说得如此坚决，宗鹏只好使出撒手锏："丁小芹，只有一次机会，只要你愿意陪我走这一趟，我可以满足你提出的任何一个要求。"

丁小芹左右上下翻动着眼珠，冥想了片刻后回答："那好吧，我就勉为其难地接受吧。不过至于我要提的要求暂未想到……"

"没关系，我允许你保留这个要求，任何时候想兑现了都有效。"

"成交。"丁小芹得意地回答，"不过，要麻烦你等一下咯，我去换身衣服，你自便，要喝什么冰箱里都有。"

宗鹏故意说道："丁小芹，你真是个现实到底的女人，我要没给你这么个好处，你也不会想起来要招待我吧？"

丁小芹头也不回地说道："跟你用不着客套，反正你这人挺随便的。"

宗鹏无可奈何地看着她关上房门，自顾打开冰箱门筛选要喝的饮料，看来，丁小芹倒也挺了解他的嘛，不过，倒可以换个听着舒服点的词，不是随便，是随意。

十八

人行道上，密集的人群徐徐地过着马路，丁小芹的车停在第一排，她认真地目视着前方，只等绿灯一亮，便可一脚踩向油门。

突然，她的目光追随一个身影，不再直盯着前方，她惊异地叫道木木，他来医院干吗？

本来在微闭着眼的宗鹏突然一个激灵："哪里？在哪里？丁小芹，你是不是看错了，木木不是去见一个重要的客户了吗？怎么可能出现在医院？"

"不可能，我绝对没有看错。"

宗鹏脑袋一边朝医院大门左顾右盼一边将手伸进口袋摸着手机。

丁小芹回头看红绿灯的时候，发现了宗鹏的小举动，她严厉地说道："宗大鹏，我警告你，你别想着通风报信啊，你越这么做我就越加怀疑他现在的行为极度不正常，你说，你俩是不是有事瞒着我？"

"放轻松，别弄得自己那么紧张，我就是想看下时间，担心因为你的疑神疑鬼而延误了去我大哥那。"

"你现在慌张到连说谎都不会了是不是？你手上不是带着手表吗？我告诉你，姓宗的，你要是阻止我把这事弄清楚，你就哪儿也去不了。"

待绿灯一亮，丁小芹狠狠一踩油门，车子便驶进了医院，坐在副驾驶上的宗大鹏直觉坐立难安。

丁小芹拉好手刹，坐在车里环顾着医院四周并掏出了手机。

林子扬刚躺下，护士正准备替他做消毒护理，就听见隔着一扇门外的聂晓倩大声说道："子扬，你电话响了。"

林子扬歉意地看了看护士，扯下口罩问道："谁呀，你帮我看看。"

聂晓倩从他外衣的口袋里掏出手机一看，上面的来电显示是"老婆"，她不敢怠慢赶紧回答道："是你太太打来的，要替你接听吗？"

"没关系，不用管它。"里面传来林子扬毫不犹豫的声音。聂晓倩将手机放回口袋，铃声也戛然而止。

丁小芹恨恨地说道："岂有此理，居然不接我电话。"她转而怒气冲冲地看着宗鹏，"手机给我。"宗鹏表情僵化，丁小芹理直气壮地说道："现在是兑现你让我提出任何要求的时候了，你是不是想反悔？"

宗鹏默然地将手机交出去，竟遭来丁小芹一记瞧不起的白眼，宗鹏默默打开车门，是逃避也好透透气也好，都但愿那小子好之为之了。

十九

聂晓倩又一次掏出铃声作响的手机，她看着屏幕上的来电显示隔着门大声说道："子扬，有个叫宗鹏的找你，要帮你接听吗？"

林子扬看着血液汩汩地从身体里流出，觉得有些眩晕。他闭上眼睛回答道："你替我接一下，转告他我晚点再回电给他。"

聂晓倩将耳朵附在听筒上轻声地说道："喂……"

听到一个突如其来的女声，丁小芹愕然了几秒，她微微张着嘴做着深呼吸："喂，你是谁？为什么我丈夫的手机会在你手上？"

那边的聂晓倩顿时也一阵愕然，她有些无措地举着手机，慌张地隔着玻璃窗户朝里面瞧了瞧，她没料到林子扬的妻子竟然会拿了别人的手机再次打过来。

"喂，喂……你说话啊，我丈夫是不是和你在一起，你让他接电话。"听筒里传来丁小芹不停地追问，聂晓倩吸了一口气回答道："是的，我们是在一起，不过我们是在医院，你的丈夫为了救我的孩子正躺在输血台上……"

"什么？"

丁小芹下了车将手机贴在耳边小跑着，宗鹏看着她在后边喊道："喂丁小芹，你去哪里？"

当林子扬推开门出来，非常震惊地看着三人。"丁丁……"

丁小芹面色不是很好。宗鹏和聂晓倩脸上带着歉意地看着他。

林子扬穿好外套，思索着该从哪里说起。丁小芹主动地问道："这事为什么瞒着我？"

聂晓倩紧闭嘴唇朝他微微摇了摇头，宗鹏在丁小芹身后伸出一只手左右摇摆，并将食指竖着放在嘴唇上。

林子扬眼珠有些闪烁，他镇定自若地对丁小芹说道："老婆，我们回家再说吧？"

丁小芹不依："有什么不能在这里说？刚好人证都在。"

场面变得有些尴尬，关键是林子扬不知道刚刚在外面究竟发生了什么事，虽然丁小芹没有露出十分生气的样子，但是他也不能估测到事态到底发展到什么局面了，或者丁小芹只是在隐忍着爆发。

就在大家小有沉默的时候，聂晓倩主动打破了这个僵局："我想你的丈夫不是故意要隐瞒你，他做出这样的抉择只是不想你担心他，他真的是带着一片善心，为了拯救我的孩子，我和我的家人都很感谢他，现在躺在里面的那个小宝宝正是因为有了你丈夫的救治他才能获得重生。"

聂晓倩的一番话让丁小芹不自觉又向里看了看，隔着一扇门看到自己的丈夫和一个婴儿并排躺在一起的时候，她很想知道发生了什么事。

丁小芹透过玻璃窗再次看过小孩之后，她回转身，林子扬正用深情的眼神看着她："老婆，虽然我们自己没有小孩，但是当孩子的妈妈通过一些渠道找到我的时候，听了她的诉说和孩子的病情，我是真的很想要尽自己能够做到的来救活这条小生命。"

"老公，你想要救活一条生命我能够理解你，但是，你可以对我说啊，只要不影响你的健康我是一定会支持的。"丁小芹呼吸变得平稳语气也变得平缓。

林子扬露出一丝笑容看着丁小芹。

"我希望我们之间不要有任何事隐瞒，而且我也真的不想你被我误会。"

林子扬眼神晃过聂晓倩和宗鹏，显现出些许心虚。

二十

喝着丁小芹为他特意熬制的滋补浓汤，林子扬抬眼问道："对了，这事你没跟妈他们说吧？"

丁小芹充满爱意地看着林子扬："当然没有啦，你连我都没说的，那我当然就会守住这个秘密咯。"

林子扬点点头："嗯，我也是不希望你担心才没告诉你的，输血的事情说大不大说小不小，不过老人家知道了会比较担心。"

"嗯，老公，我会做好保密工作的。对了，我们婚检的时候我记得你的血型报告是 RH 阴性血，是非常稀有的熊猫血嘢，可是那个女人是通过什么方法找到你的啊？"

林子扬埋头喝着汤，眼神有些躲避："嗯……其实说来也巧啦，他表姐夫是我经手的一个客户，那天我们在谈生意的时候，聂晓倩打电话到我那个客户手机上，大概意思就是拜托他，看能不能想办法帮她寻找到能救她孩子的血型，那个客户挂完电话后，我看他脸上有些难色，便问了几句，哪知道这事就这样被我遇上了啊，不过因为我不求回报的帮助，他也帮我谈成了很大一笔生意，所以，我们也算是互利。"

"啊？老公，原来你做出了这么大的牺牲啊？可是你以后再也不要拿自己的健康做交换了好不好，再怎么说钱是赚不完的啦。"

"可是，救人一命胜造七级浮屠啊，我觉得是比赚钱更让人快乐的事情，何况，我们就要打算去迪拜了，不多挣点钱怎么能让你在那边玩得尽兴。"

丁小芹撒着娇说道："嗯……我知道老公心疼我，想为我完成我梦想的所有愿望，可是，相比那些愿望来说我更希望你有个健康的身体。"

"嗯……没有可爱老婆的爱心汤我又怎么能拥有如此强壮的体魄呢？"林子扬甜蜜地夸赞道。

丁小芹嘟着嘴："对喔，我今天问过医生了，他说后面你还要去几趟医院了，我得趁这段时间多给你补补身子。"说完拿过林子扬的空碗："老公好棒，全都喝光了嘢，我再去给你盛。"

林子扬望着她的身影无语地笑笑。

二十一

林子扬按着棉花球从门内走出来，聂晓倩对他感激地笑了笑便去看孩子了。他靠着墙壁休息了一阵，欲准备离去。

"喂，子扬兄弟，不赶时间吧？赏面一起吃个饭怎样？"

林子扬回头看着文超笑笑点点头。

"这段时间为了我孩子的事，真的辛苦你了，来，我以茶代酒敬你一杯。"

林子扬端起茶杯回敬。

"吃菜啊，你都不点菜，我随便点的这些也不知道你爱不爱吃？"

"我不挑嘴，什么都能吃。"林子扬笑着回答。

文超也笑了笑："你知道我还有个女儿吗？龙凤胎。"

"知道，听晓倩说过了。"

文超又笑了笑："你说我是不是很有福气，想当初我都没做好要孩子的准备，没想到老天竟然一下给我派来两个小天使，让我烦也不是只剩满心喜欢了……"

说话间文超的语气有些得意，林子扬只是面带笑意默默地听着。

"过两天我的父母就要从很远的山区来看我们了，从孩子出生到现在，他们二老还一眼都没瞧见过，因为孩子有病一直也没让他们来，不过，多亏了有你，孩子现在能够治好了，就让他们来看一个健健康康的孙子。"

"能够看到三世同堂，老人家一定会很高兴的。"

"当然啊，到时候你也一定要来哦，你也是孩子的爸爸啊，我父亲也一定会很高兴见到你。"

看着林子扬有些愕然，文超单纯地笑道："放心啦兄弟，我只是说让你做我孩子的爸爸，并没有要你做我父亲的儿子，不要有负担啦。"

林子扬尴尬地笑了笑。

二十二

"喂，你好，请问是林子扬先生吗？"

"是……"

"我是××医院的许医生，也是文源患儿的主治医师……"

林子扬忙说道："哦，我记得您……"

"是这样的，文源宝宝的家里出了点状况，孩子现在没有亲人在身边照料，我想你能来医院一趟……"

"发生了什么事，许医生……"

"呃，我想还是你亲自来一趟医院吧，到时候我会当面跟你讲清楚。"

挂完电话，心里有些忐忑的林子扬向经理请了假，直奔医院。

许医生好似专等着林子扬的到来，并起身为他泡了一杯茶。

林子扬紧张地问道："医生，到底发生了什么事？你说什么宝宝的家里出了事？"

许医生定定情绪说道："是这样的，早两天文源小患儿输了血之后体质变得有些弱，所以我们就将他送进了隔离室观察，那里面除了医护人员任何人都不得进入，孩子的父母虽见不到他，但也很放心我们医护人员在里面对他看护，刚好那个时候患儿的父母跟我说孩子的爷爷奶奶从乡下过来看孙儿了，他们决定一起去车站接他们的父母，可是谁也没有料到，满载一家人的车子在回来的途中遭遇了惨重的车祸，一家5口全无幸免，其中包括龙凤胎中的女婴。"

林子扬非常震惊，表示出难以置信的样子。

许医生接着说道："出事的时候他们被送到了另一家医院，后来这件事我也是通过那家医院的同行才获知的，可是等我去到那里的时候，他们的尸体都已被家人领走，但是唯独没有带走还活在人世的文源，我不知道他们是忘了有这个孩子的存在还是因为不清楚孩子的去向，医院留下的孩子父亲的联络方式，我试着拨打过，可是一直都打不通。"

林子扬表情呆滞略显无力地坐在椅子上，什么话也说不出。许医生的声音在停顿一段时间后又徐徐响起："我打电话给你，是因为我知道你是孩子的亲生父亲，我虽然不知道这样的方式是否欠妥，但是我想你也有权知道孩子今后的去向，医院虽然秉承着救死扶伤的职责，但在另一个角度来说，毕竟不是善堂，将一个孩子长时间的收留在医院，是件很不现实的事情，如果没有亲人来将他领走，医院就会与当地民警联系，经过商讨后可能会将他送往儿童福利院或孤儿院之类的慈善机构。"

林子扬缓缓抬起头说道："您通知我的意思……我可以将孩子领走？"

"对，在法律上能够承认你是孩子的亲生父亲，而你也可以作为他的合法监护人……"

林子扬一言不发，起身走了出去。

许医生在他身后说道："如果你不想收留孩子或对医院的决定也没有任何异议的话……"

那一低头的温柔

一

曹磊不动声色地看着满地的狼藉。

辛小蕊气冲冲地从房间抱出一大堆花样百出又俏皮十足的玩具哗啦啦全扔在了客厅的地板上。

继续扔啊，可别手软，既然要砸就砸个痛快，你能把这屋子里所有东西都砸个稀巴烂，最后我一定挺感谢你的，这样的话，我倒也能毫无眷恋一次性地给这房子换个全新的面貌。曹磊双手插在裤兜靠在门框上对着正气哼哼的女友平静地说着。

你这么说是要分手是不是？辛小蕊靠近曹磊仰着脖子气势如虹地质问道。

你能不能别这么火爆脾气，三言两语对不到一块就能把你激怒成这样，再说了，我有说要分手吗？曹磊语气中带着些怒意。

你的意思摆明了啊，这间屋子所有东西包括我也要换掉，不是吗？辛小蕊怒睁着眼咄咄逼人的口气。

曹磊撇开她一屁股坐在沙发里，顺势将脚边的一个小熊公仔用力地踢出老远。

你干吗啊？辛小蕊不满男友将自己心爱的玩具踢飞。

我站累了坐一下还不行吗？曹磊眼中带着恼怒。

你给我起来，起来。辛小蕊使劲地扒拉着曹磊。

你干吗啊，辛小蕊，我可是一直在忍让着你，你可别……别得寸进尺啊你……

我就不许你坐，这沙发是我买的，我有权不让你坐，你给我起……来……

辛小蕊使出吃奶的力气不管不顾地推搡着。

曹磊倒躺着被逼到沙发角，扭曲着一张脸抓着沙发背悬空着半个身子。你，别闹性子了行不行啊？我……我就快撑不住了，你能不能拉我一把啊？

辛小蕊没好气看了看他，不情愿地伸出一只手。曹磊满心感激地以为抓到救命稻草，只听"咚"的一声，整个身子毫无保留地献给了地板。看着他疼痛又委屈的模样，松了手的辛小蕊只是得意地肆笑着。

你……你……曹磊摸着后脑勺忍着剧痛悲愤不已。

遭遇不测的曹磊躺在地板上好长时间没起得来，后知后觉的辛小蕊才意识到事态的严重，慌张过后的她只得自作自受的驮着曹磊沉重的身躯，来到大街上后悔不迭地拦了辆的士直奔医院。

二

看着一地的杂乱，辛小蕊有些惊愕，她记得昨晚陪同曹磊去医院的时候家里压根没乱成这样的啊，难道遭贼了。

曹磊从女友身后一脚跨进门，尖声细气地说道哎呀，妈呀，简直惨过窃贼入室，依我看江湖上的那些孟贼们都得尊称您为一声师傅了。

辛小蕊见不得他生龙活虎的样，立刻喝住即将往房间迈进的曹磊。你上哪儿去呀？休想这一地的破家什让我一人收拾。

曹磊回过身一脸无辜状。姑奶奶，这可都是你的杰作，跟我没半点关系啊……我还是受害者呢……

辛小蕊单手叉着腰，一手指点着地上的破碎玩意儿。别想耍赖，这，这，这，都跟你有着很大的关系，我生气摔东西还不都是因为你……辛小蕊将地上的东西环指了一圈又指向曹磊，眼神中透出一丝凶光。

你乱摔东西纯粹是因为你克制不了自己的坏脾气，我善意的没有阻止你恶意的行为，由着你一顿肆意的发泄，让你心里面觉着爽了，这也能怨我？

曹磊自我的一番解说再次彻底惹毛了辛小蕊。没错，我就是脾气差，我最大的本事就是乱摔东西，我今天就让你好好见识一下，什么才是真正的宇宙大破坏，你不是说要给这屋全换一遍吗，我就成全你，绝不让你白白丧失掉这个改造的机会……

辛小蕊敞开大门，将昨晚幸免于难的物什一件一件地往外扔。

哎哟……唐小虎立在门口抱住迎面撞来的一个机车帽，小心翼翼地瞅进屋一探实情。表姐，你这是要拆房呢？这玩意儿差点没把我给砸晕过去，还好我眼疾手快。

闪开……辛小蕊恶狠狠地说道。唐小虎跳开身体，抱着机车帽进了屋。辛小蕊一把夺过，飞也似的扔了出去。

有些惊魂未定的唐小虎夸张地拍打着胸脯，小心地凑近曹磊同情地道出一声：表姐夫……

话才落音，用力过度累得喘着气的辛小蕊恶狠狠地回头问道你来干吗啊？

唐小虎嬉皮笑脸。我……我来看看你呗……

今儿没饭可蹭，回吧……辛小蕊拾起地上的小熊玩偶拍了拍灰尘，故意撞开唐小虎的身子走向卧室。

看着辛小蕊进了卧房，曹磊吩咐着唐小虎一起，将屋外的东西一件一件给捡回来。

这是为什么呀？能不能不要这么折磨我啊，未来表姐夫，你能告诉我这究竟是为什么吗？唐小虎玩弄着双节棍跟在曹磊身后哀怨地问着。

你按我吩咐照做就是了，一会儿想去哪里吃随你挑。

唐小虎听完这句开始卖力地往屋内摆放着物件并小声地问道表姐夫，你什么事惹着我表姐了？让她这么大手笔地一个劲地往外直扔东西。还是你俩在玩游戏，她负责扔出去你负责捡回来。

曹磊一边清理着，发现好像不见了一盒卡带。你觉得这游戏好玩吗？你表姐可是有选择性的扔，横在屋外的这些全都是我的。

那地上这些谁的？

曹磊走进屋扫了一眼地面继续吩咐。分工合作，你将屋内地面上的零碎东西清扫干净，我负责搞定屋外属于我自己的东西就好了。对了，保存你表姐所有的宝贝包括被她不小心摔坏的，至于其他破损的东西全都扔掉。

啊？唐小虎惨叫一声。我怎么分得清哪些是我表姐的东西啊？

曹磊面露难色地鼓励道，慢慢来，以你对你表姐的喜好判断，很容易就能从中挑拣出属于她特有的东西嘛。

在唐小虎看来这是项非常艰巨的任务，好汉不吃闷头亏，他宁可放弃一次饕餮大餐的机会也不能挖了个火坑任自己往里面跳。于是他使出了绝杀技中的一贯做法。表姐夫，我突然想起，我还有个很重要的事……

曹磊一把按住他的肩很随意地说道苹果5s不便宜啊……

唐小虎眼放光芒犹如打了鸡血按捺不住兴奋。是是是，还是表姐夫你最了解我……我现在就是有天大的事都比不上表姐夫此刻交代的事重要……要分辨出我表姐的东西还不简单，我直接问她不就得了，哈哈哈……我这就去找个袋子把些个乱七八糟的东西都给装在一块全扔了……

三

加完班的曹磊终于从公司大厦离开，晚餐叫的外卖实在没什么胃口吃下，这会儿肚子已经欢唱的厉害，他忍着饥饿径直朝长沙路的大学城开去。

待唐小虎到的时候，曹磊已经将一盘扬州炒饭吃得只剩一小半了。

嗳，表姐夫，说好一起吃饭，你怎么也不等我一下啊？唐小虎一屁股坐在凳子上抄起筷子夹了一块鸡翅塞进嘴里。

电话我都给你打了不下 6 次，只能怪你自己姗姗来迟，再说我都饿到前胸贴后骨了，没有理由望着一桌子的佳肴不开吃的道理？

唐小虎认同了他的说法吮着骨头述说：我一建筑毕业的大高高高材生，现在成天跟着做监理的师傅在工地上转悠，你说转悠也就算了，可他却非得拉着我跟农民工大哥打成一片，我就弄不明白这对我实习有什么帮助啊？

曹磊喝完汤用茶漱了漱口，这小子人生经历不够也就罢了，还非得说那么大声让周边的人都听见。你觉得你比农民工高人一等？

唐小虎啃着鸡翅辩说道那当然没有啊，工作不分贵贱嘛，我就只是觉得我的朋友圈不应该……不应该是这一类人啊……

曹磊用手遮住嘴剔完牙意味深长地说道人有长得漂亮和难看的，是吧，但人不应该分美丑，就如你所说，工作就更不应该有贵贱之分，这个社会，只要与人相处你就得学会尊重，要想得到他人的尊重，首先，你得尊重别人，你得学会和不同阶层的人打交道并和他们融洽地相处，这是做人最基本之道，我不确信农民工里个个都是怀才之人，但最起码他们属于能干之人，靠自己手艺吃饭，你自己现在啥鸟也不是一只，有什么资格去嫌弃别人。

我……我也不是那个意思……唐小虎争辩了两句，丢下鸡骨头没再吱声，擦干净油渍渍的手埋头吃饭。

四

辛小蕊余气未消搬去医院的宿舍住了三天，也就是说她和曹磊已经互不理睬冷战了三天，在这三天里，曹磊一个人默默将家中做了彻底的完善，摔坏的重新买，破损了还能用的拿去修补，唯有辛小蕊的东西他连位置也没更改地替她重新归类码好。

小吵小闹的两个人三天没见着也没说上一句话了，一向处于下风的曹磊心想是时候接女友回家了，闹脾气也得有个度，不能有家也不回吧，想要摆脸色给人看就一如既往地摆给自己的男友看嘛，在外面可没人好脾气地欣赏。

但是，作为天使化身的辛小蕊，作为普天下人民好公仆的辛小蕊，在医院这个大家庭里可是没有对任何人发过脾气，她的所有不好的情绪只冲着一个人，那个人就是她的男朋友——曹磊。

小蕊老师，不好意思，吵醒你了？

出夜班还在补眠中的辛小蕊被开门声给惊醒，她睁开惺忪的眼睛眨了眨。都说了叫我小蕊别加个老师的称呼啦，我又没比你大多少，再不就在名字后面加个姐姐吧。

以实习护士的身份和辛小蕊同住的陈晓霞羞涩地笑了笑。嗯……呵呵～我买了大份的蜜汁捞饭，还有果冻奶昔，一起吃吧。

辛小蕊吸了下鼻子坐起身大大伸了个懒腰。哇……不愧为城中有名的水果捞饭，果然很香哦，刚好肚子也有些饿了，那我可就不客气咯。

陈晓霞生怕她不吃咧，要知道她可是特意去了名餐厅买了够两人吃的份量。自己才从学校出来被分配在这所医院实习，初来乍到，又和一位老师住在同一间宿舍，她可是有意在拉拢和辛小蕊之间的关系咧，只要关系变得亲近了，到时候有什么要向她请教的地方也不再那么难以开口了吧。

辛小蕊喝完一大杯水，看见陈晓霞正细心地将饭一分为二，便假装问道你怎么知道我会在宿舍，不怕我出去了啊？

心中有数地陈晓霞又羞涩地笑了笑答道，你都没跟我说你要回家，所以就碰碰运气咯。

你这小丫头片子……辛小蕊嗔怪道。

辛小蕊在别的宿舍和人凑在一块打扑克，手机丢在床铺上响个不停，陈晓霞顶着沾满泡沫的头发打开门大喊小蕊姐姐，电话响了。

牌刚好玩完一盘，辛小蕊在牌友的催促下有些不舍地奔出门外，才跨出门口，自己的位置就被人顶下了，弄得辛小蕊回头望着心里直恨恨的。

看着手机上的来电显示，辛小蕊任它响了数遍之后才按下接听键，一出声便恶狠狠地口气。干吗呀？想回去了的时候自然会回去呗，姑奶奶我在这儿过得挺好的，少来，你别给我假惺惺的，你要是敢在我们宿舍用什么一哭二闹三上吊的招数，看我不阉了你……谁说我在宿舍啊，来了你也见不着人，哼，你就等着吃闭门羹吧你。

陈晓霞松开头上包裹着的毛巾，准备用吹风机吹干头发，辛小蕊一把拿过吹风机按着她坐在凳子上说我来帮你吹吧，吹完头发陪我出去散散步。

陈晓霞被这个有些雷厉风行的姐姐老师弄得有些拘谨，半昂着脑袋回答不……用了，还是我自己来吧。

没事，我给你吹干头发很快的。

陈晓霞只得低着头任由阵阵强烈的冷风肆虐地将自己脑袋上的发丝吹得龙飞凤舞。

五

唐小虎，你怎么会出现在这里？辛小蕊看到唐小虎的时候脸色似乎永远都带着不悦。

我来看你啊。面对表姐的惊异唐小虎回答得理所当然。

可是我一点都不想看到你，滚开啦。辛小蕊推着治疗车在唐小虎身边擦身而过。

嗳，你现在可是上班时间呢，说话能不能斯文一点啊。唐小虎跟在表姐身后申诉道。

对你？需要吗？辛小蕊回过头眼神恶煞地看着唐小虎。说，来为何事？

表姐夫说下班后接你一起吃饭，让我先来静候佳人。

唐小虎你找死是吧，有多远给姐我滚多远，不然我一针戳死你。

唐小虎被表姐的嚣张气势本能的吓退了几步，张开嘴吐出恶语。我说你一女的，啊，别仗着自己有几分姿色，就肆意妄为的，新世纪的男人里边儿也就我表姐夫对你有如此包容的大爱胸襟，这要换作别的男人，早跟你不知掰了多少回了，我可是站在男人的立场警戒你必定好好珍惜与我非常之投缘的我的未来的准表姐夫。

辛小蕊从来就见不得唐小虎在自己面前趾高气扬的。就你也算得上是个男人？毛都还是软的呢！

刚才还声高八斗的唐小虎噤声看了看四周一下子不知如何作答，后知后觉意识到的辛小蕊，恨自己一时的嘴快脸色也变得青红，她结巴地补充道：

我……我是说……你的胡须……说完便将治疗车推得哐当作响急匆匆冲进病房。

六

辛小蕊看着走廊上聚集的人群或张望或趴在门边倾听，隔壁宿舍的小花看见她回来激动地说道呀，你总算回来了，里面都吵得不可开交了，无论我们怎么喊怎么敲门都没人理，也不知道里面的两人发生了什么事了。

就不知道通知保卫科吗？辛小蕊气急败坏扒开人群掏出钥匙，在开门的刹那，无数个脑袋跟着相继蹿入。

里面的一幕让所有人惊呆，只见陈晓霞哭得梨花带雨地趴在地上抱着一个男孩的腿哀求他不要走，而男孩则显得非常厌烦，不断用难堪的话语责骂着她。

辛小蕊气不打一处来，一腔维护女性尊严的正义之感涌上心头，她顾不及地上楚楚可怜的晓霞，拎起包就朝男孩的头部猛敲。流氓，你对晓霞做了什么？你以为我们宿舍是个很随便的地方吗？是你想来就来，说走就走的吗？人家都趴在地上求你不要走了，这样挽留的方式你不觉得很感动吗？你现在要走明摆着是要抛弃人家咯？

男孩拽住不断猛击自己头部的包包，大为光火地说道喂，你再敲，别怪我对你不客气了……

你试试看？曹磊出现在门口恶狠狠地说道。

哇……曹磊身后一片看热闹的无聊姑娘发出了一阵更无聊的窸窸窣窣声。

看见曹磊到来，生怕男孩借机逃走的辛小蕊才顾得上扶起已经哭的没有半点形象的晓霞。男孩连看都不想看晓霞一眼，在她双手松开自己腿部的刹那，迈起脚准备离去。

嗳……辛小蕊才喊了一声，曹磊便拽住男孩的胳膊往房间内推搡了一把。

男孩差点撞到刚从地上站起来的晓霞，他很是不爽地质问着干吗啊？又转过脸极为不悦地对着晓霞说道，你不要搞出这么多事来好不好？都说了我们感情已经玩完了，你还要怎样？

小伟，我们不要分手好不好？晓霞轻轻拽着男孩的胳膊哽咽地哀求道。

小伟一把拂开她的手。你很烦了，要跟你说多少遍你才明白啊？我已经对你没有感觉了，不要像个妓女一样死缠着我，行吗？

喂，你是畜生啊，说话能不能尊重点？

辛小蕊很是气急，男孩不以为然地对她瞟了一眼，曹磊受不了别人拿这种眼神待见女友，忍不住火刚要朝叫小伟的男孩挥拳头时，辛小蕊一杯冷水直接泼在他脸上。滚，马上滚。

男孩抹了一把脸无比愤怒地看着辛小蕊，体格比他略微强壮又高出一个脑袋的曹磊适时站在女友面前挑衅地说道，要动手吗？

哇噢……门口传来一阵叽叽喳喳声，小伟看了看外面脑袋挤着脑袋的那一帮好事姑娘，烦躁地踢开一张凳子朝门口走去，嘴里恶狠狠地念叨都是他妈的傻×……吓得那一群女生哗啦啦全散开了。

在辛小蕊一边拿着纸巾给晓霞擦泪一边心疼地数落她时，自觉此刻多余的曹磊将门虚掩后离开了。

嗳，怎么你一个人，表姐呢？这么急着回来究竟什么事啊？唐小虎楼道爬到一半，曹磊出现在他眼前。

曹磊继续朝楼下走问道，你不是就跟在我身后的吗？你这速度也太让人没法理解了吧……我看你平时太缺少锻炼……

唐小虎立在原地上也不是下也不是，曹磊没正面回答他的问题，表姐的去向已变得不再重要，他要即刻澄清自己还是个健硕的健将青年。喔，觉得口渴在楼下买了冰激凌吃完才上来。

对于他的回答曹磊没有任何质疑。走吧。

去哪儿？和表姐今天和解又没成功吗？唐小虎手搭着曹磊的肩直往楼道下走去。见曹磊没说话，他又补充道，表姐夫，我可绝不是不关心你们俩啊，只要你和我表姐好我比谁都要开心……

行了行了……啊，还想吃冰激凌吗？我请你吃……

那多不好意思啊，表姐夫，哎，我跟你说咯，那冰雪皇帝口味挺不错的，你试试，信我的没错……

七

累死了，表姐，吃饭了。唐小虎再次领命出现在辛小蕊面前，他一脚踹开虚掩的门直接冲进宿舍。

啊，什么状况？表姐你该不会是揍她了吧？看着红肿着眼睛坐在床头轻声啜泣的晓霞，唐小虎直把矛头指向辛小蕊，虽然他已从表姐夫的嘴里得知事情的大概，但他就是要将莫须有的罪名加在可恶的表姐身上。

狗嘴里吐不出象牙。咦……汤汁怎么全都洒出来了，这袋子上面还有泥巴？辛小蕊又嫌弃又不解地看着唐小虎。

你眼里就只看见了这些泥巴，表姐夫没出现也没看见你问一声，为了给你们送这餐饭，在来的路上经过一处没灯光的路口时，他很不幸地被黑暗中的一根电线给绊了一跤，头皮都给磕破了，坚强的表姐夫自己按住流血的头去急诊室了……

什么？辛小蕊狠狠拍了一下唐小虎的脑袋。你个死小子，就不知道先拣重点的说吗？

唐小虎实在很烦别人拍自己的脑袋，以她表姐下手的力度怕是被她给拍成脑震荡都极有可能，他极为不爽地回道吃饭也很重要啊，表姐夫担心你饿坏了身子，说自己没事能搞定，一个劲地催我赶快给你送饭过来……是怎样呀，你再拍啊？！

呀……辛小蕊咬牙切齿朝唐小虎握紧拳头威胁着。死小子，哪儿也别去，照顾好晓霞，听见了没……

看着表姐急奔而去的身影，唐小虎显现得很不情愿。

辛小蕊心急如焚地赶到急诊科，终于在注射室找到了正在输着液的曹磊。看着用绷带缠着脑袋的男友，辛小蕊本来关心的话语到了嘴边又变成盛气凌人的口气。说得那么吓人，不是流了很多血吗？根本一点事都没有。

曹磊见到女友到来，心里可劲地乐着，但脸上却可怜兮兮地说道你真的希望我有什么事才好吗？因为你，我的脑袋可是第二次受创了，这次更惨，摔在额头，都不知道会不会毁容，如果我变难看了，你会不会不要我了？

辛小蕊没好气。要你个死人头啊……

曹磊一听便听出了女友口气中的柔弱和心疼，但是为了看见女友笑，他伸出手叫住一个护士。护士，借把手术刀可以吗？我女朋友要将我的脑袋割掉带走……

曹磊！辛小蕊隐忍地咆哮着。

没想到曹磊认为的搞笑结果却适得其反，辛小蕊不但不觉得好笑，反而认为男友幼稚到了极点，竟然当着自己同仁面说出那么稚气可笑的话语，她真是恨不能一巴掌拍在他脑门上。

看着她因为尴尬而看上去有些令人发笑的脸孔，曹磊捂着隐隐作痛的脑袋痛苦地干笑着。

八

姑娘，先吃饭吧，吃饱了才有力气接着哭啊。唐小虎将外卖盒一字摆开，坐在陈晓霞对面准备开吃，对于吃他可从不亏待自己，他始终不明白那些个瘦得如刀片嘴里还在喊着减肥的怪咖们为什么要在美食面前压抑着自己，来到世上图个什么呀，该吃的时候不吃，饿的时候嚎叫得跟个鬼似地，他是真见过一哥们儿为了追求所谓的要么瘦要么死的信条，三天三夜不吃饭倒在宿舍的床上痛苦的哀嚎，光想想唐小虎就认为那哥们儿脑袋有病。

真的不吃？唐小虎已经吃得津津有味。

我不饿……陈晓霞才虚弱地说完，肚子便咕咕咕唱起了空城计，本来心情就已经差到了极点，在她很想一个人静下来的时候，偏偏又有个不讨喜的陌生男闯进了宿舍里。

噗……唐小虎一口菜差点没喷出来，他似笑非笑地说道哎，本来我不想提，觉得说了是在你伤口上撒了盐巴，可是，你因为一次失恋的打击就让自己沉沦在悲痛之中，这是一件很傻非常傻十分傻的事情……除非你打算以后再也不吃饭了……

他果然是一个不讨喜的男生，陈晓霞面对他可以感觉自己的心在滴血，你说这人会安慰人吗？这简直比在伤口上撒盐还要严重，他这是直接拿刀子捅人的胸口。你恋爱过吗？你知道失恋的人内心有多痛苦吗？

唐小虎听了十分不悦，他夹着筷子直指对面的陈晓霞。对我而言，最难过的不是失恋，最难能可贵又令人欣慰的是……在我遭遇 N 次甩人或被甩的失恋经历之后，还饱含有依然去爱她人的能力，因为我一直都相信着真爱的存在。话说，谁年轻时没爱过几个人渣，所以，那些因为失恋而折磨自己让自己不好过的人都是蠢蛋，如果你爱的人不爱你了，那么，所谓的爱情就只剩下是你一个人的事情了，而你再去怪罪那个曾经与你相爱如今又离你而去的那个人，那就真正是你的不是了，他已经变了，可是曾属于你们的美好回忆一直都在，不是吗？当然，前提是如果你想保留那份回忆的话，但是，为不爱你的人难过，那是可耻的行为……哭过也该醒了，早点认清事实，好好过接下来的生活，日子是用美好心情过出来的，不是给你一蹶不振去浪费的……我在你面前孜孜不倦说了这么多，姑娘，你可否明白？

陈晓霞疲倦地倒在了枕头上，眼睛紧闭着。唐小虎有些无语。哭累了就好好睡一觉吧，记得把不开心的事情都忘掉。

麻烦你吃饱了就走吧。陈晓霞睁开眼看着唐小虎说道。

吃完饭的唐小虎本想玩玩表姐的电脑，可居然要有密码才能解锁，他发信息给辛小蕊讨要密码，结果收到的回信却是：唐小虎你要是敢动我的任何东西，我跟你没完。又上不了网，又没个能说话投机的人，唐小虎还真想一走了之，可再怎么跟表姐闹，他也是个有责任感的男人，就算再无聊，他也不能让屋子里这个心灵受了重创的姑娘有半点想不开的念想发生，这可是……人命啦……

你以为我很想待在这里吗？你最好能保证不会有自杀的愚蠢行为，可别等我一走你就出事，我不想成为你在世上最后见的那个人，那会留下阴影的，我的小心脏可受不了。

陈晓霞侧躺在床上，虚弱无力地说，你就在我对面，让我怎么安心睡得着。

闭着眼睛不就行了吗？陈晓霞气急，唐小虎忙安抚道，担心什么呀，门不是敞开着的吗，我能对你做什么呀，我会对你做出什么吗？总之，在我表姐没回来之前，我是不会离开，我表姐夫受伤的事已经够她忧心的了，别再因为你的无病呻吟让她头疼了行吗？

陈晓霞眼皮耷拉下来，翻过身背对着唐小虎，这人说话连珠炮似的，且句句不在重点，烦。

请问，小蕊在吗？

看着站在门口的女生，唐小虎从杂志中抬起头回答不在。说完又接着看书。

她什么时候回来。

不知道。这下唐小虎连头也没抬地回答。

你是……

唐小虎从鼻中呼出一口气抬眼说你呢，尊姓大名？

尽管门口站着的姑娘感受到了唐小虎语气中的不友善，但仍然很友好地回答道我叫小花，也住这层楼，和小蕊是……

喔，楼友……唐小虎帮她回答。

小花，你找小蕊有什么事吗？也不知是醒了还是一直没睡的陈晓霞从床上探出头问道。

喔，没事，我们那边正好缺个牌友，小霞，你……还好吧？

听出不是什么正事，晓霞也懒得继续搭理人家了。我也不知道小蕊姐什么时候回来，你还是去别的宿舍找牌友吧……陈晓霞撇开她对自己的"关心"冷淡地下了一道逐客令，令站在门口的小花讪讪笑了笑，便知趣地离去。

避得了一时，避不了一世，就算她们是为了满足好奇心而来，但是该面对的迟早要面对，住在同一层楼，撞见的概率可是很大呢。

你可不可以不要说话，我只想一个人静一静……陈晓霞隐忍着说完又背对着唐小虎。果然，在唐小虎没有说话之后，四周真的变得安静，过了一会儿，走廊上的灯光也突然熄灭，整栋楼都预示着夜深人静是时候就寝了，为什么表姐还没回来呢，觉得不对头的唐小虎，毅然决然地拨通了电话。

九

唐小虎握紧拳头用力锤击着桌子。难不成要让我在这里过夜？既然不回来了就不能早点告诉我一声吗？表姐你果然是女人堆里的极品啊。

你是说小蕊今晚不回来了吗？陈晓霞没有被唐小虎锤击桌子的愤恨吓到反而被他这番话给震惊了，她坐起身想要确认地问道。

放心好了，为了保住我的清白，今晚我是无论如何都会离开的，你好自为之吧，如果真的想不开，记得留封遗书交代清楚厌世的前因后果。

陈晓霞真是越来越讨厌眼前的唐小虎了，她再也顾不上要随时保持良好的家教形象不论什么时候都不要与人发生无谓的争论，可她实在忍不住了。既然你认为我那么想死，好，我告诉你，我下不了手，不如你捅我一刀啊。

想得倒挺美，要死是你早就预谋好的，但是拉上我垫背，这事也太阴毒了点吧，你怎么能有这么阴暗的想法呢，这几个小时我是白陪着你了吗？还真是又一大极品。

陈晓霞气结。哼，你，哼，那你快走吧，还啰唆什么，难道你想我又一次成为被议论的焦点吗？

唐小虎风度尽失地发着飙。要疯掉了，你们两个女人真是麻烦，现在外面可是空无一人，那位好奇心重的小花姐姐只看见我坐在你对面，却没看见我离开，这样的情景在经过她一晚上疯狂而放浪地想象之后，必定会衍生出不同的淫邪版本，难不成要我一个个敲开房门告诉她们我要走了，请不要以讹传讹，是这样吗？我可是比你更加需要保住我的清白之身。

已经虚弱无力的陈晓霞不堪他小肚鸡肠和难以理解的碎碎念，直接一头扑倒在枕头上，连看也懒得看他一眼了。

十

你在哪儿了？

刚到楼下。唐小虎打了无数通电话发了无数条信息，终于等到表姐的来电，他的心情也没好到哪里去。

我不是让你看着小霞吗？辛小蕊怒气冲冲。

表姐，我受你所托，都替你看着那丫头整晚上了，现在可是凌晨 2 点 48 分嘞，我再不走合乎情理吗？

辛小蕊可不管电话里唐小虎带着不满。总之，在我没回来之前，你都不许离开宿舍，你明白吗？唐小虎……

怎样啊，大表姐，我可不受你的威胁。你别告诉你要明天才回来，我也是人，我也是要睡觉的啊。唐小虎提高音量。

你，现在，马上，立刻上楼回到宿舍等我回来，听见没有？

唐小虎从耳边拿开手机恨得咬牙切齿。你既然这么紧张这丫头，那干吗不一开始就守着她啊，让我去照顾表姐夫不就行了，省的来回折腾。

如你所愿咯，我赶回来就是换你去照顾他的，医生给他打了一支止痛针，但是药里面含有一些兴奋剂的成分，现在正好需要一个人陪他打发睡不着的时间，你可是很好的合适人选。

我……我明早还要去工地呢。唐小虎掉进了另一个陷阱，在做垂死的挣扎。

可是啊，你嘴里口口声声喊着的表姐夫，对你可不算差呢，拿你当亲兄弟似地，据我所知，你那就要到手的苹果……

唐小虎极力打断道，人不睡觉哪有精神，我跟的那师傅对我可是很严厉的……

辛小蕊也不留余地。八戒你少来了，你玩游戏通宵不睡觉的时候第二天不也照样精神奕奕的吗？

掉入深渊的唐小虎微张着嘴哑口无言。

十一

晓霞，你要去哪儿？辛小蕊提着饭盒看着正在清理衣物的陈晓霞说道。

你回来了……陈晓霞坐在床头将衣服折好放进了旅行袋里。

你还没回答我了……辛小蕊将饭盒往桌上一放直接按住了陈晓霞忙碌的双手。

你别紧张，我已经跟教研室请好了假，反正我现在也没心思跟着老师上班，所以干脆旅行去散散心……

辛小蕊松开手。什么时候走？去哪里？请了几天假？

陈晓霞起身将洗漱用品放进袋子。晚上八点的火车，去南宁，一星期后回来。

真的？你可不要骗我，我是会去教研室打听的。

陈晓霞没有被辛小蕊恐吓的语气吓到，反而有些委屈地说道那你去问的时候可不要穿了帮，我可是跟教研室的老师说我外婆生病了。

辛小蕊抿了抿嘴唇连眨了几次眼睛，心想这丫头还挺有谋略的。

虽然你现在只是实习生，但医院的制度你也一样要遵守，可别想着一去不复返，说好了什么时候回来就必须按时回来，若中途逃跑的话，不仅是对你自己，就连你所属的学校也会受及不好的影响。

我明白，一年的实习生涯可以让我学到许多在学校学不到的东西，我自己也很想多学些知识，我也不想对不起父母供我读那么多年书的辛劳。

看晓霞说的那么的中肯，辛小蕊必须让自己暂时相信她。

辛小蕊拉着陈晓霞的手坐到桌边说道你能这么想当然是最好了，先吃饭吧，一会儿我送你去车站。

陈晓霞不想麻烦任何人，越是现在关心她的人，她越不想他们发现自己其实还没完全从情伤中走出来，不然，要被辛小蕊发现蛛丝马迹的话，以她的脾性，分分钟表现出不让自己单独旅行而离开的可能性。不用了，我自己去就行了。

我不单要去送你，就连你回来的时候，你也得通知我去接你，听明白了吗？辛小蕊不由分说。

十二

表姐夫，你亲自下厨，你早说嘛。

看着手捏两盒方便面和一袋火腿肠的唐小虎，曹磊开门后转身往屋里走，对这个每次出现都能抓住饭点的家伙已经习以为常。

唐小虎闻着饭菜香跟着曹磊进了厨房，开始了避重就轻地演说。表姐夫，虽然我没有带来特别有营养的补品慰问你，但我可是推掉了一个十分具有联谊意义的饭局，再特意买了泡面搭档和你共进晚餐的……够兄弟吧！所谓礼轻情义重嘛……心虚得很的唐小虎又着重补充了一句。

看来那个饭局应该不怎么样……

被曹磊点中心思的唐小虎有些哑然，他知道自己一些小把戏麻痹不了冰雪聪明的表姐夫。不过他很快转移话题道，嗯——表姐夫，这腊肉在哪里买的，怎么做出来会这么香啊！说的同时，唐小虎已经手快地塞了一块在嘴里。

这些菜都是你表姐提回来的，同事送她的。

喔……唐小虎吃了块香肠，给自己盛了碗白米饭坐下便开吃。曹磊端出做好的汤放在饭桌上，唐小虎忙将盛好的饭递给他，并对色香味俱全的四菜一汤高度品头论足了几句，虽然赞美的词语用得太过浮夸，但一点儿也不跟他一般见识的曹磊还是从心里接受了他发自肺腑的美好赞意。

唐小虎主动洗过碗之后，坐在沙发上吃着冰激凌。表姐夫，这鞋子设计得不错，款式很时尚，穿上的话也一定很显帅气。

曹磊洗完澡出来收好那几张图纸。好不好得等鞋子样品做出来再评论……

哇，表姐夫，你额头上面还有没散的淤青呢……唐小虎如发现了新大陆似地。一直遮住半边额头的头发在曹磊洗过澡用毛巾不停擦拭的时候，被唐小虎瞥见。

面对既成的事实曹磊很淡定地自我安慰。所幸摔得不是很严重，不用缝针，我真怕脸会破相。

唐小虎则不以为然。看过 Machete 吗？男人脸上有疤那才算得上真男人。

BERK。曹磊只用了一个简单的英文词回答，便让唐小虎乖乖地闭了嘴。不过和表姐完全相反的是，任何从表姐夫嘴里吐出来对他富有打击性地言语在他看来都不算打击，他将腿盘坐着，吃完最后一口冰激凌若无其事地说着另一件事。嗳嗳嗳，表姐夫，球赛开始了。

我去拿啤酒。在曹磊来说，他已把唐小虎一半当做了哥们儿而另一半则完全当他弟弟来看。

看着曹磊走向冰箱拿酒，唐小虎剥着花生壳感叹。女主人不在家，可以大声呼喊通宵看球赛，爽啊……嗳，表姐夫，我表姐哪里让你Love咯？

最是那一低头的温柔，恰似水莲花不胜凉风的娇羞。曹磊回答的是一句徐志摩的诗。

十三

今天不用上班吗？正值休息日的辛小蕊起了个大早拿出被子晾晒。

仰躺在沙发上的曹磊扭头看着阳台上的女友懒洋洋地说道公司给我放了几天假。

没看见我忙吗？还不去做早餐。辛小蕊摊开被子命令道。

我难得放假呃……

拆下来的床单和被套要清洗，浴室还放有两桶衣服，你去洗我做早餐。

你忙你忙，我出去买。

辛小蕊不满地看着男友起身的背影。

喂，晓霞，嗯，如期回来，表现得不错，不是说好让我去接你的吗，我今天正好休息，行，那你来我家吧，嗯，拜。辛小蕊麻利地挂了电话，探出半个头在栏杆外，利落地抖擞着床垫子。

曹磊提着买好的早餐，在巷口看见一个学生模样的男生在低头抽着烟，他凑过去说道小子，借根烟抽抽。男生抬头鄙夷他一眼，继续低下了头。曹磊递过买早餐找的最大的一张纸币：买一根。男孩叼着烟利索地抽过那张十元纸币，从烟盒里夹出一根烟，替曹磊点上后便快速地消失得无影无踪了。

曹磊推门而入，三人齐刷刷地看着他，唐小虎拆开一盒不知道什么东西的食物大嚼着，不过，从包装盒上可以看出，摆在茶几上的一堆礼品都是陈晓霞所去旅游之地带回来的。

曹磊哥哥，你回来啦……陈晓霞脸上挂着美好的笑容唤着，这让曹磊不免想起前段时间她刚刚被人甩的凄惨画面，但很快，这样的思绪就被他以礼貌地回应一笑带过。他半举着早餐道恐怕我还要出去一趟。

我吃过了……陈晓霞乖巧地回答。

我也吃过了，我是来蹭午饭的。

辛小蕊怒视唐小虎一眼，心想还真是闲得慌，哪有大清早就过来候着午饭的，真是服了他这个死皮赖脸的表弟。

曹磊走到餐桌旁，将豆浆倒在碗里，咬了口包子，又端着碗喝了口豆浆，屁股半靠在桌沿，神情自若地盯着三人。这画面，让三个人盯着曹磊不约而同笑了起来。

我这样吃早餐很好笑吗？我只是觉得背对着你们，会不会有点不礼貌。曹磊很诚恳地解说着。

表姐夫，你还是坐下来吃吧，背对着我们就可以了，要不然你根本就是很想在我们面前吃个早餐也要耍帅。唐小虎忍不住又笑了笑。

曹磊嚼着早餐点点头，果真拉开椅子背对着他们坐了下来。

辛小蕊看着茶几上拆开好几盒的食物对着嘴巴嚼个不停地唐小虎讥讽道你就这么一直吃到中午是不是，真是猪都没你这么能吃。

唐小虎一个激灵从沙发上弹起身。要么你就是歧视猪，要么你就是羡慕我怎么吃都不发胖，因为，猪和男生从来都不会为减肥的事情而烦恼，哈哈，呜呼，耶～

辛小蕊将一包食物甩在他身上。你就以与猪为伍感到荣幸吧，恭喜你又多了一个品种的哥们儿。

陈晓霞偷偷按着嘴巴笑出了声，唐小虎刚要以牙还牙，辛小蕊根本不给他机会站起身说道晓霞，水喝完了吧，我去给你拿饮料喝。

唐小虎张牙舞爪着，看得陈晓霞又是一阵哑然失笑。连正在默默吃着早餐的曹磊也禁不住回过身朝唐小虎报以无声地一笑。

陈晓霞应邀被小蕊留下来一起吃午饭，本来安排唐小虎陪同曹磊去菜市场，可他跷着二郎腿吃着冰激凌。太阳都已经挂在天边了，冰激凌在太阳底下见光就会融化，化了就不是那个味了，你至少得等我吃完再说。说完一口冰激凌放在嘴里慢慢咀嚼，慢慢咽下，再然后慢慢舔舐勺子，再伸出舌头慢慢舔着嘴唇回味。

看得辛小蕊一阵恶心，曹磊倒是识趣，知道这小子躲懒，脸上带着笑意拉开门很自觉地下楼去往菜市场。

陈晓霞提着包跟在身后急切地说道曹磊哥哥，不如我陪你去吧。

不用了，我自己去就行了。曹磊觉得没必要带上她。

辛小蕊却说道，这样也好，万一你买回来的菜不合晓霞心意呢，也省得你又打电话来问我，如果晓霞不嫌麻烦的话，就让她陪同你一起去吧。

对对对，我吃什么无所谓，你们慢慢挑选，但最重要记住的一点，就是我是属于无肉不欢的，OK？晓霞妹妹你可要牢牢记住了喔。

辛小蕊恨不能将手中的杯子朝十分讨人厌的唐小虎砸过去，唐小虎意识到表姐那双憎恶的眼神，咬着勺子钻进书房玩起了电脑游戏。

曹磊接受了女友有点无厘头的建议，略微无奈地与只有两面之缘的陈晓霞出了门。

陈晓霞跟随在曹磊左右，默默地看着他和菜贩之间融洽的关系，并在买菜时不时征询着她的意见，问她想吃什么。看着他好看的侧脸，听着他对自己说话温暖的声音，一股暖流渐渐在她心中荡漾着。

曹磊不经意间扭头看见脸上带着笑意的晓霞不禁问道什么事这么开心？

陈晓霞的心慌乱地跳了跳，神情怔了怔收住笑容。没有啊，我看你跟他们都很熟呃。

那当然啦，经常在这边买菜，大家也算得上老熟人了，我只要买蒜他们铁定送几根葱给我。

陈晓霞扑哧笑出声，哇，这么厉害啊。

曹磊摇摇头笑道，什么呀，逗你呢。

真的连几根葱都不送吗？不是老主顾了吗，这么小气？陈晓霞信以为真替他打抱不平道。

人家做生意有他做生意之道，我做人也有我的做人原则，就算是几毛钱我也不能贪图别人的。

看着曹磊提着大袋小袋走在前面，一种崇拜感在陈晓霞心中油然而生，她赶紧加快脚步和曹磊并排走在了一起。

到了院子里，刚好碰上小区里见过几面的大妈带着小孙女溜达，曹磊朝她礼貌地问好，陈晓霞也忙朝她点点头。也不知大妈今天是怎么了，平时和她碰上话都没几句，今儿见了曹磊却一反常态独自乐呵道哟，小伙子，换新女朋友了，这位姑娘跟上一位姑娘比，漂亮那是一样漂亮，但至少比上一位更端庄些，这样的姑娘一看就知道旺夫，这回你要抓牢了赶紧把她娶进门……

曹磊本已走到前面去了，听了这话刚想回过身解释，不料那大妈一个箭步跑向老远去追那淘气的小孙女去了，他只好吐出一口无名状地怒气，眼神中带着无奈地解说道对不起，你别介意啊，人家只看到表面，就喜欢乱说……

陈晓霞不以为然。没事，这就是现代人的通病，什么事才只看到表面，就乱下结论。

曹磊释然地笑笑。看来大妈生活在这样的年代，也被现代人同化了……

陈晓霞走在他身后，嘴角浮出一丝开心地笑意。

吃过午饭，辛小蕊以剩菜太多为由再次热情地留下小霞吃了晚饭，于是，晚饭过后，几个人给自己找乐子，几圈扑克牌玩下来，辛小蕊输得最惨，没兴致的她便指令曹磊调好投影仪，四个人重新找到乐子，或坐沙发或坐地上吃完冰激凌吃西瓜喝饮料吃零食，津津有味地看完了一部美国大片，直到日落西山，晚风徐徐，唐小虎才意犹未尽地伸了懒腰告辞，倒是陈晓霞显得很是过意不去。

晓霞，你就别不好意思了，你要能当这儿是你家我也挺高兴的，下次再来玩啊。辛小蕊热情四溢地送别着。对啦，谢谢你给我带的礼物。

陈晓霞吐了下舌头道不谢啦，那我走了，谢谢你的款待，我觉得今天玩得很开心。

是吗？那说好了下次再来玩喔。辛小蕊朝她眨巴下眼睛，陈晓霞乖乖女地点点头。

曹磊与唐小虎和陈晓霞一起下楼，负责开车送他俩各自回家，本来抱着贪念的唐小虎还想留宿的，却被辛小蕊无情地拒之门外了，不过她倒是真情实意地有留晓霞住一晚上，晓霞以没带换洗的衣物执意要走，辛小蕊也就没再强求。但是还有一个不为人知的藏在晓霞心中的秘密，那就是她不想整晚上都看着曹磊和辛小蕊在她面前秀恩爱，她怕自己受不了，所以她必须得走。

晓霞妹妹，你坐副驾驶吧，我想躺着睡一觉。唐小虎这小子属典型的口蜜腹剑，嘴上喊得人家亲热，实则不知多讨厌人家，光从他受命在宿舍照看晓霞那晚就不难得出一个结论，这小子不待见陈晓霞就如他不待见辛小蕊一样，换句话说，这两女人都不属于他喜欢的类型。

听见唐小虎这么一说，陈晓霞心下正乐得不行，只是脸上却表现得不动声色。

唐小虎蜷缩着躺了个舒适，也没忘将安全带绑着自己，他在闭上眼的刹那扯了个哈欠，嘱咐着曹磊，表姐夫，我只有一个要求，别玩漂移不许急刹车更不能有交通事故的发生，就这样，睡了。

曹磊无言地笑笑发动了车子，陈晓霞不免对他温和的好脾性又报以一丝好感，她端正地坐着，时不时默默地关注着曹磊线条明朗的侧脸。

十四

喂，你好，我姓辛，今天上午预定了一个蛋糕，请问，已经做好了吗？行，那我马上过去拿。

在医院林荫道上碰见辛小蕊的陈晓霞打着招呼，嗨，小蕊姐姐。

辛小蕊停下疾驰的脚步，发现陈晓霞的存在说道，请叫我小蕊，嗳，晓霞，你下班了吗？

我今天轮休。

刚好啊，今天我男朋友生日，你要没事的话就跟我们一块去庆祝一下吧。

晓霞欢天喜地。好啊，你要提前告诉我的话，我就好准备生日礼物了。

嗨，我要提前通知你了，不就预示着要你早点准备礼物吗？我才没那么市侩了，走吧，有句生日祝福就行了，送礼物那套简直太俗气了。

我才不信你没给曹磊哥哥准备生日礼物呢？

那怎么一样，我是他女朋友，自自然要准备好礼物啦。

听小蕊这么一说，晓霞的脸上变得有些黯然了，不过她却装出一副笑脸说道对对对，谁的礼物都比不上女友的礼物珍贵啦，那我就想好一句生日祝福吧。

想什么想呀，说一句生日快乐不就行了。

当然不行。

为什么呀？

陈晓霞狡黠地说道当然还要唱生日歌呗。

说完两人笑了笑，小蕊因为赶着去拿生日蛋糕，然后再要直奔早已订好的餐厅，便有些迫不及待地催促晓霞快点跟着上路，可晓霞却有些拖延，她提着手中的塑料带说道，我刚去超市买了些生活用品，我想先放回宿舍，要不你先过去，到时候把预定的地点告诉我，我再过去就是了。

一心算计着时间的辛小蕊只顾着说话也没太注意到晓霞手中的袋子，听晓霞这么一说，于是做了个保持联络的手势匆匆离去了。

回到宿舍的晓霞，看着镜中的自己，很快便钻进浴室洗了个澡，换了身靓丽的衣裳在镜子面前打量了起来，然后稍稍画了个淡妆，等觉得一切都满意了，刚好小蕊的电话也打了进来，挂了电话，晓霞从行李箱里拿出一个精致的盒子，里面是她旅行回来买了准备送给堂哥的名牌手表，眼下，她要把这块手表用于自己觉得更加重要和有意义的用途上了。

等晓霞赶到的时候，餐厅那一桌早已是热闹非凡。几个陌生的男生起哄灌着曹磊的酒，曹磊红着脸想推也推不掉的样子，只得败下阵来一杯接着一杯地喝。连晓霞都心疼地看不下去了，可小蕊却只是坐在一旁看他们闹。

看见姗姗来迟的晓霞后，小蕊忙起身召唤，心里好似受了委屈地晓霞堆着笑脸乖巧地坐在了小蕊身边，眼睛却时不时瞟向曹磊。

终于，那几个男生消停了下来，曹磊也才注意到晓霞的到来。他红着脸，吐着酒气镇定地说道晓霞，谢谢你来给哥哥庆祝生日，这杯酒我敬你。

不必了，喝茶就行了。晓霞忙端了杯茶给曹磊。

那怎么行，你喝茶还可以，哥哥喝茶就有点不像样了。

几个男生又是一阵起哄，唐小虎又提了两瓶红酒上桌，身后还跟着一服务员抱了一整箱啤酒。

哟，晓霞妹妹，你来了，来点红酒吧？

难怪没见他的踪影，原来……酒真的有那么好喝吗？果真是个讨厌鬼。晓霞本能地拒绝。不了，我喝茶。

喝茶有什么意思啊，来，杯子递过来，我给你倒点酒。唐小虎吩咐别的哥们递给他空酒杯。

讨厌他讨厌喝酒的晓霞还想拒绝，小蕊在一旁说道你就当是陪我喝点吧，一会儿还要去唱歌呢，你这么拘谨喝点酒没准就放开了。晓霞还在犹豫，小蕊递过酒杯给她。没事，都是磊子的几个朋友，你放开些就行了，没准以后大家还能成为朋友了。

一听到有机会能和曹磊的朋友成为朋友，晓霞便不再扭捏，接过杯子灌了一大口，既没脸红也没咳嗽。小蕊睁大着眼睛说道晓霞，看不出你酒量还行啊。

味道不错吧？唐小虎戏谑道。

能给我加点冰块吗？晓霞咽下一大口茶。听她这么一说，小蕊和小虎竟然难得的相视笑了。

十五

一行人酒足饭饱后换了活动场地，到了 KTV 的包厢，其中一个男生拿着麦克风跳着叫着大唱着，那声音简直可以用鬼哭狼嚎来形容，辛小蕊合在一群人之中拍手喝彩，晓霞实在受不了他那副破嗓子了，借由上厕所离开了那个对她来说需要解脱的地方。

KTV的大厅中摆放了独立的沙发和电脑，晓霞漫无目的占了一台无人使用的电脑，点开了一部电影观看。戴着耳机看得聚精会神，突然觉得身后有人在拍她，她取下耳机回头看到一个黄头发的瘦个子男生一脸淫笑地对她说道美女，一个人看电影多无聊，不如我带你去开房吧。

什么？晓霞脑袋霎时一片空白，脸瞬间被羞得红透了。

黄头发男生看着她红扑扑的脸蛋，雄性荷尔蒙剧增，一副嚣张的样子，他那张意淫的嘴巴恨不能要把晓霞一口给吞进去。别坐着了，哥哥带你去开房，快点陪哥哥去睡觉。

黄毛男伸出手拉扯陈晓霞，可怜她吓得不轻连连后退，声音哆嗦，她好后悔一个人跑了出来，早知道会这样还不如待在包厢听人鬼哭狼嚎了。你……你……你放手，你再……动手动脚，我可喊……喊了。

你喊吧，你喊得再大声也没用，我跟人说你是我婆娘，看谁敢来救你。黄头发男生已经迫不及待了，拽着晓霞的手不管不顾地将她逼到墙边。

从包厢出来接听电话的曹磊刚刚收线，抬头正好看见晓霞和一个男生拉拉扯扯，开头他还以为是不是晓霞的前任男友找到了这儿，两个人又在闹矛盾什么的，但仔细一看才发现，那个男生根本不像是她的前男友小伟，且她的处境好像在被那个男生逼迫什么，他赶忙绕着扶手栏杆跑了一圈，气吁吁地赶到了晓霞面前，看着她恐慌无助的脸孔，曹磊便知事情不妙了。

你他妈放手。

曹磊一声令喝，黄发男果然被震慑住，在他受惊的时刻，晓霞用力地一推，甩开了被他拽的通红又疼痛的双手，委屈地靠近了曹磊身旁，并用万分怨恨的眼光直盯着黄头发男生。

我 × 你，再对我妹妹动手动脚，别怪我对你不客气。曹磊挡在晓霞前面警告着。

妹妹？你他妈随便拉着一个女的就说是你妹妹，亲妹妹啊？指不定人家叫什么名字都不知道了，我告诉你，她可是我马子，识相的，就赶紧给我滚。

曹磊狠狠地盯着黄发小伙掏出手机，什么也不说，当着他的面，1—1—0一个键一个键地按下去，本来挺跋扈的黄发小伙看到曹磊按下手机上的拨通键之后，脸色立马变成死灰一般，一边快速闪人一边骂骂咧咧道我 × 你全家，你最好别给老子再撞见……

谢谢你，曹磊哥哥。

看着她一副受惊的模样，曹磊轻声安抚道没事了，我们进去吧，嗳，今晚上都还没听你唱过歌呢？曹磊缓和着气氛。

晓霞有些羞赧的回答我歌唱得不好……

曹磊定定地看了她一小会儿确定她心情慢慢平复了便半笑的说道那生日歌你总得唱给我听吧。

我……怕唱得不好……晓霞说着脸都有些微红了。

曹磊哈哈大笑。跟着大伙一块唱，我保证听不出你唱得有多难听。

晓霞内心一阵郁闷，其实，她只是小小自谦一下，没想到却让曹磊误认为自己唱歌不好听，看来，为了改观他对自己错误的看法，她可要好好在他面前SHOU一首了。

你接个电话人上哪儿去了？大伙儿正在劲头上等着你一块过来唱歌，祥子想早点吃到蛋糕，连许愿蜡烛都给你点上了，你赶紧出现吧。曹磊在电话里应允着，辛小蕊又连忙问道，嗳，你看到晓霞了吗？出去一会儿了还没见人回来，打她手机又关机……

听着女友担忧的声音，曹磊赶忙回答我跟她在一块儿了，我们现在就过来……挂了电话，曹磊对着晓霞说道你手机没电了吧？小蕊说你手机关机。

噢，是吗？晓霞有些慌忙地从裤袋里掏出手机。真是不好意思，我都不知道什么时候自动关机了。晓霞深感歉意的说道。

别对我说不好意思，担心你的人可是小蕊。

晓霞立马肯定地说道，嗯，我会跟她说声抱歉的。

曹磊微微笑了一下。那倒也不必，小蕊这个人从不计较，大大咧咧的。

看着他的笑脸，晓霞只觉眼前的这个人真是越发的好看。虽然她的眼神偶尔故意瞟向别处，她可是十足用偷看的眼神在好好欣赏着完全不知情的曹磊。

辛小蕊有些疑惑着，两人一前一后出去，一个说去上厕所，一个出去接听电话，但也有可能刚好撞上了，没准男友接完电话，又跑去了一趟厕所，这个想象完全合理，辛小蕊没再多想也没再多问，只是她担心晓霞是不是有点喝多了，自己一个人躲在厕所吐完了才出来见人，她叫来服务生，给晓霞要了一杯鲜蔬果汁。

十六

陈晓霞一直辗转好几个晚上了，其实作为生日礼物送给曹磊的手表，被她悄悄隐藏了一个小秘密。在手表的钩扣处她刻画了一个小小的"C"型，虽然小但印记很深，之所以要添这一笔，在陈晓霞看来，是赋予了很重要的一种行为意义，曹磊、陈晓霞，他俩的姓氏开头为拼音字母都是"C"。

一想到这儿，陈晓霞有一丝甜蜜又有一丝忐忑，希望他知道又害怕他发现，但是好像她的这个想法是多余的，手表送出去几天了，也没什么特别的动静，不过之前也没看见曹磊戴过手表，难道他根本就没有戴手表的习惯？

陈晓霞无声叹了口气，翻过身想要睡着眼睛却睁得大大的，发现自己喜欢上曹磊这件事情她已经对着墙壁无数次大声宣布了，现在只要一想到他自己的内心就会荡起一丝涟漪，她害怕哪一次再见到他就忍不住跟他表白了，可她心里也很害怕，怕他拒绝自己，同时她也清楚地知道，对于她而言，小蕊其实真的是个值得交的朋友。

嗳，三块石头叠在一起的这位磊先生，你这有点说不过吧，你们公司连着给你放了一个礼拜的大假了，不知不觉你度完了一个令人称羡的春节假期呢，石头君，我说得没错吧？

曹磊躺在沙发上不假思索地回答没错啊，羡慕嫉妒恨吧你……

辛小蕊悄然而至他身边，蹲下身子直盯盯地看着曹磊。从实招来，有什么事瞒着我？

曹磊慢慢坐起身，眼睛盯着电视机，嘴里念叨着你知道吗，其实失业对于男人来说算多大个屁事啊，大丈夫能屈能伸，至于哭成这样吗，这戏编的太离谱了，要知道像我这样的有为青年可是不会因为区区五斗米而折腰的……

辛小蕊回过头盯着电视机，男主角哭得伤心至极，而女主角却奄奄一息地躺在病床上。这哪儿跟哪儿啊，人家伤心是因为心爱的人就要离他而去了，慢着，你可从来没有不经过脑子这么说过话，何况人家演员演得这么清清楚楚，你没有看不明白的道理，你可别告诉我你刚所说的话折射的就是你自己失业的事情？

听完冰雪聪明的女友的质问，本来也没想过要将事实一直隐瞒的曹磊，在喝了一杯透心凉的饮料之后，呼出一口冷气当着小蕊的面道清了事由。

十七

听完曹磊的叙述，辛小蕊并没有出现太大的起伏情绪，她只是严肃地交代了男友一句哪儿也别去，等我回来。说完便在曹磊目送的眼神中关门离开。

看着女友抱着一大袋啤酒出现在面前，曹磊有些愕然。

哎呀，可累死我了。小蕊仰躺在沙发上大口喘着气。石头君，今晚上咱俩就尽情地喝吧，失业也好复业也罢都让它暂时滚一边去吧。

小蕊一边说着一边启开一罐啤酒递到男友眼前，她举着一罐酒与他碰杯道哥们儿，为了更加美好的明天，干了。

曹磊喝着酒小小的纳闷，心想这还没正式失业了，怎么这话听上去却在庆贺自己光荣下岗呢？

小蕊估摸着他的心思快人快语道按说你为你们公司劳心劳命也有五个年头了吧，在五年的时间里兢兢业业任劳任怨地谨守在一个岗位，也算是老员工了吧，不说老员工，也称得上是有些资历的员工吧，我对你们公司把你这种有份量的栋梁放逐在家却对你背地调查的做法十分震怒，谁要认同你们公司这样的做法谁就是十足的王八蛋。

曹磊理性地说道，公司正按规定对此事件有关联的人展开合理的调查之中。

小蕊轻轻翻了下白眼义愤填膺。对你说得好听叫对相关负责人展开彻底调查，但我可以很明确地告诉你，你们公司这明摆着是在欺负人。

曹磊点点头附和，看着小蕊在自己面前毫无保留的暴躁脾性，他不禁乐了。

十八

辛小蕊一边喝着啤酒吃着零食一边陪男友看着球赛，对着电视机里面不认识的球星和不明白的球赛规则指指点点品头论足，曹磊起身至阳台接了个电话。

事情有结果了，明天我去一趟公司。

尽管曹磊说得若无其事，辛小蕊还是"啪"地关掉电视郑重其事地问道究竟是什么结果，在电话里没说吗？

曹磊重新打开电视机，看着女友笑笑摇了摇头。反正不管什么结果，我的心态都已经调整好了，若留下，当什么事都没发生，继续工作，若不幸要离开，OK，Noproblem。

事已至此，最后要面对的也只有两种结局，如男友所说，不管怎样，有个好的心态才是最重要的，辛小蕊也不再多说，紧挨着男友，吃着他刚剥好的一颗花生，为他加油打气道石头君，这一次无论怎样的结果，对你来说都是一次重新的开始，虽然我帮不了你，但我一定会在你身后给你力量。

曹磊揽着女友笑道，先陪我好好看完这场球赛吧。

好啊，不过，你押的那支球队如果输了，你可把这摊给收拾干净了。辛小蕊手指着茶几上堆放着的啤酒罐和散开的花生壳。

那你还把花生壳乱扔，角落很难清理嘛。意识到比赛会输的曹磊一顿指责。

辛小蕊往嘴里抛进一颗花生不理男友的抱怨调皮地伸了伸舌头，曹磊泄气地摇摇头十分没辙。

十九

表姐，上班去啊？

辛小蕊横眉冷对。这大清早的，嘴巴就这么臭啊，闪开，我要锁门了。

唐小虎一把撑住门沿，十分讨好地说道，表姐，你就放心出门吧，家里有我给你看着，安全度绝对高过凶狠又忠诚地藏獒。

你有藏獒那么金贵吗？你充其量也就是一头好吃懒做的猪，再说我们家也不需要看门狗。

辛小蕊完全不顾唐小虎的手会被门夹的危险，用身体将门狠狠抵着关上了，吓得唐小虎使劲甩着毫发无损的十指弹开一丈远，他显得气急败坏。喂，辛小蕊，你不用这么狠毒吧，你想废了我一对手啊？

嚷什么呀，你手现在不是没事吗？就知道瞎叫唤，狗都没你这么会吠呢？

唐小虎忍无可忍，跳到即将离去的表姐前面，紧握拳头的气势简直要把小蕊给揍进墙壁里去。喂，我说辛小蕊，你就算不把我当你表弟看，你最起码也得把我当个人看吧，你这么说我会不会太恶毒了点，骂我猪啊狗的，我是畜生，那你也是畜生它亲戚。

辛小蕊不想再跟他浪费时间，拎起包拍在唐小虎身上，十分生气地说道滚开，我要赶着去上班，好……狗……不……挡……路。

辛小蕊故意说得咬牙切齿，唐小虎更是一副咬牙切齿的样子怒视着她。辛小蕊，我严重警告你，你现在道歉还来得及，不然……啊……啊……

随着几声惨叫，眼看着唐小虎因为拦住自己的去路而倒退着走从楼梯摔了下去，辛小蕊横眉冷对的态度立马来了个 360 度大转弯，她慌了神，箭一般地冲到表弟身边。小虎，你没事吧？

啊，啊，别乱碰我啦。唐小虎捂着小腿嗷叫，看着表姐十足担心的样子，他便消了消气，拿出男子汉的胸襟说道你不需要扶我，我自己可以起来，不过这下我可以进你屋了吧，而且是名正言顺对不对？是你把我弄成这样的啊。

你真的没事？辛小蕊知道他嘴硬，两个人斗嘴那是常有的事，谁知道这次会有意外发生，虽然她嘴里没有说什么，可心里确是十分心疼。

你看，我不是好好地站在这里咯，别小瞧了我，告诉你，摔一次是不会死人的，我的生命力可比你想象中要顽强多了，钥匙给我，你去上班，在你回来之前我是什么都不会跟你计较的，亲爱的表……姐……

唐小虎支撑着身体趾高气扬地站在了辛小蕊面前，摊开手掌静等她乖乖交出钥匙。辛小蕊浑身上下扫他一眼，妥协地从包里拿出了钥匙。我警告你啊，虽然我不知道你大清早来我家干吗，但我能猜到一定不会有什么好事，所以，你给我小心点，等我下班回来若是发现这间屋里有任何与平常不一样的地方，我绝对不会放过你。

唐小虎背靠着墙壁露出无奈的神情。表姐，做护士的不是应该时时刻刻保持冷静吗，你这么冲动我都不知道你是怎么胜任这份工作的，而且我一直都当做这里是我自己的家啊，所以我早来和晚来你这里有什么不一样吗？但你总不能都不问清原因就将我推落楼梯吧？

喂，死人唐小虎，不要逼我报警抓你，明明是你自己滚下去的好……吗？

报警吧，我担心你再不下楼，会被人告矿工啊。

行，等我下班回来你别想有好果子吃。辛小蕊愤慨的一声尖叫提着包飞也似的奔下楼梯。唐小虎有些幸灾乐祸，他刚想移动下步子，却觉得腰部有些疼痛，他龇着牙，靠着墙壁稍作休息。

二十

小蕊姐姐。

嗨，晓霞，你今天不是轮到别的科室去实习了吗？

对呀，但是我新科室跟的那位老师今天休息喔，所以在熟悉了新科室的新环境之后，我也就自由咯，想你了所以过来看看你。

辛小蕊报以歉意地说道对不起啦，你特意来看我，但是我现在有事要忙，不能多陪你聊啦。

我明白的，非常理解，其实我也没什么特别的事，就是过来看看你，你忙你的，我再去和其他老师打声招呼就走了。

嗯……辛小蕊走了几步突然又转过身叫住晓霞，又怕自己说话分贝太高，便急步朝她走去。晓霞，你今天有什么别的事情要做吗？

辛小蕊有些难以启齿。晓霞笑笑说道没事啊，怎么啦？

辛小蕊吞下一口口水，笑眯眯地说道其实是这样的，我表弟呢，今早不小心从楼梯上摔了下去，但我因为赶着过来上班也不知道他到底伤得有多重，如果你真的没事的话呢，可不可以麻烦你去一趟我家……

OK！马上去。

啊？这么爽快。

难道要我慢腾腾才好？

两人不免一笑，辛小蕊对于晓霞干脆的回答十分的感激，她拉着晓霞的手臂说道，今晚在我家吃饭，我亲自下厨慰劳你。

晓霞感到十分惊讶。啊，那我岂不是要陪着你表弟一整天？

辛小蕊深感歉意。呃，听上去确实挺惨的，不过，如果他是很轻微的伤抑或不需要人陪的话，你看完他一眼之后可以马上走人，但我依旧欠你一个人情，我可以请你去任何一家你想去的餐厅。OK？

呵呵，当然OK！不过我逗你的没看出来吗？

辛小蕊胸有成竹的模样。当然看出来啦，不过我演技好过你哦。

是吗？

我说请你去任何一家你想去的餐厅，这你也相信？我随口说说的，傻妹妹。

啊？小蕊姐姐，你竟然骗我。

嘘，我在上班了，我表弟就拜托你了啊，傻妹妹。我去忙了，谢谢啊。

二十一

耶，表姐夫，今天这么早下班？

看着唐小虎躺在自家的沙发上，曹磊一点也不觉得出奇，他将硕大的一个纸箱子放在墙角，有些颓势地仰躺在沙发椅上。

那什么玩意啊？唐小虎对纸箱内的东西感到好奇。

你表姐呢？曹磊不想多说，扭头看了看唐小虎。

她去上班了，你不知道吗？

剩你一个人在家？

很奇怪吗？

曹磊叹口气起身。想喝什么？

唐小虎轻微挪了挪身子。一上午没动弹一下，啊～

曹磊拉开冰箱门回头看着怪叫一声的唐小虎。你没事吧？

当然有事啦，拜你未来老婆所赐，你知不知道男人的腰很重要的，我还这么年轻……

曹磊坐到他身边，故意用汽水罐捅他腰部。伤哪儿啦？

啊！唐小虎一声惨叫。

有没有这么夸张啊？曹磊失笑道。

大佬，你正好戳中我真真正正的痛处啊。唐小虎弯着腰作出惨烈的样子。

怎么伤着的？曹磊灌了几口汽水问道。

你，还是等你 Honey 回来，亲自问她吧，免得说我夸大事实。

曹磊撇嘴笑了笑，显得不以为然。正好门铃响起，两个人互相望望，也猜不到是谁大驾光临，唐小虎懒得去理，索性瘫在沙发上，曹磊身为主人，理所当然走去开门。

咦，曹磊哥哥，你在家啊？陈晓霞很庆幸自己以最美好的姿态出现在了曹磊面前，她的嘴上虽然带着惊奇，可心里却是冒着无限的惊喜。在她点头答应小蕊的刹那，内心早就准备好了一定要抓住机遇在充斥着曹磊生活气息的地方好好地兜一圈，或者顺便探探唐小虎的口风，侧面了解下曹磊的喜好和习惯，可没想到的是，老天竟然待她不薄，在她毫无准备又带着希冀的时刻，居然能和喜欢的人面对面观望着，此刻，她的心是甜的，脸上的笑容也是甜甜的。不待曹磊开口，晓霞恬静地说道小蕊姐姐说小虎摔伤了，不放心他一个人在家特意托我过来看看，但是，她没说你也在家……

噢，我……觉得有些不舒服，所以向公司请了半天假。曹磊眼神有些闪烁地说着将晓霞请进屋。

靠在沙发上的唐小虎觉得事情可绝不像表姐夫说的那么简单，很明显他是在隐瞒些事实，当然，他不同外人提及是可以理解的，就怪自己没能及时顾及表姐夫的感受，应该在表姐夫抱着纸箱进门的时刻，就要问得一清二楚的，唐小虎又瞟了瞟墙角的大纸箱子，心里盘算着看来得赶紧打发晓霞妹妹离开，自己才能和表姐夫敞开心扉地聊聊。

不知事情真相的晓霞跟在曹磊身后担心地问道，你，哪儿不舒服啊，要不要去医院看看？

曹磊不习惯被她这么关心着，也不想她的注意力投放到自己身上，他谦谦有礼地伸出一根手指头将注意力转移在了唐小虎身上。身体不适的人在这里，其实我也没有特别不舒服的地方，可能我只是想偷个懒，因为前段时间太过赶一批新鞋的进度，到现在我都觉得有些累，所以……

晓霞相信了他的话舒展了下眉头。

看着她将要朝自己走过来，唐小虎大声地说道晓霞妹妹，你不用上班吗？喔，当然，我这可能有些废话，不过，多谢你的好意，我想这里有我表姐夫照看我，已经不需要你的存在了，请回吧。

陈晓霞微微张了张嘴，心想好不容易才见着曹磊一面，就算不用照顾你，但自己也不想这么早就离开。对于唐小虎毫不客气地要小霞立马打道回府，曹磊怎么觉得也有些过了点，人家一片好心大老远跑来，总不至于连一口水也没喝上就让人家走吧。

晓霞，你先坐会，我去给你拿喝的。

陈晓霞忙回过头带着感激地眼神看着曹磊。既然表姐夫已经礼貌地挽留了人家，唐小虎也不好再将恶人演下去，便用邀请的手势请晓霞落座在了旁边的沙发椅上。晓霞落座后又马上起身道既然我暂时留在了这里，就得履行我此次来的目地，让我看看你到底伤在了哪儿？严不严重？

眼看着晓霞又向自己靠近，唐小虎一手按着后腰一手以拒绝的方式不停摇晃着。你别过来，别过来，真的别过来，听见没，我让你站……住！

陈晓霞不得已站在了离他还有五步远的距离，这时曹磊从身后递给她一瓶饮料，讪讪笑说道男人伤着一条腰是件很见不得人的事吗？又不是干什么坏事造成的。

表姐夫，你……

晓霞也抿嘴笑了笑，唐小虎随即补充道我是腿受了伤，连带着腰部有些麻麻的感觉，OK？

曹磊微微呼出一口气。这个解释……弱爆了。

说完刚好和晓霞的眼神碰及，两人淡淡一笑。

二十二

辛小蕊打开门，一股浓烈的药酒味混合着菜香扑鼻而来。她不禁蹙着眉掩着鼻子冲进厨房，看见了正在炒菜的曹磊和站在一旁替他递盘子的晓霞。

你什么时候回来的？两个人纷纷望向她，晓霞放下盘子犹如主人般立马迎了上去。小蕊姐姐，你下班回来啦，还有最后一道菜，你洗个手正好就可以开饭了，我去书房叫小虎，他可能不知道你回来了还在游戏里厮杀着呢。

他还好吧？小蕊在心里问了这么一句，不过，她又懒得费舌开口多问了，反正一会儿吃饭的时候见着那家伙就知道他到底是伤筋还是断骨了。

曹磊将菜盛进盘子熄了火，看着桌上摆放有序的菜肴，他舒了口气看着小蕊笑笑道嗯，怎么样？色香味俱全，是不是看着就很有食欲呢？要不要先尝尝？

小蕊嚼着男友夹进嘴里的蟹棒瘪着嘴问道，不管好消息还是坏消息，你回来了总得先告诉我一声吧，害我替你担心了一整天。

曹磊轻轻将手搭在小蕊的双肩诚挚地道着歉，对不起，我不是故意不想告诉你，但是，你不记得我跟你说过，不管是好是坏，我都早已经不在乎了吗？

小蕊抿紧嘴眼神中晃过一丝哀伤，不过很快她就展开笑颜给男友打着气，虽然你已经不幸成为了失业大军中的一员，但是呢看着你做得这一手好菜，没准你以后可以朝家庭主夫这条路发展，只要你能讨好我的胃口，我还真不介意，咱俩女主外男主内咧。呵呵呵呵～

美了你，靠女人养活，我还是个男人吗？郑重话你知，呢成世我嘅胃就由你负责，你嘅下半辈子就由我嚟负责，系咁话囉喔，Honey！曹磊一字一句讲完从港剧里学来的粤语台词深情地将女友拥入怀。

好骨痹啊，大佬。

曹磊松开女友，小蕊恶狠狠地盯着唐小虎道唔想见倒就行开咯，Honey，我哋食饭。

唐小虎张大嘴受不了的样子。你们俩港剧是不是看多了，这儿还有外人呢，小心人家吃不进饭，会吐的。

从洗手间出来毫不知情的晓霞被小蕊勾住手腕，只听见她表情坚决地说道，我早已将晓霞当做是我妹妹，人人都看得出啦，我和你的关系早就水火不容，所以这儿唯一能称得上外人的只有……你。

说完拉着晓霞入了座，唐小虎张大着嘴轻轻颤抖着牙齿，眼珠子都快要蹦出来了。曹磊拍着他的肩膀好笑地安慰道吃饭，表弟。

听惯了曹磊对他直呼其名的唐小虎吃惊不已，这还是头一次听见表姐夫这么亲切地称呼自己，看来这个准表姐夫为了维护他心爱的女人，都已经使出了撒手锏来击中唐小虎的软肋。这一招唐小虎十分受用，碍于表姐夫的面子他拿出宽大的胸襟一并将自己摔下楼的事也偃旗息鼓不再拿到台面上斤斤计较。

二十三

吃完饭和水果，又看完一部美国大片，虽然小蕊一再挽留，但陈晓霞自认为已没有久待下去的理由，即使有十分不舍也得开口告别了，小蕊也就不再强求，吩咐男友负责将晓霞安全送到医院。

待他俩一出门口，唐小虎就以很识趣的口吻问道，表姐，这儿没有外人了，你大可以和我敞开心扉抒发下关于你挚爱光荣下岗的事迹，我洗耳恭听。

滚。辛小蕊斜靠在沙发上朝唐小虎踢了一脚。

唐小虎也不怒反而用安慰的语气道你心情不好我可以理解，但是人活在世上，伤心难过都只是暂时的，你要以一种大无畏的精神迈着步伐朝前看，我也都知道你和表姐夫从来都不是脆弱的人，而是拥有强大内心的巨人……

你有完没完？摔坏了脑袋是不是？我和石头君之间的闺房话有你什么事吗？你要不想被我赶出门就马上滚回房间里面去。

你别以为我只是打听八卦，我是真的发自内心地对表姐夫的处境表示关切和慰问……

你自以为自己是中央领导人了是吧，滚不滚？

唐小虎拿起桌上的药酒嘴硬道，我就不滚，我就要跳着走你拿我怎么样……

辛小蕊白他一眼，懒得理他。

哎，那个，你打电话给表姐夫让他回来的时候顺便去趟药店，我这瓶药酒快用完了，还有我这腰后面也使不上劲，还等着他回来给我揉一揉呢。

我睡觉了。辛小蕊当没听见似地关了电视机，从沙发上起身趿着拖鞋走了。

唐小虎咬着下嘴唇，对着表姐的背影直恨恨，当听见门被关上的刹那，他又跳着脚，从冰箱里拿出了最爱的冰激凌，然后回到书房给曹磊发了条短信，继续奋斗在了游戏中。

二十四

曹磊将车停好后，陪同晓霞走了一小段路将她送至医院宿舍楼下，借着光亮不足的路灯，两个人虽然没怎么言语，但在这么静逸又和曹磊近距离接触的情景下漫步，晓霞的内心已经感到十分澎湃了，她多希望这条路就这么一直走下去没有尽头，可是，短短几分钟的路程还没让她好好憧憬一番，就很快到了宿舍楼下。

在两人告别转身要走之际，晓霞突然叫住了曹磊。曹磊哥哥，真的……非常谢谢你送我回来，好像每次去你家都要麻烦你亲自送我。

曹磊看着她淡淡一笑。也没有几次吧，再说这是我应该做的，你快上去吧，早点休息。

晓霞点点头应允着。路上注意开车喔。

曹磊笑笑朝她挥了下手便转过身离去。

哎呀。

晓霞一声惊呼，曹磊忙回过身问道怎么啦？

晓霞从地上捡起手机委屈地说道，我刚刚准备从包里拿出手机看一下时间，结果不小心摔到地上了，啊，黑屏了……

没摔坏吧，还能用吗？曹磊一边问着一边朝晓霞走去。

我也不知道，要不等我先开机再打你手机试试看吧。

两个人盯着手机屏幕，晓霞祈祷着希望还能用，要不然妈妈又要责怪我乱换手机了……

曹磊安慰道别太悲观，你这牌子的手机可是出了名经得起摔的，呵呵，对了，你拨我手机，看能不能拨通？我手机号是1×××××××××××

晓霞很小心地一个数字一个数字按着，当听到曹磊手机内悦耳的音乐铃声响起，她非常开心地说道嗯，总算没出大问题。

好了，那我走啦。

等一下喔，日期和时间好像都不准了，今天多少号啊，北京时间是多少？

曹磊无言地笑笑，将手机直接递给了晓霞。

可以了，谢谢你喔，曹磊哥哥。

不客气，没有别的事了吧？

晓霞腼腆地笑着。嘻嘻，这下应该真的没有事会麻烦到你了。

谈不上麻烦，举手之劳的事。

两人相视笑笑都没有挪动脚步的意思，曹磊犹豫几秒后说道，我还是看着你先上去吧，要是你又想起什么事的话，回头就能看见我站在这里。

晓霞脸都变得羞涩了，她微微点点头，然后慢慢转过身步子有些僵硬地走着，为了确定曹磊不是随便说说而已，她的脑袋也不自觉扭到一边偷瞄着他的身影，待发现曹磊真的站在原地时，她的情绪激动不已，在激动心情的驱使下，她又快步折回到曹磊面前，用快速地语气说道拜拜，路上注意开车喔，回到家早点休息。

看着如风一般消失掉的晓霞，曹磊很快从惊讶中回过神来，不禁努了努嘴。

二十五

啊——唐小虎躺在床上发出惨烈的呼声，曹磊摩擦完手掌再用力地给他揉着后背。表姐夫，你到底是请辞还是被辞，不是在公司干得好好地吗？

曹磊不想说出真正的理由，他们设计部的新款跑酷鞋图纸遭到泄密，公司还在针对鞋子的设计理念商讨的时候，竞争对手居然提前将一模一样的鞋型图案通过媒体发布于众了，这让公司高层震愤不已，发出特级警告一定要将泄密者追查到底，同时要对泄密的人作出法律上的追究。

公司没有将事情外扬，而是通过内部的侦查手段，侦查人员在对设计部所有相关人员进行一连串的调查审问之后，依然只是保有怀疑而给不出一份有力的泄密者名单，在为了保障公司最高利益的情况下，最后，包括曹磊在内的所有五名设计师，统一遭到了公司无情的解雇，这种不公正的待遇当然遭到了其他人的不满和据理力争，但早已对公司态度不抱转变的曹磊，已经心如止水地接受了这样的结果。

他也有怀疑过别人，但他绝不会对唐小虎有过一丝的怀疑，尽管唐小虎之前在他家里无意中看到过那几张鞋子的设计图。

你觉得我出来干怎么样？

唐小虎扭过头。喔，原来表姐夫你想创业？

曹磊起身看着唐小虎说道创业，我没想那么远，我的意思只是说换个工作环境，适当地做个改变。

嗯，你是不是已经有个很好的规划了？唐小虎饶有兴致。

暂时没有，不过我也不会很快急着去找工作，长命功夫长命做，就当先给自己放个假吧，也许等你表姐也申请个假期，我们俩先去旅游一番。

哇，想必这个也是在你的规划之中啦。

曹磊无语笑笑。我去洗个手，要不要给你拿喝的进来。

冰红茶，谢谢。对了，表姐夫，明天你开车送我去工地吧，反正你现在赋闲在家，就当开车去兜兜风呗。

曹磊满脸苦笑，被人这么一说忽然觉得赋闲在家是一种罪过，他做出无所谓的态度但摆明立场地说道没问题，不过得有个先后排序，得先送你表姐去医院。

唐小虎仰天哀叹。哎，我不想听了，你快去拿饮料给我喝吧，我要降火！

陈晓霞躺在床上回想着和曹磊在一起的片段开心得睡不着，她将手机握在半空，盯着那一串数字，将联系人名称改了又改，这可是她狠下心摔掉自己心爱的手机换来的硕果。磊，偶吧，哈尼……

删删改改，光是存入这个称呼就让晓霞困扰不已。想得头痛的她，将脑袋埋进被子苦恼地哀鸣着。她掀开被子翻了个身，看着对面属于小蕊空荡荡的床铺，不禁又让她回忆起初次相识曹磊的画面，她突然灵光一闪，赶紧利索地输入一个称谓——Baby'sfather。又钻进被子暗自一阵咯咯咯地傻笑。

二十六

曹磊开着车给唐小虎打电话。小虎，我现在去接你表姐下班，要不要顺道接你一起回家？

唐小虎打趣道哎，想想表姐夫你失业也有个好处，至少我和表姐多了个专职司机……呵呵，晚上我有个饭局，所以你们也不用等我回来吃饭了，但是记得给我留个门……别让表姐知道了，不然的话恐怕我连门缝都进不了……

曹磊无语笑笑。那你别弄太晚啦，我太晚睡会让你表姐起疑的……

今天夜里转播意甲联赛，你就以这个理由死守着电视机不睡不就可以堂而皇之等着为我开门咯。

我没说半点假话啊，你表姐可是十足的伪球迷，就算看不懂裁判为何吹哨，她也会为了关注哪个球员长得比较帅跟你一起死磕到底……

那你还是先哄她睡着吧，要不然打晕也可以，总之要让我顺顺利利潜入你们家……

曹磊无奈笑笑。你什么时候对咱这个小家这么眷恋．……哎，我看你都还是应该找个女朋友正经谈谈恋爱了……

所以啊，在谈恋爱之前，先以你们为模板，看看陷入幸福的人是不是真的都是傻子，疯子，精神病之类的……

你小子……

二十七

陈晓霞站在通道出口看着小蕊的身影忙碌地穿梭于走廊和病房内，她默默地隐退，转着眼珠思忖着。突然小蕊的身形忽地一下从她眼前闪过，吓得她赶紧躲到了门后，她拍了拍胸口微微舒了口气。

曹磊盯着一串陌生的号码任手机响了好一会儿，才下定决心接听。曹磊哥哥，你接听电话就好了，你……可不可以帮我一个忙？

在听出是晓霞的声音后，曹磊不免舒展了下眉头。他的号码被晓霞很有心地记住了，但是晓霞没料到的是曹磊根本没有把她的号码存入通讯录中。

怎么了？曹磊反射性地问道。

晓霞因为撒谎而有些小紧张，说话更是谨小慎微。嗯，我现在不知道具体在哪儿，我想我可能迷路了，你能在电话里给我点指示吗？

曹磊关小电视机音量问道我听得有点儿不明白，你能说得再清楚点吗？

晓霞走出大楼，外面正淅淅沥沥下起了雨，她抬着头，语气变得不紧不慢起来。是这样的，上次家里给我寄过来的干果我看小蕊很喜欢吃，所以我跟我爸爸讲了，他这次特意托人给我又多捎了些特产过来，但是那个人因为要有别的事，将特产放了他一个朋友家里让我过来拿，我好不容易找到了这里，可是从他朋友家出来以后，我已经走了半个小时的路了，却没有打到一辆的士，而且这里又没有路灯，也没看见行人……

晓霞故意说得很害怕的样子。我……知道小蕊今晚值班，但是担心影响她工作所以没敢打扰她，可我现在真的需要人给予我帮助，而且外面又下起了雨……

曹磊走到窗边拉开窗帘，看着雨水正拍打在玻璃上，且有越下越大的趋势。电话里传来的雨水声甚至盖过了晓霞说话的声音，也可以说他只听到了成片的雨声，所以他不得不大声地叫唤着喂，你听得见我说话吗？喂……

耳朵里传来轰鸣般的嘈杂声，曹磊挪开手机，又凑近听了听，然后郁积地挂断，又迅速地给晓霞发了条短信。

晓霞将淋湿的手机从屋檐外收回，在身上来回擦干。她看过那条短信后，嘴角扯着一抹笑意。很快，她又给小蕊拨通了电话。

小蕊匆匆放下治疗盘，在水龙头下洗了把手，还没来得及擦干便从兜里掏出了电话。

小蕊，是我。

噢，晓霞啊，我正上着班咧，你找我有何贵干啊？小蕊暂时忙完手头上的事俏皮地问道。

呵，应该是高兴事吧，我让我爸给你捎了些特产过来，你不是很喜欢吃吗？

噢，是吗？这怎么好意思，你也太客气了吧，哎呀，这多麻烦呀，我，我都不知道说什么好了……

你呀就别跟我见外了，咱俩谁跟谁呀，不是好姐妹吗？晓霞故意逗她，小蕊不好意思笑笑。晓霞接着说道其实，我有个事……于是晓霞又在电话里对着小蕊故伎重演了一遍。

小蕊一听完立马义不容辞道你放心，我马上让你的曹磊哥哥去接你，你把详细地方告诉我，我再跟他交代一下。

晓霞很委婉地回答道，我自己都不知道现在到底在哪儿，早知道这样，就该问清楚了再从人家家里出来，我唯一想到的人就是你了，小蕊，你一定要帮我……

一腔感动的涟漪早已在小蕊的身体里翻滚着，就算是作为回报也要责无旁贷解救姐妹于滂沱的雨水之中。晓霞，你别慌张啊，你先找个安全点的地方躲躲雨，我先给曹磊打个电话说一下，不过，你还是得先给我描述下你那边的环境……

晓霞在雨水声中大声地说道要不，我直接给曹磊哥哥打电话吧，我跟他直接说可能沟通上面会快一些也更清楚一些……

那也行，那你赶紧给他打个电话吧……小蕊不免一阵焦虑，她细想了下觉得有必要跟男友着重交代一番，务必以最快的速度赶去搭救好姐妹。

护士……听见家属的呼唤，小蕊只得将手机放回口袋，直奔病房。

曹磊在窗边站了一会儿等待着晓霞的回复，拨打她电话又无法接通，他想了想便拨给了小蕊。小蕊从病房出来刚好听见手机响起，便取下口罩用了最快的速度从口袋掏出手机。喂，石头君，刚好要找你……小蕊倒是一阵惊喜。晓霞有没有打电话给你，她有没有说清楚她在哪里？

曹磊小小一愣，难道在他等待晓霞回复的这短短期间里她已将自己的遭遇又告知了女友？不过他也没多想，只是很老实地回答着女友的问话。她有打给我啊，但是她在电话里也没说得清她到底在哪儿，我现在也联系不上她，她什么时候打给你的啊？

有好一会儿了，本来我想早点打给你的，不过那时候刚好有点小忙，嗳，你现在联系不上她了吗？那怎么办？

曹磊对着女友说道有电话插进来，你等一下。

小蕊显得比他还急。那你快点接听，看看是不是晓霞打给你的。

曹磊看了看手机，果然是晓霞。喂，曹磊哥哥，我在你们家门外……

晓霞说话有点喘。曹磊打开门，看见浑身湿漉漉的小霞，眼神有些惊诧。晓霞抱着个大箱子大口喘着气。曹磊忙小心翼翼接过箱子，半退后将晓霞请进了屋。然后他去浴室拿了毛巾出来递给晓霞。先擦擦吧，我去给你倒杯热水。

晓霞半弯下腰擦拭着头发，曹磊从厨房出来不小心瞥见她若隐若现的乳沟，有些不自然起来。他将水杯放在离她稍有些距离的地方说道水我给你放这儿了，你，看你还有什么需要。

晓霞直起身继续擦着头发笑笑说道不麻烦了，我擦干头发就走了。

曹磊尴尬笑笑。

阿嚏……

晓霞一连打了三个喷嚏，曹磊只得将水杯递到她跟前说道先喝点热水暖暖身吧，感冒了就不好了。

晓霞的衣服紧紧贴在身上，就连内衣也是突显的棱角分明，这让曹磊更加的不自然了，因为克制自己的眼光不去正视晓霞，他竟然连浴室有吹风机这样东西都给忘了。

曹磊坐在沙发上心不在焉地看着电视问道对了，你在电话里说迷了路，后来是怎么走出迷途的呢？

曹磊虽这么问但是语气带了些佩服的口味，晓霞也就神气地回答道因为我聪明咯……

曹磊回复她一个表示认同的笑容，晓霞接着说道因为在重要关头想到用手机里的导航仪来指路，所以我就沿着指示一步一步走出了黑暗，重见了光明咯。说完她摇了摇手中的手机，颇为得意地笑笑。

听着她如此描述一番再加上自己在脑海中的想象，曹磊突然就很钦佩起她的乐观态度。

晓霞又很卖乖地说道其实我当时也就是太乱了，要是早想到用导航仪的话，也就不会麻烦到你和小蕊了，真是对不起啊……

其实我应该代小蕊向你说声谢谢，你淋成这样也是因为小蕊才造成的，我应该对你说声对不起才是。

我知道啦，我不会让自己生病的，你放心吧，阿嚏，阿嚏……

曹磊有些坐不住了。要不，你去洗个热水澡吧，我去给你拿小蕊的衣服换上。

晓霞吸了吸鼻子说道不用了，只是麻烦你再倒杯热水给我，我喝完就走了。

曹磊倒了杯热水将一套干净衣服放到桌上说道为免着凉你还是换身衣服再走吧。

晓霞点点头同意了。在她拿起衣服走向浴室的时候，身后传来曹磊的声音：其实你洗个澡的话会更舒服点，我可以慢慢等你，无论多晚我都会送你回去的。

晓霞抿紧嘴唇眼角笑成一道弯。

二十八

晓霞洗完澡，在镜子中整理着姿态。发现梳妆台上装在盒子里的吹风机时，她不禁又转动了眼珠思忖起来。她解开发束，将一头长发撩拨得舞姿弄骚的，又特意解开了胸口的扣子，让乳沟惹隐若现地呈现着。做完这一切，她又用了些小蕊放在台上的护肤水，使整个脸部看起来更加湿润富有光泽。

曹磊哥哥，有袋子吗？我想把我的湿衣服装起来。晓霞柔声蜜语说道。

早给你准备好了，放在桌上了。曹磊看着电视望了她一眼回答道。

晓霞拿着袋子折回浴室，不禁朝着镜子里的自己左看看右瞧瞧。她快速地装好衣服，将自己呈现在曹磊眼前说道，我都弄好了，可以走了。

一股沐浴露的清香飘进曹磊的鼻子，他不经意将眼神朝晓霞浑身上下扫了一遍，晓霞睁着大眼睛含露微笑地望着他，许是靠得太近的缘故，令曹磊的眼光来不及躲闪，脸也稍稍变红了，两人之间的氛围变得有些微妙起来。

呃，那……我送你回医院。曹磊起身背对着她准备回房去拿车钥匙，内心缓缓升起一股失落。

待看见他重新向自己走过来时，晓霞又打起十二分精神的姿态蛊惑着。

"哇！"唐小虎打开房门看着两人不禁吓了一跳，晓霞也被这突如其来的声音给吓着，她没料到唐小虎竟然在另一个房间。

倒是曹磊看上去松了一口气。终于睡醒啦，我跟你表姐都说好了，还是得带你去医院给腿部照个片。

不用吧，只是有点隐隐作痛而已，难道只是这样腿也会残废？唐小虎故意说得夸张。

就是因为骨头里面痛，人的肉眼又观察不到，所以必须得上医院去检查，走吧，别浪费时间了，我还得送晓霞回去了。

哟，我倒没注意还有一个人存在了，咦，晓霞妹妹怎么会在这儿啊，什么时候来的啊？

唐小虎假意问着两人，晓霞真以为他不知情，还想着解说一下，曹磊不由分说道走吧走吧，晚点我再跟你解释。

唐小虎执意要听。什么晚点，我现在就要知道，不然我可会胡思乱想的，你们俩啊，是不是，那个……

唐小虎故意说得暧昧不清的，弄得晓霞心里有些七上八下的了。曹磊正色地说道为了阻止你以讹传讹传到你表姐耳中没什么好话，这事在出门之前还真是必须把你心中的疑问解决了。

好，那我问你……唐小虎将手指头从曹磊的脸上转移到晓霞身上问道我表姐夫有没有跟你说家里除了他之外没别人？

没有……晓霞回答得小心翼翼。

OK，由此一条我相信你们之间是清白的，我表姐夫不会傻到明知道家里有我的存在还带个女人回来吧……何况……唐小虎话锋一转正正经经说道，我表姐夫的作风一向都很正派，说他是正人君子我绝对举双手双脚同意，鉴证完毕，GO，出发。

曹磊一个箭步冲上前扶住他。看着点，我扶着你。

醒悟过来的唐小虎跷着脚说道不跳就不痛啦，我可以坚持着走到门口，但是你要负责背我下楼。

我没问题。曹磊回答得斩钉截铁。

两个人走在前面，唐小虎朝曹磊默默伸出拇指自我鼓励着，还被蒙在鼓里的晓霞跟在他俩身后，心情低落到了极点。她咬紧牙关愤恨着，今晚的惨烈付出，看来已经是付诸东流了。一直到医院，她都静静地将自己掩藏在暗光中，听着前排的唐小虎一路谈笑风生，偶尔他回过头来和她闲聊几句，她也是漫不经心地回答着。

二十九

唐小虎仰天笑了三声。既然觉得尴尬那你干吗还建议人家去洗……澡？应该早点让人家走嘛。

曹磊叹了口气道我纯属一片好心，看着人家浑身湿漉漉的，担心她感冒，可是你一直待在房间里不出来是什么意思？

喂，表姐夫，你不会是不知道吧，我只要一玩游戏就全情投入的啊……唐小虎又转而说道可是你也没叫我出来啊？

我最后不是偷偷打电话给你了吗？曹磊辩驳道。

你也说最……后咯……唐小虎拖长音略微夸张地说道。如果你俩真搭上了，你叫我怎么跟表姐交代啊？！

唐小虎将眼见的罪证推给表姐夫。曹磊恶狠狠地盯了他一眼之后又抑制住烦闷地心情说道，你说这事我要不要跟你表姐坦白？

唐小虎惊讶道坦白？言重了吧，表姐夫，你这么说，莫非你俩在我出来之前真的……发生了……

曹磊制止着唐小虎的瞎想，终于将心中的烦闷用脸色表露出来道我的意思是，这件事需不需要在你表姐知晓之前说出来。

一闪而过的大卡车卷起的灰尘让唐小虎咳嗽着转过头看着身旁的曹磊。据我推断，这事你要真当回事去跟我表姐拍胸脯保证什么，我保证啊，绝对出大事……

曹磊迟疑地盯着唐小虎。唐小虎眼神充满无语地分析道，虽然你被一个姑娘赤裸裸的勾引了，可你是正人君子啊，你不过就邀请人家洗了个澡，有那么严重吗？拜托你男子汉一点，这么怕还没娶进门的媳妇干吗呀？曹磊震慑了唐小虎一眼，他忙改口道我知道，我知道，换句话说是尊重未来老婆，但是，她跟晓霞姑娘不是好姐妹嘛，好姐妹啊，表姐夫，你懂的啊。

那就是说……什么事都没发生。

当然啦。本来就没事发生嘛。听到唐小虎斩钉截铁地回答，曹磊会心地撇嘴笑笑，唐小虎给予支持地拍了拍他的肩。曹磊舒心地看了一眼唐小虎，下了车准备去面对女友。

唐小虎坐在车内放着音乐。曹磊折回身拍着车身道你干吗呢，还不准备下车？

唐小虎神情惊叹道你去接你老婆，我干吗要下车？

曹磊直接打开车门冲着唐小虎没好气地说道你表姐都给你约好医生了，凡是摔着的地方都要彻底做个检查……

唐小虎没有半点感激反而咋呼道会不会迟了点呀，该痊愈的早好了，剩下的内伤也早就留下了后遗症，这不是摆明折腾吗？我可声明，我不去……

据说是医院方面的专家，很难约的……曹磊苦口婆心地说道。

唐小虎死死地盯着曹磊，然后将车门一拉狠狠地关上，放大音量闭着眼睛听着音乐不理会车外的曹磊。曹磊叹口气，手机响起，一看是女友打来的，他朝住院部望了望走到离车远点的地方接听了电话。

陈晓霞坐在床沿一边擤着鼻涕一连打了好几个喷嚏，她揉了揉不怎么通畅的鼻子，捧着热气腾腾的杯子喝了几口热水。她呆呆地一路回想着，抿紧嘴失落的表情溢于言表。如果不是那个唐小虎，今晚她是无论如何都会把握好机会对曹磊试探一番，或者说是有意地勾引一次。本来自己豁出去一切万事俱备了，却不料杀出个唐小虎，想到这里，陈晓霞眼神中不免恨恨地，心中不禁对唐小虎又滋生出了一丝讨厌。

她拿过手机，盯着显示屏久久不曾将眼光离开，最后她又做了个决定，BABY'FATHER 直接改成了 BABY。看着自己修改后的满意结果，她的脸上才又浮现了一丝不易察觉的笑意。

三十

辛小蕊一阵疾风似地冲到车旁，用力拍打着车窗气急败坏道唐小虎，你马上，立刻，赶紧给我滚下车……

本来闭着眼睛聚精会神欣赏着音乐的唐小虎，因为突如其来的拍打声受到一阵惊吓，他张开眼看着眼睛里面能喷出火的表姐，略微惶恐地按下了车窗，辛小蕊便一把捉住他的脑袋摇晃道你是搞不清楚状况是吧，知不知道现在坐在里面耐心等待着见你的那位什么来头，你知不知道我托了多大的关系才请到他，你居然给我放鸽子，你是不是活得不耐烦了……

唐小虎低着脑袋哀嚎我怎么知道他是什么大人物来的，啊呀，你能不能先放手……

你竟然跟我说你不知道人家的来头，用脚趾头都猜得到是你在狡辩而不是你表姐夫没跟你说清楚……辛小蕊摇得更厉害了。

听到表姐夫三个字，唐小虎才从厄境中惊醒，大声呼喊道表姐夫，救命呀，快来救我，人呢？你怎么还没出现，难道你要眼睁睁看着你未婚妻成为杀人犯吗？我要死在她手里，你可就是帮凶，你俩就会成为千古罪人……你俩……

你就忍忍吧，你表姐可是有备而来的，反正不管伤成怎样，一会儿都会有专家给你诊治……

只听唐小虎一阵惨叫，辛小蕊终于泄恨完毕，叉着腰平喘着呼吸。

唐小虎缓缓地抬起头，涨红着一张脸好似脑门充血般，一头发型也是乱糟糟的了，他已经不知如何开口说话，只是非常气恨地看着面前的两张人模人样地脸孔。

可还在喘着气的辛小蕊一句气势如虹的话语即刻又让感觉已经在鬼门关里走了一遭的唐小虎又有了想死的冲动。我告诉你啊，他今天要不给我乖乖下车，我活埋了他的心都有。

曹磊默默地打开车门，语气凝重地说道下车吧，走不了的话我背你。

唐小虎面无表情地盯着他不说话。曹磊看了一眼辛小蕊说道，看来你这个专家算是请的值了，人要是脑部受到创伤也算是非常严重的了，专家都爱整些疑难杂症，他这个完全符合条件了……

辛小蕊轻笑道你说得对，把他嘴给堵上，一会儿什么话也别让他说，反正我已经跟蒋老说了他今晚接诊的是个话都讲不好的弱智，看他现在整个造型，弱智形象已是深入人心。

啊！一声剧烈的惨叫划破了宁静的夜空，唐小虎想要反抗逃离，却被曹磊按着坐在了辛小蕊早已准备好的轮椅里，然后由曹磊按着唐小虎，辛小蕊推着轮椅踏着坚定不移地步伐走向住院部。

三十一

唐小虎躺在床上一首接一首地听着根本听不懂歌词的英文歌曲，曹磊站在门边跟他说话，他也装听不见，于是，曹磊只好将音箱的音量关小，唐小虎一骨碌爬起身将音乐声开得更大了。看着他闭着眼睛又躺到床上一动不动，曹磊也不再多说什么走出了房间。

餐桌上的饭菜，曹磊顾不上自己吃一口，便盛好了给唐小虎端进了屋。饭菜给你放这儿了，趁热吃吧。曹磊知道他现在不想理人，心里还在埋怨昨儿他和小蕊对他的"虐行"，看来解释也没多大用处了，唯有等他那口气消了，才好去接近他。

辛小蕊下了夜班回家，曹磊殷勤地接她进屋，从厨房端出准备好的早餐，麻利地摆好了碗筷。辛小蕊洗了手出来，没有发现唐小虎的身影，坐下后问小虎呢？还没起来呢？

曹磊将碗筷递到她手里报告实情，在房间里呆着一直没出来，连厕所也没上。

小蕊吞下一口白粥便来了气。他这是要干嘛，玩自闭呢？！然后盯着手中的碗，用筷子敲了敲问道饭也没吃一口？

一日三餐我都给他送去房间，只要定时将空碗收回就行了。

辛小蕊露出了一丝鄙夷的笑意，扒着粥嚼着菜不再理会唐小虎的死活。

待小蕊洗漱完毕回房间补眠之后，曹磊便端了早餐给唐小虎送去。打开门房间一片黑暗，不知什么时候，窗帘也被拉得严严实实，照不进一丝光亮。曹磊将碗轻轻放在桌上，也轻轻地将窗帘拉开了一条缝好让光亮透进来一点。

唐小虎转过背看着他，什么话也没说用被子捂住了脑袋。

你要是还在为医院那件事而生气的话，好吧，我向你认错，别再赌气了行吗？

尽管曹磊语气诚恳，但唐小虎并不为所动，这让曹磊有些无奈和无助，以他所了解的唐小虎，根本不会因为受到小蕊那么点欺负就谁都恨上了，虽然自己也间接成为了帮凶，但这样不理不睬确实不是唐小虎一贯的作风。

曹磊盯着用被子裹紧身体的唐小虎，在他身后足足站了半个小时，仍旧没见他有搭理人的意思，便自我妥协地准备离开房间。

这时，唐小虎突然从被子里钻出，坐直了身子。表姐夫，你和陈晓霞究竟什么关系？

这一问，让曹磊着实吓得不轻，他慌张地望了望身后，将门快速关上了。

唐小虎目无表情。表姐回来了？害怕被她听见？

曹磊肢体变得有些不协调，他索性坐到床沿边，直勾勾地看着唐小虎问道，你都知道了什么？

唐小虎语气硬朗地回答，你甭管我知道了些什么，你只要老实回答我的问话就行了。

曹磊仔细地观察着小虎，然后慢慢站起身，一步一步移到墙边，他带着自我保护和不愿说出真相的眼光一刻也没移开地看着坐如钟的小虎。

唐小虎起身，走到床边大力地将窗帘全部拉开，一道光照射进来，霎时刺得他睁不开眼。他低下头，便看见了桌上的早餐，心中顿时又一阵动容。他顿了顿，回过头看着曹磊。事到如今，也就实话跟你说了，该知道的我都知道了，我现在只不过想要得到你一个肯定的答复，别人说什么我都可以不信，但我希望你不要对我有所欺骗，可以吗？表姐夫。

曹磊心中咯噔一下，但面不改色地问道你想我说什么？

事实咯……唐小虎走到曹磊跟前。如果你觉得在家不方便说，那我们可以出去挑个地方。

曹磊一把拽住唐小虎，把他往屋里拉了拉。他不想和唐小虎纠缠在这个问题上了，拉开门欲离开。

表姐夫……唐小虎急切而坚定地想要挽留他说清楚。

曹磊手放在门把上顿了顿，眼神犀利地看着唐小虎道，如果你真当我是你表姐夫的话，这件事就别再提，别再问，也不要有任何无谓的猜疑。

还没等唐小虎反应过来，曹磊已经拉开门快步离去了。

三十二

曹磊扶着唐小虎到了家门口，却看见陈晓霞站在那里。还没等她开口，唐小虎没好气地问道你怎么在这里？

陈晓霞被问得一脸窘迫。我，我来给你们送吃的啊。

你自己进去吧。曹磊说完便转身离去了，也没和晓霞打招呼。看出他精神不济，晓霞眼巴巴看着他离开内心又失落又悲伤，他不高兴，是不是和小蕊吵架了？

东西收到了，回吧。看着欲言又止的晓霞，唐小虎接着打击道，警告你啊，你就直接回医院宿舍去，别弄个破理由去找我表姐夫。

陈晓霞抿着嘴咬牙切齿又不好发作，见她不走，唐小虎来了气。我表姐认你做妹妹，你却勾引她男朋友，你是人吗？

陈晓霞想反驳却底气不足，唐小虎噼噼啪啪又说了一堆，最后他说了几句，你别费尽心思地去撬别人的男朋友了，不是我刺激你，我表姐夫是真心不喜欢你，他爱的是我表姐，倘若你还想和我表姐的情谊继续，我就做回救世主，将就着和你谈一场恋爱，至少大家的关系还能和谐一段时间，你考虑一下。

说完门"啪"地关上了，陈晓霞突然一下蹲在地上哭了起来，不知是觉得被唐小虎羞辱了还是觉得她的爱恋就此终结而伤心……

那时　那季　那伤　那痛

一阵风掠过，刮起地面成片落叶，四周清冷安静，灰白的天空阴霾着。排列整齐的墓碑中，一个男人跪着哭泣，墓碑上镶刻着的是一个年轻姑娘，面带笑容的脸对着每一个看向她的人们……

一

军训完了以后，班里开始竞选班干部了，参加竞选的同学手拿演讲稿列成一排坐在讲台的一方。

在知道竞选班长有李雷名字的时候，凌清他们仨才知道雷子是考入这个学校的前五名，纷纷对他刮目相看，于是乎强烈建议大家推选雷子当班长，但是女同学那边儿有一个姑娘的呼声也是不相上下。

"我决定投蔡菲儿一票，我觉得她比我更加能够胜任班长这个职务，在以后的学习中，我会和其他同学一样，全力支持班长的工作，共同进步。"正当凌清他们争得教室里的分贝快要震破窗户玻璃的时候，雷子刷地从座位上站起来了，说完又推了推眼镜，慢慢地坐回座位上。

凌清拉长个声音："雷子，你想清楚，这是公平竞争，你干吗让着人家啊？"

这一呼，下面又开始哄哄起来了，蔡菲儿站了起来，眼睛犀利地对着李雷："现在男女平等，我非常希望班长这个职务是靠我自己争取得来的，而不是所谓的让。"

一句话掷地有声，老师很满意，面带慈祥地望着他俩。李雷面对蔡菲儿不留余地的回话，不得不又站了起来："我没有让的意思，我知道你是我们年级的前三名，书法方面得过多次奖项，音乐造诣，钢琴吉他都很精通，好像架子鼓打得也不错，可谓琴棋书画样样皆通，所以，我觉得不管在学习还是能力方面我都还有所欠缺。"

听李雷介绍完，大家似乎难以置信，不是讶异她的才华，而是觉得这样又会学习又懂玩的女孩子，怎么就在自己班上出现了，而且还长得那么漂亮。

最后，因为李雷的那票，蔡菲儿成功获选。她笑着望向台下，不禁拿眼角看向和自己竞选班长的黑黑壮壮的李雷，想着他是怎么知道自己这些事情的呢？

李雷扭过头来望向蔡菲儿，正好对上蔡菲儿停留在自己身上的目光，四目交接的片刻，蔡菲儿似乎捕捉到了李雷眼中闪现的柔情，心忽地莫名慌乱起来，脸也不觉微微泛红。

李雷看着蔡菲儿，落日的余晖投窗折射进来，刚好落在蔡菲儿身上，就那么刹那让李雷内心忽然感到一片祥和，心中的悸动柔软着荡漾开来。

二

凌清在寝室用电脑查看资料，他搜寻了会儿，忽然转过头："雷子，我说你干吗把班长职务让给蔡菲儿啊。是不是情窦初开喜欢上人家了啊，还知道人家那么多秘密。"

"别乱说，都说了不是让了，我是觉得人家各方面都比我强，而且女孩子比男孩子细心，班上大小事物交给她我们都放心啊。"雷子正在看书。

"哟，没看出来，论细心，谁比得上你啊，人家底儿都被你查得一清二楚了，下回该抄她老巢了吧。哈哈哈哈。"

李雷没好脸色地看着凌清，放弃了和他继续交谈的心情。凌清这小子说话就是没个谱，谁跟他较真谁吃亏。

这时候，徐灿他们推门进来了，两个人一身的汗水，来不及说话，齐齐把衣服一脱，丢在桶子里，拿起桌上的水壶就往嘴里倒，喝完递给汪洋。

"哎呀，你们哥俩，关系再好也别抱着一个壶嘴亲啦，又不卫生又显得那么的暧昧，雷子是吧。"凌清见这画面，哄趣着。

李雷抬头望着徐灿他们俩，露出笑容："给我也来一口，咱仨从现在开始孤立这小子。"

三人望着凌清大笑。

凌清从桌上抓起一支笔扔向李雷："我说你小子，平时没看出你嘴损，想不到憋着一肚子的坏对付我呢。"

"我这算哪门子嘴损，你小子那才叫损，以后跟你多学学。"李雷接过笔。

徐灿插话说："你们俩这成天窝在宿舍不觉得腻吗，就没什么感兴趣的户外活动，你看咱哥俩每天……"

"什么窝在宿舍，那是人家雷子，我可是忙着系里的活动就没怎么消停过，每天过得挺充实的啊，这会儿不是在查些需要的资料吗。"凌清打断他。

"我现在策划着班里的宣传，班长可是给咱们下达了任务的，每刊每期一主题。目的在于和同学们一起学习，丰富业余知识。"李雷说。

汪洋建议为了凝聚寝室精神得成立一个兴趣小组，四人都参加。

李雷和徐灿都表示行，凌清讥笑着李雷："当然好，不过你那韩梅梅估计没什么空闲让你参加别的活动了吧。"

"谁是韩梅梅？"徐灿和汪洋异口同声。

李雷知道凌清那小子指谁，怒视着顺势把手中那支笔扔向凌清："你小子瞎说什么。"

"还能有谁，咱班长就是韩梅梅，李雷喜欢蔡菲儿。"凌清被突如其来的反击弄得措手不及，脑袋被那支笔砸了个正着儿，龇着牙对着宿舍门口喊。

雷子站起身把门"砰"的一声踹上，转过身作势要揍凌清，凌清这小子关键时候还挺不屈的，昂着头对视着："怎么着，今儿还打算揍我了是吧？"

徐灿和汪洋忙光着膀子过来劝架，一人架一个。徐灿说要把柜子里那把液剪给抄出来，凌清这小子敢欺负他兄弟，看他不收拾他小兄弟。

凌清立即打开门嘴里哇哇叫着捂着裤裆跑出去了，走廊里回荡着他的惨叫声。

<h2 style="text-align:center">三</h2>

蔡菲儿在校道上走着，忽然一阵风从她身边掠过。

凌清抱着一些书本差点撞上一个女孩子，悠然感觉一缕清香拂过鼻尖，于是急刹住匆匆的脚步，回过头一看，原来是蔡菲儿，本想装礼貌喊声美女班长好，突然脑海闪过李雷那小子的脸孔，于是咧开嘴说："班长，你知道李雷喜欢韩梅梅吗？"

说完大踏步走了，留下蔡菲儿停住脚步若有所思。

从学校礼堂回来凌清哼着小调往宿舍的路上走，右手食指不停转着一串钥匙，不知不觉步伐轻快起来。快到寝室门口，凌清来了个后旋式的滑步，刚刚正对门口，正准备用钥匙戳，不料门还没用上劲就被推开了，凌清进了宿舍，看见李雷背对着他写些什么，于是望着他的背影随口说了句"在啊？"然后把鞋子脱了准备爬上床铺休憩。

现在雷子这小子快赶得上一个职业作家了，上课写个不停，下课了也写个没完，想想称呼为作家太抬举他了，也没见着他弄出个惊世骇作，也就称之为业余的枪手吧，把它叫作有参差的数量无品质的保证。

正当凌清准备蒙了被子睡大头觉，李雷冲着他问道："凌清，你今天是不是跟班长说我什么了？"

凌清想了下回答道："对啊，我跟她说你喜欢韩梅梅啊，她是不是吃醋了，是不是哭着跟你说让韩梅梅去死，李雷以后只能和她蔡菲儿在一起。"因为自己的联想，凌清兴奋地掀开被子从床上坐了起来。

"以后管住你小子那张嘴，别跟个娘们儿似的没个消停。"李雷见他兴奋的劲儿懒得理他，埋头继续写着。

凌清翻了个身嘟哝了一句，不知道是梦呓还是骂了句雷子脏话。

⑪

周六，外边艳阳高照，徐灿含着牙刷满嘴的泡沫，冲着床上睡着的仨人嚷："都起来吧，别浪费这么好的天气了，汪洋，起来，凌清，雷子，都起来吧。"

李雷坐起身揉了揉眼睛，拿起眼镜戴上，懒洋洋地扯了个哈欠，汪洋趴在床头拉开窗帘，一道阳光射进来，刺得他眼睛不由自主眯成条线，两人似乎都有准备起床的打算。

只有凌清翻个身惺忪着眼："太阳公公当空照，睡个懒觉多美妙，耳边驴儿叫得欢，神曲忐忑牲畜版。"

"你小子找抽是吧，看爷怎么收拾你。"徐灿用毛巾胡乱擦了下嘴，跳着脚扯住凌清的被子往下拉，汪洋赶紧过来帮忙。

"你们这帮内分泌失调的家伙，难不成今天还要我从了你们，满足你们的意淫。"凌清光着上身紧紧攥住快要滑落的被子，嘴里骂着。

"我来掀被子。"李雷速速爬上床去，双手钳住被子用力一掀。"哇！"俩同声惊呼，只见凌清双手护住裆下，露出个光溜溜的屁股，瞳孔放大盯着李雷。

李雷因为意外的惊喜而涨红了脸，嘴都笑得合不拢了："你小子晚上尽干些什么坏事，裤衩咋都弄没了，记得昨晚你可是穿着它睡觉的啊，哈哈……"

惹得徐灿和汪洋争先爬上床一探究竟，一见这情景对着凌清一阵嘲笑，徐灿伸长一只手"啪"的拍向凌清的屁股："小子，谁意淫呢，弄了一宿手都废了吧？"

汪洋假装面带委屈："你别那么猥琐地躺在咱哥仨面前行不，弄得好像欣赏一具还没干枯的木乃伊似的，麻利地把衣服穿上吧。"

说完，六只眼睛死死地盯住凌清，凌清整个身子蜷成一团，两只手始终护着下面，这回想死的心都有了："你们别这样行吗，都先下去吧，我好把衣服穿上。"

"你看现在多像一个娇羞的小姑娘，咱仨倒成了像是扒光了他衣服的强奸犯。"徐灿啧啧道。

"你们他妈的倒是下去不下去啊？"凌清不耐烦了。

徐灿盯着他光秃秃的身子露出一脸贼笑。"反正咱哥仨都上来一回了，刚这一拉一扒的功夫浑身劲也都使完了，现在是该下去了。我先下，你们俩慢慢撤离。"眼神中却抑制不住一副得逞的笑意。

于是三个人有秩序地往下爬床梯，李雷从书桌上抱起被子又爬上床铺给凌清盖上，只是他看见凌清把头埋在枕头下，双肩在轻微抖动，似乎在抽噎。突然觉得内心一丝愧疚，原来这小子也不是表面上的那么肆无忌惮、无所顾忌的主，或许他们这四个人离走向成熟需要一个渐长的转变过程。

凌清穿好衣服，他们三个已经离开宿舍。书桌上有张落款雷子的字条：对不起，哥几个就是瞎胡闹来着，别放在心上啊。

背面也有字：小清清，我们的好宝贝，你要快快长大喔，这样就不会被人欺负了。来，亲一个，M～～～。还有我们在斯诺克等你。落款老灿和汪洋大盗。凌清哭笑不得，纸被他揉成一团扔进篓子里。

五

凌清和他妈出现在学校校道上，边走边看，凌清用手指着学校的建筑物，跟他妈说着学校的概况，花草树木他妈也感兴趣，凌清只好小跑到参天的树下踮起脚尖看一遍树干上的贴士牌，回来再跟他妈说一遍。

娘儿俩正走着，迎面碰上了蔡菲儿，凌清为了在他妈面前显示自己有礼貌，于是亲切地叫了声班长好。

蔡菲儿笑着停下脚步："凌清，这位是你妈妈吧？"

凌清说是。蔡菲儿对着娄文梅礼貌地问候着："阿姨您好，我叫蔡菲儿，欢迎您来到我们学校参观。"

娄文梅主动伸出手握住蔡菲儿对着她灿烂地笑着："你好，哟，长得真漂亮。你是我们小清清的班长啊，呵呵，阿姨一看见你就打心眼里喜欢，真的，要是他爸见着……"

蔡菲儿听见凌清他妈这样说觉着有些夸张，又听见娄文梅叫凌清为小清清，不禁用手掩嘴笑了笑，弄得凌清一脸尴尬只好望向别处。

"我们小清清在班上表现怎么样啊？"娄文梅继续说着。

凌清实在受不了了，只好催他妈赶紧去下个地方。蔡菲儿望了一脸无奈的凌清笑着回答说："阿姨，不如我带您四处看看吧，我们学校有着悠久的历史，始建于 1895 年……"

于是两个人边走边聊撇开凌清径直走向下个去处，凌清跟在后面觉得无聊至极。走到一个岔口的时候他快步跟上去："妈，我们班长还有事呢，让我来给你介绍啦。"

"人家班长就是不一样，你跟人能比吗，人家说的那叫一个详细，简直让你妈重温了历史。快去，人家班长都说了一路了，你倒是给买瓶水来解解渴呀。"

凌清都要被他妈给弄崩溃了，他看了一眼蔡菲儿不好意思地笑了笑，蔡菲儿回给他一个笑脸。等凌清买完水找到他妈和蔡菲儿的时候，两个人正坐在一个亭子里，她妈摩挲着蔡菲儿的手："哎呀，原来你就是天津人啊，怪不得对学校这么了解了。"

等凌清把水递过来，又厉声地要他给人家开开。

凌清递水的手悬在半空，蔡菲儿忙伸了手去接："阿姨，不用了，我自己来吧。"

娄文梅特不满意的看着儿子的表现，凌清假装没看见。他妈今儿是怎么了，见着蔡菲儿跟见着自己女儿似的，热乎个不行。

"几点了啊？菲儿啊，你看都怪阿姨耽误了你这长的时间，不如跟我们一起吃个午饭当做阿姨谢谢你。"见蔡菲儿推辞，就说，"好好好，那阿姨这餐饭先欠着你的。你什么时候有时间了上阿姨家玩儿啊，让凌清他爸也见见你。到时候去了，让凌清带着你四周玩儿啊。"

蔡菲儿觉着凌清他妈显得太过热情，但是又不好说什么。只好挤出笑容对着娄文梅一个劲儿地点头。

凌清已经被他妈弄得脸都不知往哪儿搁了。

"清清啊，妈跟你说啊，我是真的喜欢菲儿那姑娘，你试着追追人家，让她答应做你女朋友啊，听见没有？"

"妈，你行了吧，你要喜欢你自己来追。"凌清不耐烦。

"什么，人家菲儿你还看不上，我跟你说，菲儿就是我们凌家未来的准媳妇。"

六

教室里，李雷正在黑板上忙着排版的事，蔡菲儿在他身后忙着打下手。

趁她休息那会儿，凌清走到她身边真诚地说了声谢谢，蔡菲儿回过头望着他，她知道凌清是指那天自己陪她妈妈的事情："如果真要谢谢的话，那就加入进来帮下手吧。"说完不由分说递给凌清一个画图的三角板，凌清接在手上递给李雷。

李雷回过头望着他，蔡菲儿正递着一盒粉笔，于是说道："你勤快些帮下班长吧，我们现在站在这么高的地儿，人一姑娘帮着递个东西还得惦着脚尖，够腰酸背痛的，你呀就让人家休息会儿，做事情的时候别跟人说什么女士优先就行了。"

凌清听完翻了个白眼："看不出来挺护着韩梅梅的嘛。"转过身来对着蔡菲儿，"班长，雷子心疼你说怕你累着，让你去休息。"

凌清说完得意地笑着。李雷一个没站稳脚下凳子连晃了几下。凌清赶紧扶住凳角表示关心："没事吧，雷子。你看这要是摔下来，我得多心疼啊，这些课桌椅还是新买的呢。"

"李雷，你没事吧，要不先下来休息会儿。换我替你吧。"蔡菲儿说。

"没事。"

到了晚餐时间，凌清掏出手机："班长，你看这都过了晚餐黄金时刻了，你不能官大就实行压榨啊。"

"跟我来吧。"

旋转门前着红色礼服类似于保安的人已经弯下腰伸出手向他们做出邀请的姿势，蔡菲儿一声令下："走吧。"凌清他们像蔡菲儿的跟班似的尾随着她兜进旋转门进入餐厅。

凌清的举动简直像蔡菲儿带出门没见过世面的乡下丫鬟，从进门后就不停地"哇塞，哇靠，……"总之就是无限的兴奋状态。

李雷也没来过这么高级的餐厅，只是他什么也没说，而是一直红着脸。

坐定后，蔡菲儿熟练地拿过菜单，对着服务员说："麻烦给我来一份法式红酒牛排配边尼士汁，再来一份蔬菜沙拉。"

蔡菲儿说完对着服务员礼貌地笑着。然后她询问地问着坐在自己的身边李雷："想好了吗？吃什么，这家的西餐味道很正宗哦。"

李雷抬起头看向服务员："麻烦你，我点一份煎猪排，全熟的，谢谢。"

"不需要别的吗？"蔡菲儿问道。

"嗯。"李雷回答她。

而此时凌清还在纠结到底是吃法国大餐还是意大利餐，于是凌清询问蔡菲儿哪种大餐更好吃。蔡菲儿看着他们笑笑："反正宣传的事还没弄完，只要你们想吃我随时都可以请你们，不过要好好把版图的事给弄好了，算奖励吧。"

"行，就冲你这句话。给我来一份烤牛排，煎龙虾肉，鸡蛋番茄沙拉，法式花椰浓汤。"凌清盖上餐单。

"你吃的完吗，点那么多，不怕肚子疼。"李雷问凌清。

"管得着吗又不是你请客。"

饭桌上也算是觥筹交错，三人有说有笑的，凌清端着酒杯说："雷子不胜酒力的，这么好的酒让他喝下肚简直算是浪费，我吃亏点，我都干了啊。"说完一仰脖半杯酒落肚，完了又给自己满上。

李雷已经红着脸靠在椅背上焉着了。

七

凌清架着李雷往宿舍走去。半路上，凌清实在拖不动雷子那壮实的身体了，扶住他连腰都直不起来，重重喘出口气后他把雷子慢慢挪向路边坐下来："雷子，咱先歇会儿啊，不行，我得打个电话给老灿他们。"

"别麻烦他们了，我醉的有那么严重吗，我就是心里难受。你知道吗，你知道吗？"

凌清望着雷子，他知道雷子肯定心里有事，不然他怎么会在蔡菲儿面前不顾形象地喝醉呢？而且整晚喝过的酒比说过的话还要多。

他坐在雷子身边，陪他一起吹着晚风。

雷子双手掩面呻吟着，然后他松开双手："我跟你说说我的事吧。"说完苦笑了下，凌清沉默地望着他。

"我爸爸是做生意的，生意做得很大。从小到大我读的都是重点学校，我爸一直都很疼我，我觉得自己特别幸福，每次考了好的成绩都会对着我说，儿子，你想要什么，无论多贵，我都愿意买给你。

那时候我就觉得我们是全世界最幸福的一家人。只是后来我爸投资失误，在一笔大的生意上做失败了，所有钱都打了水漂，银行还欠了债。他接受不了，从那时开始一蹶不振，成天醉生梦死的，在外面找女人。

我那时候上高中读的寄宿学校，一个星期才回来一次，每次看见我妈穿着那些长衣长裤在家里，我妈说开空调怕着凉，我居然相信了。

她穿着长衫只不过是用来遮住身上被我爸打的伤。直到有一次回家亲眼看见我爸喝醉了酒扯着我妈的头发往墙上撞，那时候我妈身上的衣服已经被我爸撕扯个稀烂，头发披散着，像个乞丐一样一声不吭，也不求饶任我爸打骂。

我爸对着我骂着难堪的话，骂我妈是婊子，骂我是婊子养的。我愤怒地看着他，他走过来甩手就给我一巴掌，提着我的衣服把我的头向墙上撞去。

再后来，我爸……"

说到这里雷子忍不住痛哭，他抬起头不让眼泪流下来。凌清听着雷子说着他的身世，心里很不是滋味。他能想象雷子家里没出事前，雷子肯定也像他一样生活无忧无虑，跟所有男孩子一样调皮捣蛋，跟同学们一起谈笑风生。

只是家里的变故……他把一切都压抑在心底，自己一个人默默承受。

黑暗中李雷停住哭泣，他平复自己的情绪，眼睛望向前方。

凌清不知说什么好，他呼出一口气，用手轻轻地拍在雷子的肩上表示着他的安慰。

"家里的那套房子抵押给了银行，因为欠款逾期所以被法院强制拍卖，我住在舅舅家里。

后来我妈走了，在我等大学录取通知书的暑假，我收到了我妈寄来的信件。她在信里跟我说她觉得对不住我，她和她的老同学重新组建了一个家庭，信里还夹带了一张照片，照片上我妈坐在那个男人身边，前边坐着的是那个男人和前妻所生的女儿。

你不是问过我为什么对蔡菲儿那么了解吗？因为我妈嫁给了她爸。"

八

凌清他们四个人坐在食堂吃饭，汪洋从徐灿碗里夹了一个鸡腿放在自己碗里。

"哥们儿，不带你这样的，都是长身体的时候，我也要营养均衡吧，我这青菜怎么不见你夹。"徐灿说。

"我以为你不爱吃，上次我亲眼见你把一个鸡腿倒在了垃圾桶里啊。"

"不是，哥们儿，我不爱吃我点它干吗，上次是因为那鸡腿盐搁多了，实在是咸的我下不了口。"

汪洋见他说完，用筷子夹着那鸡腿："那还给你吧，我才咬了一口。"

徐灿用筷子推开："别恶心他们行吗？"说完扫视一圈食堂，"这儿不知有多少姑娘在注意着我，你这样大庭广众之下递一个咬过的鸡腿给我，不知道的还以为我俩有暧昧呢。"

凌清和雷子哈哈大笑。凌清说："你俩一向都这样不分你我啊，我们都习惯了。"

徐灿吃着饭不理他。

吃完饭，李雷去洗饭盒。凌清端着空饭盒在他身后："人生里应该忘掉那些不愉快的事情，朝前看充满希望。希望自己每天都是快乐的。对不对？"

"当然。"李雷关掉水龙头甩掉水迹望向凌清。

凌清看着他，两个人默契地笑了。

"对了，我的事我想自己来处理，所以……"

凌清打断雷子："放心啦，我都想你多个女朋友，而不是妹妹，不然人家知道了你还怎么追？"

"你小子，净瞎说什么。"李雷锤着凌清的胸。

凌清捂着胸口扮痛疼状。

其实李雷只是想知道凌清有没有把这事告诉蔡菲儿，现在他放心了，一切还是按照他的计划慢慢来吧。

九

车上蔡菲儿和他爸爸说着话，父女俩有说有笑的，手机响了，蔡郎昆接了后说公司财务部出了点差错，得回公司查看一下。

蔡菲儿说她自己回学校，把她放这儿就行了。

"这里？"蔡郎昆表示疑惑。

"哎呀，放心啦。你看，那是我同学，停车我在这儿下。"

凌清交完手机费在路上走着，一辆斯巴鲁停在了他身旁，蔡菲儿从车里下来，和他打着招呼。

凌清打趣说："班长，你这是私车呢还是公车？"

"少说废话，是不是跃跃欲试着呢？"

凌清点点头："这款车啥型号啊，看着是不错，就是少了点霸气，你开过吗？"

"当然开过啊，我觉得不错，很适合我。傲虎，性能很好，我当越野车使来着。嘻嘻。"

凌清厚着脸皮："哎，班长，你刚说借我开开来着，算数吗？"

"我没答应你吧，是你自己想过把瘾呗，我这车还没借给别人使过，你这一句话的事就想夺我爱车？"

"不借开就不借呗，刚开车走的那人未必是你鬼魂？"

"那车是我爸给买的，我爸开走它有问题吗？再说，那是我爸，那叫借吗？"蔡菲儿没好气。

"你们家老爷？你怎么也不让我跟叔叔打声招呼，既然车是他的，我就得表示我的诚意亲自向他借车啊，是不？"凌清假装吃惊。

"这车是我的，我才有话语权，你要真想借，给我个喜欢听的理由。"蔡菲儿加快脚步。

"我……我……"

"我什么呀，等会儿我到了宿舍，你可就没机会了，赶紧的，不然我改变主意你说啥我都不借了。"

"就那事，我让你帮忙去选角儿那事，你没帮上就算了，居然挫败人家姑娘自尊心，如你所愿，她退出话剧社……"

凌清还没絮叨完，蔡菲儿停住脚步，凌清差点没撞上："婉君她真的

·289·

退……那倒也是，我常得退出是个好事，那她是不是很恨我？"

"没有。"凌清摇摇头。

"那她很感谢我咯？"蔡菲儿得意地问着凌清。

凌清点点头。然后又重重地摇头："没有，本来恨你来着，我劝服了。我说你本质并不坏……"

蔡菲儿怒视着凌清："那你说我什么本质，是有多不好，还是非常坏。"

蔡菲儿又继续往前走了，凌清看着她背影："班长，我说你我好歹也说了这么多，你借还是不借你倒是给句话啊。"

蔡菲儿头也不回，回了个"OK"的手势。

凌清开心地跳了起来。

这事着实让凌清高兴，自从高考后暑假里闲着没事，他就跟他爸说想把车学了，他爸也没反对，觉着反正学车跟学英语一样以后都是个趋势。于是给他交了钱让他自个儿折腾去了。凌清顶着烈日整个暑假就泡在了驾校，学车那会儿让他觉着无比新鲜，长这么大还没这么舒适地坐在驾驶座上真真切切地摸过方向盘，经过考试时的小紧张到顺利的拿着驾驶执照，凌清就想着有朝一日赶快实现自己单独上路的感觉。

这回，好机会就摆在面前，当然得好好驾驭一番了。哈哈，想着就让他兴奋。

十

班里组织了一次野炊，按寝室分组，大家来到森林公园，跟小学生似的按任务分配，找水源，找树枝生火，搭灶，切菜淘米……

凌清他们和另一个寝室的哥们儿合组，一群男生像居家男人样，密切配合，听从安排，完全把自己融入了这个郊外的露天厨房。

李雷把调料从袋子里拿出来放在小凳子上，徐灿和汪洋正和其他两个男生一起搭灶。

凌清帮着把菜拿出来，不停地在袋子里翻找，嘴里嘟哝着："难道掉了吗，不可能啊，绳子是刚刚解开的啊。"

李雷凑过来帮着找："是不是什么菜忘带了啊，少一样没关系啦。"

"那怎么可以，不是说弄火锅吃的吗，难道现在光吃青菜啊？"

"你不会告诉我那只小肥羊你没带过来？你搞什么名堂啊？"

其他人听闻纷纷望过来，徐灿气急道："凌清，你不是吧，你不是信誓旦旦地告诉我们菜都带齐了吗，没有小肥羊火锅我这儿还搭什么灶啊？"

凌清说："要不我现在去买，我找附近的超市有羊肉买羊肉，有牛肉买牛肉，猪肉也行，总之，今天这餐火锅一定要吃成。我现在马上去，很快啊。"

出了公园门口，刚巧碰上蔡菲儿："凌清，去哪儿？"

"我把羊肉忘带来了，我得去附近的超市看看有没有卖。"

"那刚好啊，我们这组刚刚想到准备弄个冰淇淋火锅，所以我现在得去买些冰淇淋和酱，那就一起去吧。"

说完掏出钥匙打开了车门，凌清惊喜着说："哇，班长，是不是……"

蔡菲儿听他说着自动坐在副驾驶上，凌清麻利地坐上了正驾驶座上。

启动车子后，凌清倒是像个老手一样熟练地开着车。拧开收音机听着音乐，眼睛望着前方："班长，是不是觉得我开的还行，你这车确实挺舒适的哈，有钱人真好。"

"别贫了啊，哎，我是不是要谢谢你，上次给我和婉君创造了一个增进姐妹感情的机会啊。"蔡菲儿笑着说。

"呵呵，班长你无须多谢，以后你的宝贝车多给开开就行了。"

车在路上行驶着，右转一下有个大型超市。

凌清握住方向盘，眼睛不停向右看着："驶到前面那个路口右转就行了。"

这时候有辆车超在了凌清前面，然后缓慢行驶起来，凌清气急地按着喇叭。什么意思嘛，超在我们前面了却又开这么慢，是不是故意的啊。他脚下加劲踩向油门，方向盘往左打去，眼看着超过那辆车，蔡菲儿和凌清都开心地叫起来。

望着被超过的那辆车，凌清脚下加油，显得意气风发。

红灯悄无声息地亮了，可是俩都没注意到。

"砰"的一声巨响，车被腾空抛起。

蔡菲儿痛苦地惨叫声沉闷地回荡在车内，凌清闭眼那一刻看见蔡菲儿满脸是血。

十一

医院急救室里，班主任陪着同学们一起站的站，坐的坐紧张地等待着，把整个走廊围得水泄不通。

这时，有个护士走到班主任面前礼貌地说："老师您好，你们可以去外面等吗，这个走廊现在都已经不能通行了。"

走廊上，剩下徐灿他们三个在急救室外等着。李雷扶住赵艳兰，此时他的妈妈一直抽噎不止，蔡菲儿的爸爸还在赶来的途中。

门终于开了，一位医生在走廊上喊着谁是蔡菲儿的家属？

李雷急着回答道："我是，她的妈妈在这里。"

"我们已经尽力了，请节哀顺变。现在进去看她最后一眼吧，等会儿得送太平间了。"

这个消息犹如五雷轰顶，惊炸着在场的每一个人，赵艳兰终于抑制不住放声哭泣，整个人像一摊泥一样软在地上。

李雷心如刀绞，眼泪喷涌而下……

赵艳兰看着蔡菲儿静静地躺在一张床上，洁白的床单上渗着血液，各种抢救仪器已从蔡菲儿身上撤离，她的身上盖着白布，头露在外面，赵艳兰扑向她抱着她的身体，不停地呼唤着她的名字。

"医生，凌清呢，他……他怎么样了？"徐灿抱着汪洋痛哭。

"命是保住了，但是现在要转去手术室做手术，由于右腿受压已经严重坏死，必须截肢……"